메꽃이
바람에
웃다

메꽃이 바람에 웃다 2

류도하 장편소설

목차

9.
변덕스런 빗줄기에 멍이 든 가슴을

바닷물이 들어찬 모양이 마치 초승달 같다는 월곶이건만, 포구의 모양을 감상할 틈이 없었다. 큰 포구라는 말은 들었지만 이 정도일 줄 누가 알았을까.

아직 이른 아침이건만, 월곶은 빼곡하게 들어선 상선과 짐을 내리느라 분주한 상인들, 그리고 관병들과 실랑이를 벌이는 상단들로 북적이고 있었다.

얼굴을 붉히고 화를 내거나, 울상을 짓고 사정하거나, 반가운 사람을 만나 얼싸안고 기뻐하거나, 수많은 사람들이 제각각 다른 감정들을 쏟아 내며 사람 냄새 물씬 풍기는 월곶의 정취를 만들고 있었다.

"우리가 생각했던 것보다 훨씬 더 어수선한 곳이었습니다. 역시 이곳으로 오길 잘한 것 같습니다."

갑판을 붙잡고 포구를 내려다보던 선무가 제 계획을 뿌듯해했다. 짧은 가짜 수염을 그린 선무의 얼굴에 흡족한 표정이 지나갔다.

"좋아할 일만은 아닙니다. 이제부터가 중요하지요. 권 총관이야 본래 상단 사람이니 잘할 것이고, 나머지 분들이 문제입니다. 특히 폐하와……."

길재는 수염으로도 가릴 수 없는 황제의 범상치 않은 기도와 눈빛을 걱정하다가 음침하게 서 있는 의녀를 쳐다보며 말을 흐렸다.

그러자 다른 이들의 고개도 동시에 의녀를 향했다.

"제 모습이 수상해서 그러십니까?"

"그것도 그렇지만, 폐하와 함께 도주하실 때 조무기가 보지 않았겠습니까? 지금은 폐하에게만 신경이 쏠려 있어 의녀님의 존재가 드러나지 않았을 뿐입니다. 누구 하나라도 의녀님과 마주친다면 금세 폐하와 함께 있던 여인이라고 기억을 떠올리게 되겠지요."

"그런 거라면 괜찮습니다. 어차피 저는 이곳만 통과하면 산으로 들어갈 것이니, 사람을 마주칠 일이 거의 없을 겁니다."

여경은 대수롭지 않게 넘겼으나 다른 사람들은 그렇지 않았다.

길재의 설명을 듣고 보니 의녀가 가장 큰 문제였기 때문이다. 그녀의 말대로 포구의 관문을 통과하는 것 정도야 대수롭지 않았으나, 전날 밤 의녀 몰래 계획한 대로 여기에서 며칠 머무른다면 이야기가 달라지기 때문이다.

어젯밤 여경을 빼고 모인 자리에서 길재는 배를 버리지 말고 정말로 장사를 해서 상단을 키워 가자고 했다.

"그렇게 시일이 걸리는 일을 해서 언제 상주국으로 돌아갈 셈인가?"

"진짜 상단을 키우자는 게 아니라, 물론 이문이 남으면 도움은 되겠으나, 그것보다 더 큰일을 하셔야 합니다."

사실 길재와 권 총관은 황제 광운을 도울 때에 이와 비슷하게 위장을 했던 경험이 있었다. 그때의 인연으로 금뢰장의 장주를 길재는 아내로 맞아들이지 않았는가. 그리고 지금은 그때보다는 상황이 나아 보였다. 적어도 이후에게는 이백 명의 황룡대가 있고 도주할 길도 숨을 곳도 많았기 때문이다.

"사람을 모으는 일 말인가?"

"그렇습니다. 헌데, 그냥 사람이 아닙니다. 폐하의 원래 신하들을 찾으셔야 합니다."

"……."

"황제는 병력만으로 되는 것이 아니지 않습니까? 장사를 핑계 삼아 각 지방의 세력가들을 포섭하시옵소서."

"황후마저 이각의 황후가 된 판국에 신하들의 마음을 돌리라? 모르는가? 이 나라 승상이 누구인지?"

반란이 일어나면 신하들은 늘 선택의 기로에 서게 되지만 지금 상황은 제게 압도적으로 불리했다. 이각이 빼앗은 것이 병력만이라면 시일이 걸리더라도 새로 키울 수 있었다. 헌데 황후와 도성 제일의 세력가인 승상을 빼앗았다. 그들은 이각에게 반란의 명분을 안겨 줄 것이고 신하들은 따를 수밖에 없을 것이다.

그 뻔한 사실을 길재가 모르지 않을 터. 이후의 반문은 그를 책망하려는 의도가 담겨 있었다.

길재는 황제의 이런 반응을 예상했는지, 기다렸다는 듯이 되물었다.

"지금의 승상이야 모르지 않습니다만, 또 다른 승상이 있지 않사옵니까?"

"!"

사희담의 이름이 거론되자 이후와 선무의 표정이 딱딱하게 굳어졌다.

길재는 그들의 굳어지는 표정이 무엇 때문인지 이유를 알면서도, 제 생각을 보다 자세히 설명하기 시작했다.

"전 승상이었던 사희담을 만나십시오. 지금도 알 게 모르게 많은 사람들이 그분을 따르고 있을 것입니다. 힘을 달라 하십시오. 신하들이 모인다면 사병 또한 자연히 만들 수 있습니다. 지방의 신하들에게는 관병도 있습니다. 이각의 군사들은 대체로 해전에 능하니, 육지에서 싸운다면 승산이 있지요. 또한 우리는 바다에서 도성으로 향할 것입니다. 바다에서도 역시 사람을 모아야 할 테지만 양쪽에서 도성을 압박한다면 분명 이기는 싸움이 아니겠습니까."

길재의 계획은 매우 그럴싸했으나 이후와 선무는 허탈해서 웃음밖에 나오지 않았다.

"이보시오. 사희담은 폐하께서 찢어 놓은 폐비의 시신을 돌려주십사, 모진 비바람 속에 홀로 도성을 찾아올 만큼 부성이 깊은 자였소. 그런 자가 제 딸을 죽게 한 황제의 편에 설 거라 생각하시오?"

"충성심과 부성은 별개가 아닙니까. 사희담은 충성심이 높고 덕망이 있는 자입니다. 무엇이 옳고 그른지, 자신의 신념으로 행동하는 자이니, 폐하께서 명을 내리신다면 따를 것입니다. 또한 억울하게 죽은 여식의 명예를 회복하기 위해서라도 분명 그리할 것입니다."

이후도 실은 알고 있었다. 제가 사희담을 설득하는 것이 쉬울 거란 것을. 하지만 그러고 싶지 않았다. 제 손으로 쫓아내고 그의 여식을 죽여 놓고, 어찌 그를 다시 제 신하로 불러들일 수 있단 말인가. 더군다나 가진 것도 없는 폐주의 몸으로.

말이 없는 황제와 무거운 분위기를 눈치챈 길재는 사희담에게 가는 것은 차차 더 생각해 보자며 이야기를 마무리 지었다. 하지만 일단은 별다른 계획이 없었기에 바다와 육지를 오고 가며 상선을 꾸려 나가기로 결정한 것이다.

그래서 일행은 물건을 전부 팔 때까지 월곳에 오래 머물러야 했다. 그리고 의녀 역시 이후와 선무의 계략에 의해 계속 함께해야 할 처지였다.

고심하던 길재는 의녀에게 다시 한 번 부탁했다.

"적어도 이곳을 벗어날 때만이라도 그 죽립을 벗는 게 어떻겠습니까?"

여경은 죽립을 더 푹 눌러쓴 채 반걸음 물러섰다.

"절대 싫습니다."

"허면 이건 어떻겠습니까? 어차피 눈에 띄는 건 그 커다란 죽립과 검은 수렴이니, 눈만 빼 놓고 흰 두건으로 얼굴을 가리는 겁니다."

"……."

거절하기 어려운 제안에 여경은 머뭇거렸고, 다른 이들은 모두 그러면 좋겠다고 입을 모았다.

"혹시, 눈 주변도 화상이 심합니까?"

"……."

모두들 그녀가 대답을 해 주기만을 기다리자 한참을 주저하던 여경은 어쩔 수 없이 주저하며 말했다.

"그리……하겠습니다."

제 눈만 보고 알아볼 리도 없거니와 그것조차 거절한다면 의심을 살 것 같았다.

"잘 생각했네."

유난히 기뻐하는 황제 때문에 머쓱해진 여경은 이만 떠날 준비를 하겠다며 자리를 피했다.

"자, 이제 묶어 둘 방법만 찾으면 되겠군."

"신이 나신 것 같습니다."

선무가 황제의 들뜬 목소리를 비꼬고 있을 때 길재가 끼어들었다.

"흠. 전 잘 모르겠습니다만, 의녀의 성품은 어떻습니까. 이리 보기에는 좀 쌀쌀맞고 고집스러워 보이는데……."

길재가 말을 흐린 이유는 어제 차를 따라 주던 그녀의 분위기가 요상했기 때문이다.

허름한 복색과 약초꾼이라는 생업에도 불구하고 귀태가 흐르는 말솜씨와 걸음걸이가 뜻밖이었다. 혹시나 하고 손을 살폈는데 그 손은 분명 약초꾼의 손이 맞았다.

게다가 무엇보다 말과 행동이 어딘가 어긋난 것이 묘하게 보였다. 말투는 차갑고 무뚝뚝한데, 황제를 위해 그 요란한 와중에도 댓잎차를 내오는 배려도 그렇고, 차를 따르는 손길에 정이 묻어나는 것도 그랬다.

그렇게 인정이 넘치고 황제를 흠모하는 것이 속마음이라면, 아무리 붙잡아도 매몰차게 떠나겠다는 것은 또 무슨 심보란 말인가.

"그대로일세. 아주 고집스럽고 내가 황제이건 폐주이건 제 하고 싶은 대로 하는 여인일세."

"흠……. 허면 아예 떠나기로 작정한 이상 강제로 묶어 둔다고 굴복할 사람이 아닌 듯합니다. 그래도 혹, 돌볼 병자라도 생기면 남지 않을까 했었습니다만……."

"아, 그렇지!"

이후는 자신이 이렇게 아둔하게 느껴진 적이 처음이었다.

"선무! 뭘 멍하니 있느냐? 당장 시행하지 않고."

저더러 뭘 어찌하라는 건가, 처음으로 황제의 명을 이해하지 못한 선무는 길재가 답을 알려 줄 때까지 멍청한 눈으로 눈만 껌뻑거려야 했다.

쾅쾅.

"의녀님!"

선실문을 두드리며 다급하게 저를 찾는 소리에 여경은 화들짝 놀라 죽립을 덮어썼다. 두건을 두르고도 사람들 앞에서 눈을 내보일 용기가 나지 않아 망설이고 있던 중이라 저도 모르게 죽립을 덮어쓴 것이다.

"드, 들어오십시오."

"여기……!"

다급하게 들어온 병사는 여경이 죽립으로도 모자라 수렴 안쪽에 두건을 턱 아래까지 길게 늘어트리고 있는 것을 보고 흠칫했다. 이러면 얼굴 전체를 다 가린 게 되지 않나.

"무, 무슨 일입니까?"

"아, 자, 장군께서 급히 모셔 오라 하셨습니다. 부장님께서 갑자기 많이 안 좋아지셨습니다."

"네? 그럴 리가……. 알겠습니다. 얼른 가 봅시다."

싸고 있던 봇짐을 내팽개치고 황급히 추산이 있는 선실로 뛰어갔다.

추산의 상처는 칼이 깊이 들어가긴 했으나 근골이 상하진 않았다. 또한 차도가 있는 것을 보고 안심했었기에 여경은 무척 당황하고 있었다.

'약초꾼이 의원 행세를 하고 다니니 이런 일이 생기는구나…….'

역시 책으로만 배워 제가 많이 모자란 모양이었다며 가는 동안 자책만 했다.

덜컹.

"오셨습……니까."

역시 우스꽝스러울 만큼 얼굴을 꽁꽁 숨긴 여경의 모습을 보고 선무도 말을 흐렸다.

"어디가 어찌 안 좋습니까."

"보십시오. 갑자기 식은땀을 뻘뻘 흘리면서 아프다고 난리입니다."

여경이 선무가 가리킨 침상을 바라보자 비명에 가까운 추산의 신음 소리가 시작됐다.

"아악. 으윽. 하으윽! 하⋯⋯."

땀에 흠뻑 젖은 추산은 숨이 넘어갈 듯 괴로워했고, 여경은 냉큼 달려가 추산의 맥을 짚었다.

"으으⋯⋯."

"어떻습니까? 무슨 다른 문제가 생긴 것입니까?"

"글쎄요⋯⋯."

여경은 고개를 갸우뚱하며 팔에 동여맨 것을 풀고 상처를 확인해 보았다. 어제보다 좋아졌으면 좋아졌지 나빠질 것이 없었다. 추산이 왜 이토록 괴로워하는지 도통 알아낼 수가 없어 여경의 이마에도 식은땀이 흘렀다.

"지금 저로서는 알 수가 없습니다. 얼른 다른 의원에게 보여야 겠습니다."

"그럴 수 없다는 걸 잘 아시지 않습니까. 칼에 베인 상처를 의원에게 보일 수는 없습니다."

"그렇지만 저는 이런 경우가 처음이라⋯⋯."

"그래도 지금 믿을 사람은 의녀님밖에 없으니, 제발 부탁드립니다."

"하, 하지만⋯⋯."

"가셔야 한다는 건 압니다. 왜 가시려는지도 잘 압니다. 무리한 부탁이지만 추산의 목숨이 의녀님께 달려 있으니, 얼마간이라도 보살펴 주십시오."

"가야 해서가 아니라, 제 능력 밖의 일인 듯하여 그렇습니다."

"만약 그렇다면 그것도 저놈의 명입니다. 지금으로서는 우리가 할 수 있는 것이 아무것도 없으니, 부디 보살펴 주십시오. 부탁드립니다."

황룡장이 천한 약초꾼에게 고개를 숙이는데 여경이 그의 진심을 어찌 곡해할까. 선무가 황제와 짜고 이러는 줄 알 리가 없으니, 부담스럽지만 수락할 수밖에 없었다.

"어쩔 수 없지요……. 그럼 일단 해 보는 데까지 애써 보겠습니다. 허나…… 제게 너무 많은 것을 기대하시면 곤란합니다. 저는…… 약초꾼일 뿐입니다."

자신 없고 시무룩한 의녀의 목소리에 선무는 미안함을 느꼈지만 어쨌거나 작전은 성공했다.

갑판 위에 있는 이들은 모두 내릴 준비를 마친 상태였다. 그런데, 모두의 눈이 휘둥그레졌다. 이후 역시 선무와 함께 봇짐을 메고 나오는 의녀를 보고 눈을 크게 떴다.

"……."

선무의 재촉에 힘겹게 죽립을 벗고 나온 여경은 어색함에 어쩔 줄 몰라 하며 자꾸만 귀 뒤로 머리카락을 넘겨 대고 있었다. 그런데 모두가 저를 빤히 쳐다보니 불안하고 부끄러워 얼굴이 뜨겁게 달아오르기까지 하니 고개를 들 수가 없었다.

이후는 의녀와 눈을 맞추고 똑바로 그 눈을 들여다보고 싶었다. 얼핏 저와 마주친 그 눈은 무척이나 맑고 선해 보였다. 그 눈동자 아래에 끔찍하고 추한 흉터가 있을 거라고는 도저히 상상할 수 없는 아름다운 눈매였다.

"……자, 그럼 이제 모두 준비가 된 듯하니, 슬슬 가 봅시다."

어색한 분위기가 끝날 줄 모르자 길재가 적절한 때에 사람들의 등을 떠밀었다.

이미 대원들이 포구에 짐을 내려놓았기 때문에 관병들이 짐을 살피고 있었다. 권태롭게 오고 가는 관병들 사이에 예리한 눈빛의 군사들이 몇몇 섞여 있기도 했다. 그들을 보자 여경은 조무기에게 쫓겼던 때가 떠올라 어깨를 떨었다.

"아이고, 나리들! 이건 귀한 건데, 이리 함부로 던지고 이러시면 안 됩니다요!"

생긴 것과 달리 싹싹한 권 총관이 영락없는 상인 행세로 관병들과 실랑이를 벌이자 상선 주위를 어슬렁거리던 군사들의 경계심도 느슨해졌다.

"수고가 많으십니다."

덩달아 길재도 허리를 굽실거리며 잰걸음으로 관병들 앞에 섰다.

"당신이 장주요? 만복상은 여기 처음 오는 상단 같은데? 허가서 좀 줘 보시오."

"예, 예. 그렇지 않아도 우리가 이곳 물정을 잘 몰라 걱정이 많습니다. 잘 좀 보살펴 주십시오."

길재는 해적들이 받아 온 상단 허가서를 똑같이 위조해 거기에 상단의 이름만 만복상으로 바꾸어 두었다. 자신 있게 상단 허가서를 내밀었지만 일행은 침을 꿀꺽 삼키며 긴장하고 있었다. 평소 같으면 설렁설렁하게 넘겼을 관병들이지만 때가 때이니만큼 처음

본 상단을 특별히 신경 써서 살피고 있었기 때문이다.

"좋소. 헌데 저자들은 다 누구요?"

"여기 이 세 사람은 상단의 호위무사입니다."

"저자는 다친 게 아니오?"

"갑자기 파도가 들이닥치는 통에 갑판 위에서 넘어져서 그만, 별건 아닙니다."

"저 계집은 또 누구요? 뭣 때문에 얼굴을 저리 가리고 있소?"

관병이 여경을 의심쩍은 눈초리로 지목하니, 저쪽에서 군사들마저 그녀를 유심히 살피고 있었다. 여경은 순간 심장이 멎는 듯했다. 다리가 후들거리고 온몸에 핏기가 빠져나가는 기분이라 길재가 열심히 제 사연을 읊으며 관병을 안심시키는 소리도 들리지 않았다.

"그래도 얼굴을 봐야 할 것 같은데."

"!"

의심을 거두지 않는 관병의 말이 귓속을 파고들자 여경의 심장은 새까맣게 타들어 갔다. 지금 이 두건을 벗어 버리면 황제에게 제 정체가 들키는 것만이 문제가 아니었다. 멀쩡한 얼굴이 드러날 것이고, 그러면 관병은 왜 거짓으로 얼굴을 감추었냐고 수상하게 여길 것이다.

툭.

"!"

여경은 제 몸을 감싸는 따뜻한 팔을 느꼈다. 화들짝 놀라 고개를 돌려 보니 황제가 마치 안심하라는 듯 제 팔을 감싸 안고 있는 것이 아닌가.

여경뿐만 아니라 모두가 그의 돌발 행동에 놀라고 말았다. 허나 이후의 모습은 무척이나 태연하고 자연스러웠다.

"아내는 두건을 벗을 수가 없습니다."

아내라니! 한때 그의 아내이기도 했던 여경은 다른 이들보다 더 놀라 가슴이 철렁했다.

"화상을 입었단 이야기는 들었소만 그래도 원칙상……."

"제 아내는 화상을 입은 후로 심한 마음의 병을 앓아 왔습니다. 그 때문에 마을에 혼자 두고 올 수 없어 저와 함께 다니며 상단 식구들에게 밥을 해 먹이고 있습니다. 제 앞에서도 두건을 벗지 않는 사람입니다. 이 많은 사람들 앞에서 얼굴을 보인다면 제 아내는 수치스러워 저 바다 속에 뛰어들지도 모릅니다. 허니, 한 번만 양해를 해 주십시오. 부탁드립니다."

진심이 느껴지는 간곡한 청이었다. 모르는 자가 들었으면 코끝이 찡해질 만큼.

그러나 여경은 거의 넋이 나갈 지경이었다.

"그게 참……. 사정은 딱합니다만……."

"권 총관, 뭐 하고 있는가!"

관병이 말을 잇기 전에 길재가 권 총관을 나무랐다.

"예! 예!"

권 총관은 기다렸다는 듯이 뛰어와 쉴 새 없이 주절거리며 관병의 혼을 빼놓았다.

"어이구, 나리. 섭섭하게 왜 이러십니까. 앞으로 안 볼 사이도 아닌데, 초장부터 이러시면 장사 못 합니다. 잘 아시는 분이……. 저기 이건 이번에 우리가 팔려고 가져온 술인데, 이따 목이나 축이시고, 잘 좀 봐주십시오. 예? 앞으로 자주자주 뵈었으면 좋겠다는 뜻에서 드리는 것입니다요."

권 총관은 술과 함께 관병의 소맷자락에 슬쩍 은자를 넣었다. 너무 많이 챙겨 주면 그 또한 의심을 받게 되니 이 정도가 딱 적당했다. 그사이에 여경과 이후는 길재의 눈짓에 관병 옆으로 빠져나갔다.

"험! 뭐, 주는 것이니 잘 먹겠수다."

허락이 떨어지자 손 놓고 멍하니 있던 대원들이 신속하게 짐을 옮기기 시작했다. 권 총관의 지휘 아래 수레를 끌고 짐을 실으며, 순식간에 소란스러워졌다.

그 소란에서 몇 걸음 떨어진 이후와 여경은 여전히 꼭 붙어 말 없이 서 있었다.

여경은 제 팔을 꼭 껴안은 황제의 크고 단단한 손이 부담스러우면서도 뿌리치기 싫었다. 사내의 품이 이토록 기대고 싶을 만큼 편안한 것이구나, 저도 모르게 그 넓은 가슴에 눈길이 가는 것을 억지로 땅에 눈을 붙들고 있었다.

"언제까지, 이러고 계실 작정이십니까……."

"관병들의 의심이 사라질 때까지. 우리가 부부로 보이지 않는지 계속 이쪽을 보고 있군."

"그러게 왜 그런 거짓말을 하셔서는……."

"내 덕에 위기에서 벗어났는데 고맙다는 소리는 못할망정."

"민망해서 죽는 줄 알았습니다."

"그런가? 나는 꽤 자연스럽다고 생각했는데."

"어색……했습니다. 다시는 그런 짓 마십시오. 그리고 이제……

이것 좀 놓아주십시오."

"관병이 아직 우릴 보고 있네."

"설마요……?"

여경이 돌아보려 하자 이후는 그녀를 제 몸 쪽으로 더욱 바짝 끌어당겼다.

"돌아보지 말게. 그러다 눈이 마주치면 괜한 의심을 사게 돼. 잠시 이러고 있는 편이 좋겠네."

"……."

거짓이라도 저를 이렇게 감싸 준 적이 한 번이라도 있었을까. 모진 말과 경멸하는 눈초리만 받아 보았던 여경은 그때를 떠올리자 눈물이 날 것 같았다. 헌데 약초꾼은 사여경의 심정을 알면서도 주책없이 가슴이 뛰었다.

'여경아, 대체 어쩌려고 이러는 게냐……. 어쩌려고…….'

심란한 여경의 귓가로 바람 같은 이후의 속삭임이 들려왔다.

"죽립을 벗으니 훨씬 시원하고 보기 좋군."

"……."

"그대도 좋지 않은가? 컴컴한 수렴 밖을 볼 수 있어서 말일세. 이리도 환한 세상을 마지막으로 본 게 언제인가?"

"……자주 보았습니다. 혼자 약초를 캘 때도 이러고 있진 않으니까요."

"그렇군. 그나저나 우리가 그래도 함께 지내는 동안 서로에게 익숙해진 모양일세. 처음 보는 그대 눈빛이 낯설지 않은 걸 보면……."

바람이 여경의 텅 빈 마음도 함께 쓸고 지나갔다. 그리고 그 깊고 공허한 마음속에 그녀의 의지와 다른 목소리가 메아리쳤다.

'알아봐 주십시오. 당신의 아내였던 저를, 당신을 사모했던 저를…… 알아봐 주십시오.'

늘 당신만을 바라보던 똑같은 눈빛인데 어째서 알아보지 못하는지, 가슴을 때리는 야속한 울림이 웅웅거렸다.

객점에 짐을 풀고 여독을 풀 겨를도 없이 길재의 상단은 장사에 나섰다. 그래야 의심을 받지 않는다는 이유에서였다.

"사이좋은 부부께서는 그냥 예서 쉬고 계시는 편이 낫겠습니다."

선무가 삐딱한 태도로 툴툴거리자 이후가 뭐라 하기도 전에 길재가 맞장구를 쳤다.

"제 생각에도 그게 낫겠습니다. 괜히 많이 돌아다니면서 사람들 눈에 띌 필요가 있겠습니까."

"어차피 저는 부장님을 돌보아야 하니 그리하겠습니다."

여경은 처음부터 따라나설 생각이 없었다.

선무는 여경의 대답은 듣는 둥 마는 둥 하고 황제를 바라보며 당부했다.

"부부끼리 손잡고 시전 구경을 한다거나 그런 일을 벌이시면 안 됩니다. 대원들 몇을 남겨 놓을 테니, 객점 안에 계십시오. 그리고 자연스럽게 행동하십시오. 폐하와 대원이 아니라 호위무사와 선원입니다. 아시겠습니까?"

"네놈이 요즘 내게 하는 짓거리를 보아라. 당부하지 않아도 내 처지가 어떤지 잘 알고 있으니 걱정할 것 없다."

선무는 황제가 여경을 의녀로만 보는 것 같지 않아 불만이었고 황제는 또 선무가 의녀를 떼 놓으려고만 하는 것이 불만이었다.

"자, 지체할 시간이 없사옵니다. 허면, 우리는 다녀올 테니, 푹 쉬고 계시옵소서."

멀미로 고생했던 선무는 진심으로 쉴 수 있는 세 사람을 부러워하며 터덜터덜 밖으로 나갔다.

잠시 후 객점을 둘러보고 온 이후는 특별히 수상한 점이나 위험이 보이지 않자 대원들을 쉬게 해 주고 추산을 돌보고 있는 의녀에게로 갔다. 선무와 달리 황제와 의녀가 어떻게 되어 가는지 재밌게 지켜보던 대원들은 다녀오시라며 흔쾌히 보내 주었다.

헌데, 추산의 방에 도착하기도 전에 망태기를 들고 객점 밖으로 나가는 의녀의 모습이 보였다.

"어딜 가는 겐가?"

여경은 저를 쫓아오는 황제의 목소리를 듣고 걸음을 멈추었다.

"들어가십시오. 말도 없이 이리 나오시면 모두들 걱정할 것입니다."

"그대는 왜 말도 없이 나가는가?"

"부장님이 하도 아파하시니, 통증이라도 가라앉혀 볼까 하고 약초를 구하러 갑니다."

"약방에 가서 구해 오지 않고?"

"산을 밟아 보지 못한 것이 여러 날입니다. 안에 있으니 답답한데다, 사자께서 시전에는 되도록 돌아다니지 말라 하시지 않았습니까."

"허면 같이 가세."

"호위무사도 없이 어딜 가시려고요? 들어가시옵소서."

"호위무사 없이도 우리 둘이 잘 지내지 않았었는가? 새삼스럽
군."

그러면서 황제가 휘적휘적 걸어 나가자 여경은 황당한 얼굴로
그 자리에 서 있었다.

"뭘 하고 서 있는가? 해 지기 전에 다녀와야지."

여경은 몰래 한숨을 쉬고 아무 말 없이 그의 곁을 지나쳐 앞장
섰다.

얼마나 걸었을까. 황제가 따라오든지 말든지 성큼성큼 제 갈 길
을 걸어간 그녀의 치마는 나뭇가지에 긁혀 엉망이 돼 있었다. 한
마디도 하지 않고 험한 길로만 들어가는데도 황제는 묻지도 않고
열심히 따라오고 있었다.

그러다 여경은 사람 키만큼 자라난 풀을 보고 반가워하며 멈췄
다. 양손으로 붙잡고 풀을 꺾어 보려는데 쉽지가 않았다. 줄기도
굵고, 톱날처럼 생긴 잎이 한 가지에 여러 장 마주 보고 자라 있
어 그냥 뽑으려니 손바닥이 따가웠다.

"그 풀을 뽑으면 되는가?"

"예. 뿌리를 쓸 거라서……."

"뿌리만 쓰면 되는 겐가?"

"예."

그러자 이후는 망설임 없이 차고 있던 검을 꺼내 줄기를 싹둑
베어 버렸다.

"어떤가? 내가 따라오니 쓸모가 있지 않은가?"

"……저도 칼만 있으면 할 수 있습니다. 급히 나오느라 챙겨 오
지 못한 탓이지요."

"그렇지. 챙겨 오지 않았으니 내가 필요한 게지."

여경은 못 들은 척하고 쪼그려 앉아 호미로 뿌리를 캐기 시작했다.

"이건 무슨 약초인가?"

"왜 이런 걸 궁금해하십니까? 모르셔도 되는 일입니다."

여경은 저를 따라다니는 황제가 귀찮다는 듯이 퉁명스럽게 굴었다. 그래야 황제가 제게 더 이상 다가오지 않을 것 같았다.

하지만 이후는 그녀가 그러면 그럴수록 더욱 그녀와 가까워지고자 했다. 그녀가 아는 것을 저도 알고 싶었고 그녀가 좋아하는 것을 저도 좋아하고 싶었다. 그래야 그녀와 나눌 대화가 더 많아질 것이고, 그녀를 붙잡을 수 있으리라.

"가르쳐 주기 아까워 그러는가? 이제 그대가 떠나고 나면 더이상 다치거나 아플 때 우리를 돌봐 줄 이가 없는데, 약초 한두 개쯤 알아 둔다고 해서 나쁠 건 없지 않은가."

떠나는 저를 미안하게 만드는 황제의 엄살에 여경은 어쩔 수 없이 답을 해 주었다.

"……백지라는 풀입니다. 뿌리를 빻아서 상처에 바르면 지혈도되고 통증도 완화됩니다. 석이버섯을 말려서 끓여 먹는 것도 좋은데, 구하기가 쉽지 않으니……."

"그렇군. 그대는 알면 알수록 참으로 신기해. 약초꾼이 약초를 아는 것은 당연하다 할지 모르겠지만, 내 보기에 그대는 참으로 총명하네. 또 여인의 몸으로 혼자서 산을 누비며 그 약초로 어려운 이를 돕는 것도 보통 사람이 할 일은 아닌 듯해. 그래서 내가 그대에게 궁금증이 이는 것이겠지."

"……그럴 것 없습니다. 본래 가난한 백성들은 서로를 도우며 삽니다. 그래야 제가 어려울 때 다른 이들이 저를 도울 것을 알기에 그러하지요."

"하지만 그대는 사람이 없는 곳에서 살지 않는가. 숨어 지내는 사람이 굳이 밖을 나돌며 사람을 돕는 것을 보면 상처로 인해 숨어 지낸다는 그대 말은 앞뒤가 맞지 않지."

"……."

"정곡을 찌른 눈치인데?"

"마음대로 생각하십시오. 폐하께서 궁금해하실 만큼 대단한 사연 같은 건 없습니다. 그저 남편을 잘못 만나 이리된 것뿐입니다."

"남편?"

"예."

황제가 저를 궁금해하는 이유가 감춘 것이 많아 보이기 때문이라면 이참에 전부 말해 줄 셈이었다.

"아……! 그렇지."

"남편이 저를 믿지 못해 죽이려 했습니다. 그때 얼굴에 화상을 입었고 죽은 것으로 위장해 숨어 살고 있습니다."

사실 화상을 입은 대목만 빼고는 틀린 말이 아니었다. 이 말을 할 때 여경은 진심으로 감정이 격해져 목소리가 떨리기까지 했다.

"그러니 저는 폐하께서 신기하게 생각하실 만한 그런 특별한 계집이 아닙니다. 그저 남편한테 버림받은 못난 여인일 뿐이니, 저를 흔한 약초꾼처럼 천하게 보아 주십시오."

이후는 그녀가 스스로를 너무 천대하는 것 같아 안타까웠다.

"……편히 대해 달라는 말로 알아듣겠네."

"……."

그런 뜻이 아니었으나 여경은 더는 말을 길게 하고 싶지 않았다. 제가 이만큼 말해 뒀으니 더 이상 저를 대단하게 보지는 않겠거니 했다.

"그대가 힘든 일을 말해 주었으니, 내게도 궁금한 것이 있으면 물어보시게. 그래야 공평하지 않겠는가?"

분주하던 호미질이 딱 멈추었다. 그와 가까워지면 안 되는데 전에부터 참을 수 없이 궁금한 것이 있어 입이 간질거렸기 때문이다.

"말해 보게. 무엇이든 대답해 주지."

이번 기회가 아니면 또 언제 물어볼 수 있을까. 여경은 모기만 한 목소리로 조심스럽게 말을 꺼냈다.

"저, 저기……. 황후마마 말입니다."

"장화영 말인가?"

"예, 예에……."

"장화영은 왜?"

"폐하께서 너무…… 태연하셔서 말이옵니다. 어찌 한 번도 그 얘기를 꺼내지 않으시는지……. 배신감이 들지 않으십니까……? 혹시 괴로우셔서 일부러 말씀을 피하시는 것이옵니까?"

이후는 무슨 어려운 질문을 꺼내나 했다가 피식 코웃음을 쳤다.

"글쎄. 따지고 보면 먼저 배신한 것은 나지. 그녀를 이용만 했고, 그 때문에 동맹이 깨진 지 오래되었으니 말일세."

"동……맹이라뇨……? 부부가 아니옵니까?"

"동맹이었네."

이후는 갑자기 얼음처럼 차갑고 무거운 목소리로 말했다.

"아무 죄도 없으나 귀찮고 거치적거리는 폐비 사여경을 없애기 위해 서로 손을 잡았지. 공교롭게도 그대를 죽이려 했던 그 악독한 남편과 내가 하는 짓이 똑같지 않은가?"

"!"

이후는 결국 여경을 죽게 한 것은 자신이나 다름없다 생각했다. 그래서 위악 떠는 말을 뱉으며 여경에게 자신에 대해 물었다. 그대의 남편이 곧 내가 아니냐는 물음이기도 했으나 여경에게는 제 이름이 거론된 것만으로도, 아직도 저를 나쁘게 말하는 것만으로도 가슴이 덜컹한 일이었다.

역시나 저를 없애는 데 황제가 개입했음을 알게 되자 여경의 마음은 와르르 무너져 버렸다.

그녀의 속마음을 꿰뚫어보고 있는 이후는 빙긋 웃으며 물었다.

"어떤가?"

"예?"

"내가 어찌 보이는가? 아직도 그대를 생명의 은인이라 여기는 폐주로 보이는가? 아니면 황권을 위해서라면 살육을 마다하지 않는 잔혹 무도한 폭군으로 보이는가?"

"……."

여경은 무슨 대답이든 해야 한다는 생각조차 못 하고 있었다. 머릿속이 하얘져서 아무것도 떠오르지 않았다.

"빈말도 못 하는군. 좋을 대로 생각하게. 그대의 눈에 비친 모습이 아마도 내 본모습이지 싶으니. 그대가 나를 괴물로 본다면

28

난 괴물이 맞네."

겨우 정신을 수습해 다시 호미질을 하던 여경은 머뭇거리며 입을 열었다.

"……민가의 사사로운 가정사와 황실의 일이 어찌 같다 하겠습니까. 그럴 만한 이유가 있으셨겠지요……."

말은 그렇게 했으나 그녀의 가슴은 이미 갈기갈기 찢어져 목소리에는 아무런 감정도 담겨 있지 않았다.

여경이 백지 뿌리를 망태기에 담고 먼저 일어서자 이후는 그녀를 천천히 따르며 씁쓸하게 속으로 중얼거렸다.

'이유라……. 황제가 하는 일에 이유가 없진 않지만, 어차피 아무것도 이루지 못한 지금에 그 이유야말로 치졸한 변명이 되겠군.'

산꼭대기로 해가 가까워지고 있었다. 그런데도 두 사람은 점점 깊은 산속으로만 들어가고 있었다.

'대체 어디까지 가려는 것인지…….'

아무리 그녀가 산을 잘 탄다 해도 뒤에서 보는 이후는 그녀가 경사진 바위를 오를 때마다 아슬아슬해서 주먹을 쥐었다 폈다, 발을 움찔거렸다. 저러다 미끄러지는 것은 아닌가, 여경의 떨리는 다리만큼이나 이후의 가슴도 조마조마했다.

그러다 마침내 길도 없는 까마득한 절벽 쪽으로 들어가자 이쯤 되면 그녀를 말려야겠다는 생각이 들었다.

더 이상 두고 볼 수 없었던 이후가 성큼성큼 다가갈 때, 여경은 이끼 가득한 바위에 발을 딛고 아래를 내려다보았다.

"위험하게 거기서……."

"석이버섯이 있습니다!"

"그깟 석이버섯 사면 되지 않는가?"

여경은 이후를 돌아보며 들뜬 목소리로 말했다.

"이 버섯 아주 상품입니다. 이런 것은 사는 것도 쉽지가 않사옵니다."

"그래서 지금 그걸 따러 내려가겠다는 겐가? 위험하니 당장……!"

"엇?"

이후와 말을 주고받다가 그만 집중이 흐트러진 여경의 발이 이끼에 쭉 미끄러지고 말았다. 그녀의 몸이 절벽 아래로 갸우뚱 기울어졌고 금방이라도 추락할 것처럼 흔들렸다.

"악!"

"이런!"

여경만큼 놀란 이후가 황급히 아래로 떨어지려는 여경의 허리를 붙잡았다.

후두둑.

깊은 계곡 아래로 자갈이 굴러떨어지는 소리에 여경은 등골이 오싹해짐을 느꼈다.

"하아아……."

떨리는 숨을 깊게 내뱉으며 안도하는데 그제야 배에 느껴지는 그의 손길을 알아차렸다.

"노, 놓으십시오!"

"……."

그러나 이후는 아무 말도 하지 않고 여경의 허리를 더 꼭 끌어당겼다.

"어, 어서, 놔주십시오."

"큰일 날 뻔한 것을 아는가?"

"자꾸 말을 시키시니 그리된 것이 아닙니까?"

이후는 그녀가 딛고 있는 땅이 꺼지기라도 할 것 같아, 그녀를 뒤로 물러나게 하고서야 놓아주었다.

"내가 말을 시킨 것이 문제가 아니라, 혼자 여길 왔다면 정말로 큰일 날 뻔하지 않았는가. 어찌 이런 위험한 짓을 할 생각을 해? 사내도 아닌데 이렇게까지 할 필요가 있는가!"

"저 혼자 이보다 더 위험한 곳을 다녔어도 한 번도 이런 적이 없었습니다."

"운이 좋았을 뿐일세. 언제고 일어날 일이었다!"

"약초꾼에게 일어날 수 있는 일이지요. 제게만 일어날 수 있는 일이 아니라."

"한 마디도 지지 않는군!"

"그러게 왜 저를 쫓아오시느냐 말입니다. 쉬고 계셨으면 좋았을 것을……."

"하릴없는 한량이 되었으니 어쩌란 말이냐."

"백주대낮에 계집 꽁무니를 쫓는 것은 그냥 한량이라 할 수 없습니다. 무뢰배들이나 하는 짓이 아닙니까."

여경이 정색한 목소리로 나무라자 그의 눈썹이 꿈틀 위로 치켜 올라갔다.

"무뢰배?"

"예. 무엇이 다릅니까?"

"하. 별소리를 다 듣는군. 무뢰배라? 내가 무뢰배라 치면, 그대를 쫓아온 무뢰배가 이제 어떤 짓을 하면 될까?"

이후가 짐짓 목소리를 무겁게 깔고 여경의 앞으로 한 걸음 다가가자 그녀는 그의 얼굴을 피해 몸을 뒤로 젖혔다.

"왜, 왜 또 이러십니까."

"내가 장난으로 이러는 것 같은가?"

"!"

"자, 뭐부터 하면 될까? 여기는 사람이 다니는 길도 아니고 뒤는 절벽이니 내가 무슨 짓을 해도 빠져나갈 길이 없겠지."

이후의 얼음 같은 눈빛이 이리처럼 날카롭게 빛났다.

"비, 비켜 주십시오!"

여경은 다가오는 그의 기세에 눌려 뒷걸음질 쳤고 절벽 끝까지 위태롭게 내몰렸다. 더 이상 도망갈 데가 없게 되자 이후는 억센 손으로 그녀의 어깨를 꽉 붙잡았다.

"윽! 이거 놓으세요!"

"궁금한 게 있는데, 어느 쪽이 더 나은가?"

"예?"

"만약 이런 상황에 닥치면 그대의 그 두건을 벗기는 것이 나은가? 아니면……."

그의 시선이 여경의 가슴께로 향하자 그녀는 얼른 손으로는 두건을 잡고 팔을 오므려 가슴을 막았다.

"하! 하하하하!"

이후는 산이 떠나가라 웃었다.

"하하하. 둘 다 죽어도 싫은 모양일세. 하하하!"

"⋯⋯."

잠깐 사이에 이리저리 휘둘린 여경은 정신이 하나도 없어서 눈만 멀뚱거리며 그를 쳐다보았다.

이후는 여경을 끌어당겨 다시 안전한 곳으로 데려다 놓고 짐짓 엄한 목소리로 나무랐다.

"쫓아온 이가 나라는 걸 다행으로 알게. 정말로 무뢰배들을 만났다면 어찌 됐을 거라 생각하는가."

경고 같기도 하고 놀리는 것 같기도 했다. 어쨌거나 절벽에서부터 연이은 위기에서 벗어난 여경은 떨리는 가슴에 손을 얹고 털썩 무릎을 굽히고 쪼그려 앉았다. 너무 긴장한 탓에 다리가 후들거렸다.

"하아⋯⋯. 왜 이런 몹쓸 장난을⋯⋯."

"이런. 그저 장난 같던가? 사내 체면이 말이 아니군."

"예?"

여경이 고개를 갸웃거리며 되묻는데 이후는 딴청을 피웠다.

"지금 내려가지 않으면 다들 난리가 날 것인데, 계속 이리 있을 생각이신가."

"석이버섯은⋯⋯."

"아직도 그 버섯에 미련이 남았나!"

여경은 그가 목소리를 높여도 버섯을 향한 아쉬운 눈길을 거두지 못하고 있었다. 그때였다.

"어?"

여경의 콧잔등에 빗방울 한 방울이 떨어졌다.

"설마⋯⋯ 비?"

여경이 하늘을 올려다보자, 이후도 고개를 위로 쳐들었다. 언제부터인가 먹구름이 하늘을 가리고 있었다.

"이런…… 낭패가……."

"어쩜 좋담……."

"이리로."

"예? 앗!"

이후는 아무 설명도 없이 그녀의 손을 잡아끌고 빠른 걸음으로 어디론가 걸어갔다.

곧 후드득거리며 초목으로 떨어지는 빗방울 소리가 요란해졌다.

두 사람은 비에 젖은 채로 커다란 나무 아래로 들어갔다. 잎이 넓고 무성한 나무는 다행히 비를 피하기에 좋았다.

"오는 길에 이 나무를 봤던 것이 생각났네."

"아……."

"지나가는 비 같으니 잠시만 있다 가지."

"예……."

여경은 고개를 들지 못했다. 아무리 커다래도 나무 한 그루에 두 사람이 기대고 있으니 자연히 어깨가 부딪쳤다. 얇고 낡은 옷은 그새 흠뻑 젖어 들어 몸에 딱 달라붙었고, 그 상태로 그와 단둘이 몸을 맞대고 있으니, 민망해서 열이 올랐다.

그런데 옆에서 뭔가 부스럭거리는가 싶더니 여경의 어깨에 스르륵 옷이 얹어졌다.

"!"

"어차피 젖었다만 그래도 그 옷보단 나을 듯해서."

뜻밖에도 그가 제 도포를 벗어 그녀에게 덮어 준 것이다. 여경은 몸 둘 바를 몰라 하며 돌려주려 했지만 그는 저를 쳐다보지도 않고 비 오는 풍경만 들여다보고 있었다.

무슨 생각을 하고 있는 것일까. 똑똑 떨어지는 빗방울 소리만이 사방을 채워, 그의 시선 끝에도 빗방울만이 매달린 것 같았다. 이렇게 가까이서 이렇게 오랫동안 그의 눈을 바라본 적이 있었던가. 몸서리치게 차가운 경멸에 늘 고개를 숙이기 급급하지 않았나.

사여경을 바라보지 않는 그의 눈동자는 끝을 알 수 없는 깊은 우물 같았다. 빗물이 떨어질 때마다 검은 눈동자는 파문을 일으키듯 반짝거렸다. 이렇게 선한 얼굴이었던가. 이렇게 부드러운 표정이었던가.

여경은 새삼스러운 눈길로 그를 한참이나 들여다보고 있었다.

"춥겠군."

그가 닫힌 입술을 열자, 여경은 퍼뜩 정신이 들어 시선을 거두었다.

"괜찮습니다."

빈말이 아니라 하나도 춥지 않았다. 그의 옷을 두르고 있기 때문일까. 어깨에서부터 전해지는 따스함이 그녀의 마음에도 열기를 피우고, 침묵 속을 채우는 빗소리는 여경의 마음을 촉촉하게 두드리고 있었다.

"만약에…… 말일세."

"?"

"오늘 비가 그치지 않으면 어찌 될 것 같은가?"

"만약이라도 그런 말씀 마시지요."

"술만 있으면 이렇게 밤을 새우는 것도 운치 있을 것 같군."

여경은 그가 바라보고 있는 풍경 속으로 눈길을 돌리며 피식 웃었다.

"술도 싫어하시는 분이······."

"이런 날, 이런 곳에서 한잔하는 것은 괜찮······!"

중얼거리던 이후가 말을 딱 멈추고 여경을 지그시 바라보았다.

"왜, 왜 그러십니까."

"흐음. 신기해서 말일세."

"네?"

"내가 술을 싫어하는 것을 어찌 알았을까 해서."

"예?"

그제야 실수를 깨달은 여경은 불안하게 눈동자를 굴리며 어찌이 일을 모면할까 고심했다.

"그야······. 들은 것 같아서······. 분명 그리 들었는데······. 황룡장이나 다른 분들이 말씀하시는 걸 들은 것 같습니다. 언제, 어디서인지는 모르겠고······. 그, 그것이 알면 안 되는 일입니까? 제가 무슨 실수라도 한 것입니까"

이후는 당황하는 의녀가 주절주절거리는 것을 가만 듣고 있다가 대수롭지 않게 대답했다.

"그렇군."

여경은 그가 더 묻지 않고 고개를 돌려 버리자 안도하면서도 가슴 한 켠이 찌르르 아팠다.

무엇을 기대한 것일까. 도대체 무엇을······.

지나가는 비에 여경의 마음은 질퍽하게 고여만 갔다.

또르르.

투명했던 술은 술병을 나오는 순간 홍등에 물들어 핏빛을 띠었다.

"나량은 아직도 차도가 없다지요?"

장화영은 붉게 번들거리는 이각의 얼굴을 보고도 잔을 채웠다.

"태의란 것들이 하나같이 모자라기 이를 데 없다. 놈을 살려 내지 못하면 모두 베어 버릴 것이다!"

잔을 받은 이각은 흉악하기 짝이 없는 말을 내뱉으며 술을 훌훌 털어 마셨다. 그런 포악한 사내 앞에서도 장화영은 웃음을 잃지 않고 나긋나긋한 목소리로 그를 녹였다.

"폐하, 요즘 왜 이리 날카로우십니까. 신첩 두렵습니다."

"네가 왜? 내가 믿을 자는 너밖에 없는데, 두려워하지 말라. 내가 화를 내는 것은 무능한 자들에게 향한 것이니!"

"하오나, 폐하. 무능하지만 폐하의 편인 자들을 잃을까 염려되옵니다."

"내가 궁에 있을 때만 해도 유능한 자들이 많았다. 그자들이 모두 어디 간 것이냐! 이후, 이후, 그놈이 그자들을 데려간 것이 아닌가!"

술에 취한 탓인지, 심기가 어지러운 탓인지, 이각은 말도 안 되는 소리로 이후를 의심하고 증오하고 있었다.

"부디, 현기를 잃지 마소서. 나량이 죽으면 어떻고 살면 어떻겠습니까? 그자가 살아난다 해도 옥새가 어디 있는지 입을 열지 않으면 그뿐입니다. 그에게 기대를 걸지 마세요."

콰직.

이각의 손에 들린 잔이 그의 손아귀에서 깨져 버렸다.

"나는 황태자였다! 마땅히 내 자리로 돌아왔거늘! 이후 따위가 내 옥새를 숨기다니! 있을 수 있는 일이냔 말이다!"

장화영은 피가 흐르는 이각의 손을 가져와 손수건으로 감싸며 말했다.

"예. 말씀대로 폐하께서는 황태자이셨습니다. 그리고 지금은 보란 듯이 황좌에 앉으셨습니다. 헌데 옥새, 그깟 게 무에 중요합니까. 폐하 자신이 황제가 되어야 할 증거며 명분입니다. 동요하지 마시옵소서. 그것이야말로 저 가증스러운 대신들이 원하는 것입니다. 옥새를 핑계로 폐하의 권위를 약화시키려는 것입니다. 설마 이후를 겁내시는 것은 아니시겠지요?"

"이후? 하하하하하! 이후를 겁내? 내가? 그놈이 황좌를 차지할 수 있었던 것도 약은 수로 이재(이황자)와 내가 함께 자멸하길 기다렸기 때문이었다! 제가 가진 힘은 아무것도 없는 놈이다!"

"그러면 되었습니다. 어차피 폐하가 아니면 더 이상 황제로 내세울 인물이 없지 않사옵니까? 이후가 황위에 있는 내내 무엇과 싸웠다 생각하십니까. 바로 저 신하들입니다. 명분과 싸운 것이 아니라 저들과 싸웠나이다. 허나, 폐하께서 그러실 필요가 있겠습니까?"

장화영의 목소리는 마치 꿀을 바른 듯이 달콤해서 술에 취한 이각은 어느새 화를 가라앉히고 귀를 기울이고 있었다.

"그게 무슨 뜻이냐?"

장화영은 황후가 되고도 이후에게 당한 굴욕의 세월들을 생각하면 이가 갈렸다. 날뛰고 있는 이각보다 제 속은 더 타들어 가고 있을 것이다. 허나 그녀는 지난 세월을 참아온 것에 비하면 아무것도 아니라고 생각하며 스스로를 달랬다.

"싸우지 마십시오. 얻을 것을 당연히 얻으십시오. 황제가 아니십니까. 감히 누가 반기를 들 수 있사옵니까? 선황께서 폐하를 태자로 정하신 것을 해월국의 어느 누가 모른다 합니까? 옥새를 앞세워 황권을 넘고자 하는 자가 있다면 일벌백계하여 황실의 권위를 세우시옵소서. 폐하는 그러셔도 되옵니다. 폐하께서는 이후 같은 삼황자가 아니라 명실공히 이 나라 정통을 이어 가실 황제이지 않사옵니까."

그녀의 벅차오르는 말을 듣는 순간, 이각은 무언가 깨달은 사람처럼 눈을 빛내고 허리를 곧추세웠다.

"그래, 내가 황제다. 나 하나면 충분한 명분이 될 것인데, 누가 내 앞길을 막는단 말인가! 당장 이것들을 끌고 와 목을 벨 것이니라. 누구부터 하면 될까! 누가 좋을까!"

"피를 보실 것이면 그 피가 먼 곳에 미치게 해야 합니다. 그래야 두려움이 커지기 때문이지요. 도성의 대신들은 제 아비가 설득 중이니 그들은 포용하고 품으소서. 그리고 쓸모없고 이름뿐인 명문세력가들에게 철퇴를 내려 폐하의 위엄을 널리 알리소서."

"쓸모없는 명문세가들이라? 알겠다. 알겠어. 네가 바라는 것이 있구나. 네가 누구를 말하는지 내 잘 알겠다. 후후훗. 배포가 커도 계집은 계집이로다. 아직도 사여경을 질투하는 것을 보면."

이각이 무릎을 치며 웃음을 흘리자 장화영이 정색하며 반박했다.

"질투라니요? 그것은 제가 이후를 사모했을 때나 어울리는 말이 아닙니까. 지금 제게는 폐하뿐이옵니다. 또한 그 계집은 제 발끝에도 미치지 못한데, 감히 질투가 가당하겠습니까. 사씨를 도륙하는 것은 도주하는 이후에게 갈 곳이 없음을 알리려는 것뿐이니, 곡해하지 말아 주시옵소서."

"그것도 그렇겠군. 궁지에 몰린 이후가 갈 곳은 사희담밖에 없겠어. 그를 따르는 자들이 힘을 합친다면 우리를 위협하고도 남음이지……."

장화영이 따르던 술잔에 마지막 한 방울의 술이 또옥 떨어졌다. 그것이 마치 사희담과 이후의 남은 명줄 같아서 장화영의 새빨간 입술이 흡족한 미소를 머금었다.

어둠이 짙게 깔린 밤하늘에 먹구름이 붉은 달을 비껴갔다. 객점 지붕에 고인 빗물이 처마 아래로 뚝뚝 떨어지다 밤을 뒤흔드는 고함 소리에 후드득 떨어졌다.

"대체 어딜 다녀오시는 길입니까!"

선무는 지켜보는 사람들이 민망할 만큼 큰 소리로 황제와 의녀를 나무랐다. 그럴 만한 것이 사라진 두 사람 때문에 가장 마음을 졸였던 것은 선무였고, 사방팔방 뛰어다닌 그는 그들보다 더 흠뻑 젖어 있었다.

"황룡장, 밤이 깊었네. 듣는 사람이 있을지도 모르니, 조금은 목소리를 낮추는 게……."

길재가 말리자 선무는 한껏 낮은 목소리로 그러나 분통 터지는 심정을 담아 다시 물었다.

"때가 어느 때인데, 말도 없이, 대체 어딜 다녀오시는 길입니까!"

그런 속도 모르고 이후는 뒷짐을 지고 서서 의녀를 따라갔었노라 대수롭지 않게 말했다. 황제에게 더 이상 화를 낼 수도 없으니 선무의 화는 여경에게로 돌아갔다.

"의녀님은 또 어딜 그리 쏘다니셨습니까!"

그러나 여경은 이후보다 더 태연하게 망태기를 스윽 내밀며 말했다.

"약초입니다."

"장에 약초가 널렸는데! 왜 산을 헤매는 것입니까 대체!"

"후. 그러게 말입니다."

고개를 숙이고 후회의 한숨을 내쉬는 여경을 보며 선무는 한결 마음이 풀렸다. 그러나 이어지는 여경의 푸념은 또 선무를 울컥하게 만들었다.

"결국 석이버섯도 못 따고……. 혼자 갔으면 딸 수 있었을 텐데, 괜히 따라오셔서는……."

아직도 버섯이 아까운 여경은 원망하는 눈초리로 황제를 흘긋하더니, 쌩하니 안으로 들어가 버렸다.

"버섯이라뇨? 대체 두 분이서 뭘 하다 오신 것입니까?"

"그놈의 버섯!"

황제는 황제대로 화난 듯이 찬바람을 일으키며 들어가 버렸다. 때문에 화를 풀지 못한 선무는 발을 쾅 하고 굴리며 분을 삭여야만 했다.

여경은 객점 주인에게 주방에서 약재를 달일 수 있게 부탁했다. 주인은 흔쾌히 허락하면서 여경의 젖은 몸을 보더니 혀를 찼다.

"병자도 병자지만, 그래 가지고 먼저 쓰러지겠소. 따뜻한 물로 목욕부터 하시는 게 어떻겠소?"

"아……."

그러고 보니 배를 타고 다니는 동안에도 씻는 것이 힘들었다. 특히나 사내들과 함께하다 보니 더더욱 몸을 씻을 생각을 못 했는데, 얘기를 듣고 나니 온몸이 가려워졌다.

"그럼 더운 물을 부탁해도 되겠습니까?"

"그러지요. 묵고 계신 방에 목욕물을 가져다 놓겠소."

"감사합니다."

여경이 약을 달이는 동안 일꾼들이 욕조를 들고 위로 올라갔다.

한편 이후는 따라 들어온 선무에게 한창 잔소리를 듣던 중이었다.

"황제이십니다. 잊으신 것입니까? 어찌 혼자 다닐 생각을 하셨습니까? 그것도 이 비를 다 맞으시면서! 우리는 폐하를 잃으면 그 것으로 끝입니다. 폐하가 우리의 목표란 말입니다."

"알아들었으니 그만하거라. 귀가 따갑구나. 내가 다시 황위에 오르면 너를 내관으로 두든지 해야겠다."

"예? 그건 또 무슨 해괴한 말씀이십니까!"

"안타깝게도 나량이 죽어 버렸으니, 믿을 만한 내관을 다시 뽑아야 하지 않겠느냐? 헌데 네놈 잔소리가 들을수록 아주 감질나는

구나. 내관으로 적격이다."

"폐하!"

선무는 길길이 날뛰었지만 꾀병 중이던 추산과 나머지 일행들은 웃음을 참지 못하고 끅끅거렸다.

"것보다 네가 그리 소중히 여기는 이 몸이 무척 고단하구나. 목욕물을 받아 줄 수 있겠느냐?"

"내관 연습을 미리부터 시키십니까!"

"그럼 누구한테 말하란 말이냐?"

"벌써 준비해 두었으니, 옆방으로 가 보십시오!"

"것 봐라. 잘하지 않느냐?"

그렇게 한바탕 선무의 속을 뒤집어 놓은 황제가 방문을 열고 나왔다. 그런데 옆방에서 막 여경의 욕조를 가져다 놓은 일꾼들과 마주쳤다.

"욕조가 여기 있느냐?"

"예. 방금 가져다 놓아서 아주 뜨끈합니다."

"알았다."

선무가 말한 옆방은 그 반대편이었지만 공교롭게도 일꾼들과 마주치는 바람에 이후는 당당하게 그 방으로 들어갔다.

침상 반대편에 검은 천이 쳐진 안쪽에 욕조가 놓여 있었다. 그는 가져온 새 옷을 침상에 놓고 입고 있던 옷을 천천히 벗기 시작했다. 해월국의 뜨거운 태양 아래를 누비고 다녔던 이후의 몸은 황궁에 있을 때보다 조금 구릿빛으로 단단해져 있었다.

검은 천을 열고 욕조 안으로 참방 들어갔다. 온기가 몸을 데우자 금세 노곤함이 몰려와 눈을 붙였다.

그가 깜빡 잠이 든 사이, 얼마 지나지 않아 방문이 열리고 여경이 들어왔다. 그녀는 설레는 발걸음으로 종종거리고 다니면서 방문과 창을 꼭꼭 걸어 잠갔다.

"하아……."

기쁨과 안도의 한숨이었다. 오랜만에 아무도 없는 공간에서 편히 쉴 수 있게 되자 절로 한숨이 나왔다.

더운 물로 목욕을 해 보는 것이 얼마만인가. 산에서만 살았기에 계곡에서, 그것도 밤에 몰래 얼음 같은 물로 씻어 왔다. 무섭고 추워서 그마저도 자주 하지 못했기에 한시라도 빨리 욕조로 들어가고 싶었다. 그래서 들뜬 마음에 부주의했다. 조금만 더 신경 썼더라면 침상 위에 가지런히 놓여 있는 이후의 새 옷이 보였을 것이다.

조급하게 옷을 벗어 버리고 검은 천을 열어젖히려던 순간, 여경은 그 자리에 우뚝 멈춰 섰다.

'이런! 버릇이 돼서…….'

제가 두건을 벗지 않은 것을 깨달은 것이다.

두건마저 탁자에 벗어 두자 여경의 몸에는 더 이상 아무것도 걸친 것이 없게 되었다.

그렇게 그저 목욕할 생각만으로 기분 좋게 안으로 들어갔다. 그때까지만 해도 안에서 벌어질 일을 감히 상상이나 했을까. 검은 천이 시야에서 사라지고 제 발이 욕조로 한 걸음 다가간 그 찰나였다.

"허억!"

욕조 안에 있는 사내의 뒷모습을 보고 여경은 귀신이라도 본 것처럼 소스라치게 놀라고 말았다. 아니, 차라리 귀신인 것이 낫지 않은가!

황급히 뒷걸음치며 나가려 했지만, 욕조 안에서 물귀신처럼 뻗어 나온 손이 그녀의 손목을 낚아채 끌어당겨 버렸다. 눈 깜짝할 새에 욕조 앞에 주저앉은 꼴이 되고 만 것이다.

그리고 사내의 얼굴을 확인하기도 전에 가슴 철렁한 목소리가 들려왔다.

"누가 잘못 들어온 건지 모르겠군."

"폐, 폐…… 폐하!"

황제의 목소리가 귀를 파고들자, 배 아래로 쿵 하고 서늘한 것이 떨어졌다.

여경은 그가 서서히 고개를 돌리는 모습을 보고 절망에 가까운 두려움을 느끼고 있었다. 정체를 들키는 방법 중에서도 최악의 것이었다. 그가 어떤 눈으로 저를 볼까. 얼마나 경악스러워할까. 뭐라 변명해야 할까. 심장이 터질 것 같은 불안함에 사로잡혀 바들바들 떨고 있었다.

"!"

마침내 완전히 얼굴을 마주한 순간에 여경은 또 한 번 놀라고 말았다. 아직은 다행이었다. 그는 여경을 보고 있었지만 눈을 감은 채였다.

"내가 물었었지. 두건과 옷, 어느 쪽을 벗는 것이 더 수치스럽냐고."

굳게 닫힌 눈꺼풀이 언제 열릴까, 쿵쾅쿵쾅 뛰고 있는 가슴을 손으로 누르며 여경은 떨리는 입술을 간신히 뗐다.

"……대, 대답……해 드려야 하옵니까?"

"아니. 대답은 이미 들은 것이나 다름없지 않은가."

"……그, 그럼 왜……."

"그래서 내가 눈을 뜨지 못하고 있네. 언제쯤이면 내 눈을 뜨게 만들어 줄 텐가?"

"소, 손을 놓아주시면……."

"손을 놓지 않아도 말일세."

"예? 그게 무슨……?"

"모르겠는가? 나는 항상 그대 앞에서는 장님이 되어야 하니 하는 소리가 아닌가."

"……."

의미를 알 수 없는 황제의 말은 여경을 더욱 조마조마하게 만들었다. 여전히 손목은 잡힌 채였고 그가 눈만 뜨면 모든 것이 밝혀질 것이다. 숨이 막힐 만큼 팽팽한 긴장 속에 침묵이 이어졌다.

"하아!"

갑자기 터져 나온 이후의 장탄식에 여경은 또 한 번 흠칫 어깨를 움츠렸다.

"지금 이 순간만큼은 그대가 내 노비였으면 좋겠네."

"!"

"노비라면 나를 씻겨 줄 수 있을 테니 말일세."

"……모, 모, 못 합니다!"

그런 걸 할 수 있을 리가 없었다.

"그럴까? 내가 눈을 뜨겠다고 협박하면 날 씻겨 줄 것도 같은데."

여경은 경악에 물든 자신의 눈을 보여 줄 수 없는 것이 안타까웠다.

"폐하!"

"어쩔까. 그래 볼까?"

"제, 제발……. 폐하."

그녀가 거의 울 것처럼 사정하자 이후는 입꼬리를 말아 올리며 말했다.

"그럼 이건 어떨까?"

아쉬운 것은 그가 아니니, 여유로운 목소리였다. 여경은 그가 무슨 무리한 요구를 할까 주먹을 꽉 쥐고 다음 말을 기다렸다.

"눈을 뜨지 않을 테니, 그대도 내 부탁을 하나 들어주게나."

"예? 무, 무슨 부탁입니까."

"떠나지 말아다오."

"……."

"정말로 위험해질 것 같으면 그대가 원치 않아도 내가 보낼 것이네. 같이 있겠다고 사정해도 그때는 내가 반드시 떠나게 할 걸세. 이 생활이 언제까지 지속될지 모르지만, 황위를 잃은 내가 이런 생각을 한다는 것이 한심할지도 모르지만……."

"……."

"그대가 없으면…… 심심할 것 같네."

황제에게서 뜻밖의 말이 흘러나왔다. 여기에서 이런 웃지도 못할 모양새로 황제의 진짜 속마음을 듣게 될 줄 상상이나 했을까.

"사는 동안 처음으로 호기심이라는 게 생겼고, 처음으로 누군가에게 관심이란 게 생겼는데…… 그것이 사라질까 초조해서 견딜 수가 없게 돼 버렸네."

여경이 입을 다물고 있는 것은 답을 고심해서도 황당해서도 아
니었다. 아무것도 아닌 말에 왜 코끝이 찡해지는 것일까.

"왜 아무 말이 없는가?"

"정말로…… 처음이십니까?"

"……."

"정말 누구에게도 그런 맘을 품은 적이 없으십니까?"

"한 번…… 있었던 것도 같군. 어렸을 때……."

아……. 어쩌면 그 때문일지도 모른다. 어린 시절 무덤가에 앉
아 울던 그 소년의 모습이 보였기 때문일지도 모른다. 그가 말한
어린 시절이 그때가 아닐지라도 지금 여경의 눈에는 그렇게 보였
다.

심심한 게 아니라 외로워서였다. 갈 곳이 없어서, 누군가의 품
이 그리워 무덤가를 떠나지 못한 것처럼, 지금이 딱 그랬다. 이제
눈을 뜨고 자신을 본다면 그 배신감에 그는 또 잔뜩 가시를 세우
고 돌멩이를 던지던 소년으로 돌아갈 것이다.

함께해 주고 싶다. 끝까지 저를 숨겨서라도, 언젠가 그 앞에서
사라져야만 하는 날이 오더라도 함께해 주고 싶다. 바보같이 그의
돌팔매질에 당하기 전에, 그에게 제가 필요 없어지는 날이 오면
그렇게 사라지면 될 일이 아닌가.

"절대로…… 눈 뜨지 마십시오."

여경은 그에게 조금씩 가까이 다가갔다. 그와 코끝이 닿을 만큼
가까워졌는데도 그녀는 더 다가갔다.

지금 자신이 무슨 짓을 하고 있는지 생각할 겨를이 없었다. 그

녀는 어린 시절 제가 받았던 따스한 입맞춤을 왠지 그에게 지금 돌려줘야 할 것만 같았다. 오직 그 생각뿐이었다.

그가 갑자기 다가왔던 것처럼 여경도 그의 입술에 제 입술을 살포시 포개었다.

"!"

이후는 여경의 촉촉한 입술이 닿는 것을 느끼고 너무 놀라 그대로 굳어 버렸다. 때문에 눈을 뜨지 못한 것이 여경에게는 다행이라 할 만큼.

입맞춤을 한 여경도 불시에 입맞춤을 당한 이후도 서로가 당황하여 말을 잃었다.

"……."

비로소 제가 한 짓이 어떤 짓인지 깨달은 여경은 놀라서 힘이 빠진 황제의 손을 뿌리치고 황급히 뒤로 물러났다.

그러자 이후는 눈을 감은 채로 스윽 욕조에서 일어났다.

"!"

황제가 나신 그대로를 조금도 거리낌 없이 내보이자 여경은 소스라치게 놀라 등을 돌렸다.

이후는 무언가 말하려다가 그만두고 손을 더듬어 검은 천 밖으로 나가고 나서야 눈을 떴다. 침상에 놓인 새 옷을 찾아 천천히 옷을 입는 동안에도 그는 등 뒤로는 눈길조차 주지 않았고 결국에는 무심하게 문 앞으로 걸어갔다.

"문을…… 다시 잠그는 게 좋겠네."

겨우 그 말만을 남기고 매정하게 문을 닫아 버리는 것이다.

'여경아, 무슨 짓을 한 게냐! 어쩌면 좋단 말이냐!'

여경은 그가 제 입맞춤을 불쾌하게 여긴다고 생각했다. 그렇지 않으면 어째서 입을 꼭 다물고 나가 버린단 말인가. 천하고 징그러운 것이 황제의 입술을 탐했다고 생각하실까, 아니면 음탕한 계집이라고 생각하실까.

부끄럽기도 하고 저를 이리 부끄럽게 만든 것이 원망스럽기도 해서 입술을 꼭 깨물었다. 할 수만 있다면 시간을 돌리고만 싶어서 볼 사람도 없는데도 얼굴을 감싸 쥐고 일어날 줄 몰랐다.

한편 이후는 굳은 표정으로 선무의 방으로 들어갔다.

"왜 그 모양새가 그렇사옵니까? 더 젖어 있지 않습니까? 또 왜 이리 일찍 씻고 나오신 것입니까?"

"······."

그랬다. 여경이 제 실수를 한탄하느라 몸서리치는 만큼, 이후의 사정도 썩 좋지 않았다. 눈빛은 어딘가 다급했고, 물기도 닦지 않은 채였다. 아무렇지 않은 척 옷을 입어 보려 했지만, 크게 동요한 나머지 손이 생각대로 움직여지지 않았기 때문이다.

"예? 왜 말씀이 없으십니까!"

"······큰일 날 뻔했다."

"예?"

"하마터면······ 내가 큰 실수를 할 뻔했어."

그녀의 입술을 느끼는 순간 더운 김 속에서 여체의 향이 이후의 온몸을 감쌌다. 안고 싶은 본능과 그래선 안 된다는 이성이 충돌하는 것은 사내에게 크나큰 곤욕이었다.

"그게 무슨 말씀이십니까? 실수라니요?"

"술 한잔하자꾸나. 아니면 오늘 밤 잠을 설칠 것 같다."

그날 밤, 이후는 선무와 주거니 받거니 오랫동안 대작했다. 그가 이토록 술을 많이 마신 것은 이날이 처음이자 마지막이었는데, 아무리 취해도 이후는 그녀의 입술을 잊을 수가 없었다. 오히려 술을 마시면 마실수록 주향에서 그녀의 입술 향이 느껴졌고 술잔에 입술이 닿을 때마다 촉촉했던 촉감이 떠올랐다.

지나가고 생각하니 안타깝기 짝이 없는 노릇이었다.

"아……. 그냥 일을 저지를 것을! 무슨 의리를 지키겠다고!"

종종 그렇게 탄식하는 황제를 보며 선무는 술을 병째로 들이켰다.

"하아! 그렇게 나와선 안 되는 것이었는데!"

당최 알 수 없는 소리만 늘어놓고 물어도 대답을 해 주지 않으시니 말이다.

10.
따뜻한 빗방울이 몰래 입을 맞추네

"좀 어떠십니까?"

"하, 한결 좋아졌습니다."

추산은 황제와 선무의 눈치를 살피며 대답했다. 두 사람은 밤새 술을 마시는 바람에 무서우리만치 퀭한 얼굴로 그를 찌릿 노려보고 있었다.

"나은 것은 아닐 겁니다. 백지는 그저 통증을 가라앉혀 줄 뿐입니다."

"예, 예. 그런 것 같습니다."

"사자님, 오늘 장에 가시면 약재를 좀 구해 주십시오."

한숨을 쉰 여경이 길재를 돌아보며 말했다.

"예. 일러만 주시면 구해 오겠습니다."

"그것으로도 안 된다면 이젠 어쩔 수 없습니다. 제가 할 수 있는 일은 다 한 것이니, 다른 의원을 찾아보셔야 할 것 같습니다."

여경의 풀 죽은 목소리에 추산을 노려보던 이후가 눈을 부릅떴다.

"아, 아닙니다. 차도가 있습니다! 확실히 차도가 있더란 말입니다. 의녀님이 보살펴 주십시오. 다른 의원은 안 됩니다!"

"정말 차도가 있습니까?"

"예, 그럼요. 어제보다 훨씬 덜 아픕니다. 상처 부위도 점점 깨끗해지고 있고요……. 정말로 곧 나을 것 같습니다."

"백지가 염증을 가라앉히기도 합니다만……. 며칠 전 약이 이제야 듣는 건가……?"

"예, 그런 것 같습니다. 제가 원래 약빨이 늦게 받습니다!"

추산은 황제의 따가운 눈총에서 벗어나기 위해 여경을 붙잡느라 진땀을 뺐다.

"아……. 그렇다면 한시름 놓았습니다. 허면 이제 굳이 제가 있을 필요도 없겠습니다."

"예, 예?"

"약이 듣기 시작했으면 이제 다 나은 것이나 다름없습니다. 그냥 제가 준비한 약재들을 잘 달여 드시기만 하면 될 것 같습니다."

"안 됩니다!"

"약속과 다르지 않은가!"

추산의 외침과 거의 동시에 황제가 버럭 소리를 질렀다.

그 바람에 여경뿐만 아니라 모두가 놀라서 황제를 황당한 눈으로 쳐다보았다.

"?"

"약조라니요?"

길재와 선무는 고개를 갸웃거렸다. 어제까지만 해도 별말이 없었는데, 서로 언제 무슨 약조가 오고 갔단 말인가.

"그런 게 있다. 나 좀 보세."

이후는 여경에게 따질 것도 할 말도 많았으나 여경은 그와 잠시도 마주하고 싶은 생각이 없었다.

"굳이 둘이서만 나눌 이야기가 있사옵니까? 그냥 예서 해 주십시오."

"둘이서 할 말이 있을 텐데?"

"저는 없사옵니다. 어젯밤 이미 충분히 이야기를 나누지 않았사옵니까?"

"아, 어젯밤. 그렇지, 그러니 그 뒷이야기를 마무리해 보자는 걸세."

"그럼 어제 하셨어야 했습니다. 저는 이제 더는 그 얘기를 할 이유도 하고 싶지도 않습니다."

이후는 그녀가 무엇 때문에 이렇게 쌀쌀맞게 구는지를 눈치챘다. 어젯밤 당황한 제가 말없이 나가 버린 것을 단단히 오해하고 있는 게 분명했다.

"나는 할 얘기가 있네."

"예서 하십시오. 예서 못할 이야기라면 더 들을 것도 없습니다."

"여기서?"

"예."

"나는 여기서 못 할 이야기가 없는데 그럼 여기서 하지. 어젯밤 그대가 내게 한……."

"!"

황제가 설마하니 이 사람들 앞에서 입맞춤 이야기를 꺼낼 거라 생각 못 한 여경은 황급히 자리에서 벌떡 일어나 그의 말을 막았다.

"왜? 나갈 맘이 생겼는가?"

"……"

입술을 깨문 여경은 대답은 않고 먼저 밖으로 나갔다.

"대체 어젯밤 무슨 일이 있었기에? 의녀가 뭘 했다는 겁니까?"

두 사람이 빠르게 주고받는 대화를 멍하니 듣던 일행은 궁금증을 참을 수가 없었다.

"뭐기는? 내게 한 약조지. 함께 있겠노라 한 약조……."

그렇게 둘러댄 이후는 문 밖에서 기다리고 있는 여경의 팔을 잡아끌고 그녀의 방으로 가서야 놓아주었다.

"이게 무슨 짓이옵니까!"

"그대는 무슨 짓인가? 나와 어제 한 약조는 어쩌고 하루아침에 말을 바꾸는가."

"약조한 적 없습니다."

"했다."

"안 했습니다."

"했네, 분명히."

"없습니다. 그런 적!"

잠시 말을 멈춘 이후가 그녀를 한 번 쳐다본 뒤에 마치 타이르듯이 조용히 말했다.

"내게 절대 눈뜨지 말라고 하지 않았나. 그게 답이었다."

"……."

이렇게 잊고 싶은 어젯밤 일을 듣게 되자 여경은 목덜미까지 빨갛게 물들였다.

"아니라고 말할 수 있는가?"

"그건 그냥……."

"나는 끝까지 눈을 뜨지 않고 약조를 지켰네. 이제 그대가 지킬 차례일세."

"……."

"만약 약조를 어기겠다 한다면 어제 그대에게 받은 인장을 돌려줄 수밖에."

"예?"

이후는 여경에게 한 걸음 한 걸음 다가가 그녀를 벽으로 몰아세웠다. 마침내 여경이 더 물러설 곳이 없게 되었는데도 그는 여경의 가슴에 닿을까 말까 한 아슬아슬한 거리까지 다가왔다.

"여기."

그러고는 손을 뻗어 두건에 가려진 그녀의 입술에 손가락을 갖다 대는 게 아닌가.

"!"

소스라치게 놀란 여경의 귓가로 묵직한 음성이 울렸다.

"돌려받기를 원하는가?"

"……."

여경은 옴짝달싹도 할 수 없었다. 덫에 걸린 기분이 이러할까. 입술조차 움직일 엄두가 나지 않았다.

"원한다면 돌려주지."

"……."

"눈을 감게."

눈을 감을 수 없었다. 눈을 감으면 그와의 입맞춤을 원한다는 뜻이 될 테니, 어제와 같은 실수를 반복하는 것이다.

"아니면 약조를 지키든가."

"……."

제 속을 낱낱이 꿰뚫어 보는 것 같은 그의 검은 눈동자를 마주하고는 입도 뻥긋할 수 없었다. 눈을 피한 여경은 벽에 딱 붙어 있던 손바닥을 힘겹게 들어 올렸다. 부들부들 떠는 그녀의 손이 이후의 가슴을 꾹 밀어냈지만 그는 그녀의 손목마저 낚아채 버렸다.

양손이 붙잡힌 여경은 그를 원망스럽게 올려다볼 수밖에 없었다.

"아직 아무 대답도 하지 않았네. 나는 대답을 듣기 전까지는 그대를 풀어 줄 의사가 없네."

단호한 태도에 다시 기가 죽은 여경은 살포시 눈을 내리깔고 말을 하기 시작했다.

"어, 어제…… 일은……. 그, 그 일은……."

차마 입맞춤이라는 말을 꺼내지 못한 여경이 답답하기도 하고 안됐기도 한지라 이후는 이쯤에서 한발 물러났다.

"내가 어찌해 주면 좋겠는가? 그 일을 잊어 주길 바란다면 그리하겠네."

"저, 전……."

"그 일 때문에 서둘러 떠나려 한 것이라면 그럴 것 없네. 그러면 되겠는가?"

"……이, 잊고 싶으십니까? 감히 저 같은 것이…… 감히……."

"그대 같은 것이 무엇인가? 신분? 아니면 처녀의 몸이 아닌 것? 그것도 아니면, 그대가 가리고 다니는 그 흉하다는 얼굴?"

"……전부……입니다."

"왜 그리 생각하는가?"

"시, 실수였습니다. 왜 그랬는지…… 뭐에 홀렸는지…… 후회했습니다. 죽고 싶을 만큼 부끄럽고 당황스러웠습니다. 그랬는데……."

여경은 또 어제처럼 울음이 나올 것 같아 입술을 꼭 깨물고 눈물을 글썽거렸다.

"그랬는데, 내가 나가 버렸지. 그 때문에 감정이 상했으리라 예상은 했네."

"……어째서 사죄할 시간조차 주지 않으셨습니까. 어째서…… 그렇게나 저를 외면하셨습니까."

이후는 여경의 손을 놓고 대신 그녀의 턱을 조심스럽게 들어 저를 마주 보게 했다.

"황제의 자리에 있다 하루아침에 폐주가 되었네. 그런 내가 신분을 중히 여길 것 같은가? 두 명의 황후를 잃은 내가 그대의 과거를 탓할 것 같은가? 어차피 보여 주지도 않는 그대의 흉한 얼굴을 내가 더럽다 할 것 같은가? 아니, 내게 그대는 죽어 가는 나를 아무 대가 없이 살려 낸 어진 사람일 뿐, 그런 것들은 그저 그대의 자격지심이겠지."

"······."

"허나, 그대는 아직 내 앞에서 그 두건조차 벗을 용기가 없지 않은가. 그런 그대를 한순간의 욕정에 이끌려 내 맘대로 품을 수는 없었네. 그래서······ 나는 사실 도망친 것일 뿐일세. 한순간의 실수로 그대를 잃지 않기 위해."

아껴 주고 지켜 주겠다. 그런 마음일까. 그렇게 느낀 여경은 목덜미까지 새빨개졌다. 잘못 이해한 게 아닐까 하면서도 마음속에 간질간질 따뜻한 바람이 부는 것을 어찌할까.

서운함에 얼어붙은 마음이 이렇게 한순간 녹아내리고 있었다.

"도망치지 않았어야 했는가?"

"······."

뭐라 대답해야 할까. 아무리 물어도 저는 대답할 수 없는 질문이었다. 그에게 안길 수도, 그를 밀쳐 낼 수도 없는 처지가 아닌가. 입술만 잘근잘근 깨물고 있는데 그가 붙잡은 손을 놓아주었다. 그러더니 갑자기 머리를 툭 쓰다듬는 게 아닌가.

"폐, 폐하······."

"나하고 놀러 가지 않겠는가?"

"······예?"

"답도 없는 생각을 계속해서 뭐하겠나. 그냥 놀아 보세."

"······예?"

이후는 도무지 이해가 가지 않는다는 그녀의 눈빛을 보며 피식 웃음을 흘렸다. 시간이 흐르면 자연히 해결되는 일들도 있지 않을까. 결정을 내릴 수 없다면 그대로 두어도 상관없지 않을까. 오늘 당장 그녀가 떠나지 않으면 될 일이다. 내일 떠나겠다고 하면 내일 또 붙잡으면 된다.

"실은 시전 구경을 하고 싶네. 한 번도 그런 것을 제대로 본 적이 없어서 말일세."

여경은 그가 어제 일을 얼렁뚱땅 넘기려 한다는 것을 알았다. 그것이 저를 위해 그런다는 것도 눈치챌 수 있었다. 언제든 진심으로 떠나고 싶어지면 그때 떠나라는 것이다. 망설인다는 건, 남고 싶은 마음도 있기 때문임을 알려 준 것이다.

"……황룡장의 허락을 받아야 하지 않겠습니까?"

선무는 딱 잘라 안 된다고 말했다.

"사람들 눈에 띄지 말라지 않았습니까. 산에 돌아다니는 것도 불안한데 어딜 돌아다니겠다는 겁니까! 오늘 제가 여길 지켜서라도 못 나가도록 막을 것이니 그리 아십시오."

"그게……."

길재가 뭔가 할 말이 있는 것처럼 끼어드는데, 그 소리를 듣지 못했는지 이후가 선무에게 따지고 들었다.

"사람이 많은 시전이다. 그런 곳에 있으면 오히려 더 들키지 않는다. 게다가 이렇게 수염도 붙이고 있고……. 병사들 중에 내 얼굴을 알아보는 이가 몇이나 될 것 같으냐?"

"만에 하나 말입니다, 만에 하나!"

"저기 그게……."

"만에 하나 그런 일이 생긴다면 그것도 내 운인 게다, 호위무사가 객점에서만 노는 것도 수상하기 짝이 없지."

"저기, 두 분! 드릴 말씀이 있습니다."

길재는 간신히 두 사람을 뜯어말려 놓고 제 말에 집중하게 했다.

"그렇지 않아도 조금 전에 연락이 왔습니다."

"무슨 연락 말이오?"

"그날 우리 배를 조사했던 관병이 상단에 찾아와 폐하와 의녀를 찾았습니다."

"우리를? 왜?"

"지나가는 길에 들른 듯했는데, 두 분이 상단과 함께 있지 않은 것을 보고 묻기에 아픈 사람을 돌보느라 객점에 있다 했습니다. 그랬더니, 좋은 의원을 소개해 준다지 않겠습니까. 부장의 자상을 들키기라도 한다면 의심을 살 것 같아 우리 상단에 의원일도 하고 있다 했는데, 무척 반가워하는 게 아니겠습니까."

"그러니까 왜?"

들으면 들을수록 관병이 저희를 찾는 이유가 상상이 가지 않았다. 그러자 길재는 씁쓸하고 난감한 표정으로 말을 이었다.

"월영군(월곶이 속해 있는 군) 군수의 아내가 어렵게 아이를 가졌사온데……. 아내의 몸이 매우 허약해지고 있어 태중에도 해를 끼치고 있는 모양입니다. 문제는 부인께서 예전부터 낯을 심하게 가리고 부끄러움이 많아 여의를 찾는 중이라 하옵니다."

"설마……."

선무는 매우 불안한 눈으로 두 사람을 번갈아 바라보았다.

"예, 의녀님께서 수고를 해 주셔야 하옵니다."

"쫓기는 우리더러 관에 제 발로 걸어 들어가란 말인가?"

이 자리에 없는 여경 대신 이후가 황당하다는 듯이 반문했다.

"월영군수와 대면한 적이 있으시옵니까?"

"나는 없다."

"그러면 별로 문제 될 게 없을 것이옵니다. 오히려 그곳에 머무는 게 황군의 눈을 피하기 더 좋을 것입니다."

"흠……. 그렇긴 하겠다마는……."

"저는 좀 불안합니다. 만약을 대비해 호위 몇 명을 몰래 따르게 하는 건 어떻겠습니까?"

선무는 관에 드나드는 황군 중에 황제를 알아보는 장졸이 있을까 그것이 걱정이었다.

"그렇게 한다 해도 내당에는 들어갈 수 없을 것입니다. 일단은 의녀님을 믿어 보는 수밖에요. 그들에게 한 치의 의심도 없이 의녀로서 신뢰를 쌓아야 하며, 두 분이서 자연스럽게 부부 행세를 하셔야 합니다. 지금은 그 수밖에 없습니다."

이후는 천천히 고개를 끄덕이며 물었다.

"상단은 언제쯤 떠날 예정인가?"

"적어도 사흘은 있어야 의심받지 않고 떠날 수 있을 듯합니다."

"부부 행세라……. 흠……. 재미는 있겠군."

"폐하……. 지금은 그런 것을 즐길 때가 아니옵니다. 제발 긴장 좀 해 주시옵소서!"

선무가 가슴을 치며 답답해했지만 이후는 군수가 보내온 새 옷을 풀어 보며 흡족해하고 있었다.

시전을 지나는 여경과 이후는 사람들 눈에 거의 띄지 않았다. 그도 그럴게 월곳은 각양각색의 사람들이 모여들어 늘 복작거렸다.

수염을 붙였으나 누가 보아도 잘생긴 이후를 힐끗거리는 사람도 있었지만 그뿐이다. 그가 손을 꼭 잡고 가는 여인을 보며, 다들 잘 어울리는 한 쌍이라 생각하며 더 이상 관심을 갖지 않았다.

짙은 남색 치마와 분홍 저고리를 입은 여경의 걸음걸이는 구름을 거닐 듯 사뿐하고 기품이 있었다. 그렇기 때문에 여경이 얼굴을 가렸다고 해서 이를 이상하게 보는 사람이 없었다. 시전에는 신분이 높은 여인네들이 얼굴을 가리고 모여드는 경우가 많았기 때문이다.

"……손을 계속 이리 잡고 가야 합니까."

습하고 더운 날이었다. 거기다 긴장한 탓에 손바닥이 축축해서 손을 잡고 있기가 민망했다.

그런데 여경의 투덜거림을 들은 황제는 미끌거리는 손을 놓칠세라 더욱 꼭 잡았다.

"사람이 많아 서로 떨어지기 십상인 데다가, 그대의 불안증세로 인해 한시도 떨어질 수 없는 사이로 알려졌으니 손을 놓을 수가 없네."

"그러게 처음부터 거짓말을 하는 게 아니었습니다. 거짓이 거짓을 낳지 않았습니까……."

그러다 곧 여경의 말소리가 흐려졌다. 저야말로 감추고 속인 것이 너무 많지 않은가.

"그 거짓 덕분에 우리가 이렇게 나들이를 나올 수 있었으니 오히려 잘된 일이지."

"나들이라니요? 군수 댁에 병자를 돌보러 가는 길 아닙니까?"

여경은 눈을 동그랗게 뜨고 정색했다.

"언제까지 가겠다, 한 적은 없지 않은가. 잠시만 둘러보고 가세나. 실은 난 이렇게 사람이 많은 곳은 처음 와 보네. 언제나 밤이나 돼서야 나들이를 나갔지. 그게 아니면…… 내가 오는 것을 알고 죄다 땅에 엎드린 사람들뿐이어서, 이런 풍경이 무척 낯설고 신기하다네. 물건을 사러 나온 젊은 남녀들이 꽤나 많이 어울려 다니는군. 이렇게 자유롭고 생기 넘치는 곳이 있을 줄 몰랐네."

호기심으로 빛나는 황제의 눈빛과 들뜬 목소리를 듣고 여경은 새침해졌다. 역시 그는 아무것도 기억을 못 하는 모양인 것 같아서였다.

"그건 아니지요. 왜 전에…… 아!"

"응?"

무심코 옛일을 말할 뻔한 여경은 제 실수를 눈치채고 재빨리 입을 다물었다. 어린 시절 황제가 명화황후의 무덤을 찾을 때, 그때 많은 사람들이 꽃놀이를 나오지 않았던가.

"전에 무슨……?"

"아, 배에서 내렸을 때도 사람이 많지 않았습니까. 헌데 생각해 보니, 그날은 구경거리랄 게 없었지요. 아무튼 한시가 급한 병자일지도 모릅니다. 급히 가셔야지요."

다행히 여경은 적절하게 잘 둘러대고 가슴을 쓸어내렸다.

"그리 급했으면 굳이 의녀를 찾았겠나. 의원이라도 불렀을 테지."

"그거야 모르는 일입니다. 저만 해도…… 두건을 절대 벗을 수 없는…… 것처럼요."

이후는 그녀의 목소리가 쓸쓸하게 느껴져서 더 이상 조르지 않고 그녀의 뒤를 따랐다.

그렇게 침묵하며 반 시진쯤 걸어오자 월영관청에 도착할 수 있었다.

관청에는 궁에서 보낸 황군들이 제법 포진해 있었다. 여경은 군사들이 찌릿한 눈으로 저를 쳐다볼 때마다 살이 떨렸지만 황제는 태연하게 미소로 화답하기까지 했다.

"나리, 의녀가 당도하였습니다."

군수 정효원이 그들을 직접 맞이했는데 한눈에도 부인에 대한 걱정으로 초조해하는 것을 느낄 수 있었다. 마흔 줄에 들어서 처음 가진 아이인 데다, 스물다섯에 처음 부인을 잃고 시름에 잠겼다가 거의 십 년 만에 얻은 부인이라니 그 사랑이 얼마나 큰지 짐작할 수 있었다.

"이런저런 이유를 들어 치료받기를 거부하고 있네. 그러다 마지막에 의원은 싫고 의녀를 불러 달라 하니, 얼마나 난감했겠는가. 마침 그대들의 이야기를 듣고 크게 안도했네."

"저 같은 촌부의 실력으로 될지는 모르겠습니다만, 병자부터 살펴본 연후에 말씀드리겠습니다."

"잘 좀 부탁하네. 너는 의녀를 안내해 주고, 이들에게 부족함이 없도록 잘 살펴 주거라."

"예."

하인이 여경과 이후를 데려갈 때였다. 정효원의 눈이 고개를 숙여 인사하던 이후의 눈과 스쳤다. 아내의 대인기피증으로 인해 한시도 떨어지지 않는다는 호위무사 이야기를 들었으나, 의녀에게만 관심을 두었기에 처음으로 그의 눈을 본 것이다.

"!"

그 순간 정 군수는 왠지 모르게 소름이 돋아 흠칫거렸다. 왜일까. 사내는 과하지 않게 공손했고 품행에 절도가 있었다. 자만하거나 천박하거나 포악한 자가 아니었는데도 왠지 모를 위압감과 범상치 않은 기도에 제가 눌린 기분이 드는 것이다.

"이상하군."

"예?"

그의 옆에 있던 관원이 묻자, 정 군수는 중얼거리듯이 대답했다.

"그냥 호위무사가 아니야. 남의 밑에서 호위나 하고 다닐 그런 사람이 아닌 듯해……."

"인상이 차갑고 날카로워 그렇겠지요. 제 부인 끼고도는 것밖에 모르는 사내인 모양입니다."

"뭐, 우리야 아내를 낫게만 해 준다면 아무 상관 없지만, 그래도 혹 모르니 저자를 예의주시하게. 신경이 쓰이는 자로군."

"예, 그러겠습니다."

군수의 눈에 사라지는 이후의 등이 마치 거대한 태산이 멀어지는 것처럼 보였다.

관청 내당에 들어서자 분위기가 달라졌다. 아담하게 꾸며진 정원은 나무와 풀이 서로 자연스럽게 얽히고설켜서 그것들이 자유로이 어우러져 노는 것처럼 보였다.

그래서 여경은 어쩐지 이 정원이 황제가 아끼던 명화황후의 향원정을 닮았다고 느꼈다. 버려진 정원이라곤 하나 작은 숲처럼 운치 있었던 그 정원.

"정원이 맘에 드나 봅니다요."

여경이 정원에서 눈을 떼지 못하자 하인이 뿌듯한 얼굴로 말을 걸었다.

"아, 관청의 정원치고는 정감이 가서……. 사람 손을 탄 듯 안 탄 듯 잘 다듬어 놓았네."

"그게 우리 마님 솜씨입니다요. 쩝. 지금은 저리 누워 계시지만…… 하루도 거르지 않고 나와서 정원을 돌보셨더랬죠……."

하인의 말속에서 여경은 군수의 부인이 아랫사람들에게 신망이 높고 다정다감한 성품임을 알 수 있었다. 그리고 보면 사람을 싫어하거나 낯을 가리는 이가 아닌 듯한데 어째서 치료를 거부하고 있는지 이해가 가지 않았다.

"혹 부인께서 치료를 거부하시는 이유를 아시는가? 군수께서는 다 말씀해 주지 않으신 듯해서……."

"글쎄요……. 뭐라 말씀드려야 할지……."

"말을 해 줘야 치료가 빨리 될 수 있네. 자칫 잘못하다간 태중의 아이가 돌이킬 수 없는 지경이 될지도 모르네."

"음……. 그것이……. 실은 마님께서 아이를 원치 않으신 듯합니다."

"원치 않다니? 군수께서는 저리 원하시는 아이를 왜? 설마……. 두 분이 그러니까……. 사이가 좋지 못하신가?"

"그것도 아닙니다요. 뭐, 우리 나리께서 먼저 좋아하신 것도 맞고 마님께서는 많이 젊으시니 사람들이 간혹 그런 오해를 합니다만 그런 것은 절대 아닙니다."

"그러면 왜?"

"마님께서 예전부터 좀 우울한 증세가 있으셨는데, 그것이 더 심해지셨습니다."

"음……."

여경은 이번 일이 쉽지 않음을 느끼고 낯빛이 어두워졌다. 우울 증이라는 것이 한 사흘 약을 쓴다 해서 고칠 수 있는 병이 아닌데다 본인이 아이를 원치 않고 있으니 치료에 뜻이 없다는 게 아닌가.

"마님, 의녀가 당도하였습니다. 안으로 들여보내겠습니다."

"……."

안에서는 아무 대답도 들리지 않았는데 잠시 기다리던 하인이 여경에게 손짓을 했다.

"들어가 보시지요."

그러자 이후 역시 여경을 따라 들어가려 했다.

"어이쿠, 무사 나리는 안 됩니다요."

"?"

"의원도 아니신데 외간 남자가 어디를 들어가십니까. 게다가 의원도 못 들이게 하는뎁쇼."

"아……. 하지만."

"괜찮습니다. 예서 기다려 주십시오."

그렇게 못마땅해하는 이후를 남겨 두고 여경은 부인의 방으로 들어갔다.

넓은 방과는 대조적으로 방 안의 물건들이 검소하기 짝이 없었다. 이것이 관청의 안주인 방이라는 것을 믿기 어려울 만큼.

여경은 침상으로 다가가 죽은 듯이 돌아누워 있는 그녀에게 말을 건넸다.

"마님……. 실례가 되겠지만 어디가 어찌 편찮으신지 진맥부터 해 보아야……!"

말이 끝나기도 전이었다. 갑자기 돌아누워 있던 정 부인이 튀어 오르듯 벌떡 일어나며 외쳤다.

"마마!"

"!"

익숙하지만, 그러나 심장이 철렁한 외침이었다.

마마……! 혹시나 밖에서 기다리고 있을 황제에게 그 소리가 들렸을까 봐 가슴이 뛰었다.

여경은 휘둥그레진 눈으로 정 부인을 바라보았다. 부인 역시 놀란 눈으로 자신을 바라보고 있었다.

저를 마마라고 불러 준 이. 한때 그렇게 불렸던 저를 아직도 잊지 않고 있는 이.

'소화! 소화야…….'

살라고 사가로 보냈던 소화가 이곳 월곶에서 군수의 아내가 되어 있을 줄이야!

'소화야…….'

얼싸안고 그렇게 그녀의 등을 쓰다듬으며 이름을 부르고 싶었다. 하지만 그럴 수가 없었다. 이렇듯 다른 삶을 살아가는 소화를 저와 같은 위험 속에 빠트릴 수는 없지 않은가.

소화는 눈을 깜빡이다가 실망한 표정으로 시선을 돌리며 말했다.

"미, 미안하네. 내가 아는 분과 목소리가 매우 닮아서……."

여경은 이후를 다시 만났을 때 그리했던 것처럼 목소리를 가다듬었다.

"아, 아…… 워낙에 평범한 목소리라, 그런 소리를 자주 듣습니다."

"……의녀…… 라고 했나?"

"예, 마님. 이제 진맥을 해도 되겠습니까?"

"그…… 두건은…… 왜?"

"이건 남들에게 보일 수 없을 만큼 심한 화상을 입어서 가리고 다니는 것입니다."

"화상……?"

"예."

계속 저를 똑바로 보지 못하던 소화는 계속 주저하며 말을 꺼냈다.

"호, 혹시…… 내게 보여 줄 수는……."

"아직도 제가 그 마마라는 분과 같은 사람일까 의심하시는 것입니까?"

소화는 마마라는 말을 섣불리 입 밖에 꺼내 버린 것을 후회하는 듯 목소리가 점점 작아졌다.

"……두건까지 하고 있으니, 어쩐지……."

"죄송합니다, 마님. 저는 제 남편에게조차 얼굴을 보이지 않고 있습니다. 그러니 정 제 얼굴을 보셔야겠다 하시면 이대로 돌아갈 수밖에 없습니다."

남편이라는 말에 소화는 고개를 푹 숙이고 한숨을 쉬었다. 죽은 황후마마가 살아 있다는 것도, 남편이 있다는 것도 있을 수가 없는 일이 아닌가.

"……돌아가시게."

"!"

"나는 딱히 어디가 아픈 곳이 없네."

"안색이 나빠 보입니다."

"……"

"군수 나리께서 많이 걱정하고 계십니다. 집안의 일꾼들도 모두 마님이 쾌차하시길 바라니 모두의 기대를 저버리지 마십시오."

"난……"

그때였다. 문 밖에서 기다리던 이후가 지루했는지 기척을 냈다.

"내가 뭐 도울 게 없는가?"

목소리를 들은 여경은 화들짝 놀라 일어나며 소화의 눈치를 살폈다.

"아, 제 남편입니다. 잠시만……"

소화가 황제의 목소리를 알아차렸을까?

'아니야. 이 정도로 알아차리진 못했을 거야.'

알아차렸다면 지금이라도 당장 자리를 털고 일어나 확인하려 했을 것이다.

여경은 문을 열자마자 황제를 문 앞에서 떨어지도록 슬쩍 그의 팔을 잡아당겼다.

"진맥 중이었는데 떠드시면 어쩝니까."

"그랬는가?"

그가 여기 있으면 안 된다. 수상하게 여긴 소화가 문을 열고 나오기라도 한다면 큰일이었다. 황제를 알아보지 못할 소화가 아니었다. 저 때문에 황제에 대한 원한이 깊으니 황제를 본다면 당장에 군수를 시켜 잡아들일 게 뻔했다.

"필요한 것이 있으면 이곳 하인들에게 시키면 됩니다."

"허면 나는 뭘 하면 될까?"

소화의 방까지 목소리가 들리지 않을 만큼 멀어졌을 때 여경은 그의 소매를 놓고 대뜸 등을 떠밀었다.

"가, 가십시오."

"?"

"병자가 여인이라 낯을 가리지 않아도 됩니다. 상단의 일도 화급한데, 예서 노닥거리지 마십시오."

이후가 듣기에 그것은 여경이 혼자 남을 충분한 이유가 되지 못했다.

"그럴 수는…… 없지. 그대를 혼자 두고 가기에는……."

"저는 정말 괜찮습니다."

"아니, 내가 괜찮지가 않……."

사방을 둘러보던 이후는 아무도 없는 것을 확인하고 나서야 한껏 목소리를 낮추어 물었다.

"어찌 이러는가? 혼자 있다가 무슨 변을 당할지 모르는데 갑자기 돌아가라니? 지금 내가 떠나면 그대가 아무리 낯을 가리지 않는다 해도 사람들은 그리 생각하지 않을 걸세. 꼭 붙어 있을 때는 언제고 갑자기 떠나느냐 의심할 걸세. 아니면, 무슨 다른 생각이 있는 겐가?"

"다른 생각이랄 게 뭐가 있겠습니까. 폐하께서 이러고 계시니 제가 불안해서 병자에게 집중할 수가 없어 그렇습니다."

"그런 거라면 신경 쓸 것 없네. 쥐 죽은 듯이 있을 테니."

"신경이 갈 수밖에요. 밖에서 이리도 서성거리시는데……. 그러지 말고 돌아가십시오. 호, 혹시…… 제가 다시 오지 않을까 봐 이러시는 것입니까?"

"……."

"역시 그런 것입니까? 걱정 마시옵소서. 돌아갈 것입니다. 추 부장의 상태도 어떤지 봐야 하고……."

여경은 저를 의심스러운 눈으로 바라보며 한 마디도 하지 않는 이후를 어찌 설득을 해야 하나 고심했다. 그러다가 결국 손가락을 꼬물거리며 어렵게 입을 뗐다.

"믿어 주시옵소서. 야, 약조를 드리지 않았사옵니까. 저는 아직…… 그 약조 도, 돌려받지 않았나이다."

고개를 푹 숙이고 자신 없이 말했지만 이후는 오히려 그녀의 예상 못 한 말에서 진심을 느낄 수 있었다. 부끄러움을 무릅쓴 떨리는 목소리가 기특하기만 했다.

불현듯 여경은 따뜻하고 묵직한 것이 머리에 닿는 것을 느끼고 고개를 들었다. 그의 커다란 손이 제 머리를 쓰다듬으며 저를 빤히 들여다보고 있었다.

"……."

"이것 참……. 공교롭지 않은가?"

"예?"

"남들에게는 사랑을 나누는 입맞춤이 우리에게는 이별을 의미하게 되었으니 말일세."

화악. 화끈거리는 열기가 여경의 얼굴을 덮었다. 그녀는 황급히 뒤로 물러서며 도망치듯 그에게서 멀어졌다.

"아, 아무튼 어서 돌아가 계십시오!"

뒷짐을 지고 선 이후는 그녀가 잰걸음으로 방 안으로 들어가는 것을 보고 피식 웃었다.

한편 멀리서 이들을 지켜보던 관원이 머리를 긁적였다.

'군수께서 이 사랑놀음이 부러우셔서 지켜보라 하셨나……. 수상하긴 개뿔. 사람 염장만 지르는구나.'

관원은 군수의 의심을 대수롭지 않게 생각했다. 얼굴에 화상을 입은 아내를 이토록 아끼는 것을 보면 저 사내의 순정이 남다르긴 한가 보다며, 새삼 따듯한 눈길을 이후에게 던지고 있을 뿐이었다.

그렇게 다시 정 부인의 방으로 들어간 여경은 저를 바라보는 소화의 눈빛이 어딘가 그윽해서 들킨 것이 아닌가, 가슴이 콩닥콩닥 뛰었다.

"남편이 왜 여기까지 따라온 겐가?"

"아……. 제 이 두건 때문입니다. 사람들이 이것을 강제로 벗길까 겁나고 늘 불안해서 바깥나들이를 할 수 없게 되자, 남편이 항상 저를 따라다니며 지켜 주었습니다."

"그런가……? 헌데 여기에 들어오지 않아도 괜찮은가?"

대충 둘러댔더니, 역시나 소화는 더 궁금해했다.

"아무리 그렇다 해도 여기에 어찌 들이겠습니까. 그리고 마님께

서도 저와 마찬가지로 낯선 이들을 싫어하신다니, 제가 한결 마음
이 놓여서 말입니다."

"……그래, 알겠네."

여경은 이쯤에서 그녀가 황제에게 더 관심을 갖지 않도록 재빨
리 말을 돌렸다.

"그러니, 이제 제 치료를 받으십시오. 저 역시 마님의 처지와
비슷하니, 저를 믿어 보십시오. 아니면 제게 치료를 거부하는 연
유라도 알려 주셔야 합니다. 그래야 저도 군수 나리께 면목이 서
지 않겠습니까. 아니면, 군수 나리께 그 마마란 분에 대해 물어도
되겠습니까?"

"그, 그건……."

소화는 크게 당황하고 있었다. 역시 정 군수는 그녀의 신분을
모르는 모양이었다.

"귀한 아이인 듯싶은데 왜 낳지 않으시려고……. 말 못 할 사정
이라도 있습니까?"

그동안 다른 의원은 매몰차게 내쳤으면서, 여경에게는 친숙함을
느껴서인지 동정심이 먹혔는지 소화는 입술을 오물거리며 망설이
고 있었다.

"그건……. 내가…… 아이를 낳아선…… 안 되는 몸이라…….
내 주제에…… 그러면 안 되는 것인데……."

그러면서 그녀는 닭똥 같은 눈물을 뚝뚝 떨어트리다가 얼굴을
감싸 쥐고 흐느끼기 시작했다.

지켜보던 여경의 코끝이 찡해졌다. 저 혼자 살아남았다는 소화
의 죄책감이 느껴졌기 때문이다. 게다가 어찌 된 일인지 모르지만

나인이었던 그녀가 혼인을 해서 아이를 가졌다는 건 큰 죄이긴 했다.

하지만 그러라고 소화를 떠나보내지 않았던가. 이렇게 살아서 좋은 집에서 사랑받으며 사는 것을 보니 얼마나 반갑고 감사한데, 이 여린 것이 아직도 저를 못 잊고 마음 아파하는가.

여경은 저도 모르게 소화의 등에 손을 갖다 대고 쓸어 주었다.

"흑."

"아이를 가질 수 없는, 아니, 가져선 안 되는 여인은 없습니다. 무슨 사연인지 모르겠으나, 군수 나리를 사랑해서 품은 아이라면 마땅히 낳으셔야 합니다. 낳지 않는다면 그것이 더 큰 죄랍니다."

"흐윽……."

"아무 생각 말고, 옛일은 모두 잊으세요. 지금은 그저…… 세 분이 행복할 일만 생각하시면 됩니다. 그것이……."

여경은 정말로 하고 싶은 뒷말을 할 수가 없어 안타까웠다.

'그것이…… 내가 바라는 일이란다, 소화야.'

간절한 그 목소리가 어쩌면 들렸을지도 모른다. 눈물을 닦고 고개를 든 소화가 촉촉한 입술로 말했다.

"치료를…… 받겠네."

이틀 전 내린 비가 흔적도 없이 사라지고, 해가 땅을 태우는가 싶더니, 또 밤새 비가 내렸다. 깊은 밤, 정 부인의 처소에서 나온 여경은 빗물에 발을 적셔 가며 주방으로 향했다.

여경은 빠알간 불 앞에서 홀로 쪼그려 앉아 젖은 발을 꼼지락거리며 약을 달이기 시작했다. 불을 살피다가 문득 문 밖을 보는데, 추적추적 내리는 비에 괜스레 얼굴이 붉어졌다.

처마에서 떨어지는 빗방울 소리. 약탕기에서 피어오르는 하얀 김이 여경을 아련하게 감쌌다. 어쩌면 습한 옷감의 서늘함 때문일지도 모른다. 젖은 몸을 감싸 주던 그의 서늘한 옷자락이 떠오르는 이유가.

어느새 여경은 빗방울 소리가 적막함을 메웠던 그날의 산속에 놓였다.

팔을 꼭 감싸고 저 혼자 수줍음에 몸서리치는데도 먼 곳을 바라보던 그의 얼굴이 좀처럼 사라지지 않았다.

"아직 그러고 있는가?"

"!"

빗소리를 헤집고 들어온 이후의 목소리가 여경의 달콤한 망상을 흩어놓았다. 하지만 그가 그녀의 곁에 나란히 쪼그려 앉자 현실은 망상보다 더욱 으슬으슬한 수줍음을 안겨 주었다.

"여, 여태 안 가셨습니까?"

"병자에게 집중할 수만 있으면 되지 않는가? 눈에 띄지 않도록 잘 숨어 있었네."

"……뭐, 뭐 하러 그렇게까지……. 저를 그리 못 믿으십니까?"

"나는 원래 의심이 많은 사람이라네."

"……가십시오. 여기 계속 계시면 제가 불편해서 안 됩니다."

"아직 정말로 불편한 일을 만들지 않았네만."

"예?"

"밤이 늦었네. 군수가 인심이 좋은 모양일세. 우리가 묵을 방이 아주 좋더군."

"!"

이제야 깨달았다. 부부로 이곳에 와 있으니 방을 따로 줄 리가 없었다.

"오랜만에 좋은 침상에서 좋은 음식을 먹을 수 있게 되었어."

"……그, 그럼 어서 가서 편히 주무십시오."

"너무 편해서 도리어 잠이 오지 않으니, 그대가 옆에 누워야겠네."

"네, 네?"

"그래야 불편하지 않겠나?"

"무, 무, 무슨 그런 말씀을……! 저는 아직 잘 시간도 안 됐으니 어서 들어가십시오!"

"궁에서 나온 뒤로는 하루도 혼자 방을 쓴 적이 없더군."

"그러니 더 잘된 일이 아닙니까."

"계속 혼자일 때는 몰랐는데, 갑자기 혼자 자려니 잠이 오지 않아."

"그러면 다시 객잔으로 돌아가시든지요."

이후는 자꾸만 저를 밀어내는 여경을 보고도 기분 나빠하지 않고 웃기만 했다.

"왜 그리 웃으십니까. 지금 저를 놀리시는 것입니까."

"문득 이런 궁금증이 생겨서 말일세. 혹시 함께 자다 그 얼굴을 내가 보게 될까 두려운 것인가, 그것이 아니면 나를 사내로 생각해서 이러는 것인가."

78

"!"

여경은 벌떡 일어났다.

"그만하십시오. 대답할 가치도 없습니다."

"어딜 가려고?"

"병자를 살피러 갑니다."

"이 시간에?"

"원래 병은 밤에 더 도지는 법입니다."

"가 봐야 소용없네."

"?"

"군수가 부인의 방으로 들어가더군. 두 사람의 시간을 방해할 생각인가?"

"!"

문 밖으로 한 걸음 내밀었던 발이 멈췄다. 이렇게 되면 갈 곳이 없어진 것이다.

"새삼 내외하기는. 그 움막에서 함께 지냈던 것을 모두 잊은 모양일세."

"같은 침상을 쓰지는 않았습니다!"

"내게는 그 좁은 움막에서 따로 자는 것이나, 넓은 침상에서 같이 자는 것이나 다를 바가 없다네. 아니지. 여기 침상이 떨어져 자기엔 훨씬 넓겠군."

"……."

"내게 별다른 사심이 없다면 이제 와 새삼 한방을 쓰지 못할 이유가 있는가?"

갈 곳이 없다. 밤새 주방에 앉아 있으면 그 역시 밤새 이곳에

79

있을 게 뻔했다.

"방이…… 어딥니까."

이후는 대답 대신에 접었던 우산을 펼쳐 들었다.

"뭐하고 있나? 들어오지 않고."

"……."

"오늘 밤……만입니다. 내일 아침 일찍 객잔으로 돌아가신다고
약조해 주십시오."

"알았네."

"……."

정말로 갈 곳이 없었다. 그 우산 아래밖에는…….

여경은 조심스럽게 한 걸음을 옮겨 그의 옆에 나란히 섰다. 우
산 위를 때리는 후드득거리는 빗소리가 변덕스럽고 촐랑맞게 들렸
다. 마치 이리저리 휘둘리는 제 마음처럼.

그의 어디가 그리 좋은 걸까. 철없던 시절의 두근거림이 어쩌다
여기까지 온 걸까. 많이 원망했었다. 좋아했던 만큼 상처도 깊었
다. 아직도 깊이 패인 그 상처에 고름 같은 진득한 눈물이 고여
있었다. 그런데 그가 변하고 있었다. 아픈 저를 그냥 이리 두고 저
혼자 변해 갔다. 황제의 가면을 벗어 버리고 얼음 같은 심장에 조
그마한 불꽃 하나를 피웠다. 한낱 못난 의녀를 위해.

애초에 저는 누구를 좋아했단 말인가. 어머니를 잃고 슬픔을 주
체하지 못해 펄펄 끓어오르던 가여운 소년, 그 슬픔을 감추느라
용암 같은 심장을 얼어붙게 만들었던 황제.

작은 물웅덩이에 참방 발을 디뎠던 여경이 그 자리에 멈춰 섰
다.

"여쭐 것이…… 있사옵니다."

"?"

"다시 황제가 되시면…… 예전처럼 돌아가시는 것입니까?"

"돌아간다는 말은 궁을 말하는 겐가? 황제가 된다면 당연히 궁으로 가야겠지."

"아니요. 황제의 옷을 입으신, 그냥 폐하 말입니다. 본래 황제는 사람이 아니라지 않습니까."

"글쎄……. 누구와도 함께 우산을 쓸 수 없고, 빗물에 발을 적시는 일도 없는……. 또는 아무 여인이나 사랑할 수 없고, 사랑해선 안 되는……. 모든 것을 계획하고, 모든 것이 계획대로 행해져야 하는 그것이 어찌 사람의 삶이겠는가. 헌데 나는 그리 살아왔네. 다시 궁으로 간다면 아마도 또 그리 살아야겠지. 어렵진 않을 걸세. 늘 해 오던 일이니까……."

황제의 목소리는 쓸쓸했고 여경은 제가 늘 생각했던 대답임에도 섭섭함을 느꼈다.

"저도 그리할 수 있을 거라 생각하시옵니까? 쭉 아무도 살지 않는 어두운 움막에서 홀로 지내왔으니, 또다시 사람이 그리운 줄 모르고 그리 살 수 있을 거라 생각하시옵니까?"

"무슨 뜻으로 묻는 말인가?"

"왜 제게 잘해 주십니까? 저를 의지하고 싶게 만들지 마시옵소서. 다시 혼자가 될 수 있도록 저를 가만히 놔둬 주십시오. 사람의 마음을 즐기고 싶은 폐하의 마음을 이해하오나, 저는 폐하의 노리개가 되고 싶진 않사옵니다."

여경은 제 지붕이 되어 주었던 우산 밖으로 뛰쳐나갔다. 그러나 겨우 한 걸음 나갔을 때 우산을 내던진 이후가 그녀의 어깨를 잡아 돌려세웠다.

그녀의 눈동자를 적신 것이 눈물인지 빗물인지 구별할 수 없었다. 그런데도 이후는 평소처럼 그녀를 다정하게 달래 주지 않았다. 젖어 가는 어깨에도 아랑곳하지 않고 그녀를 차갑게 쏘아보았다.

"노리개의 뜻을 모르는가?"

"……."

"나는 사내라네."

"놓아주십시오."

"사람의 마음을 즐기느라 그대를 노리개로 대한 것이 아니라, 그대가 내게 사람의 마음을 알려 준 것을 모르겠는가."

싸늘했던 목소리에 조금씩 울림이 담겨 여경의 가슴에 닿았다.

"!"

"그래서 나는…… 그대가 참으로…… 얄밉네. 몰랐으면 좋았을 것들을 알게 해 주어서, 그렇게 만들어 놓고는 나더러 다시 황제가 되라 등을 돌리는 그대가…… 참으로 원망스럽다네."

그 말을 끝낸 이후는 여경의 어깨를 놓아 버리고 혼자 떠나 버렸다.

멍하니 서 있던 여경은 바닥을 뒹구는 우산을 주워 들고 그 속에서 펑펑 울었다.

'어쩔 수 없지 않습니까. 이제 와서 어쩌란 말입니까. 그러게 왜 사여경의 진심을 조금도 알아주지 않으셨습니까. 사여경이 나고, 내가 사여경인데……. 진작, 조금만 빨리 내게 기회를 주셨어

야지요!'

이을 수 없는 목소리가 이렇게 두 사람을 또 엇갈리게 만들었
다.

"콜록, 콜록."

정 군수는 깊은 기침을 하는 소화를 근심스럽게 바라보며 서 있
었다.

"너무 염려 마십시오. 날이 습해 더 그런 것입니다."

여경은 대수롭지 않은 말로 그를 안심시키고 소화의 가슴 상단
부분 중, 목이 내려오는 움푹 팬 천돌혈을 찾아 뜸을 놓았다.

"원래도 기침을 많이 했네. 그때마다 이 사람이 설견초를 달여
먹곤 했는데, 그거라도 먹이는 것이 어떻겠는가?"

"지금은 안 됩니다. 임신 중에는 설견초가 독이 될 수 있으니
절대 드시면 안 됩니다."

"그렇군. 큰일 날 뻔했군!"

"헌데, 설견초는 어찌 아셨습니까."

"내가 아니라 이 사람이……."

정 군수가 소화를 바라보자, 그녀는 여경의 눈치를 살피더니 얼
굴을 붉히며 말했다.

"예전에 어떤 분이 알려 주셨네. 콜록. 아무것도 아닌 것 같아
보이는 풀이…… 사람을 살리고 죽인다는 것을 알려 주신 분일
세……. 자네는 의원이니 그 말을 더 잘 이해하겠네."

여경은 어렴풋이 제가 그런 말을 한 것이 기억났다. 그때 그 무심코 한 말을 소화는 여태 어떻게 기억해 준 것일까.

"예. 약초 중에는 우리가 무심코 지나치는 풀들이 꽤 있지요."

"⋯⋯."

대화는 더 이어지지 않았고 세 사람 사이에 적막감이 맴돌았다. 그때 정 군수는 마침 기회라 여기고 여경에게 물었다.

"헌데, 그대의 남편은 어딜 갔는가? 함께 있겠다더니 사라졌군."

"상단의 일이 바빠 어쩔 수 없이 그리로 갔습니다. 밥벌이가 그것이니 어쩌겠습니까."

"음⋯⋯. 그랬군."

정 군수는 뭔가 아쉬운 듯 말을 끝맺었고 여경은 이틀 전 그날 밤을 생각하며 심란해졌다. 그래서 두 사람은 소화가 이후의 이야기에 눈을 빛내는 것을 보지 못했다.

월곶에서는 흔한 풍경이긴 하나 시전은 장사치들로 북적였다.

여인의 환심을 사려는 사내들은 장신구 앞에서 망설이는 여인을 대신해 값을 치르거나 주전부리를 사다 바치며 희희낙락했다. 짝이 없는 여인들도 진귀한 물건들을 구경하며 즐거운 한때를 보내고 있었고 사내들은 그런 그녀들을 몰래 훔쳐보기도 했다.

여경은 필요한 것이 있어 정 부인의 시비와 함께 약방을 가는 중이었다.

"진풍경이지 않습니까? 저는 우리 마님을 모시고 꼭 한 번 나들이를 오고 싶었답니다. 어휴. 언제쯤 바깥출입을 하실는지⋯⋯."

잔뜩 들떴다가 또 풀이 죽는 시비에게 여경은 아무 말도 해 줄
수 없었다. 지금 그녀는 황제 생각만으로도 머리가 복잡해서 아무
리 귀한 물건을 보아도 아무리 신기한 것이 있다 해도 감흥이 없
었다.

이틀 전 그렇게 관청을 나가 버린 황제를 앞으로 어찌 보아야
할까. 사실 그냥 하인들에게 심부름을 보냈어도 되는 일을 제가
직접 나온 것도 그 때문이었다. 시전을 오고 가다 혹시 마주치지
않을까 해서.

'무슨 언질이라도 있어야 할 게 아닌가. 언제 떠나는지, 추 부
장은 좀 괜찮은지⋯⋯. 어찌 아무 소식도 없을까.'

이제 저한테 질려서 저를 버려두고 떠났을지도 모른다는 생각
마저 들었다.

'차라리 그리된다면 다행이건만⋯⋯.'

그렇게 마음에도 없는 말을 중얼거릴 때였다. 시비가 호들갑을
떠는 바람에 여경의 상념은 거기에서 멈췄다.

"의녀님! 저것 좀 보세요. 저 새가 사람 말을 따라 한답니다!"

예쁜 새장과 구관조를 본 시비가 팔짝팔짝 뛰며 여경을 끌고 갔
다. 여경도 구관조에는 흥미가 생겨서 구름 떼처럼 몰려 있는 사
람들 앞으로 다가갔으나 사내들 틈을 비집고 들어갈 수가 없었다.
까치발로 종종거리며 고개를 빼 보지만 구관조의 보랏빛이 나는
검은 털과 노란 부리만 살짝 보였다.

아쉬움을 떨쳐 내고 발길을 돌리는데 한 사내의 몸에 머리를 부
딪치고 말았다.

"아, 죄송합니다. 사람이 너무 많아 앞을 제대로 보지 못하였습니다."

여경이 정중하게 사과를 하자 어깨가 떡 벌어진 풍채 좋고 사내답게 생긴 장수가 허리를 숙였다.

"아닙니다. 이런 곳에선 흔히 있는 일이지요."

여경은 찔끔 놀랐다. 화려한 영웅건으로 과하리만큼 멋을 부린 젊은 장수는 황군의 갑옷을 입고 있었다. 저희를 잡으러 온 자와 이렇게 딱 마주쳤으니 어찌 놀라지 않을까.

"아, 예……. 그럼 이만."

"그런데, 소저께선 구관조를 처음 보시나 봅니다."

장수는 여경의 인사를 못 들은 척하고 말을 붙였고 도망가려던 여경은 의심받지 않으려고 어쩔 수 없이 말을 받아 주어야 했다.

"예……. 이야기는 많이 들었으나 보는 것은 처음입니다."

"아니지요. 아직 제대로 보지 못하였으니, 처음이랄 것도 없지요. 제가 보여 드릴까요?"

"예?"

말이 끝나기가 무섭게 장수가 손을 높이 들어 올렸다.

"그 구관조 내가 사겠네."

담담한 목소리지만 사람들의 귓속에 정확하게 파고들었다. 모두의 시선이 장수를 향하고 또 그 앞에 여경에게로 향했다. 여기저기 술렁임이 멈추지 않았고 부러움에 가득 찬 여인들의 시샘 어린 시선까지 받아 여경은 얼굴을 붉히며 난감해했다.

"저…… 공자님. 설마 제게 구관조를 보여 주시려고 일부러 사신다는 말씀은……."

"그렇소. 어디 그뿐이겠소? 구관조를 그대에게 드리리다."

"왜, 왜 그러시는지? 저는 그것을 받을 수가 없습니다."

"사긴 했으나 나는 구관조에게 흥미가 없소. 그보다는 그대의 꾀꼬리 같은 목소리가 더 듣기 좋으니, 구관조를 핑계로 그대의 목소리를 종종 듣고 싶은 게 아니겠소?"

"오오!"

여기저기서 감탄과 박수 소리가 터져 나왔지만 여경은 속된 말로 손발이 오그라드는 것 같아 견딜 수가 없었다. 오죽했으면 입도 떨어지지 않았을까.

그때였다. 장사치의 계면쩍은 목소리가 소란을 파고 들려왔다.

"저…… 대인. 죄송합니다만 방금 구관조가 팔렸습니다."

"뭐? 뭣이라? 내가 사겠다고 했는데 누가 그것을 사간단 말이냐!"

온갖 허세를 부려 사람들의 이목이 집중됐는데 이 무슨 망신인가. 장수의 얼굴이 잔뜩 구겨졌다. 아니나 다를까, 벌써부터 고개를 돌려 비웃는 모습들이 보이는 게 아닌가.

"저, 대인. 저는 정말 괜찮으니, 화내지 마십시오. 그럼 전 이만……."

"기다리시오!"

장수는 여기서 여경이 떠난다면 정말 제 꼴이 말이 아니게 되니, 체면을 위해서라도 가게 둘 수가 없었다.

"어떤 분이 구관조를 사셨소! 내 그 가격을 두 배로 쳐 드릴 것이니 내게 되팔 수 없겠소?"

그러자 사람들 틈에서 구관조 새장을 든 사내가 위풍당당하게 나타났다. 여경은 그 모습을 보는 순간 까무러칠 것 같았다.

'폐하!'

여경의 안색이 흐려진 것을 눈치채지 못한 장수는 한 발 나서며 호기롭게 말했다.

"나는 황군의 승용장 양무한일세. 그대가 가진 새는 내가 먼저 사고자 했으니, 내게 양보하는 게 어떻겠는가?"

양무한이라는 이름 석 자에 사람들의 술렁거림이 파도처럼 일어났다. 그는 사실 좋은 소문보다 나쁜 소문으로 꽤 유명했다. 계집을 좋아하고 진중한 면이 없는 데다 풍채와 달리 속이 좁고, 가진 것을 내세우길 좋아하는 그런 인물이었다. 지금도 굳이 이름을 밝힐 이유가 없는데도 제 신분을 앞세워 상대를 기죽이려 한 것이다.

하지만 이후는 황제였다. 승용장이란 높은 관직이었으나, 황제였던 이후에게는 평생 얼굴을 보지 않아도 상관없는 그런 관직에 지나지 않았다.

"그랬소? 난 누가 떠드는 것만 듣고 사는 것은 보지 못했소."

심드렁한 상대의 목소리에 약간 당황했으나 자만심이 넘치는 양무한은 아직 그를 깔보고 있는 이후의 의도를 모르고 있었다.

"이제라도 알았으면 내게 양보하는 것이 어떻겠나? 약조한 대로 값은 두 배로 쳐 주지."

"미안하오만, 나도 이 새가 꼭 필요하오."

"나는 이 아름다운 소저께 새를 구경시켜 주겠다고 이미 호언장담하였는데 어찌 사내대장부가 여인과 한 약조를 저버릴 수 있겠는가? 같은 사내로서 내 체면을 살려 주길 바라네."

양무한이 웃는 얼굴로 호탕하게 말했으나 듣는 사람들은 몸이 근질거려 참기 힘들었다.

"그런 약조를 하였다면 지켜야 마땅하오. 자, 소저. 이 새가 바로 구관조란 거요. 보시오."

이후는 여경의 눈앞에 새장을 들이댔다. 그 바람에 놀란 구관조가 날개를 퍼덕거렸고, 여경은 깜짝 놀라 뒷걸음질 치며 괴상한 소리를 냈다.

"흐익."

"잘 보았소?"

여경이 대답 대신 세차게 고개를 끄덕이자 이후는 새장을 다시 가져가며 양무한에게 말했다.

"소저가 잘 보았다니 그대의 약조를 지킬 수 있게 되었소. 참으로 잘되었구려. 그럼 이만."

떠나는 이후를 바라보는 양무한의 표정이 똥 씹은 것처럼 구겨졌다. 이제야 제가 놀림당한 것을 알아차린 것이다.

'저놈이! 감히 나를 우습게 알아?'

지금 여기서 당장이라도 그를 잡아 밟아 주고 싶었으나 흥분하면 제 꼴만 더 우습게 될 것 같았다.

그래서 이글거리는 눈빛을 거두고 겨우 얼굴을 수습해 돌아보았다. 헌데 이미 늦었다. 여경은 사라지고 없었고 저를 비웃는 사람들만 가득했으니 말이다.

"이것 좀 놓으십시오!"

양무한에게서 겨우 벗어난 여경은 어느 순간 시비가 사라진 것을 깨달았다. 두리번거리며 시비를 찾다가 그만, 갑자기 나타난 이후에게 질질 끌려가는 중이었다.

그는 여경이 아무리 소리쳐도 들은 척도 않더니, 인적 드물고 볕이 잘 드는 곳에 도착하자 그녀의 손을 놓아주었다.

"도깨비처럼 나타나 이게 무슨 짓이옵니까?"

"무슨 짓이라니? 곤란한 처지에 놓인 듯해 도와주었네. 내가 나서지 않았어야 했는가? 설마, 그 얼굴 반반한 장수가 맘에 들던가?"

이후가 눈을 가늘게 뜨고 비꼬자 여경은 기가 막힌다는 듯 쏘아붙였다.

"곤란했던 것은 맞으나 폐하께서도 원하시던 새를 얻으셨으니 저를 핑계 삼지는 마시옵소서."

이후는 토라진 여경을 보고 피식 웃음을 터트렸다.

"이번엔 또 왜 웃으십니까? 할 말이 없으시면 꼭 그리 웃으시더이다."

"잘 보았네. 할 말이 없으면 그런다네."

그러더니 그는 갑자기 잠겨 있던 새장 문을 딸깍 풀었다.

"놓아주시려고요? 허면 왜 그리 그 새를 사려고 안달을 내셨습니까?"

"누가 안달을 냈다 그러는가? 원하는 것을 얻었고 그것을 다시 잃을 이유가 없었을 뿐일세."

"얼굴이 알려져서 좋을 게 없는데, 굳이 거기서 새를 가지고 다투실 필요가 있으셨는가 말입니다."

"필요했네. 하여간 이제 이 새는 그대의 것이네. 놓아주었으면 좋겠는가?"

"예? 이 새를 왜 제게⋯⋯. 꼭 필요하다고 하지 않으셨습니까?"

"목적을 달성했으니 이제는 필요 없어졌네."

"예?"

여경은 고개를 꺄우뚱하며 물었다. 계속 말꼬리만 잡고 돌고 도는 느낌이었다. 그 잠깐 사이에 필요가 없어졌다니, 그럴 거면 양무한에게 되파는 게 훨씬 이익인 데다 괜한 분란을 일으키지 않아도 되었었다.

"쯧쯧쯧. 이리 아둔해서야⋯⋯."

"대체 무슨 생각이십니까?"

이후는 아직도 묻고 싶은 게 많은 그녀를 외면하고 새장 문을 활짝 열었다.

"새를 길러 본 적 있는가?"

"있을 리가 있겠습니까."

"허면 내가 길들이는 법을 알려 주겠네. 사실 새장 속에서 길러진 새는 멀리 날아가지 못한다네. 기껏 날아올라 봤자 들짐승에게 잡혀 먹기 십상이지. 자, 이 안에 손을 넣어 보시게."

"네?"

"손을 넣으면 새가 손등에 올라탈 걸세."

"저, 정말입니까?"

이후가 고개를 끄덕이자 여경은 의심 반 기대 반에 조심스럽게 손을 넣었다. 그러자 정말 거짓말처럼 구관조가 그녀의 손등에 올라탔다.

"이, 이것 보십시오. 정말 제 손에 올라탔습니다!"

기쁨에 찬 여경의 외침에 이후도 덩달아 들떴다.

"자, 이제 그대로 새장 밖으로 데리고 나오면 되네."

"제가 할 수 있을까요? 새를 놓치면 어쩌죠? 떨어트리면요?"

"그런 일은 없을 테니 날 믿고 해 보게."

긴장한 여경의 심장이 작은 새의 심장만큼 작아져서 쉴 새 없이 가슴을 두드렸다. 여경은 숨을 크게 들이마시고 조심스럽게 손을 뺐다.

"헉! 저, 정말입니다. 제가 해냈습니다!"

손등에 올라탄 새를 보며 여경은 어린아이처럼 즐거워했다.

"너무 예뻐요……."

감탄하던 여경은 처음부터 궁금한 것이 불현듯 떠올랐다.

"헌데 정말로 이 새가 사람 말을 할 수 있습니까?"

"주인이 훈련시키기 나름이겠으나, 이 새는 주인이 특별히 사랑이라는 말을 가르쳤더군."

"사, 사랑이요?"

여경은 그 말을 입에 담기가 낯 뜨거워 눈을 내리깔았다. 이를 눈치챈 이후가 슬그머니 말을 돌렸다.

"쓰다듬어도 날아가지 않는다네. 얼마나 보드랍고 따뜻한지 만져 보게나."

이제 여경은 말 잘 듣는 아이처럼 그가 시키는 대로 움직였다. 가늘고 고운 그녀의 손가락이 구관조의 윤기 나는 등을 스윽 타고 내려왔다. 구관조는 움찔하긴 했지만 움직이지 않았고 여경은 손가락에서 전해지는 매끄러운 따스함에 감격해 소리를 질렀다.

"정말 도망가지 않…… 헉!"

너무 큰 소리를 낸 탓일까! 구관조가 그만 날개를 펼치고 그녀의 머리 위로 날아갔다.

"어쩜 좋아!"

그러나 이후의 말대로 멀리 가지는 못하고 바로 위에 보이는 나뭇가지에 앉아 있었다.

"날지 못한다면서요?"

"퍼드덕 하고 올라간 것뿐일세."

"저리 두면 잡아먹힌다면서요?"

"다시 손을 뻗으면 올 테니 걱정할 것 없네."

그 얘기를 듣자마자 여경은 나뭇가지로 손을 뻗었다. 그런데 그녀의 키로는 발꿈치를 들고 팔을 쭉 뻗어도 손가락이 닿을까 말까였다. 껑충거리는 그 모습에 이후는 그녀 몰래 웃음 짓다 선심 쓰듯 조언을 했다.

"내 발등을 밟고 올라가면 딱일 것 같군."

"예?"

"그러면 딱 닿을 거리일세."

이후의 말대로 그의 단단하고 커다란 장목화는 밟고 올라서기 딱 좋아 보이긴 했지만, 가당치 않은 소리였다.

"왜 그래야 합니까? 폐하께서 직접 해 주시면 되지요."

"나는 새를 싫어한다네."

"예에?"

"만지는 건 더 싫어하지."

여경이 믿지 못하겠다는 듯 눈썹을 찌푸렸다.

"말하는 새는 더욱더 싫고."

"설마……. 새를 무서워하십니까?"

"누가 무섭다고 했는가? 혐오하는 것뿐일세."

자존심을 세우며 이리 정색하니 믿지 않을 수도 없는 노릇이었다.

"그럼 어쩝니까? 저리 두면……."

"독수리가 낚아채거나 족제비의 밥이 되겠지."

참으로 태평한 소리가 아닌가. 여경은 발을 동동 구르며 주위를 둘러보았다. 어찌 됐는지 근처에 밟고 설 큰 돌 하나 보이지 않았다. 그러자 그가 쐐기를 박듯이 재촉했다.

"어서. 들짐승에게 잡혀 먹는 걸 그냥 구경하고 싶은가?"

"하, 하지만, 그래도 그건 할 수 없습니다."

"하긴. 그것이 자연의 섭리이자 짐승들의 생태이기도 하지."

"어찌 그리됩니까. 사람이 길렀으면 사람이 끝까지 책임을 지는 것이 섭리입니다."

"그대가 기른 것은 아니니 너무 그리 미안해할 건 없네."

"그, 그, 그래도……. 그것이……."

이번 일은 여경의 실수로 벌어진 일이라 그녀는 죄책감에 고개를 푹 숙였다.

"할 수 없지요. 무거워도…… 참으셔야 합니다."

무엇에 끌렸을까. 대범하게도 여경은 그가 하자는 대로 그의 발등을 밟았다. 혹 아프지는 않을까 무겁지는 않을까, 조심조심 양발을 모두 밟고 허리를 쭉 폈다.

"!"

그렇게 올라서서 뒤꿈치를 세우고 고개를 들어 보니 그의 코끝이 제 이마를 스치고 있었다. 막상 이렇게까지 되고 보니 여경은 깜짝 놀라 주춤거렸고, 뒤로 넘어지려는 그녀의 허리를 이후가 감싸 안았다.

"이런! 조심하지 않고."

"……."

좀 전보다 더 노골적으로 민망한 자세인 데다, 겨우 종잇장만큼 떨어진 그의 입술과 제 콧날 때문에 여경은 숨도 제대로 못 쉴 지경이 되고 말았다. 이러다 제 두근거리는 심장 소리까지 그에게 들리면 어쩌나, 이렇게 올라선 것이 후회막급이었다.

이후는 눈 둘 곳을 찾지 못하는 여경을 뚫어져라 보다가 빙긋이 웃으며 물었다.

"부러 이러는 것인가?"

"예? 예?"

"이렇게 시간을 끌면서 안겨 있고 싶은가 말일세."

"!"

당황한 여경이 내려가려 했지만 그가 더 빨랐다.

이후는 그녀의 팔을 잡고 구관조의 발톱 아래 손이 닿도록 쭈욱 당겨 주었다.

새는 주춤거리다가 펄쩍 뛰어올랐고, 도망가는 줄 알고 놀란 여경은 눈을 질끈 감아 버렸다.

"앗!"

그러나 손등에서 간질거리는 느낌이 들어 눈을 번쩍 떴더니, 새는 얌전히 제 손에서 앉아 있었다.

"하아! 다행이다!"

두 사람은 여경의 손 위에 놓인 구관조를 사랑스럽게 바라보며 웃었다.

"또 도망가기 전에 얼른 넣어야겠어요."

이후는 고개를 끄덕였으나 그녀의 팔도, 허리도 놔주지 않았다. 얼굴을 마주 보고 활짝 웃던 여경의 표정이 이내 굳어 버렸다.

"왜 또 이러십니까."

"노리개 말일세."

"예, 예?"

"이틀 밤이나 꼬박 생각해 보았네. 내가 정말 그대를 노리개로 생각하는지, 함께 고난을 나누는 동료로 생각하는지, 아니면 마음을 털어놓는 벗이라 여기는지."

"……."

"헌데 가만히 생각해 보니, 노리개도 나쁘진 않을 것 같더란 말이지."

"!"

여경은 화난 얼굴로 이후의 가슴을 있는 힘껏 밀쳐 냈다.

그 바람에 새는 다시 퍼드덕 날아갔고 여경의 몸은 기우뚱 뒤로 넘어가기 시작했다.

"헛!"

"어, 어!"

이후가 잡아 준 덕에 넘어지진 않았지만 허리가 뒤로 젖혀진 여경은 난처한 모습이 되고 말았다. 화나고 민망하고 어찌해야 할지 모르는 판국에 날아갔던 구관조가 그의 어깨에 앉는 것이 보였다.

"새, 새가……."

이후는 딱딱하게 굳어 버린 여경을 보다가, 피식 웃으며 목소리를 낮게 깔고 말했다.

"아무래도 내가 그대의 노리개인 모양일세."

"예, 예?"

"나는 그렇게밖에 답이 나오지 않더군."

멍한 표정으로 그 말을 곱씹던 여경이 눈을 깜빡거렸다.

"그대가 원할 때까지 얼마든지 그리해 주겠네. 내가 다시 황제가 된다 해도 말일세. 단, 용납할 수 없는 것이 딱 하나 있지."

말도 안 되는 소리를 하는데 왜 이리 떨리고 긴장되는지, 여경은 숨죽이며 그의 말을 기다렸다.

"다른 사내들이 수작질하는 게 보이면 그대 역시 새장 속에 넣어 버리겠다."

"!"

곧 목까지 시뻘겋게 달아오른 여경은, 안간힘을 짜내 벌떡 일어나 쏜살같이 달려가 버렸다.

"이런……. 정말로 새장에 넣어야 하는가."

딱하다는 듯이 중얼거렸으나, 그는 터질 것 같은 웃음을 참으며 즐거워했다.

"자, 너도 들어가자. 주인한테 데려다 주마."

새를 혐오한다던 이후는 아무렇지 않게 손등 위에 구관조를 태우고 새장 속에 넣었다.

11.

봄볕에 춤추는 간지러운 풀잎에

하루하루가 불안하긴 했지만 그래도 두 번 다시 바다로 돌아가고 싶지 않은 이유가 있었으니 바로 음식이었다. 해가 중천에 걸리자 상단에 나갔던 일행은 한 명도 빠짐없이 식사를 하러 객잔으로 돌아왔다.

"그건 또 어디서 났습니까?"

"샀다."

막 밥 한술을 입에 넣으려던 선무는 새장을 들고 들어오는 황제를 보며 한숨을 푹 쉬었다.

"즐거워 보이십니다."

"신기한 것이 많더군."

다음 행선지를 모색하는 것만으로도 맛있는 요리 앞에서 입맛이 떨어질 지경인데, 황제는 이리도 태연할 수가 없었다. 선무는 지끈거리는 관자놀이를 누르며 길재에게 도움을 요청했다.

"간의대부의 생각은 어떻소?"

"일단 월곶을 떠난다면 우리는 바다와 육지 어느 쪽이든 도움을 청할 수 있는 곳으로 가야 합니다. 숨어 지낼 수 있는 곳, 정착할 수 있는 곳을 한시바삐 찾아야 하기 때문이지요."

이후는 창가에 새장을 두면서 반박했다.

"이 많은 인원을 데리고 숨을 곳을 찾는 것은 무리일세. 당분간은 상단 행세를 하는 게 좋을 듯해."

"그것은 당연합니다만 그래도 발붙일 곳은 정해 놓아야 합니다."

"흐음……."

"그리고 제가 한 군데 생각해 둔 곳도 있습니다."

"?"

"해룡회라는 깃발을 내건 해적들이 있사온데, 그들은 해적들이 연합하여 싸울 때도 함께하지 않았고 그렇다고 해서 난잡하게 해적질을 하지도 않았습니다. 게다가 그들은 상대가 누구든 단 한 번도 져 본 일이 없다고 합니다."

"해적들과 손을 잡으라는 말인가?"

"놈들이 우리를 참 반가워하겠소. 해적을 소탕한다고 몇 년간 전쟁을 벌인 황제를."

선무까지 고개를 설레설레 저었지만 길재는 굽히지 않았다.

"하지만 생각해 보십시오. 그자들은 다릅니다. 저도 한 번 마주쳤는데 그들은 평범한 해적들이 아니었습니다."

"평범하지 않다니?"

"세상에 싸우기를 싫어하는 해적이 어디 있겠습니까? 헌데 그들은 그렇사옵니다."

"그런 자들이 왜 해적질이나 한단 말이냐?"

"아마도 제 생각엔…… 육지에 발을 붙일 수 없는 사연이 있는 자들일 겝니다. 단순히 자유를 원하는 천민일 수도 있겠지요. 하여간 그들은 사람을 해치지 않으니 가서 그들의 이야기를 들어 보시는 것도 나쁘진 않을 것이옵니다. 서로의 이해관계만 맞는다면 적어도 숨겨 줄 수는 있겠지요."

들어 보니 손해 볼 것은 없었다. 마땅히 갈 곳도 없는 일행은 다시 바다로 배를 돌리기로 결정을 내렸다. 이제 각자 자신의 일터로 돌아가려는데 이후가 머쓱하게 말을 꺼냈다.

"그건 그렇고 당분간 바깥출입을 자제할 생각이다."

"잘 생각하셨습니다만 갑자기 왜 그러십니까?"

"이 새장을 사려다가 양무한이라는 황군 승용장과 가벼운 시비가 오고 갔다. 이제부터라도 너무 눈에 띄지 않는 게 좋겠다."

그러자 선무는 펄쩍 뛰었다.

"지금 뭐라 하셨습니까? 양무한이라 하셨습니까?"

"아는 자냐?"

"양무한과 시비가 붙었단 말입니까? 이깟 새 한 마리 때문에?"

"말하는 새지."

"폐하! 양개 그놈의 악명을 못 들어 보셨습니까? 아니, 그건 그렇다 치고 조무기의 최측근인 자와 시비가 붙으면 어찌합니까!"

"양개? 아! 그자가 양개였군."

하는 짓이 개 같다고 해서 양개라고 불리기도 하지만 한 번 물면 놓지 않는다는 의미도 있었다.

길재의 표정도 어두워졌다.

"양무한이라면 저도 아는 자입니다. 얼굴은 본 적이 없지만 해적들 사이에 악명이 높았습니다. 되도록 빨리 이곳을 정리하는 게 좋겠사온데, 의녀는 언제쯤 올 수 있다 합니까? 정 부인은 차도가 있사옵니까?"

"잘은 모르겠으나, 그런 듯하네."

"허면 내일이라도 떠날 수 있도록 정 군수께 말해 놓겠나이다."

그 무렵, 여경은 시비를 찾아 두리번거리고 있었다. 은자는 시비가 가지고 있었기 때문에 저 혼자 물건을 사서 돌아갈 수가 없었다.

그리고 양무한 역시 씩씩거리며 시전을 활보하고 있었다. 조금 전에 제가 당한 굴욕과 모욕을 참을 수 없어 이후를 찾겠다고 눈을 부릅뜨고 다니는 것이다.

"그놈이 누군지 반드시 찾아내서 두 번 다시 고개를 빳빳이 들고 다닐 수 없게 만들고 말리라!"

"장군, 진정하십시오. 지금은 폐주를 찾는 일에만 신경 써도 모자랄 판이옵니다."

"흥! 폐하께오선 너무 겁을 내신다. 폐주와 우리는 달라. 지금 폐주에게는 고작 황룡대 백여 명밖에 없지 않느냐? 그들이 무슨 수로 황위를 찬탈할 거라 생각하시는지, 원."

"옥새가 없으니 그렇지 않습니까."

"쉿! 아직 그것은 백성들에게 알려지지 않았다. 함부로 입을 놀리지 말거라."

"예, 주의하겠습니다."

그때 하필이면 양무한의 눈에 혼자 있는 여경이 띄었다.

"응? 저 소저는 아까 그……."

"혹시 망신당했다던 그 여인이 저 의녀였습니까."

"응? 의녀라니?"

부관이 끼어들며 알은척을 하자 양무한은 무슨 뜬금없는 소리인가 되물었다.

"정 군수 부인의 병을 치료하러 온 의녀라 하더이다. 화상을 입어 얼굴을 가리고 다닌다면서 제 남편과 꼭 붙어서 떨어지지 않더니 왜 지금은 혼자인지 모르겠습니다."

"화상? 남편? 설마! 남편이라면 혹시 반반하게 생겨서는 키가 크고 수염을 기른 무사더냐?"

"예. 아마 맞을 겁니다."

"이 연놈들이 모르는 척 사람을 골려 먹었군!"

"예? 그럼 망신을 줬다는 놈이 그 무사 놈입니까?"

"주제도 모르는 것들! 그 귀한 구관조가 저희들에게 가당키나 한가 말이다! 얼굴에 화상을 입은 의녀 나부랭이가! 하! 곱게 차려입었기에 뭐가 되는 줄 알았더니, 잘 걸렸다. 이것들! 계집 얼굴이야 어두운 데서는 보이지도 않으니, 아무 상관 없지."

양무한은 사심에 불과했던 여경에 대한 마음을, 복수를 핑계 삼아 노골적인 음탕함으로 바꾸었다.

"장군! 관청에 드나드는 의녀에게 무슨 짓을 하시려고요? 그만 두십시오. 괜히 분란만 일으킬 겁니다. 그렇지 않아도 지금 황군과 관군이 팽팽하게 맞서 분위기가 좋지 않습니다."

"그러니 더더욱 황군의 힘을 보여야지 않겠느냐? 관군 따위가 황군 앞에서 설쳐 대는 꼴을 더 이상은 못 봐주겠다. 큭큭큭. 두고 보아라. 내가 관청에서 무슨 짓을 벌여도 정 군수는 한 마디도 못 할 테니. 큭큭큭큭."

때마침 시비와 만난 여경은 양무한이 저를 음탕한 눈으로 보고 있는 것을 전혀 눈치채지 못하고 한시바삐 관청으로 돌아갔다.

여경이 없는 사이 객잔에서 온 사람이 내일 떠난다는 소식을 전하고 갔다. 부인을 볼 겸, 여경에게 직접 소식을 전하던 정 군수는 섭섭한 속내를 감추지 않았다.

"부인이 의녀의 말을 잘 듣는 것 같아 이리 보내기가 아쉽구면. 상단을 떠나 우리와 함께 머물 생각은 없는가. 거처를 마련해 주고 남부럽지 않을 만큼 살림을 보살펴 주겠네."

"말씀만으로 감사합니다. 허나 제 남편이 상단 일을 좋아합니다. 오랫동안 정든 식구들을 어찌 떠나겠습니까."

"그렇기야 하겠지. 허면, 월곶에 올 때마다 들러 주게. 그리는 해 줄 수 있지 않은가?"

"……예."

여경은 조금 머뭇거리다가 대답했다. 상인이라면 당연히 이곳 월곶에 자주 올 테지만, 자신들은 앞날을 기약할 수 없는 처지가 아닌가.

주저하는 여경의 표정을 살피던 소화가 조심스럽게 물었다.

"내일…… 언제 떠나는지……."

"아. 그 말을 잊었군. 아침 일찍 데리러 오겠다 했으니, 준비하고 있게나."

"예. 그럼 두 분 말씀 나누십시오. 저는 약을 달여 놓겠습니다."

정 군수는 공손히 인사를 올리고 나가는 여경을 감탄 어린 시선으로 바라보았다.

"부인, 저 의녀가 참으로 아깝지 않소?"

"무엇이 아깝단 말입니까?"

"어찌하다 의녀가 된 건지는 모르겠으나 몸에 배인 고상함과 예법으로 보아 평범한 여인은 아닌 것 같소. 사연이 있지 않고서야……."

갑자기 하던 말을 흐린 군수가 소화를 바라보며 부드럽고 따뜻한 미소를 머금었다.

"마치 그대처럼."

소화는 군수의 시선을 피하며 어쩔 줄 몰라 했다. 그는 한 번도 그녀의 과거를 묻지 않았고, 소화 역시 말해 주지 않았다. 하지만 왜 모르겠는가. 그가 궁금해하고 있다는 걸 너무 잘 알지만 차마 입이 떨어지지 않는 것을. 왜냐면 그녀 역시 그를 사랑하기에 폐비의 나인이었던 제 신분을 숨길 수밖에 없었던 것이다.

"그런 얼굴 보이지 말래두. 죄책감을 가지라 하는 말이 아니오."

"……."

그의 다독임에 소화는 몰래 눈물을 머금었다. 너무 행복하기에 불안도 죄책감도 더 무거워지니 말이다.

밤늦게까지 소화와 태아에게 좋은 보약을 달이느라 여경은 녹초가 되어 침소로 돌아왔다.

들어오며 생각해 보니 황제의 거짓말만 아니었다면 저는 여기 머물며 소화의 곁을 지켜도 될 뻔하지 않았나. 부부가 함께가 아니면 안 된다고 그리도 정색을 했으니 남편 혼자 떠나는 건 말이 되지 않았다.

'소화가 무사히 아기를 낳을 때까지 보살펴 주고 싶은데…….'

그녀의 병은 마음의 병인지라 곁에서 함께 말동무도 되어 주고 죄책감을 덜어 주고 싶은 마음이 간절했다.

'내가 살아 있다는 걸 알면 소화도 저렇게까지 힘들지는 않을 것을.'

내일 떠날 생각을 하니 마음이 편치 않은 데다 기분도 묘했다.

'헌데, 나는 왜 도망칠 생각을 하지 않는 걸까. 지금이라면 떠날 수 있는데…….'

이틀 전 황제와 크게 다툰 일, 또 오늘 낮의 일을 떠올리면 이건 누가 보아도 서로 좋아하는 이들의 투덕거림이었다.

'폐하께서 정말 의녀를 좋아하시는 건가……. 왜? 얼굴도 흉한 천한 의녀를…… 왜……?'

확실히 황제는 생명의 은인을 존중한다는 것 이상으로 과하게 살갑게 굴었다. 그러다 문득 얼마 전 황제가 했던 말이 떠올랐다.

「아무래도 내가 그대의 노리개인 모양일세.」

여경은 날도 더운데 이불을 머리까지 뒤집어쓰고 온몸을 웅크렸다. 그러나 아무리 이불을 뒤집어써도 그의 목소리가 귓가를 떠나지 않았다.

「다른 사내들이 수작질하는 게 보이면 그대 역시 새장 속에 넣

105

어 버리겠다.」

'하아……!'

신음 같은 한숨을 속으로 삼키며 떨리는 가슴을 부여잡았다. 언제든 떠나겠다면 보내 줄 테니, 질릴 때까지 손을 놓지 말라는 뜻이었다. 그때까지는 제 곁에 꼭 붙어서 다른 사내 옆에는 얼씬도 말라는 사내의 질투.

'헌데, 폐하. 그리도 제가 좋으시면 손을 놓는 것이 그리 간단치가 않답니다.'

그는 눈치채고 있는 것이다. 제가 그를 좋아한다는 것을. 그래서 그를 떠나지 못할 것이란 것을.

'떠나야지요. 죽어서라도 떠날 것입니다. 그게 언제가 될지는 모르겠지만요…….'

한참을 복잡한 심경을 달래며 뒤척이던 여경은 결국 수마를 이기지 못하고 깊은 잠에 빠져들었다.

그녀의 쌔근거리는 숨소리가 어두운 방 안을 채울 때였다.

철컥. 철컥. 깡.

누군가가 두어 번 조심스럽게 문을 열다가 자물쇠를 부수는 소리가 났다.

"!"

그 소리에 번쩍 눈을 뜬 여경은 제가 꿈을 꾼 건가 잘못 들은 건가, 이불 속에서 눈만 깜빡거렸다. 그런데!

끼이익. 탁.

'헉!'

기분 나쁜 소리로 문이 열리고 다시 조심스럽게 닫히는 소리가 들렸다.

뚜벅. 뚜벅.

무거운 걸음 소리가 그녀의 침상으로 향하고 있었다.

여경의 심장이 두려움으로 쿵쾅쿵쾅 뛰기 시작했다.

'누, 누구지……. 설마, 폐하가 오신 건가.'

차라리 그러길 바랐다. 진심으로 지금 들어오는 사람이 폐하이
길. 제가 보고 싶어 이 밤중을 달려왔다거나, 심지어 제 얼굴을 몰
래 훔쳐보러 왔다거나 해도 좋으니, 폐하이길 바랐다. 그렇지 않
으면 이 방에 들어올 사람은 저를 해하러 온 자이거나 귀신밖에
없을 테니까.

마침내 검은 그림자가 이불 위에 드리워졌다.

'아, 안 돼!'

여경은 꿀꺽 침을 삼키고 있는 힘껏 이불을 던지고 벌떡 일어났
다. 하지만 괴한은 제가 던진 이불을 예상이라도 한 듯이 피했고,
침상 아래로 내려가려던 여경은 비명 한 번 지르지 못하고 그자의
우악스런 손아귀에 입이 틀어 막히고 말았다.

"으읍! 읍!"

그리고 발버둥 치던 그녀의 몸은 침상으로 다시 내팽개쳐졌고
양무한이 그 위에 올라타 온몸으로 그녀를 짓눌렀다.

"큭큭큭. 이게 웬 떡인가. 화상을 입은 줄 알았더니 멀쩡하지
않아? 큭큭큭. 그 사내놈이 어지간히 네년을 아끼는 모양이다. 그
러니 그리 얼굴을 칭칭 동여매고 다니게 하지."

"읍! 으으읍! 읍!"

어둠 속에서 흉학하게 빛나는 눈매와 음흉한 목소리만으로는

괴한의 정체를 알 수가 없었다. 징그러운 사내가 온몸을 제게 비벼 대니 무슨 정신이 있겠는가. 여경이 그자의 정체를 알게 된 것은 이어지는 다음 말 때문이었다.

"나는 본래 계집들이 내 몸 아래 깔려 발버둥 치는 것을 좋아한다만 오늘은 그럴 생각이 전혀 없었다. 진심으로 그 새를 선물해 너를 아껴 줄 수도 있었거늘, 그놈과 짜고 나를 망신을 주었겠다? 고얀 것들!"

"으읍! 흐으으읍!"

그런 것이 아니라고 고개를 저으며 애원했지만 그것이 들릴 리도 없거니와 애초에 양무한은 탐욕으로만 가득 차, 용서 따위를 할 마음이 전혀 없었다.

"그러니 내가 벌을 주지 않을 수 없지. 너무 두려워 말거라. 그래도 네년은 극락을 노닐게 해 주마. 아마 그 희멀건 놈이 구경시켜 주지 못한 세상을 보게 될 게야."

"!"

그러면서 양무한은 여전히 한 손으로는 여경의 입을 막은 채, 그녀의 저고리 안으로 손을 집어넣기 시작했다. 여경은 눈물을 주룩 흘리며 고개를 돌렸다. 혀를 깨물고 싶었으나 그마저도 할 수 없으니 제 기구한 인생을 탓하며 울 뿐이었다.

양무한의 끈적끈적한 혓바닥이 그녀의 귀를 핥기 시작했다.

'폐하……. 폐하! 제발, 제발…….'

제가 곤란할 때면 나타나 도와주지 않았나. 조무기의 군사들이 움막을 덮칠 때도, 포구에서 관군이 저를 붙들고 늘어졌을 때도,

산 속에서도, 그리고 오늘 낮에도……. 그러니 지금도 오셔야 했다.

'제발……. 제발 도와주세요, 폐하.'

여경은 그렇게 속으로 절규하며 그를 애타게 부르고 있었다. 지금쯤 객잔에서 깊은 잠에 빠졌을 그가 이곳에 올 리 없다는 걸 아는데도…….

"네년이 더럽혀진 것을 알면 그놈 얼굴이 어찌 될지 아주 볼만하겠구나. 큭큭큭."

'폐하…….'

귓속을 파고드는 뜨겁고 더러운 입김에 몸서리 칠 때였다.

"지금 보면 되겠군."

"!"

거짓말처럼, 헛것치고는 너무나 생생한 반가운 목소리에 여경은 눈을 번쩍 떴다.

"컥!"

그와 동시에 외마디의 신음을 뱉은 양무한의 몸이 바위처럼 경직되며 허리가 활처럼 휘어졌다.

여경은 그 찰나의 순간을 놓치지 않고 그의 품에서 빠져나왔다. 그러고는 얼른 구석으로 가 양손으로 얼굴을 가린 채 몸을 웅크렸다.

'폐하!'

손가락 사이로 양무한의 등에 단검을 꽂아 넣고 얼음처럼 차가운 눈을 한 황제가 보였다.

창에서 비친 달빛이 황제의 미소 띤 입가에 그림자를 만들었다.

그 깊은 음영은 그가 그만큼 분노하고 있다는 증거이기도 했다.

"어떠하냐. 내 얼굴이? 볼만한가?"

"끄……. 네, 네놈……이……. 이, 이러고 무사……할 거라……!"

"마음이 넓은 자로군. 이 와중에도 내 걱정을 해 주다니. 그 걱정을 덜어 주마. 곧 아무 생각도 안 나게 해 주지."

그는 조금도 망설임 없이 단검을 쥔 손을 꾸욱 비틀었다.

"커억! 끄으으악!……. 꺽!"

뼈와 살이 분리되는 듯한 괴로운 신음 소리가 가히 그 고통을 짐작 가게 할 만했으나, 황제는 눈 하나 깜빡하지 않았다.

"어디, 네놈 얼굴은 어떤지 한번 보자."

"끄, 끄윽! 끄……."

"좋은 얼굴이구나. 나는 네놈과 달리 계집의 우는 얼굴은 그다지 좋아하지 않는다. 허나 네놈같이 건장한 사내놈들이 고통을 이기지 못하고 얼굴을 일그러트리고 죽어 가는 것을 보는 것은 즐겁더구나."

이후는 듣는 여경조차 소름 돋게 만드는 음산한 목소리로 말하더니 돌연 단검을 푹 뽑아냈다.

"끄악!"

전장을 호령하던 장수는 황제의 말대로 힘 한 번 제대로 써 보지 못하고 흉하게 무너져 내렸다.

"더군다나 그놈이 감히 내 것을 탐한 놈이라면 사지를 잘라 내고 눈과 혀를 뽑아야만 직성이 풀리지."

그런데도 이후는 만족할 수 없다는 듯이 침상에 피를 뿌리고 쓰러진 양무한의 손목에 단검을 꾹 찔러 넣었다.

"컥. 커윽……."

"이 손으로 무슨 짓을 했는지, 이제 후회가 되느냐?"

여경은 흰자위가 번들거리는 양무한의 모습을 더는 눈뜨고 볼 수 없어 고개를 무릎 사이에 숨겼다. 황제를 말려야 하는데, 피를 뒤집어쓴 그의 모습이 저를 탐하던 양무한보다 더 야차 같아서 말릴 엄두가 나지 않았다.

새삼 그가 누구인지 어떤 사람이었는지 다시 한 번 깨닫게 되었다. 새를 선물하던 따뜻하고 부드러운 사내는 온데간데없이 잔인하고 냉정한 예전 황제의 모습 그대로가 아닌가.

"그럼 이제 그 세 치 혀로 무슨 짓을 했는지도 뼈저리게 후회하거라."

"그, 그……끄으윽!"

손목에서 천천히 단검을 뽑아내자 양무한은 그만하라는 말도 다 하지 못하고 온몸을 부들부들 떨었다. 이후는 두려움과 절망, 그리고 고통으로 물들은 그의 얼굴을 감상하듯 내려다보다 그 칼을 그대로 그의 입 속으로 박아 넣었다.

"꺽!"

그 숨넘어가는 짧은 소리를 끝으로 양무한은 간헐적으로 몸을 떨 뿐 더 이상 어떤 신음 소리도 낼 수 없었다.

여경은 눈으로 보지 않아도 그가 죽었다는 것은 느낄 수 있었다. 하지만 꼼짝도 할 수가 없었다. 난도질당한 그의 시신을 보는 것도 무섭고 잔뜩 화가 난 황제를 보는 것도 두려웠다.

전에도 이런 일이 있었다. 아니, 이런 일 때문에 결국 오명을 쓰고 죽임을 당하지 않았던가.

「사내가 그리워 안달 난 계집들이 가끔 그런 짓을 한다지. 내심 원했던 것은 아닌가?」

그때의 빈정거림이 또 한 번 가슴을 후벼 팠고, 잘못한 것이 없는데도 그때처럼 벌을 받을까 두려워하고 있었다. 마치 사형선고를 기다리는 죄인처럼.

얼마나 지났을까. 그녀의 무릎 위로 무언가 가벼운 것이 툭 얹어졌다.

"어서 쓰고 일어나게. 돌아보고 있을 테니."

두건이었다.

"계속 그리 있을 텐가? 어서. 누가 오기 전에 떠나야 하네."

그의 목소리는 어두운 기억 속에서 여경을 꺼내 주었지만, 아직도 그녀를 떨게 할 만큼 차가웠다.

'그때와 지금은 달라. 정신 차려야 한다.'

때마침 위험 속에서 저를 구해 주었으니 말로 다 하지 못할 고마움을 느끼고 있었다. 천만다행으로 제가 혀를 깨물고 죽는 일은 없었으니 말이다.

하지만 여경은 무언가가 저를 꽁꽁 묶은 것처럼 손가락 하나 까딱하는 것도 쉽지 않았다. 온몸에 남아 있는 양무한의 더럽고 끔찍한 체향이 그녀를 칭칭 옭아맸고, 황제의 무서운 면모로 인해 두려움에 사로잡혔기 때문이다.

"더 지체하면 어쩔 수 없이 나는 그대를 강제로 끌고 나갈 수밖에."

황제의 협박은 통했다. 여경은 떨리는 손을 움직여 간신히 두건을 썼다.

"다, 다 했습니다."

이후는 천천히 그녀를 돌아보았다. 두건을 썼으나 눈동자는 겁에 질려 있었고, 창백해진 양손은 깍지를 끼운 채 연신 바들거리고 있었다. 그제야 제 실수를 알아차렸다. 그녀가 당했을 굴욕과 두려움이 얼마나 컸을지 짐작하면서도 따뜻하게 달래 주긴커녕, 다그친 저를 자책했다.

그러나 다시 그 순간으로 돌아간다 해도 달라질 건 없을 것이다. 그녀가 양개의 몸에 짓눌린 것을 보는 순간부터 눈이 뒤집혔고 다스릴 수 없는 분노가 날뛰었기 때문이다. 그렇게 그녀에게 못 보일 꼴을 보이고 보니 또 심사가 뒤틀렸다.

그녀의 잘못이 아님을 알지만, 아직 저도 보지 못한 그녀의 얼굴을 양개 따위가 먼저 보았다는 것도, 잔인한 제 모습을 보고 귀신이라도 본 것처럼 떨고 있는 것도 맘에 들지 않았기 때문이다.

"일어날 수 있겠는가?"

그제야 이후의 목소리가 조금 부드러워졌다.

여경은 풀어진 저고리를 정돈하며 고개를 끄덕였다. 뭔지 모를 서러움이 밀려와 굵은 눈물 한 방울이 뺨을 타고 흘러내렸다.

"뭘 잘했다고 우는가? 그러게 내가 함께 있자 하지 않았나!"

이후는 좀처럼 일어나지 못하는 여경의 팔을 붙잡아 주었다.

"!"

우악스러운 사내의 손길에 이미 한 번 놀랐던 여경인지라 이후의 손이 닿자 저도 모르게 몸이 움츠러들었다. 하지만 달랐다. 그의 손은 아프지도 않았고 오히려 저를 기대게 해 주고 있었다.

"잘난 척 나를 보내더니 결국 이런 꼴이 나는군. 그동안 험한 일을 당하지 않은 것이 오히려 신기한 일일세."

딴에는 머쓱하고 어색해서 짐짓 나무라는 것이리라.

"……흡……."

여경은 눈물을 닦고 다리에 힘을 주어 일어났다.

침상에 반쯤 걸쳐 있는 양무한의 시체에게서 황급히 눈을 돌렸으나, 이제 걱정이 되기 시작했다.

비록 양무한이 부녀자를 겁탈하려 한 것은 중죄였으나 그렇다고 살인이, 그것도 일개 상단의 호위가 황군의 장수를 이리 잔인하게 죽인 것은 결코 용서받을 수 없었다. 게다가 조사를 받게 되면 그건 그것대로 신분이 들통 날 테니 보통 큰일이 아니었다.

"여, 여긴 어쩝니까? 일단 이곳을 수습해야 합니다."

"이 피를 어찌 다 없애겠는가. 알아서들 하겠지."

"예? 허면 그냥 도주하잔 말씀이십니까? 제가 없어지면 관군은 우리 상단을 쫓을 것입니다. 그건 안 됩니다. 괜히 저 때문에 모두를 위태롭게 할 순 없습니다. 차라리 제가 여기 남아 설명하는 것이……."

"뭐라 설명할 텐가? 아니, 혼자 남아 설명하겠다는 것 자체가 말이 되지 않네. 부인이 그런 일을 당했는데 남편인 내가 상단을 따라 떠난다면 칼을 쓸 수 있는 남편이 가장 유력한 용의자가 될 테지. 이미 우리는 한배를 탔고 그대의 일은 그대 혼자의 일이 아니게 돼 버렸네."

"그, 그럼 이제 어쩝니까?"

"가장 빨리 이곳을 뜨는 것이 답일세. 곧 날이 밝을 테니 서둘러야 하네."

여경은 깊은 한숨을 내쉬다가 손가락을 꼼지락거리더니 조심스럽게 이후의 손을 잡았다.

"!"

"못…… 걷겠습니다."

어리광을 부리고 싶은 건지도 몰랐다. 하지만 다리에 힘이 빠지고 아무 생각도 하고 싶지 않을 만큼 지친 것은 사실이었다. 이런 날은 조금 기대도 되지 않을까, 나약한 마음을 품고 먼저 내민 손이었다.

헌데 이게 웬일일까! 돌연 그가 자신의 손을 뿌리치는 게 아닌가.

"폐……!"

가슴이 철렁하고 머리끝에서부터 찬물을 끼얹은 듯 무안함을 뒤집어썼다. 그런데 그 순간 그는 여경을 밀치고 양무한의 손목에 꽂힌 단검을 뽑더니 재빨리 문을 향해 날렸다.

휙. 퍽.

"!"

여경이 무어라 말할 틈도 없이 그 직후 몸을 날린 그가 단검이 꽂힌 문을 열어젖혔다.

"헉!"

여경은 문 앞에 쓰러진 여인을 보고 숨을 크게 들이켰다.

"부인!"

어찌 된 일인지 소화가 문 앞에 주저앉아 있었고, 단검은 다행히 그녀를 스치지도 않고 문에만 꽂혀 있었다.

이후는 쓰러진 소화의 목에 다시 단검을 들이대고 입을 틀어막았다.

"!"

소화는 마침내 경악에 찬 눈으로 그를 올려다보고 있었다. 여경은 그녀가 무엇 때문에 경악하는지 읽을 수 있었다. 황제를 알아본 것이다. 그리고 보면 그녀가 이곳에 온 것도 짐작이 갔다. 내일 떠난다니 그동안 의심하던 것을 확인하고 싶었으리라.

"그러지 마십시오. 놓아주십시오."

"다른 이도 아니고 정 군수의 부인일세. 우리가 한 짓을 모두 보았는데 어찌 놓아준단 말인가?"

다행히 황제는 그녀를 못 알아보는 듯했지만 상황이 좋지는 않았다.

"아픈 사람입니다. 임신 중인 사람입니다. 놀라게 하면 안 된단 말입니다."

"지금 그게 중요한가? 우리가 어찌 될지 모르는 판국일세."

"일단은 놓아주십시오. 제가 말해 보겠습니다."

"설득이 될 거라 보는가?"

"그럼 죄 없는 부인을 없애기라도 하자는 말씀이십니까?"

"누가 그렇게까지……!"

"왜요? 목적을 위해서라면 무슨 짓이든 하시는 분이 아니십니까!"

"!"

"저는 그런 폐하가 무섭습니다."

"……."

그렇게까지 말하려던 것은 아니었는데, 그만 그의 모진 성정을 보는 것이 괴로워 서러움이 복받친 모양이었다. 약간 후회한 여경은 미안한 음색으로 다시 애원했다.

"부탁입니다⋯⋯. 제가 부인을 안심시킬 것이니, 부탁이니 제발⋯⋯ 그 손 놓아주십시오."

이후는 한 마디도 하지 않고 힘없이 팔을 떨어트렸다.

그의 품에서 벗어난 소화는 놀란 가슴을 쓸어내리며 황제의 얼굴을 힐끗거렸다.

'화, 황제⋯⋯ 폐하께서 어떻게⋯⋯?'

분명 황제였다. 며칠 전 들었던 그 목소리를 제가 잘못 들은 게 아니었다. 그렇다면, 그렇다면 이 여인은 정말 누구란 말인가. 죽은 황후마마와 눈빛도 목소리도 걸음걸이마저 닮은 이 여인은 누구란 말인가.

여경은 혼란스러운 소화의 눈빛을 외면하며 말했다.

"부인, 드릴 말씀이 있으니 잠시 안으로 들어오시지요."

"⋯⋯."

애초에 소화가 이곳에 온 것은 여경의 예상대로 내일 떠난다는 의녀의 얼굴을 몰래 확인하기 위해서였다. 그녀의 분위기가 황후마마와 너무도 비슷했기 때문에 만약에, 라는 생각을 떨쳐 낼 수 없었던 것이다. 그래서 그녀는 순순히 안으로 들어갔다.

문을 닫으려던 여경은 팔을 늘어트리고 서 있는 황제의 시선을 피하며 당부했다.

"잠시만 예서 기다려 주십시오. 잠깐이면 됩니다. 저 때문에 일어난 일이니, 제가 수습하겠습니다."

"······알았네."

이후는 문이 닫히는 것을 걱정스럽고 서운한 눈으로 바라보았으나, 따라 들어가거나 하지는 않았다.

여경은 시신을 보고 흠칫하는 소화의 눈을 가려 주었다.

"태아에게 나쁜 것은 보지 마십시오."

그러면서 그녀의 손을 잡아끌고 탁자로 가서 앉았다.

여경과 마주 앉은 소화는 무슨 말부터 해야 할까 입술을 꼬물거리다가 조심스럽게 물었다.

"날······ 어, 어찌 설득할 생각인가?"

이미 소화가 황제를 알아보았음을 눈치챘는데 더 무슨 말이 필요할까. 여경은 더 이상 지체하지 않고 두건을 벗었다.

"!"

소화는 눈을 크게 뜨고 제 앞에 서 있는 사람을 한참이나 뚫어지게 쳐다보았다.

"소화야."

"마, 마마······."

아직도 믿어지지 않는다는 듯이, 제가 헛것을 보는 것인가 자신 없이 부르자, 여경은 고개를 끄덕이며 확인시켜 주었다.

"오랜만이구나."

"차, 참입니까?"

"그래, 나다. 폐비····· 사여경·····. 네가 모시던····· 그 못난 상전이다."

"마마······. 이, 이게 꿈은 아니지요? 마마!"

여경은 감격에 겨워 안겨 오는 소화의 등을 쓸어내리며 다독거렸다.

"쉬잇. 바깥에 들려선 안 된다."

"정말 마마가 맞으셨습니다. 내 그럴 줄 알았습니다! 흐으읍. 흐으으읏."

소화가 울음을 터트리자 여경도 참았던 눈물을 글썽거렸다.

"소화야, 얼마나 불러 보고 싶었는지 모른다. 하아아⋯⋯. 소화 야⋯⋯. 살아 주어서 정말 고맙다. 고마워."

"그건 제가 할 말이옵니다. 이게 어찌 된 일입니까. 마마⋯⋯. 어찌 살아 계셨습니까."

"나는 보다시피 이리 건강하다. 너야말로 어찌 된 것이냐?"

"사가로 심부름을 갔더니 사람들이 저를 못 가게 하지 않겠습 니까. 그래서 알았습니다. 마마가 저를 살리려고 보내신 것을요. 허나 어찌 그럽니까. 저는 마마의 종인데, 마마 혼자 위태롭게 둘 수 없었습니다. 저라도 가서 마마의 편이 되어 줘야겠기에 억울함 을 풀어 드려야겠기에 도성으로 힘껏 오던 참이었습니다. 그런데 궁에서 보낸 자객들이 어찌 알고 찾아왔는지 저를 죽이려 하지 않 겠습니까."

소화의 사연을 들어 본 즉, 그때 마침 부인의 산소를 찾아가던 정 군수를 만나 도움을 받게 된 것이 두 사람의 인연이 된 모양이 었다.

"제가 깨어났을 때 이미 마마께서⋯⋯. 흑. 그래서 저는 비겁하 게 저 혼자 살겠다고 여태 신분을 숨기고 살아왔습니다. 죽을죄를 지었습니다. 마마. 흐윽."

"잘했다. 정말 잘했어. 하늘이 도왔구나. 덕분에 이리 다시 보게 되지 않았더냐."

두 사람은 한껏 소리를 낮추었으나 손을 꼭 잡고 감격스러운 재회를 나누었다. 그러다가 현실의 위급함을 깨달은 소화가 먼저 물었다.

"헌데 이게 어찌 된 일입니까? 폐하와는 왜 같이 다니는 것입니까. 오늘 일은 또 무슨 사달이구요?"

"소화야, 시간이 없구나. 네가 한 번만 나를 도와다오. 네게 이런 부탁을 하는 것이 얼마나 부끄럽고 미안한지 모르겠구나."

"마마, 혹시 지금 폐하의 도주를 돕고 계신 것입니까? 그러다 마마도 죽습니다. 어찌 구한 목숨인데 또 버리려 하십니까. 폐하가 원망스럽지도 않습니까?"

"원망스럽다. 그런데 복수하고픈 맘이 들지 않는구나."

"마마!"

"나는 모자란 계집이 아니더냐. 어차피 한 번 죽은 목숨. 그가 거둬 갔던 목숨. 그에게 끝까지 걸어 보련다."

"싫습니다. 저는 그리 못 합니다. 제가 용서 못 합니다! 이각이 황제가 되라지요. 그 자리를 지키느라 그리도 사람을 못 살게 굴더니 꼴좋지 않습니까! 마마. 저와 함께 예서 삽시다. 제발요. 다 잊고 이리 삽시다. 부모님도 찾아뵙고 이제 사람처럼 살아 봅시다. 네? 마마."

여경은 소화의 머리를 쓰다듬으며 슬픈 미소를 지었다.

"그는 내가 살아 있는 줄도 모른다. 바로 옆에 내가 있는데도 나를 몰라. 날마다 언제 들킬까 조마조마하면서도 또 한편으로는 내가 아무리 나를 감췄기로서니 알아보지 못하는 것이 서운하기도 하다. 그런데 재밌는 것은 그가 사여경은 그리도 싫어하면서 의녀에게는 한없이 따뜻하구나. 보살펴 주고, 힘들 때마다 나타나 나를 구해 주고, 가겠다는 나를 못 가게 붙잡고, 그럴 때마다 이 주책없는 가슴이 조금만 더 있자, 조금만 더 이 설렘을 누려 보자, 그러는구나."

"……"

"살아생전 한 번도 누려 보지 못한 기쁨이다. 황제와 사여경이 아니다. 떠돌이 사내와 보잘것없는 의녀다. 죽은 내가 이렇게라도 원을 풀어 보려는 것이다. 안 되겠느냐?"

"……하, 하지만 부모님 생각도 하셔야지요."

"부모님은……. 한시도 생각하지 않은 적이 없단다. 헌데 가문의 누를 끼친 내가 무슨 낯짝으로 거길 가겠느냐? 살아도 살아 있다 말할 수 없는 몸인데, 내가 이리 구천을 떠도는 육신이 된 것을 알면 더 마음이 아프실 것이다."

"마마……."

"도와다오. 제발."

소화는 입술을 깨물고 이러지도 저러지도 못한 채 몇 번이고 한숨만 쉬었다.

이후는 유난히 밝은 달만 고개가 빠져라 올려다보고 있었다. 일각도 채 지나지 않았거늘 달을 지나는 구름 때문에 마음만 바빠진 것일까. 그의 표정은 매우 어둡고 착잡했고 가끔 깊은 한숨을 쉬기도 했다. 구름이 달을 완전히 가리자 그는 무엇이 그리 괴로운지, 눈을 꾸욱 감았다. 그것은 마치 미간에 패인 깊은 골짜기에 마구 날뛰는 짙은 회한과 분노를 가두려는 것처럼 보였다.

그때 삐걱 문이 열리는 소리가 들렸다. 눈을 뜬 이후는 거짓말처럼 그 모든 어두운 기운들을 그의 안으로 갈무리했다. 그리고 태연히 제 앞으로 다가오는 여경을 돌아보며 물었다.

"그래. 잘 해결되었는가?"

여경은 대답 대신 고개를 끄덕였다.

"어찌 해결했는지 말해 주지 않을 텐가?"

미안한 기색으로 고개를 푹 숙인 여경은 시뻘건 피로 물든 이후의 손을 힐끗거렸다.

'그러고 보니, 황제의 손에 피를 묻게 했구나.'

그녀는 품속에서 손수건을 꺼내 그의 손을 닦아 주었다.

이후는 계면쩍은 듯 슬그머니 손을 뺐다.

"좀 씻을 걸 그랬군."

"괜찮습니다."

"괜찮다고만 하면 그 말을 어찌 믿을까?"

이후가 궁금해하는데도 여경은 대답할 생각은 않고 딴 소리를 꺼냈다.

"……업어…… 주십시오."

"내가…… 잘못 들었는가? 업어 달라 한 것 같은데."

"제대로 들으셨습니다."

"어지간히 놀란 모양이군. 못 걸을 정도로 다리가 풀렸는가?"

"아니오. 저보단 폐하께서 많이 지치지 않으셨습니까."

"응?"

"폐하를 힘들게 하고 싶습니다."

"내가 또 제대로 들은 건지……?"

"저 때문에 힘들고 아파하는 모습을 보고 싶습니다. 지금보다 더 많이요. 그러니 업어 주십시오."

이후는 눈을 깜빡이며 헛웃음을 지었다. 그러나 어쩌겠는가. 어린애처럼 떼를 쓰는 그녀에게서 등을 돌리고 앉았다.

"자, 업히게."

여경은 살포시 그의 어깨에 손을 얹고 등을 내려다보았다. 어린 시절 그의 어깨는 이리 넓고 단단하지 않았다. 그래도 그는 많은 것을 짊어지고 뚜벅뚜벅 걸어가지 않았던가. 그러니 지금 이 너르고 단단한 어깨에 제 몸 하나 얹는다 해서 무겁지 않으리라. 저 같은 계집이 아무리 그를 힘들게 한들 그는 금세 떨쳐 내고 다 잊으리라.

"이러다 날 새겠군."

이후는 여경의 치맛자락을 잡아당겨 그녀를 제 등에 쓰러지게 했다.

여경은 그의 등에 얼굴을 깊이 파묻었다. 그가 걸음을 옮길 때마다 흔들렸지만 떨어질까 무섭지 않았다.

"정 부인 말입니다."

"이제야 말해 줄 텐가?"

"부러웠습니다."

"?"

"실은 예전에 알던 사이었습니다.

"아……! 그런 인연이 있었군."

그제야 이후는 여경이 크게 화를 내며 그녀를 비호하던 모습이 이해가 갔다.

"나 때문에 너무 놀라지 않았나, 모르겠네……."

"이제 괜찮을 겁니다. 이제…… 더 이상 아프지도 않을 겁니다."

"명의를 만나 병이 씻은 듯이 나은 모양일세."

이후가 그렇게 농을 건네는데 여경의 목소리는 밝아지지 않았다.

"잘 살고 있는 것을 보니, 다행스럽고 부럽기도 했습니다. 예전엔 저처럼 누구에게도 사랑받을 수 없었는데 이제는 사랑받는 것이 힘들 만큼 행복해 보였으니까요. 그래서 떼를 좀 썼습니다. 불쌍한 나를 한 번만 도와 달라고. 그러니 안심하셔도 됩니다. 도와주겠다 했으니까요."

"그렇게 믿어도 될 정도로 가까운 사이였나 보군."

"예. 아주. 저더러 남으라고 했습니다. 함께 있자고."

그 말에 멈칫한 이후의 걸음이 느려졌다.

"남는다 하지 그랬는가?"

"아직…… 보지 못해서요. 저로 인해 힘들고 아파하는 폐하의 모습을요."

"아까부터 그게 무슨 뜻인지 모르겠군. 물어도 되겠는가?"

"아십니다. 누구보다 잘 알고 계실 겁니다. 왜냐면……. 저와 계속 함께한다는 것이, 그 끝이 어떨지를 누구보다 폐하께서 더 잘 알고 계실 테니까요. 제 노리개가 돼 준다 하셨지요? 그래서가 보겠습니다. 마지막에 힘들고 아픈 사람은 제가 아니라 폐하가 될 테니까요."

가만히 여경의 말을 곱씹어 보던 이후가 씁쓸하게 웃으며 말했다.

"힘든 것은 얼마든지 좋지만, 아픈 것은 싫으니 그건 좀 봐주게. 나는 이제 더 이상 아프고 싶지가 않아."

그들이 지나간 밤길에 서서히 어둠이 걷혔다. 아직 땅이 본디 색을 찾지 못한 어스푸름한 새벽녘, 월영 군청의 내당이 발칵 뒤집히고 말았다.

정 군수는 멍석에 놓인 양무한의 피투성이 시신에 대고 고래고래 고함을 치고 있었다.

"명색이 황군이란 자가 어찌 이리 무도한 짓을 벌일 수 있단 말이냐!"

"서, 설마. 그럴 리가, 그럴 리가 없습니다!"

조무기의 부관 편덕수는 작금의 일이 믿어지지가 않아 양무한의 시신과 정 군수를 번갈아 보며 입을 뻐끔거렸다.

"허면, 내 부하가 일부러 살인을 하고 내 부인이 이를 감싸느라 거짓을 고했단 말인가? 그 수치스러운 일을 무엇 때문에 일부러 입에 담는단 말인가!"

"그, 그것이 아니오라……."

편덕수는 식은땀을 흘렸다. 일이 뭔가 단단히 꼬였다. 의녀를 품으러 갔던 장군이 어째서 부인의 방에서 피를 흘리고 죽어 있는가 말이다.

'말도 안 되지. 장군이 미치지 않고서야……. 분명 의녀와 그 사내놈에게 복수하겠다고 가셨는데…….'

그러고 보니, 이 소란에 모두가 나와 있는데 의녀가 보이지 않았다.

"헌데 의녀는 어디 갔습니까?"

"의녀는 조금 전에 상단 사람들이 데리러 와서 떠났네."

"이런 와중에 말입니까?"

뭔가 이상한 예감이 드는데 머릿속이 뿌옇게 가려져 꼭 짚어 뭐가 이상한지 알 수가 없었다.

"어제 이미 떠나겠다 기별을 받았네. 갈 길이 바쁜 자들을 어찌 막는가? 내 집에서 일어난 불미스러운 일 때문에 일각이 바쁜 상인들의 발을 잡으란 말인가? 설마 그 힘없는 여인이 이자의 등에 이리 깊은 자상을 남겼다 보는가?"

"살인 사건이 일어났습니다. 정황 조사를 위해서라도 누구도 보내 주어선……."

그러나 편덕수는 더 이상 따질 수가 없었다. 대노한 정 군수가 크게 일갈하며 호통을 쳤기 때문이다.

"이놈! 살인 사건이라니! 내 말을 못 믿겠다는 겐가! 감히 군수의 안사람을 겁탈하려 한 극악무도한 죄인을 베었기로서니 어찌 이자를 옹호하는 말을 입에 올리는가! 나의 호위가 때마침 이를 발견하지 못했다면 지금쯤 이 멍석 위에 시신은 내 부인이었을 걸세!"

"구, 군수님을 믿지 못하겠다는 뜻이 아니옵니다. 다만, 소장의 생각으로는 장군께서 이런 짓을 벌였다는 것이…… 혹 모함이 아닐는지……."

"흥! 양개의 소문이 장안에 파다한데, 부관이란 자가 상관의 허물을 모르고 있었는가? 아니면 똑같은 놈들이라 모두 다 낯짝이 두꺼운 모양이지? 이런 태도로 어찌 군의 기강을 세우고 나아가 폐하를 바로 모실 수 있겠는가! 실로 통탄을 금치 못할 일이로세! 내 폐하께 직접 장계를 올려 이번 일을 소상히 아뢸 것이니, 그대들은 당장 저 죄인의 더러운 몸뚱이나 치우시게!"

이제 어쩔 수 없었다. 증인들도 너무 많았고 애초에 장군의 목적이 의녀였노라 변명할 수도 없지 않은가. 내당에 들어간 것을 해명할 길이 없으니, 임신한 군수의 부인을 겁탈하려 했다면 그것은 그 자리에서 죽어 마땅한 죄였다. 군율로 다스렸다면 참형이었으니, 이 일이 황제의 귀에 들어간다 해도 정 군수와 그의 부하에게 죄를 물을 수는 없을 것이다.

편덕수는 깊이 고개를 숙이고 물러날 수밖에 없었다.

'계집을 그리 밝혔으니, 다들 믿어 의심치 않을 것이다. 헌데 이상하단 말이지. 아무리 계집에 눈이 돌아도 군수의 아내를 겁탈할 만큼 간이 큰 자가 아닌데⋯⋯. 방을 착각했다 하기엔 위치가 너무도 다르지 않나.'

그러나 이대로 정 군수의 말만 듣고 사건을 종료시킬 수가 없었다. 가뜩이나 조 장군이 폐주를 놓친 일로 노하신 폐하이시다. 이번 일로 장군이 또다시 폐하의 눈 밖에 날 생각을 하니 제가 다 오금이 저려 왔다.

'이렇게는 안 된다. 뭐라도 장군께서 살아날 구멍을 가져가야만 해.'

예를 들면 정 군수에게 역도의 죄를 씌워서라도.

한편 편덕수에게서 차갑게 몸을 돌린 군수 정효원은 노한 걸음을 옮겨 내당으로 향했다. 놀란 부인을 달래 주러 가는 자연스러운 발길이었다. 하지만 그는 착잡하게 가라앉은 눈빛으로 어젯밤 일을 떠올렸다.

정효원은 잠결에 저를 흔드는 소화의 화급한 손길을 느끼고 깜짝 놀라 눈을 떴다.

"부인! 무슨 일이오!"

군수는 눈물을 주룩주룩 흘리는 부인의 얼굴을 보고 한 번 더 놀랐다.

"왜 그러오!"

"도, 도……와주십시오."

흐느끼며 젖은 입술을 떼는 부인은 무척 다급하게 보였다.

"무슨 일이오? 내가 무엇을 도와주면 되는 것이오!"

"아무것도 묻지 마시고…… 저를 한 번만 도와주십시오."

"?"

"의녀의 방에 있는 양 장군의 시신을…… 제 방으로 옮겨 주십시오."

"부인! 그게 무슨……!"

"제발……. 한 번만입니다. 한 번만 아무것도 묻지 마시고 도와주십시오. 한 번만입니다."

"……."

"염치없는 것을 압니다. 언젠가 제가 질리고 만정이 떨어지시면 그때 가차 없이 버리십시오. 조금도 원망하지 않겠습니다. 죽으라면 죽겠습니다. 그러나 지금은 한 번만 도와주십시오."

"부인이 내게 무언가 부탁한 것이 이번이 처음인 것을 아오?"

"……."

"언제 내게 기대 줄까 기다렸는데, 어찌 거절하겠소? 내가 군수라서 나를 이용할 수 있다면 얼마든지 하시오."

정 군수는 한숨을 쉬었다. 부인의 부탁을 들어주는 것이 어려운 일은 아니나, 지금 시국으로 보아 이번 일이 간단히 마무리가 될 것 같지 않았다. 들리는 소문에 의하면 황제가 본보기로 삼을 신하들을 물색 중이라지 않는가. 조무기를 살리기 위해 편덕수 저자가 저를 모함할 수도 있었다.

'잘한 일이다. 이 일로 가문에 화가 닥칠지는 모르나 잘한 일이다. 어차피 양개, 그자는 죽어 마땅한 자가 아니었는가.'

그렇지만 군수의 마음을 불안하게 한 것은 그게 다가 아니었다. 제가 사랑하는 부인이 도대체 어떤 사람이었는지, 의녀는 어디로 갔는지, 양 장군을 죽인 자는 누구인지, 제가 알지 못하는 곳에서 일어나고 있는 이 혼란들에 너무나 심란한 것이다.

그러다 문득 의녀는 그녀의 남편이 데려갔을 거란 생각이 들었다. 그리고 남편이라는 자의 눈빛을 기억해 낸 군수는 온몸에 전율이 일어 그 자리에서 딱 멈춰 서고 말았다.

'단 한 번도 사람을 우러러본 적이 없는 자!'

소름이 돋았다. 만약 제 생각이 맞는다면, 제가 정말 큰일을 저지르고 만 것이다.

피식.

그는 그렇게 웃음으로 불안과 근심을 흘려보냈다.

'역적의 죄를 쓰더라도 억울하지는 않겠군.'

정효원은 다시 발을 옮겼다. 앞으로 얼마나 더 볼 수 있을지 알 수 없는 제 부인을 보기 위해.

좌아악.

배는 순조롭게 바다를 밀고 나아가는 중이었다. 하지만 선실 안의 공기는 그리 좋지 않았다.

"그 정도로는 설명이 되지 않습니다! 언제 어떻게 알던 사이인지, 도대체 무슨 사연이 있기에 살인을 덮어 줄 수 있단 말입니까? 자세히 설명하십시오."

선무가 여경을 닦달하는 것도 무리는 아니었다.

피투성이가 돼서 돌아온 두 사람 때문에 날이 밝기도 전에 도망치듯 월곶을 떠나야 했으니 말이다.

"그냥 살인도 아니라, 양개를 죽였습니다. 양무한, 그자가 조무기의 오른팔임을 잊으셨습니까? 왜 두 분은 나가기만 하면 사고를 치고 오시냔 말입니다!"

단단히 화가 난 선무 앞에서 여경은 죄인처럼 풀이 죽어 있었다. 그러자 이후가 변명이랍시고 한마디 던졌다.

"이번엔 그자가 방으로 찾아왔대도. 우리가 나간 것이 아니라."

"폐하! 지금 그게 중요한 게 아니지 않사옵니까!"

"다른 방도가 없었다. 죽은 자는 말이 없으니 죽이는 것이 최선이었다."

"의녀 방에서 살인이 났고 의녀는 없어졌는데 그게 어찌 최선입니까!"

"글쎄. 그건 정 부인이 아무 염려 말라 했다지 않아!"

두 사람이 다투는 일이야 잦았고 길재는 그때마다 끼어들어 황제의 편을 들어주곤 했다. 헌데 오늘 그는 불구경하듯이 잠자코 있었다. 보다 못한 여경이 길재에게 슬그머니 물었다.

"사자께서는 왜 아무 말씀도 안 하십니까?"

"음……. 제가 잘 모르는 것이 있어 끼어들 수가 없습니다."

"어떤……? 사자님께서도 모르는 것이 있습니까?"

"여인들의 의리란 어떤 것입니까?"

"예, 예?"

뜬금없이 진지한 질문은 여경을 당황하게 만들었고 황제와 선무의 다툼조차 멈추게 만들었다.

"어떤 사이이기에 예전에 알던 사람이 살인의 죄를 덮어 줄 수 있는지, 그리고 또 군수의 부인과 떠돌이 약초꾼의 의리가 깊으려면 어떤 친분이 필요한지 말입니다."

"그, 그건……!"

"또 하나……. 그런 사이라면 어째서 모르는 척했었는지. 그것을 알기 전엔 저는 어떤 결론도 내릴 수가 없습니다."

"……."

모두가 궁금해하던 것을 참으로 일목요연하게 잘 짚은 질문이었다.

덕분에 여경은 제 입이 떨어지기만을 기다리는 사람들의 눈빛이 부담스러워 시선을 피하기 급급했다.

"얼마 전 제가 뭔가 하나 깨달은 바가 있습니다. 제 추리가 맞는지 들어 보시겠습니까?"

"……."

"세상에 어떤 사연이 있다 한들 지금 폐주가 되어 쫓기고 있는 폐하의 사연보다 크고 위험하지는 않습니다. 헌데, 폐하의 사연을 모두 듣고도 의녀께서는 숨기는 것이 너무 많습니다. 우리 모두 의녀님의 신분이 천하지 않을 거란 것 정도는 눈치챈 지 오래입니다. 아마도 이름조차 알려 주지 않는 것은 들으면 아는 이름이거나 가문의 세가 크다는 것일 테고요. 그렇다면 폐하를 알고도 신분을 숨길 이유가 하나밖에 없습니다. 폐하의 적인 경우."

"!"

쥐 죽은 듯이 조용한 선실에 팽팽한 긴장감이 맴돌았다. 끊어질 듯한 긴장을 이기지 못한 권사익이 침을 꿀꺽 삼키는 소리가 들릴 만큼.

여경은 흔들리는 눈빛을 애써 갈무리하며 길재를 똑바로 쳐다보았다.

그러자 길재는 폭탄 같은 발언을 터트려 놓은 주제에 태연히 웃으며 말했다.

"말을 바꾸도록 하겠습니다. 적이라는 말은 이각에게나 어울리는 말인 듯하니, 폐하께 정체를 들키면 곤란한 사람이라 해야겠습니다."

"제가…… 뭐라 대답해 드려야 할지 모르겠습니다."

"죽이려 했다던 남편이 두려워 숨어 지낸다 하셨지요? 헌데 이 상황에 남편이란 자가 의녀님을 해할 수 있다 보십니까? 솔직히 말씀드리자면 전 애초에 화상을 입었다는 말씀도 믿을 수가 없습니다. 지독한 화상. 그것도 죽을 뻔한 경험을 했다면 대부분의 사람은 불을 무서워합니다. 허나 의녀께서는 지난번 대장선을 불태울 때도 두려워하는 기색이 없으셨지요. 또 평소에 약을 달일 때도 불을 조심해서 다루지 않고 오히려 무신경해 보였습니다."

"탕약을 달이는 것은 제 일입니다. 불을 두려워해서는 그런 일을 못 합니다. 제가 두려워하는 것은 말씀하신 대로 불이 아니라 제 남편입니다. 입에 담기조차 끔찍한 옛일을 떠올리고 싶지 않습니다. 왜 잊고 싶은 일을 떠벌려야 하는지요? 또, 여인들의 의리를 모르겠다 하셨습니까? 정 부인의 사사로운 일을 함부로 발설할 수는 없으나, 그녀와는 꽤 오래 친분을 나누었을 뿐만 아니라 제가 그녀의 목숨을 구한 적이 있습니다. 이 정도면 설명이 되었는지요?"

거짓은 하나도 없었다. 전남편이었던 황제가 저를 죽이려 했었고, 아직도 그를 두려워하고 있으며, 소화를 살려 준 것도 사실이니 말이다.

하지만 여경은 제 목소리가 높아진 것을 눈치채지 못하고 있었다.

"예, 설명이 되었습니다."

길재는 그녀를 몰아세운 것치고는 매우 허무하게 그녀의 말에 순순히 고개를 끄덕여 주었다. 하지만 그것은 오히려 흥분한 여경보다 길재의 말이 더 옳다 느껴지게 했고, 결국 선무까지 나서게 만들었다.

"설명이 되지 않소. 전에부터 이상하다 여겼으나 참아 왔지만 폐하의 적일지도 모른다면 꼭 정체를 밝혀야겠소! 폐하께서도 뭐라 한 말씀 해 주십시오."

"그렇지 않아도 하려 했다. 모두들 그만하거라."

"예! 그만, 그? 예? 그만하라니요?"

"만약 예전에 적이었다 하더라도 지금은 아니다. 실수였을지 모르나 의녀는 나를 구했고, 한배를 탔다. 가겠다는 사람을 붙잡은 것도 나다. 더 무슨 설명이 필요한가? 이와 같은 의심은 두 번 다시 거론하지 말라."

이후는 그렇게 단호하게 명을 내렸고 여경의 손을 잡고 선실 밖으로 나와 버렸다.

"놓으십시오."

두 사람 사이가 심상치 않아 보이자 갑판을 배회하던 대원들이 슬금슬금 그들을 피해 어디론가 사라졌다.

"왜 내게 화를 내는가?"

"폐하도 의심하고 계시지 않습니까! 억지로 믿으려 하지 마십시오."

"누가 믿겠다던가? 나는 의심이 아니라 확신을 하고 있네. 그대가 나를 미워하고 있다는 것 정도는 말일세."

"예?"

"그러니 날 힘들게 하고 싶다 했겠지. 아프게 만들겠다 했겠지. 그래도 상관없네."

"왜 상관이 없습니까! 폐하께 적의를 품은 계집을 왜 옆에 두고 계십니까?"

"안 보는 것보단 낫기에 그러지 않는가. 당연한 걸 묻는군."

"……폐하……."

"날은 밝았다만, 우리는 밤새 잠을 설쳤으니 들어가 쉬는 게 어떻겠나?"

"잠이 오십니까?"

따지듯이 말하긴 했지만 사실 여경은 배를 타기 전부터 편히 누워 쉬고 싶었다. 그랬는데 그가 이렇게 말해 주니 복잡한 생각일랑 나중으로 미루고 지금은 자고 싶다는 생각만 가득했다.

"밤잠을 설친 것이 내 탓인 것처럼 말하는군. 그대 때문인 것을 잊었는가?"

"……그럼 들어가 쉬십시오. 저도 눈을 좀 붙여야겠습니다."

여경은 뒤도 돌아보지 않고 제 방으로 들어갔다. 아니 들어가려 했다. 이후가 막 닫히는 문 사이로 손을 집어넣지 않았다면.

"왜 또 이러십니까? 하실 말씀이 남으셨는지요?"

이후는 힘으로 문을 마저 열고 들어와 대뜸 문을 걸어 잠갔다.

"문은…… 왜?"

"이래야 그대가 안심하고 잘 게 아닌가. 늘 이렇게 꽁꽁 걸어 잠그더니 뭘 새삼스럽게 묻는가?"

"그게 아니라, 폐하께서 나가셔야지요."

"말이 많군."

"예? 헉!"

여경은 어느새 이후의 팔에 안겨 번쩍 들려 있었고 떨어질까 놀라 저도 모르게 그의 목을 휘감고 있었다.

"폐하!"

"아무 말 말게. 한 마디도 할 기운이 없으니까."

"그럼 들어가서 주무십시오!"

"그러려고 여기 오지 않았는가. 예서 잘 것이다."

"싫습니다. 내려 주시지요. 갑자기 왜 이러십니까?"

이후가 전에 없이 막무가내로 나오자 여경은 발을 바동거리며 당황하고 있었다.

"안 되는 게 왜 이리 많은가! 피곤해서 죽을 것 같으니, 그냥 아무 말 말고 가만히 있게!"

"……."

갑자기 버럭 화내는 황제가 어이없어서 여경은 따질 순간을 놓치고 말았다.

이후는 그대로 침상으로 가 그녀를 제 팔을 베고 눕게 했다. 여경이 화를 내며 벌떡 일어났지만 다시 당겨서 제 품으로 안아 버렸다.

"가만히! 아무 짓도 안 할 테니 그냥 가만히 있게."

"……."

여경은 눈을 부릅뜨고 이후를 노려보았다.

"눈 감게."

"……."

"그렇게 눈을 뜨고 있으면 무슨 짓이든 하고 싶어지니 눈 감으시게."

화가 난 여경은 결국 이후의 허세를 이기지 못하고 슬그머니 눈을 감았다.

이후는 긴장으로 딱딱하게 굳은 여경을 향해 그가 할 수 있는 최대한의 부드러운 목소리로 속삭였다.

"따질 것이 있으면 자고 일어나서 따지시게."

그러면서 그 역시 눈을 감고 금세 잠이 들어 버렸다. 그러나 쉽사리 잠이 들 수 없었던 여경은 그가 잠이 든 것을 느끼자 몰래 눈을 떴다.

겨우 사 년, 그리고 요 몇 달. 황제는 여경이 궁에서 보았을 때와 그 느낌이 사뭇 달라져 있었다. 얼음처럼 차갑고 흰 황제의 용안은 구릿빛으로 그을었다. 수척해진 뺨 때문에 턱 선은 더욱 굵어졌고 깊어진 눈매에 성숙함이 느껴졌다. 젊고 아름다웠던 황제가 어느새 누군가를 품어 줄 수 있을 만큼 큰 사내가 된 것이다. 여경은 저도 모르게 까슬해진 그의 턱수염에 손이 갔다.

'이제야 좀 사람 같으십니다.'

손끝을 찌르는 그 거친 느낌이 이상하게 그녀의 긴장을 풀어 주었다. 몸이 무겁게 가라앉고 서서히 눈이 감겼다. 여경은 곧 깊은 잠에 빠져들고 말았다. 조심스럽던 손길이 그의 턱에 닿아 버린 것도 모른 채.

쌔근쌔근 숨소리가 들리자 여태 자는 척했던 이후가 눈을 떴다. 얼마나 깊이 잠들었는지 턱에 닿은 그녀의 손을 잡아도 깨지 않았다. 마치 죽은 듯이······.

죽은 듯이 잠들었으나 죽지 않았다. 이렇게 살아서 어린애처럼 곤히 잠들었을 뿐이다.

뚫어져라 자는 여경을 쳐다보는 이후의 표정은 밝지 않았다. 답답한 듯 고심하던 이후의 눈빛이 한순간 크게 일렁거렸다. 이후는 조심스레 여경의 두건으로 손을 뻗었다.

그러나 두건으로 향하던 손이 멈칫했다.

의녀의 눈가에 홀로 고단하게 보냈던 세월의 그림자가 드리워져 있었기 때문이다.

그의 손은 그 그림자를 쓰다듬었다. 그리고 그녀의 동그란 이마의 굴곡을 따라 콧잔등으로 내려왔다. 두건을 사이에 두고 손끝에서 느껴지는 그녀의 생김새를 마음속으로 그려 보았다.

입술에 머문 손이 치워지고 그의 입술이 조심스레 다가와 두건 아래 그 입술을 포갰다.

따뜻한 온기가, 부드러운 감촉이, 오롯이 전해지는 입맞춤이었다.

12.
움츠린 꽃망울 웃음을 터트리고

　새하얀 햇살이 여경의 긴 속눈썹에 앉아 눈가를 간질였다. 여경은 고운 아미를 찡그리다가 실눈을 뜨고 두어 번 깜빡였다. 눈부시게 밝은 선실 창가에 무릎을 제우고 비스듬히 기대앉은 황제가 보였다.

　빛무리 속에서 손등에 앉은 구관조와 놀고 있는 그의 모습은 꿈인지 생시인지 구별하기 어려웠다. 바람에 날리는 흐트러진 머리카락 사이로 나른한 미소가 보였다. 제가 잘못 본 것일까, 정말 꿈일까. 평화롭고 편안한 낯선 그의 모습을 더 보고 싶었지만 그가 저를 돌아보며 다독였다.

　"더 자 두게. 아직 때가 아니니."

　여경은 눈을 감았다. 그의 따스한 목소리 때문만은 아니었다. 햇빛이 눈부시기도 했고, 그의 웃음이 너무 밝아서기도 했다. 눈을 감으니 거짓말처럼 다시 잠이 들었다.

꿈결에 희미하게 파고든 목소리를 붙잡으려 했지만 금세 바람에 흩어지듯 사라져 버리고 말았다.

「곧 태풍이 일 것이고, 그대와 나의 끝도 얼마 남지 않았다네. 사여경, 그대의 숨바꼭질도.」

퍼드득. 콩콩.

머리맡에서 뭔가 부산한 소리가 났다. 그 때문에 눈을 뜬 여경은 어두컴컴한 천장을 멍한 눈으로 바라보았다.

'여기가 어디…… 아! 배를 탔지! 폐하는!'

머리가 맑아지자 차츰 잠들기 전의 일이 떠올랐다. 벌떡 일어나 앉아 두리번거렸지만 방에는 저 혼자였고 머릿속에 남은 환한 잔상은 온데간데없었다.

'분명 저기 폐하께서 새를 데리고…….'

여경은 꼭 닫힌 창 사이로 가느다란 노을빛이 스며드는 것을 보며 고개를 갸웃거렸다. 그때였다.

퍼드드득. 콩. 콩.

잠을 깨웠던 산만한 머리맡을 향해 고개를 돌려보니 꿈에서 본, 아니, 장터에서 샀던 구관조가 새장을 쪼아 대며 요란을 떨고 있었다.

'아! 그럼 꿈에서 본 게 진짜였나……? 아니, 폐하는 새를 무서워하신다고……. 잠깐! 그럼 내 이름을 부른 건?'

불길한 생각이 들자 여경의 낯빛은 창백하게 질려 갔고, 더 생각할 것도 없이 새장을 들고 허겁지겁 선실 밖으로 뛰쳐나갔다.

"엇!"

문을 열고 나가자마자 누군가와 부딪칠 뻔했고, 상대가 먼저 헛바람을 일으키고 뒤로 물러났다.

"뭐 그리 급하십니까요?"

"아……. 권 총관. 폐하를 뵈러 가는 길인데, 어디 계신지 아는가?"

사익은 의미심장한 눈길을 던지며 씨익 웃었다.

"하룻밤. 아니지. 하루 낮을 같이 보내시더니 벌써 보고 싶…… 헛!"

여경은 사익의 헛소리를 못 들어 주겠다는 듯이 그를 밀쳐 내고 황제를 찾으러 달려갔다.

마침 황제는 선무와 함께 갑판 위에서 바다를 정찰하는 중이었다.

"폐하!"

"?"

이후와 선무는 저돌적으로 다가오는 여경을 의아하게 쳐다보았다.

"이제 일어났는가?"

"예. 하온데, 폐하는 언제…… 일어나셨습니까?"

"왜? 눈을 떠 보니 내가 없어서 서운했는가?"

"예, 예? 아, 아니 그게 아니오라…… 태, 태풍이 분다고 하지 않으셨습니까?"

"태풍?"

황제와 선무는 구름 한 점 없이 노을빛에 물든 고운 하늘을 쳐다보았다.

다시 여경에게로 고개를 돌린 선무가 한심하다는 듯이 물었다.

"적지 않은 나이에 아직도 꿈과 현실을 구별 못 하십니까?"

여경은 그제야 못마땅하게 저를 쳐다보는 선무를 의식했다.

"저, 저기, 황룡장께선 지금 별로 바쁘지 않으신지……."

"뭐, 보시는 대로 한가합니다."

선무는 가뜩이나 두 사람이 함께 잠을 잔 것 때문에 날카로웠고, 저만 빼놓고 무슨 얘기를 할까 싶어 한가함을 강조했다.

그러나 여경은 잘됐다는 듯이 선무에게 냉큼 새장을 안겨 주며 말했다.

"이 아이 배가 고픈 모양입니다."

그러고서는 황제의 옷깃을 잡아끌고 다른 곳으로 자리를 옮겨 버렸다.

남은 선무는 새장을 쪼아 대는 구관조와 여경의 등을 번갈아 보며 불만을 터트렸다.

"언제부터 황룡장이 새 밥이나 주는 관직이 되었습니까!"

그 소리가 여경에게도 들렸지만 그녀는 선무의 불만을 달래 줄 여유가 없었다.

"저 소리 들리는가? 내가 황룡장을 키우는 개처럼 귀여워하긴 해도 그대가 그리하면 곤란하지."

"저는 그리 대한 적 없사옵니다. 그보다 여쭙고 싶은 게 있사온데……."

"선무가 들으면 곤란한 질문이라?"

"호, 혹시 아까……. 그러니까 낮에……."

여경은 뭐라 물어야 하나 곤란했다.

진짜 묻고 싶은 것은,

'저를 사여경이라고 부르셨습니까?'

였지만, 그럴 수야 없는 노릇이니 말이다.

"뭘 묻고 싶은 건지 천천히 정리를 해 보시게. 난 어디 가지 않으니."

"으……음. 혹시, 제 옆에서 구관조를 손에 태우고 앉아 계셨습니까?"

"난 새를 무서워한다고 한 것 같은데?"

"하지만 전에 제가 먼저 가 버렸을 때 구관조가 폐하의 어깨에 앉아 있었습니다. 그 뒤로 새장에는 어찌 넣으셨습니까?"

"제 발로 들어간 것을 가져왔네. 그리고 내가 그대 옆에 앉아 있었다 쳐도 그게 뭐 그리 이상하다고 쫓아와 묻는 겐가? 먼저 잠이 깨서 앉아 있었을 수도 있지."

"그럼, 앉아 계신 것입니까?"

"실은 나도 좀 전에 일어났네. 낮에 먼저 깼으면 허기부터 채웠지, 그러고 있었겠나? 가세. 같이 식사나 하지."

이후가 앞장섰지만 여경은 생각을 정리하느라 그 자리에서 움직이지 않았다.

'그렇구나. 그건 정말 꿈이었구나. 그래. 폐하께서 내 정체를 알고 이리 태연하실 리가 없지 않나. 괜한 걱정을 했다.'

어쩐지 꿈이라기에는 너무 생생하고 찜찜했지만 아니라니 다행이긴 했다.

"우리 오늘 한 끼도 못 먹었네. 배고프지 않은가?"

이후는 가만히 서 있는 여경을 보챘지만 여경은 정중하게 거절하고 돌아섰다.

"저는 겸상하지 않습니다. 먼저 드십시오."

"오리 한 마리를 잡아 달랬는데 혼자 먹어야 하나."

지나가듯 중얼거렸을 뿐인데 여경의 걸음이 딱 멈췄다.

"오리……고기요?"

"내가 요즘 몸이 허한 느낌이 들어 부탁했네. 오리 싫어하는가?"

싫어할 리가 있겠는가. 어렸을 때부터 여경이 젤 좋아하는 음식이 오리고기였다. 딱히 식탐이 있는 건 아니었지만 오리는커녕 닭고기 한 조각도 입에 대기 힘든 시간을 보내왔다. 입에 침이 고이는 건 자연스러운 일이었다.

"자, 잠깐만 기다려 주십시오."

여경은 죽립을 쓰러 제 방으로 들어갔다. 두건으로 입을 가린 채로 음식을 먹을 수야 없으니 말이다.

이후는 허둥대는 의녀의 모습을 보면서 피식 웃었다.

잠시 후 두 사람은 처음으로 마주 앉아 나란히 식사를 하게 되었다. 통째로 삶은 오리에서 하얀 김이 모락모락 올라왔다. 여경은 당장에라도 젓가락질을 하고 싶었지만 황제가 오리를 놓고 가만히 있으니 먼저 손을 댈 수가 없었다.

"황제와 겸상하면서 죽립을 벗지 않는 이는 지금까지 그대밖에 없을 걸세."

"지금은…… 폐주가 아니십니까."

"아! 알려 줘서 고맙군."

"……."

"그나저나 왜 가만히 있는가? 어서 먹지 않고."

"예? 폐하께서 가만히 계시니 제가 이러고 있는 게 아니옵니까?"

"흠……. 그렇군. 여긴 궁이 아니니, 이걸 내 손으로 직접 뜯어 먹어야 하는군."

말은 그렇게 해 놓고 이후는 팔짱을 낀 채 심각한 표정으로 오리고기를 보고 있었다.

보다 못한 여경이 한숨을 푹 쉬고 일어나 젓가락으로 뜨거운 고기를 정갈하게 발랐다. 고기 한 점을 황제의 접시에 올리며 그녀는 입을 삐죽거리며 한 소리를 했다.

"폐하께서는 꼭 환궁하셔야겠습니다. 혼자서는 고기도 제대로 못 드시니 말입니다."

"솔직히 말하자면, 난 이대로도 나쁘지 않았네."

"예?"

"언제 어떻게 죽을지 모른다는 불안감은 궁에서나 예서나 다를 바가 없더군. 그럴 바에야 바다를 누비고 산을 헤매고 장터를 노니는 것이 편하고 즐겁다는 걸 알아 버렸지."

"그래서 환궁은 포기하셨습니까?"

이후는 단호하게 고개를 저었다.

"황제로서 해야 할 일이 생겨 버렸네. 이각이 결코 할 수 없는 일들이라, 이제 싫어도 무조건 가야만 한다네."

"왜 이각은 할 수 없습니까?"

"이각은 깨닫지 못했으니까. 깨닫긴커녕 나보다 더한 우를 범하고 있으니 말일세. 나는 내가 저지른 과오들을 바로잡기 위해서 반드시 황제가 되겠네."

길재와 선무가 환궁 계획으로 머리를 맞대고 설전을 벌일 때도 황제는 항상 남의 일처럼 몇 마디 거들 뿐이었다. 그런데 전에 없이 환궁에 열의를 보이니, 여경은 어쩐지 그가 벌써 황제의 길로 들어선 듯해 멀게만 느껴졌다.

"과오가 무엇인지, 여쭈어도 되겠습니까?"

여경이 매우 조심스럽게 물었으나 이후는 고기 한 점을 입에 넣고 딴소리를 했다.

"고기가 부드럽군. 그대도 이제 좀 들게."

"……제가 알면…… 안 되는 것이옵니까?"

"안 되는 것이 아니라, 가뜩이나 날 싫어하는 그대에게 내 과오를 들키고 싶지 않아서라네."

둘러대느라 웃으며 한 소리에 여경은 새삼스럽다는 듯이 대꾸했다.

"폐하의 과오가 제가 아는 것들 외에 하나둘 더 있다 해도 그리 놀랍지 않을 것 같사옵니다."

별이 총총하게 뜬 한밤중에 그 밤하늘보다 밝은 작은 섬 하나가 보였다.

"다 왔습니다. 여기가 그 밀락도라는 곳입니다."

"흠. 재밌는 곳이군. 밤이 되어야 흥하는 곳이라니."

"밀수를 생업으로 하는 장사치들에게는 꽤나 알려진 곳입니다. 관에서도 알면서 눈감아 주는 곳이지요. 워낙에 수익이 높아 황궁에 내는 세금도 꽤 되는 것으로 압니다."

"해월국의 황실을 도적들이 먹여 살렸단 소리군."

"그 정도일 리가 있겠습니까."

길재는 황제의 과장된 추측에 멋쩍게 웃었다.

"그럼 이 밀락도가 해룡회의 근거지이기도 하단 말인가?"

"아닙니다. 이곳에는 해룡회가 운영하는 상단이 있을 뿐입니다. 겉으로는 상단을 지킨다는 명목으로 무장하고 다니기에, 그들이 해적인 것을 아는 자들은 해적들밖에 없습니다."

"그렇다면 해적질을 하지 않는다는 뜻이 아닌가?"

"하긴 합니다. 밀수 상단을 털어 먹는 것으로 유명한데 그때는 해룡회의 깃발을 달지 않습니다. 또 해룡회가 해적들 사이에 악명이 높은 것은 회주가 바다를 매우 잘 알기 때문입니다."

"바다를 안다?"

"해류를 읽는 것이 귀신같다 합니다. 해전에서 유리한 해류에 진을 치고 빠지면 누구도 당해낼 수 없지요."

"아하! 그렇군. 참, 자네는 그 회주를 만난 적이 있다지? 이각에게서 도망친 것이 지금쯤 알려졌을 것인데 괜찮겠는가?"

"예. 어차피 그때는 제가 나선 것이 아니라서 제 얼굴을 보지 못했을 것입니다."

말하는 사이 배가 포구에 닿았다. 포구는 장사치들을 맞이하는 객잔과 기루의 호객 행위로 번잡했고 월곶과 달리 인상이 험악한 자나 질 나쁜 이들이 많이 보였다.

배에서 내리기 전에 길재가 이후에게 물었다.

"회주를 만나 어찌 설득하실 생각이십니까?"

"아직 아무 생각이 없네."

"예? 그래도 계획은 세우고 가셔야……."

"그를 만나 보지도 않고 계획부터 세우란 말인가? 쓸 만한 자인지, 아닌지부터 내 눈으로 확인해 봐야 하지 않겠는가."

"아!"

길재는 이후의 말에 크게 놀라고 감탄했다. 폐주가 되어 쫓기고 있으나 이후는 자신이 황제라는 것을 잊지 않고 있었다. 누가 봐도 지금 아쉬운 상황에 처한 것은 이후이거늘. 사람을 가려 취하겠다는 것은 유리한 입장에 있는 사람이나 할 수 있는 태도니, 담대하다 할 만했다.

"직접 보면 뭐하십니까. 조무기를 보시고도 그리 당하셨는데."

요즘 여러 가지로 날카로워진 선무가 또 겁 없이 깐죽거렸다.

"잊었나 보군. 네놈을 누가 데려왔는지."

이후가 핀잔을 주는데도 선무는 막 나갔다.

"예. 그러니, 사람 보는 눈이 별로 좋지 않으시다, 이 말이옵니다."

그러면서 속삭이듯 덧붙이길.

"여인도 포함입니다."

이후는 선무가 말한 그 여인을 향해 시선을 던지고 다가갔다.

"그대는 여기 있는 게 좋겠네. 아무래도 이곳은 여인들이 돌아다닐 곳이 아닌 듯하니."

"저…… 저도 처음엔 그리 생각했습니다만, 여기 남아 있는 게 더 분란을 일으킬 듯합니다."

조심스러운 여경의 말을 듣고 보니 주변 분위기가 이상한 것을 알 수 있었다. 주변의 사내놈들이 죄다 그녀를 음흉한 눈으로 쳐다보고 있는 게 아닌가.

"이상하군. 왜 이리 노골적으로 그대를 보는 건지⋯⋯. 얼굴도 가리고 있는데."

차라리 미모가 뛰어나다면 이해하겠다만 기루에 널린 계집들을 놔두고 남의 여인을 이렇게나 대놓고 보는 것은 이해하기 힘들었다.

모두가 고개를 갸웃하는데 무법천지 밀락도의 분위기와 가장 잘 어울리는 권사익이 머리를 긁적이며 나섰다.

"왜 그러겠습니까요. 이곳에서 얼굴을 가린 계집⋯⋯. 아, 아니, 여인이라고는 기루에 팔려 나갈 상품들밖에 없으니 그렇지요."

"아⋯⋯!"

사익은 높으신 분들이 하나같이 깨달음을 얻는 것을 보고 걱정이 앞섰다.

"이곳은 월곶과 다릅니다. 어수룩하게 보였다간 어딘가의 끄나풀로 몰리거나 엄한 일을 당하기 십상이니, 정신 바짝 차리셔야 합니다요."

"그럼 의녀는 어찌해야 하느냐? 예 두고 가자니 대원들이 지킨다 해도 시끄러워질 것 같구나."

"별수 없지요. 제가 포주 노릇을 해 보겠습니다."

"응?"

"이곳에도 나름 상도가 있어서 남의 상품에 함부로 손대지는 않습니다. 여기 계시는 것보다 그⋯⋯ 제가 그러니까⋯⋯. 큼. 기루에 넘길 처자라고 하는 게 나을 것 같습니다."

모두들 상품이니, 기루니, 하는 소리가 썩 내키지는 않았으나 사익이 진땀을 흘리며 어렵게 말한 것을 알기에 납득했다.

"전 괜찮습니다. 진짜로 팔아넘기실 뜻만 없으시다면요."

"농담이라도 그런 말씀 마십시오. 얼굴에 흉이 있는 기녀를 누가 삽⋯⋯! 헙! 죄, 죄송합니다. 제 입이 그만!"

사익이 스스로 입을 철썩 때리며 울상을 짓는데, 다행히 황제도 의녀도 대수로워하지 않았다.

"결정이 났으면 이제 해룡회가 있는 곳으로 가 보지."

"예, 안내하겠습니다."

길재가 앞장서며 드디어 배에서 내리는가 싶었는데, 이번엔 부관 추산이 막아섰다.

"저, 그런데 팔려 나가는 처지라면 손이라도 묶어야 하지 않습니까?"

이야기가 그렇게 진행되는 바람에 여경은 몸이 묶인 채 이후에게 끌려 다니는 모양이 되고 말았다. 장주 역을 맡은 길재는 짐수레를 이끈 황룡대의 앞에서 부채질을 하며 여유롭게 걸었다. 그 옆에 선 권 총관은 예전에 이런 물에서 놀아 본 사람마냥 거들먹거렸고, 황제 일행은 흉흉한 표정으로 눈을 부라리며 좌우를 살피고 있었다.

"후우⋯⋯."

여경의 깊은 한숨을 들은 이후가 돌아보며 농을 건넸다.

"그 한숨 소리를 들으니 정말로 팔려 나가는 처지 같군."

"즐거워 보이십니다."

"걸핏하면 산으로 돌아가겠다고 우겼을 때 괜히 힘들게 설득했다 싶네. 이렇게 좋은 방법이 있었는데."

이후는 제 손에 들린 밧줄을 들어 보이며 약을 올렸다.

"묶어 둔다고 사람을 온전히 붙들어 놓을 수 있는 건 아닙니다."

"어쨌거나 지금 그대의 안위는 내 손에 달려 있네. 기분이 어떤가? 내가 행여 실수라도 이 줄을 놓으면 어찌 될까?"

"……"

당찼던 여경이 대답을 피했다. 만에 하나 실수로 줄을 놓치게 되고 저 혼자 이곳에 남는다면 양무한에게 당할 뻔한 일보다 더 끔찍한 일이 벌어질 것을 잘 알고 있었다. 하지만 그렇다고 황제에게 의지하는 모습을 보여 주긴 싫었다.

"지금은 아주 온전히 내게 묶인 것이 맞나 보군. 도망갈 마음도 없으니."

"그걸 말이라고 하십니까. 그거야 지금 상황이……."

"지금 상황이 그래서 나는 즐겁단 말일세. 뿌리치기 바빴던 사람이 내가 손을 놓을까 봐 조마조마해하는 것이."

여경은 고개를 돌려 그의 시선을 피했다.

"……꼭 제가 너무 매정하게 굴었던 것처럼 말씀하십니다. 제가 언제 그랬다고……. 저는 그저 제 갈 길을 가고자 했을 뿐입니다."

"생각이 안 난다면 내가 알려……."

이야기를 나누다 보니 일행과 한 걸음 정도 차이가 났다. 이를 발견한 선무가 다가와 또 한바탕 잔소리를 늘어놓기 시작했다.

"두 분 너무 가까이서 속닥거리지 마십시오. 그리고 좀 거칠게 줄을 당기시란 말입니다. 세상에 어떤 왈짜패가 기녀를 그리 정중히 모셔 간답니까. 자꾸 이러시면 그 줄 제가 잡습니다."

"내가 어서 환궁하지 못하면 언젠가 네놈이 나를 한 대 칠 것만 같다."

이후는 너스레를 떨며 밧줄을 끌어당겼다.

길재가 안내한 해룡회의 대문 앞에서 길재와 사익을 제외한 모두가 허탈한 기색을 감추지 못했다.

여경의 움막보다야 백배 천배 낫지만, 상회의 간판은 바람만 불면 떨어질 듯했고, 나무벽은 썩어서 퀴퀴한 냄새가 풍겼다. 무엇보다 모두를 실망하게 만든 건 너덜너덜한 깃발이었다.

"해룡이라는 게…… 해마였습니까?"

모두가 하고 싶었던 말을 추산이 대신했다.

그림이라도 잘 그릴 것이지, 누군가 붓으로 낙서를 한 듯한 누런 해마 깃발이 바람에 볼품없이 나부끼고 있었다.

"예. 실은 그래서 해적들에게는 해룡회라 불리지 않고 해마적이라 불립니다."

길재와 사익은 일행의 이런 반응을 기다렸다는 듯이 장난스럽게 웃고 있었다.

"밖에 뉘시오?"

컬컬한 목소리와 함께 삐쩍 마르고 음침한 사내가 문을 열었다.

권 총관이 한 걸음 다가가 가슴을 펴고 말했다.

"좋은 물건이 있는데 회주를 만날 수 있겠소?"

그러자 사내는 일행을 쭉 훑어보더니 흥미 없다는 듯이 대답했다.

"우린 계집은 취급 안 하오."

"아, 이 계집은 다른 곳에서 주문한 것이고 우리가 팔 건 저기 저 수레들이오."

"뭐 이리 많소? 귀찮게 됐네. 잠시만 기다려 보시오."

거래할 게 많으면 기뻐해야 할 판에 장사가 귀찮다니 건물이 이럴 수밖에. 일행의 표정에 모두 같은 생각이 떠오르는데, 금세 문이 열렸다.

"들어오슈."

불친절하기 짝이 없었지만 그런 것을 따질 필요가 없었다.

안으로 들어간 일행은 겉이나 안이나 다를 바 없이 볼품없는 해룡회에 또 한 번 감탄했다.

"내가 해룡회 회주요. 어느 상단에서 오셨소?"

회주란 자는 서른이 넘은 듯해 보였는데, 단정치 못한 옷차림과 더벅머리도 자유분방했지만 행동에도 격식이란 게 없었다.

"만복상이라는 상단을 운영하고 있소."

회주가 자신을 밝히니 길재도 스스로 앞으로 나섰다.

"꽤 큰 상단 같은데, 장주가 젊소?"

"보기보다 먹었소. 늙지 않는 것도 참 고민이오."

길재의 부끄럼 없는 화법에 익숙해진 일행은 아무렇지 않았으나, 해룡회의 회주는 똥 씹은 표정을 감추지 않았다.

"거, 물건이나 보고 빨리 들어들 갑시다."

"물건은 밖에 있소만……."

"그럼 처음부터 그리 말할 것이지, 뭐 대단한 거라도 감춘 사람들처럼 쭉 들어와 위세를 떤단 말이오! 괜히 사람 긴장하게 만들고, 내 참!"

분명 수레에 짐이 있다고 말했는데 전해 듣지 못했는지, 아니면 길재 때문에 기분이 상했는지, 회주는 탁자를 엎을 것처럼 흥분해서 일행을 머쓱하게 만들었다.

"뭐, 먼저 들어나 봅시다. 뭘 가지고 오셨소?"

"우리가 가져온 건……."

"아, 그리고! 아까부터 신경 쓰였는데, 저 계집은 뭐요?"

"아, 이쪽은 주문한 곳이 따로 있어……."

"내가 장물 장사하는 주제에 나설 일은 아니지만 사람 함부로 사고팔고 하는 거 아니오. 그 짓만큼 더럽고 뒤가 찜찜한 일도 없소. 보아하니, 상단 규모도 제법 큰 것 같고 힘깨나 쓰는 인물들도 여럿 거느린 것 같은데, 계집 장사는 웬만하면 접으시오."

의외의 간섭이었다. 장사하는 사람들끼리 간섭해선 안 될 영역이기도 했는데, 몇 안 되는 사람을 거느리고서 큰소리치는 것이 제법 배포가 있었다.

"그쪽이 관여할 일이 아닌 듯하오만. 우리와 거래할 맘이 없는 게요?"

길재가 짐짓 기분 나쁜 듯 묻자 회주는 의자에 몸을 턱 기대고 피식 웃었다.

"저 계집 눈빛이나 제대로 보고 팔든지 하시오. 저런 거 잘못 팔았다가 뒤통수 크게 맞을 테니."

"그게 무슨……?"

"저게 어디 기녀로 팔려 가는 계집 눈이오? 든든한 뒷배가 있는 명가의 규수라면 모를까? 사연이 아주 복잡한 계집 같은데 좋은 음식 잘못 먹었다가 탈 난다 이 말이오."

"!"

순식간에 정체를 거의 들켜 버린 여경은 쳐다보는 일행의 눈길에 어쩔 줄 몰라 했다. 저 때문에 계획을 망친 건 아닌지 조마조마한데, 갑자기 황제가 나서 맥이 끊어져 버린 대화를 잇기 시작했다.

"장물을 취급한다고?"

뜬금없이 장주의 뒤에 서 있던 왈짜패가 반말로 지껄이기 시작하니 회주의 인상은 더욱 구겨졌다.

"이건 또 뭐…… . 하! 예. 못 들으셨소? 아니, 당연히 알고 왔을 게 아니오!"

"듣긴 했다만, 장물이라면 무엇이든 취급하는가? 아주 처리하기 힘든 귀한 것이라도?"

황제가 무슨 생각으로 나선 건지 알 수 없으나 이제 와서 말리는 것도 모양이 이상한지라 다들 불안한 마음으로 지켜볼 수밖에 없었다.

"그런 건 쪼개고 녹여서라도 팔아 드리지요."

회주는 별 희한한 놈들을 다 보겠다는 듯이 부러 더 정중하게 대답해 주었는데, 이후는 이를 못 느끼는지 태도를 바꾸지 않았다.

"쪼개고 녹일 수 없는 세상에 하나밖에 없는 아주 귀한 물건이라면?"

"무슨 그딴 장물이 다 있소? 빙빙 돌리지 말고 그냥 말하시오."

회주가 짜증 내는 만큼 일행의 얼굴에도 설마 하는 불안감이 엄습했다.

"옥새."

"!"

역시 그것이었다. 아무 계획이 없다더니, 이건 그냥 무대포가 아닌가.

길재는 하얗게 질렸고 선무는 천장을 바라보며 한숨을 푹 내쉬었다.

그리고 지금 가장 황당한 사람은,

"에? 뭐라고……? 지금 뭐라 말했소?"

"옥새 말일세. 그런 것도 취급하는가?"

"……."

못 알아들은 척하기에는 이미 늦어 버린 듯했다.

"씨벌! 오늘 점괘가 지랄 맞은 운세라더니, 용하네!"

쾅.

회주의 손에 탁자가 부서지지 않은 것이 더 용했다.

기루마다 내건 홍등이 하나둘 꺼지고, 음악 소리도 잦아들고 있었다.

밀락도의 요란한 밤도 이제 서서히 흥이 식어 갈 무렵이었다. 늘 조용하던 해룡회의 낡고 작은 건물이 크게 들썩거렸다.

"이런다고 우리가 굴복할 것 같습니까!"

회주는 꽁꽁 묶여 바닥에 꿇어앉아 고래고래 소리를 질러 댔다.

그러자 탁자에 앉아 한가로이 차를 홀짝이던 이후가 그 답을 해 주었다.

"시끄러우니 입도 막아라."

"예!"

추산과 권사익은 망설임 없이 해룡회 사람들의 입을 틀어막았다.

"우으! 읍!"

"이건 무슨 차인가?"

들리지도 않는 회주의 아우성이 안쓰럽기도 하고 일을 이 지경으로 만든 황제가 걱정스럽기도 해서, 고민하던 여경은 황제의 질문을 바로 알아듣지 못했다.

"예? 아, 차 맛이 별로입니까?"

"별로라기보단 처음 맛보는 독특한 향미가 느껴져서 말일세."

"예. 그럴 것입니다. 산에서 뜯어 말린 각종 산약초로 우려낸 약차이옵니다."

"호. 몸에 좋은 차로군. 한 잔 더 주게."

"산약초는 독성도 있어서 너무 많이 드시면 오히려 해롭습니다. 딱 한 잔만 더 드십시오. 여러분도 드셔 보시지요. 피로가 가실 겝니다."

여경이 차를 따라 대접하자 갑자기 차 품평회가 열린 듯 분위기가 화기애애해졌다.

지켜보던 회주는 기가 막혔다. 갑자기 제가 맘에 든다며 해룡회의 깃발을 청룡으로 바꾸라는 황제도, 난데없이 남의 주방에 들어가 차를 끓여 온 여인도 정상은 아닌 듯했다. 게다가 준다고 아무렇지 않게 받아먹으며 무지개 같은 오묘한 맛이라며 엄지를 추켜세우는 놈들도 위기의식이라곤 터럭만큼 없어 보였다.

'저리 넋 놓고 사니 멀쩡한 황위를 뺏기지. 놀고들 계시는구만.'

보다 못한 회주는 더 격렬하게 몸부림치며 막힌 입을 아랑곳하고 부르짖기 시작했다.

그런데 정작 그런 그에게 신경 쓰는 사람이라곤 딱 한 명밖에 없었다.

"폐하, 저자도 목이 마를 것입니다. 입이 마른 것이 갈증이 심한 듯 보이오니 차 한 잔 내주어도 되겠사온지요?"

회주는 아까 제가 아는 척 나불거렸던 것이 제일 부끄러웠다.

'지체 높은 규수가 아니라 그냥 미친년이었다.'

여경이 기어이 차를 한 잔 따라 제 앞으로 가져오는 것을 보고 그렇게밖에는 생각할 수가 없었다. 추산이 입을 풀어 주자마자 여경은 그의 입술에 찻잔을 가져다 댔다.

"할 말이 많은 듯 보이나, 우선 목부터 축이고 천천히 말하시게."

"좋소! 어디 한번 따져 봅시다!"

그러면서 여경이 먹여 주는 차를 꿀꺽꿀꺽 마셨다. 그때 이후는 이를 무척 못마땅한 눈초리로 보고 있었는데 눈치챈 이는 아무도 없었다.

"맛이 어떤가?"

"크읍. 쩝. 이게 무슨 맛인지……. 그냥 찬물이나 한 대접 줄 것이지. 아우, 써."

"쓰기만 한가?"

"뭐요? 그럼 쓰기만 하지……. 아니, 떫기도 하네."

"그 떫은맛이 점점 강해지지 않는가?"

회주뿐만 아니라 방 안의 모든 사람이 소상히 캐묻는 그녀를 이상하게 생각하고 있었다.

"그, 그런 것 같소."

"곧 있으면 혀에 감각이 없어질 걸세."

"뭐, 뭐요! 왜, 왜, 왜…… 왜 그리됩니까!"

"감각이 없어질 뿐만 아니라 혀에 마비가 올 것이고 증세가 목으로 번져 목소리도 나오지 않을 걸세. 그러다가 손끝, 발끝……. 급기야는 온몸에 마비가 오는데, 그때는 신의가 와도 손쓸 수가 없다네."

"미, 미쳤소! 나한테 뭘 먹인 거요! 아니지, 다른 사람들은 다 괜찮은데, 왜 나만! 오호라. 지금 다들 짜고 협박하는 거구만. 내가 그런다고 속을 줄 아시오!"

하지만 정말로 황제를 비롯한 일행들은 여경이 무슨 짓을 하고 있는지 종잡을 수 없다는 표정들이었다. 그때, 여경은 품속에서 작은 병 하나를 꺼내 보여 주었다.

"자네에겐 특별히 이것을 좀 넣었다네."

"그, 그게 뭐요!"

"독초를 말려 가루로 만든 것일세. 이것만으로는 사람을 해할 수 없으나, 이 차에 든 약초와 함께 복용하면 내가 말한 그 증상이 일어난다네. 아까도 말했지만 산약초라는 것이 배합을 잘못하거나 너무 많이 먹으면 독초나 다름없다네."

"흥! 그러거나 말거나! 내가 죽는 걸 겁냈으면 해적질을 하고 살까!"

"죽는 거야 겁나지 않겠지. 나도 사람을 죽이는 건 무서워 못 한다네. 이건 그냥 평생 죽을 때까지 천장만 보고 살도록 할 뿐일세."

"……."

회주는 침을 꿀꺽 삼키고 여경의 눈을 똑바로 쳐다보았다. 도무지 무슨 생각을 하는지 알 수 없는 눈으로, 또 아무렇지 않게 독하고 잔인한 말을 친절하게 하는데, 그것이 더 무서웠다.

"천천히 생각하시게. 해독제를 사용할 수 있는 시간이 아직 많이 남아 있다네."

"해독……제가 있소?"

"물론. 일다경 내에 결정을 내리기만 한다면 손쉽게 치료가 가능하다네. 어떤가? 입 안이 아려 오지 않는가? 조금 있으면 목이 굳는 느낌이……."

"이, 잇! 이런 추잡한 방법으로 우리를 얻는다 칩시다! 우리가 배신하지 않는다고 믿어 줄 수는 있습니까! 지금 황제는 우리가 배신한 적도 없는데 우릴 죽이겠다고 혈안이 되어 있지 않습니까!"

그 물음은 황제를 향한 것이었다. 여경의 돌발 행동에 놀라 멍하니 있던 이후는 언제 그랬냐는 듯이 정신을 가다듬었다.

"그럴 순 없다. 난 원래 의심이 많아 너의 충심을 확인해야 한다."

"일다경 안에 확인할 수 있는 방법이긴 합니까!"

"가능하다. 이각에게 서찰을 써 주면 된다."

회주의 얼굴이 짧은 순간 수십 번 바뀌었다. 사실 인생을 건 도박을 앞두고 선택을 하기에 일다경이란 시간은 너무 촉박했다. 어렵사리 결심을 굳힌 그는 예리하고 진지한 질문을 던졌다.

"허면 우리를 어디에 어찌 쓸지는 말씀해 주실 수 있습니까?"

"그저 하던 대로 바다를 누비면 된다."

"?"

"단, 이각의 군사들을 바다에 수장시켜야겠지."

"우리에게 그럴 힘이 어디 있습니까!"

"뿔뿔이 흩어진 해적들을 모아라. 지금이라도 투항한다면 아무것도 묻지 않고 나의 직속 부대인 청룡대의 정식 대원으로 받아 주겠노라 공표할 것이다. 네놈들은 해적들을 찾아다니며 설득하고 설득이 통하지 않으면 없애면 된다. 이각이 해적들에게 등을 돌렸으니 대다수는 따를 것이다."

"그 청룡대라는 게 있긴 한 겁니까?"

"오늘, 지금 막 생겼다."

잠시 후 이후는 회주가 차마 입에 담지 못할 욕설과 협박을 현황제인 이각에게 퍼붓도록 했다. 그러고는 빠져나갈 수 없도록 그의 지장까지 찍어 놓았다. 이것을 수십 장 쓰게 했으니 이게 뿌려진다면 회주는 이후를 배신해도 이각에게 죽을 목숨이 된다.

"축하한다. 네가 청룡대의 일대 대장군이 되었구나. 그러고 보니 네 이름이 무엇이냐?"

언제 어떻게 죽을지 모를 장군의 직책이 반가울 리 없었다. 회주는 어깨를 축 늘어뜨리고 힘없이 대답했다.

"성은 없고 이름은 풍운입니다."

"별스럽게 호방한 이름이구나. 됐다. 그럼 너는 이제 청룡장 풍운이다."

앞으로 오랜 세월 동안 해월국의 바다를 지켜 갈 황제 직속의 청룡대가 이 허름한 곳에서 웃지 못할 비화로 이렇게 창설되고 있었다.

배로 돌아가는 길에 모두가 궁금해하는 것을 이후가 물었다.

"손이 무척 빠른 모양일세. 해독하는 것을 눈치채지 못했는데."

여경은 담담하게 웃으며 대답했다.

"독을 넣은 적 없습니다."

"응?"

"이 병은 주방에서 찾은 향신료 병입니다. 단순한 자라 잘 속아 넘어간 것 같습니다."

"허! 그 순간에 어찌 그런 생각을 했는가?"

"저 때문에 일이 틀어진 것 같아 만회하고 싶었을 뿐입니다. 마침 향신료 병을 발견하고 좋은 수가 떠올라서……."

길재가 혀를 내둘렀다.

"저도 감쪽같이 속았습니다."

"다음부터는 혼자 이렇게 돌발 행동을 하시면 안 됩니다. 일이 잘 풀렸기 망정이지, 회주가 심사가 뒤틀려 더 반발했으면 어찌할 뻔했습니까."

선무가 심통을 부리자 이후가 고개를 저었다.

"아니다. 덕분에 일이 수월하게 잘 풀리지 않았느냐. 난 또 의외로 무서운 데가 있구나 놀라던 참이었는데. 하하."

"명색이 의녀라 불리는데, 사람을 해하는 독을 쓸 리가 있겠사
옵니까. 설령 구해야 할 병자가 살인을 했다 해도 살려야 하는 것
이 저의 도리입니다."

그 말을 들은 이후가 갑자기 우뚝 멈춰 섰다.

"살인자라……. 그렇군. 아마도 날 살린 것도 그래서였겠지."

"예?"

"아닐세. 나를 살린 인연에 대해 생각하고 있었네."

다시 걷기 시작했지만 이후는 그 후로 아무 말도 하지 않았다.

여경은 그의 등을 보면서 생각했다.

'당신을 살린 것은 제 미련함 때문이었습니다. 그래도 후회하지
는 않습니다.'

큰일을 성사시켰는데도 어쩐지 침통해진 두 사람을 보며 선무
는 비로소 인정하기 싫은 것을 인정해야만 했다.

'두 사람이 정말로 연애를 하는구나. 황제도 사람이라 이건가.
에라, 모르겠다. 죽을지 살지도 모르는 판국에 환궁 후의 일까지
생각해서 뭐할까.'

그렇게 배로 돌아올 때였다. 상선에 다시 수레를 싣고 번잡한
데, 날렵하게 생긴 배 한 척이 이후의 상선 옆으로 들어왔다. 수많
은 배가 정박하고 출항하는 데다 한참 정신이 없을 때라 그들은
그 배를 미처 신경 쓰지 못하고 있었다.

선실 문을 열고 뚜벅뚜벅 갑판으로 나오던 사내의 발걸음이 멈
칫했다. 물건을 싣는 상선의 풍경이야 대수로울 것이 없는데 무언
가 발견했는지 상선 쪽으로 발을 스윽 돌렸다.

'저자들은!'

양무한의 부관 편덕수의 눈동자가 크게 떠졌다.

어째서인지 밧줄에 묶인 의녀가 제 남편이라는 자에게 끌려서 배로 들어가고 있었다. 가만히 더 지켜보니 배로 들어오자마자 밧줄을 풀어 주고 있었다.

'대체 뭐하는 자들인가! 수상하기 짝이 없는 놈들이다.'

그렇지 않아도 수소문해 행방을 찾으려던 자들이다. 아무리 생각해도 양무한이 귀신에 홀리지 않고서야 군수 부인의 방을 의녀 방으로 착각할 리가 없었다. 분명 저들과 관계가 있을 거라 여긴 편덕수는 당장 날랜 부하 몇을 불렀다.

"저 계집이 보이느냐? 번잡스러운 지금이 적기다. 홀로 떨어져 있을 때 몰래 잡아 오너라."

"예?"

"절대 소란을 일으키지 말고 끌고 오너라. 알아듣겠느냐?"

"예!"

편덕수는 다행이라고 생각했다. 가뜩이나 조 장군에게 이번 일을 어찌 보고해야 할지 곤란하던 참에 희생양을 찾은 것이다. 사내를 잡는 것이 더 이로우나 상선의 규모를 봐선 쉽지 않을 듯했다. 게다가 계집을 잡으면 저 사내는 제 발로 찾아올 것 같았다.

잠시 후 검은 옷을 입은 군사들은 그림자에 몸을 숨기며 소리 없이 바다로 들어갔다. 그리고 상선 밑으로 올라와 자신들의 배에서 보내는 신호를 확인했다.

'지금!'

신호를 주고받자마자 그들은 배 위를 기어 올라갔다. 파도 소리에 묻혀 그들이 움직이는 소리는 전혀 들리지 않았다.

한편, 아무것도 모르는 여경은 이후 일행이 앞으로의 일을 의논하러 선실로 들어가자 홀로 갑판에 나왔다. 경계를 서는 대원들도 여럿 있었고 밖이 하도 소란스러워 무방비하게 난간에 기대서서, 깜깜한 바다 저편을 바라보며 한숨을 지었다.

'소화는 괜찮을까. 나 때문에 곤란해진 건 아닌지……. 후. 폐하만 아니었으면 그런 부탁하지도 않았을 텐데.'

그때였다.

'헉!'

미처 비명을 지를 겨를도 없었다. 갑자기 난간 밖에서 검은 손이 불쑥 뻗어 나와 그녀의 입을 틀어막았다. 가슴이 철렁 하고 제몸도 누군가와 함께 배 아래로 떨어지고 있었다.

'아, 안 돼! 싫어!'

풍덩.

차가운 바닷물이 온몸을 때렸다. 차라리 기절하고 싶은 아픔, 그리고 몰려오는 숨 막힘에 몸부림치며 물 위로 고개를 내밀고 싶었다. 그러나 전신을 꽉 조이고 있는 누군가의 팔은 아무것도 할 수 없게 만들고 있었다. 그렇게 여경은 두 번 다시 겪고 싶지 않았던 고통과 두려움에 사로잡혀 절망 속으로 가라앉고 있었다.

불행히도 여경이 사라진 갑판 위에서 대원들은 특별히 이상한 것을 느끼지 못하고 있었다.

"응? 뭐야? 무슨 소리야?"

풍덩 떨어지는 소리를 듣긴 했지만 그것이 사람일 거라곤, 더군다나 의녀가 떨어졌을 거라곤 생각하지 않았으니 말이다. 그래도 떨어지는 소리가 무엇인가 바다를 내려다보는데 반대편 배에서 누군가 소리쳤다.

"뭘 떨어트린 거야, 이것들아! 일들 똑바로 안 해!"

"죄송합니다!"

그 소리를 들은 대원들은 대수롭지 않게 바다에서 고개를 돌렸다.

"근데, 의녀님은 언제 들어가셨지?"

"피곤하시겠지. 요즘 폐하께 끌려 다니시느라 많이 지치셨을걸. 큭큭."

그들이 이 순간의 방심을 후회하게 된 것은 이로부터 약 한 시진 후, 여경의 방에 구관조를 가져다주러 간 이후가 사색이 되어 나왔을 때부터였다.

자정을 훌쩍 넘긴 깊은 밤이었다. 도성을 뒤집어 놓은 소식에 잠이 깨 버린 백성들도 황궁 앞에 몰려들었다. 대신들은 황망스러운 걸음으로 대전에 들었고 황제의 진노는 궁을 뒤흔들어 놓았다.

"저 쓸모없는 것들을 당장 죽여 버리지 않고 무엇 때문에 옥에 모셔 두냔 말이다!"

이후 일행이 상선으로 위장한 황군을 습격해 배를 탈취하고 군사들을 돌섬에 버린 것이 이 밤에야 전해진 것이다. 거의 탈진한 군사들은 죽기 직전에 구조를 받았으나 제대로 치료조차 받지 못하고 옥에 갇히고 말았다.

"폐하, 고정하시옵소서!"

"고정? 나더러 화낼 자격도 없다는 게냐! 정식으로 황제가 된 것도 아니니 입 닥치란 뜻이냐!"

"폐하!"

승상 장예모가 파리한 안색으로 엎드렸다. 이후가 유유히 도성을 빠져나간 것으로 모자라 대장선에 이어 황군의 상선까지 탈취하고도 종적이 묘연하니, 황제는 초조한 것이다. 옥새라도 찾을수 있다면 황제에게 여유가 생길 것인데, 나량은 아직도 깨어나지못하고 있었다.

제가 대신들을 다독이고 협박한 끝에 거의 대부분 이각을 황제로 받아들이려던 즈음에 이게 무슨 날벼락인가!

이 상황에 이후가 지방의 관리들과 손을 잡아 도성을 공격해 온다면 이는 내란이 되고 만다. 그것은 지켜야 하는 이각의 입장에서는 반가운 일이 아니기에 더욱 이리 진노하는 것이다.

그리고 지금 저는 이 살얼음 같은 분위기 속에서 기가 막힌 장계를 올려야 했다.

"고작 황룡대 백여 명과 이후 한 놈을 잡지 못하고 해월국 곳곳을 활개 치고 다니도록 놔준단 말이냐? 그대들은 아주 태평하군. 왜? 이후가 돌아오길 바라는가? 옥새를 가진 이후가 진짜 황제 같은가?"

"폐, 폐하……."

"잡아라. 무슨 수를 써서라도 잡아들여! 네놈들의 사병, 아니, 지방 각 관청의 관군들과 귀족들의 사병을 전부 동원해서라도 해월국의 바다도, 땅도, 어디에도 발붙이지 못하게 하란 말이다!"

"폐하……. 그것이……."

장예모는 어차피 이리된 거 모든 책임을 조 장군에게 돌리기로 마음먹고 떨어지지 않는 입을 힘겹게 뗐다.

"지금 황군과 관군 사이에 크고 작은 갈등이 끊이지 않고 있사옵니다. 이로 인해 관군이 황군에 불만을 품고 협조가 이루어지지 않고 있는 것이 가장 큰 문제이옵니다. 우선 관군을 달래고 민심을 품으셔야 하옵니다."

"크고 작은 갈등이라니? 감히 관군이 나의 군사인 황군을 따르지 않는단 말인가! 이런 고얀 놈들! 나를 능멸하려는 셈이냐! 누구냐? 어떤 관청에서 그리 잡음이 끊이지 않는단 말이냐!"

"폐하. 그런 것이 아니오라, 이는 황군의 횡포가 심해서 일어난 일이옵니다. 방금 당도한 장계만 해도……. 폐하. 아뢰옵기 황공하오나, 조 장군의 부하인 승용장 양무한이 월영 군수의 부인을 한밤중에 겁탈하려 하다가 그만 괴한으로 오인받고 군수 정효원의 호위에게 목숨을 잃었다 하옵니다."

"뭣이라!"

"증인도 많은 데다 정황이 너무 확실하여 그의 부관인 편덕수도 인정했다 하옵니다."

"그 미친놈을 승용장의 자리에 앉힌 것이 누구냐! 조무기냐!"

"그러하옵니다, 폐하."

"하! 하하하하하하하!"

그러자 이각은 미친 듯이 웃기 시작했다. 대전은 괴기스러운 이각의 웃음소리 덕분에 얼어붙은 듯한 분위기였다.

"재밌구나. 황제가 이복동생의 아내를 취했으니, 장수인 저도 부녀자를 취하는 것이 죄가 아니라 여겼나 보지?"

장예모의 얼굴이 터질 듯이 붉어졌다. 모두가 쉬쉬하는 장화영의 부덕함을 대놓고 말씀하시니 제 딸의 허물을 알고도 이를 말리기커녕 동조한 제가 어찌 얼굴을 들 수 있겠는가.

"그 양무한의 부관이란 자는 어디 있느냐? 장계만 올리고 도망친 게냐!"

"아니옵니다. 우선은 조무기에게 보고를 하러 갔사옵고, 이 장계는 월영군의 군수로부터 직접 온 것이옵니다."

"그렇군. 그놈들이 무슨 변명을 가지고 올지 우선은 지켜보겠다. 괘씸한 것들. 능력도 없는 것들이 황군의 명예를 더럽히고 다니는군!"

"그보다 폐하, 이제 더 지체하지 마시고 사희담을 잡아들이시옵소서. 이번에 폐주가 상선을 빼앗은 일로 관군이 크게 동요하고 있을 것입니다. 아직도 폐하께 충심을 보이지 않은 사희담을 잡아들여 죄를 물으시옵소서. 만약 그가 폐하께 충심을 보인다면 더 좋은 일이 될 것이고, 그렇지 않다면 그를 죽여 본보기로 삼으셔야 하옵니다."

황제의 화가 조금 누그러진 듯하자 장예모는 재빨리 그의 관심을 돌려놓았다. 황제의 진노가 같은 편인 자신들을 향하는 것보다 이렇게 이용하는 편이 나으니 말이다.

"그대 말이 옳군. 그러고 보면 의심 가는 게 그것뿐만이 아니다. 이후가 저리 활개 치고 다니는 것을 보면 조력자가 있어. 그 조력자가 사희담이 아닐 거라 장담할 수는 없지. 그렇지 않은가?"

"예, 폐하. 바로 그것이옵니다."

장예모의 **뻔뻔한** 대답과 달리 다른 신하들은 고개를 숙이고 선뜻 대답하지 못했다.

관직에서 물러나 아픈 세월을 견디고 있는 사희담이 무엇 때문에 이런 일에 나서겠는가. 아무리 충신이라고 하나 제 딸을 죽게 한 폐주를 뭐 하러 발 벗고 도와준단 말인가. 그저 힘없고 의로운 자를 꺾어 그를 따르는 수많은 세력들을 한 번에 굴복시키려는 것뿐이지 않는가.

하지만 지금 이곳 대전에는 이 생각을 입 밖에 낼 수 있는 용자가 단 한 명도 없었다.

밀락도의 가장 호화로운 기루 취화루는 새벽까지도 손님들이 끊이지 않았다. 밀락도에 와서 취화루의 술맛을 보지 않곤 갈 수 없다는 말이 돌 만큼 유명한 곳이기 때문이다. 그리고 취화루에는 특별한 손님들을 위한 밀실이 있었는데 그곳에 들어가려면 웬만한 재력이나 명성으로는 힘들었다.

오늘 그 취화루의 밀실에는 웬만해선 만나기 힘든 대장군 조무기가 와 있었다. 조무기가 밀락도에 들어온 것은 황제 이각의 명 때문이었다. 해적들을 소탕하라 명을 받았으나 이미 눈치채고 꽁꽁 숨어 버린 해적들을 찾기란 쉽지 않았다. 그래서 그는 해룡회를 이용하기로 했다.

해룡회, 즉 해마적은 바다를 제 손바닥처럼 꿰뚫고 있는 신기한 놈들이었고 해적들의 은신처를 알기 위해서 그들을 포섭하기로 한 것이다. 물론 그 대가로 해룡회의 상단은 지켜 줄 용의가 있었다.

"장군, 데려왔습니다."

조무기는 옆에 끼고 있던 기녀들을 전부 밖으로 물렸다.

해룡회의 회주, 아니 이제 청룡대의 청룡장 풍운은 저를 끌고 온 자가 장군이라고 말한 것을 듣고 설마 했다. 그러다가 술잔을 입에 댄 장수의 귀에 고리가 매달린 것을 보고 확실했다.

'대장군인가. 제기랄!'

이후에게 당한 충격을 겨우 수습하고 자려던 참에 또다시 악재가 덮친 것이다.

"앉거라."

풍운은 조무기가 이후보다 만만한 상대이지만 더 미친놈이라는 것을 알고 있었다. 다시 말해서 대화가 통하지 않는 자였고, 지금 제 목숨이 경각에 달린 것도 느낄 수 있었다.

조무기가 따라 주는 술을 보니 의녀가 따라 준 독차가 얼마나 달콤했던가 떠올라 피식 웃음을 흘리고 말았다.

"웃어? 배짱이 두둑한 놈이군. 아, 설마 내가 누군지 모르느냐?"

"아. 좀 그럴 일이……. 대장군을 보고 웃은 게 아니니 너무 기분 나빠하지 마십시오."

저도 이제 청룡장의 갑옷을 입게 되어 그런가, 대장군 조무기가 동급으로 느껴졌다. 이래서 감투가 좋은가 이 와중에도 새삼 깨달음을 얻었다.

"내가 누군지 알고도 겁이 없군. 마음에 든다. 내 밑에서 일할 생각이 없느냐?"

전혀 없었다. 이미 남의 밑에 들어가 있었고, 배신하면 양쪽에서 저를 죽이려 들 것이다. 하지만 지금 이곳에서는 살아남아야 했다.

"폐하께서 해적들을 모두 없애라 했는데 저를 밑에 두시겠다는

171

말씀은 대장군의 개가 되란 말씀이십니까?"

"왜? 개는 싫으냐?"

"개도 개 나름이지요. 누구 집 개가 되느냐가 중요한 게 아니겠습니까. 대장군의 개라면 충견이 되어 드릴 수 있습니다."

"크크크. 이놈, 입이 아주 가볍구나. 좋다. 내 잔을 받아라. 너는 이제부터 내 개다."

그러고 있는데 밖에서 또 누가 찾아왔다.

"장군, 편덕수가 찾아왔습니다."

"편덕수가? 들여보내라."

풍운은 열리는 문을 무심히 바라보다 눈살을 찌푸렸다. 물에 흠뻑 젖은 여인이 반쯤 정신을 잃어 넋이 나간 상태로 끌려온 것이다.

'뭐야? 고문이라도 당했나?'

그런데 이상한 것은 그 옷차림이 낯설지 않았다.

'흠. 모르는 얼굴인데?'

편덕수는 여인을 거칠게 끌고 와 바닥에 팽개쳤는데 풍운은 좀처럼 여인에게서 눈을 뗄 수가 없었다.

"장군, 일이 좀 생겼습니다."

"무슨?"

"그것이……."

편덕수가 낯선 풍운을 보고 말을 멈추자 조무기는 이제 한 식구라며 괜찮다고 했다.

"월영군에서 양 장군이 변을 당하셨습니다……."

편덕수의 긴 얘기를 듣던 조무기의 얼굴이 시뻘게졌다.

"양개, 그 미친놈이! 내 언젠가 사고를 칠 줄 알았다!"

"장군, 진정하시고 제 얘기를 마저 들어 주십시오."

"왜? 딴에는 모시는 상관이라고 편을 들어주고 싶은가! 그 개 같은 놈을!"

풍운은 방금 저더러 개가 되라 한 조무기의 말을 기억하고는 부하를 개 취급하니 개 같은 부하를 얻는구나 생각했다.

"그것이 아니오라, 그 사라졌다는 의녀 말입니다. 밤새 그런 일이 벌어졌는데 의녀가 사라졌습니다. 이상하지 않습니까. 분명 양 장군께서는 의녀에게 간다고 하셨단 말입니다."

"그게 이상하긴 하다만, 월영 군수나 부인이 뭣 하러 그런 거짓말을 한단 말이냐!"

"그러니 말입니다. 집 안에서 살인 사건이 일어났는데 의녀를 그냥 보내 주다니요. 그래서 제가 아무래도 월영 군수와 의녀 부부가 이상하다 여겨 여기, 그 의녀를 찾아 잡아 왔나이다."

편덕수가 어깨를 펴고 제 성과를 향해 손가락질을 했다. 풍운은 의녀라는 말을 듣고 불현듯 제게 독차를 준 의녀가 떠올랐다.

'그러고 보니, 옷이 같다. 아니, 눈. 저 눈도 비슷한 것 같다! 설마……! 뭐야, 이게. 도대체 어찌 돌아가는 판국이야!'

뭘 알아야 제가 행동을 취할 것인데, 도무지 돌아가는 상황을 알 수가 없으니 답답하지 않은가.

"분명 군수에게 구린 것이 있을 것입니다. 실은 이후와 내통해 양 장군을 암살한 것이 아닌가, 심히 의심스럽습니다."

"그렇군. 그럴 가능성이 아주 커. 헌데, 이 계집은 왜 이 모양이냐. 벌써 고문이라도 한 것이냐?"

"바다에 좀 빠트렸는데 이렇습니다."

"쯧. 일단 데려가라. 상태를 보아하니, 조금만 건드리면 입을 열 것 같구나. 심하게 다뤘다가 죽어 버리면 곤란하니 살살 하거라."

"예!"

편덕수가 의녀를 끌고 나가자 조무기는 혀를 차며 풍운을 돌아보았다.

"첫날부터 부끄러운 꼴을 보였군. 부하라는 것들이 한심해서는……. 쯧쯧."

"아닙니다. 양 장군이라면 해적들에게도 위명이 높은데 좋은 부하를 잃으신 듯하여 안타까울 뿐입니다."

"그리 생각해 주니 고맙구먼."

"헌데 저 의녀라는 계집은 어디로 데려가는 겁니까?"

"네놈이 그걸 알아 무엇하려고?"

"아, 여긴 밀락도가 아닙니까. 사람을 잡아다 고문하는 일이야 흔한 곳이지요. 허나 대장군께서는 이곳을 잘 모르시니, 제가 마땅한 장소를 알려 드릴까 해서 말입니다. 사람이 죽어 나가는 것을 쥐도 새도 모르게 할 수 있는 곳입니다."

풍운이 기지를 발휘했으나 불행히도 조무기는 걸려들지 않았다. 만면에 웃음을 띤 조무기가 풍운을 날카롭게 노려보며 말했다.

"내가 그리 허술해 보이느냐? 내가 밀락도를 잘 몰라? 큭큭. 미안하지만 여긴 내 고향이다."

"……."

"뭘 그리 놀라는 표정이냐? 자, 한 잔 받아라. 고향에 왔으니 회포를 풀어야지."

풍운은 넉살 좋게 조무기가 주는 술잔을 받았다. 그러나 한시바
삐 이후에게 소식을 전해야 한다는 생각에, 술잔을 잡은 손이 자
꾸만 땀으로 미끄러지고 있었다.

한편, 어디론가 한참을 끌려간 여경은 지하 계단에 발을 디디곤
소스라치게 놀랐다.

찍찍.

"!"

쥐가 그녀의 발을 스쳤고, 덕분에 물에 빠졌던 충격으로부터 깨
어난 것이다.

"여, 여긴…… 어디요?"

"이제야 정신이 드나 보군. 어디긴 어디야? 지옥문이지."

"!"

차라리 계속 정신을 잃고 있는 게 나았을까. 여경은 칼을 든 사
내들의 짐승같이 번뜩이는 눈빛에 기가 눌려 반항할 엄두도 내지
못했다.

미로 같은 지하통로를 지나자 두려움은 이제 그녀의 모든 것을
지배하고 있었다. 축축하고 어둡고 두꺼운 벽에 둘러싸인 지하였
다.

이곳에서 무슨 일을 당할지 끔찍한 상상들이 떠올랐고, 아무리
소리쳐도 이곳까지 자신을 구하러 올 사람은 없을 것 같았다. 황
제가 저를 위기에서 구해 주었을 때는 적어도 그녀가 어디에 있는
지는 알고 있었으니 말이다.

지하 깊숙한 곳, 그 안에서 또 문을 열고 들어가자 여경의 두려움과 불안함은 맞아떨어지고 말았다. 감옥 같은 그곳에는 온갖 끔찍한 고문 기구들이 즐비했기 때문이다.

"왜, 왜 날 이런 곳으로……. 윽!"

들어가고 싶지 않았다. 문 밖에서 발에 힘을 주고 버티는데 편덕수는 조금도 가엽게 여기지 않고 그녀를 안으로 밀어 넣었다.

바닥을 뒹구는 그녀의 얼굴 앞에 편덕수의 발이 다가왔다.

"왜일까? 그건 아마도 네년이 꼭 밝혀 줘야 할 일이 있기 때문이 아닐까? 아니면 꼭 해 주어야 할 말이 있기 때문일까?"

"뭐요, 그게? 물을 것이 있으면 먼저 말로 하면 될 게 아니오? 왜 날 이런 곳으로 끌고 왔소?"

"순순히 말하기 힘든 것이라 그렇지 않겠느냐? 너는 두 가지 선택을 할 수 있다. 고통 없이 자백하고 참수당하거나, 끔찍한 고통에 몸부림치다가 참수당하거나."

"!"

"자, 우선은 첫 번째 선택이 가능한지 들어 보지. 대화를 해 보잔 말이다."

그러면서 편덕수는 부하들에게 눈짓을 했다.

그들은 쓰러진 여경을 일으켜 그녀의 양손을 천장에서 내려온 쇠사슬에 각각 묶었다.

"이게 대화를 하는 방법이오!"

"이렇게 해야 말이 더 잘 나오는 법이다. 다 너를 위해서지. 자, 이제 물어보지. 뭐부터 할까? 네년의 이름부터 물어야 할까? 아니면……. 멀쩡한 얼굴을 왜 화상을 입었다고 가리고 다녔는지부터 물을까? 아니지, 월영 군수 정효원과 무슨 사이인지부터 물어야겠군."

"!"

"어떠냐? 대답이 가능하겠느냐?"

걱정하던 일이 이렇게 터지고 말았다. 여경은 제 말 한 마디에 죄 없는 정효원과 소화, 그리고 그들과 관계된 모든 이들의 목숨이 달렸음을 깨닫고 손에 감긴 쇠사슬을 꼭 쥐었다.

"……내, 내 이름은…… 잊은 지 오래되었소. 이름이 없는 내가 월영 군수나 되는 분과 무슨 사이가 될 수 있겠소?"

"그렇지. 다들 처음엔 이렇게 말이 통하지 않는단 말이지. 시작해라."

"예!"

험상궂은 사내가 여경의 눈앞에서 뱀처럼 길고 굵은 채찍을 보란 듯이 들어 보이더니, 그녀의 등 뒤로 가 자리를 잡았다.

"이러지 마시오. 나는 정말 그들과 아무 상관이 없소. 대체 내게 왜 이러는 것이오? 제발 나 좀 풀어 주시오."

그녀가 할 수 있는 거라곤 이제 이렇게 사정하는 것밖에 없었다. 그러나 그녀의 절박한 외침은 곧 공기를 찢는 날카로운 채찍 소리에 묻혀 버리고 말았다.

쌔애액. 철썩.

"!"

순간 눈앞에 깜깜한 장막이 드리워지는가 싶더니, 비명조차 나오지 않는 뜨겁고 묵직한 고통이 그녀의 전신을 휩쓸고 지나갔다.

"하아……악……. 으윽."

생전 처음 느껴 보는 끔찍한 아픔에 여경은 치를 떨며 신음했다. 이런 고통을 당해야 한다는 게 믿어지지 않았다. 어쩌다 제가 이렇게까지 내몰리게 되었을까. 행복했던, 따사로웠던 어린 시절엔 이런 앞날이 올 거라곤 생각조차 못 했는데.

'죽으라고 할 때 죽었어야 했나 봅니다……'

이렇게 된 것이 결국 황제 탓이 아닌가. 속 좁은 원망이 꼬리에 꼬리를 물다, 그녀를 죽음의 바다로 내몰았던 황제의 무정한 얼굴을 떠올렸다.

"흑. 흐윽……. 흑. 하아. 흐윽."

흐느낌은 점점 오열로 변했고 그녀의 마음속에 또 다른 절규가 요동치고 있었다.

'반드시 저를 찾으십시오! 제가 죽더라도 저를 찾아내십시오! 얼마나 비참하게 죽었는지, 얼마나 아팠는지, 폐하께서도 느끼시란 말입니다. 그러니까…… 어서요. 어서 날 구해 주십시오.'

하지만 그녀의 절규는 어디에도 들리지 않을 울부짖음일 뿐이었다.

13.

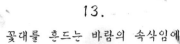

꽃대를 흔드는 바람의 속삭임에

묵직한 쇠사슬이 철컹 흔들렸다. 시린 빛을 띤 검은 쇠사슬은 여경의 하얗고 가녀린 손을 물고 놓아주지 않았다. 더 이상 괴로움에 몸부림칠 힘조차 남아 있지 않았던 여경은 저를 괴롭히던 그 쇠사슬에 의지해 축 늘어지고 말았다.

채찍이 그녀의 옷을 찢고, 등허리에 붉은 뱀 같은 낙인을 찍을 때마다 온 힘을 다해 몸부림쳤지만, 벗어날 길이 없었다. 혹시라도 제가 입을 열게 될까 봐 입술을 힘껏 깨물고, 어서 죽기만을 바랐다. 그런데 아직도 숨을 쉬고 있었다.

좌악.

머리에서부터 또 찬물을 뒤집어썼다. 캄캄해지던 시야가 흐릿하게 돌아왔다. 질퍽한 땅에 제 비참한 몰골이 비춰졌다.

'어째서 아직도 살아 있는 게냐.'

질긴 목숨을 탓하길 수십 번. 그런데, 이제는 정말 그 끝이 보이는 듯했다. 머릿속도 하얘지고 손가락 하나에도 힘이 들어가지 않았다. 할 수 있는 거라곤 가느다란 숨을 이어 가고 무거워지는 눈꺼풀을 간혹 들어 올리는 것밖에 없었다. 곧 저 무자비한 놈들의 추궁과 끔찍한 채찍질이 이어질 테지만, 그러면 더 이상 제 몸이 버티지 못하리라.

'왜…… 가만히들 있는 걸까……'

모든 것이 멈춘 것 같았다. 희한하게도 아무것도 들리지 않고, 아무것도 움직이지 않는 듯했다. 아니, 뭔가가 들리는 것 같기도 했다. 하지만 그건 마치 다른 세상의 일인 양 여경과 상관없이 웅성거리고 있었다. 제 모습이 비치는 물웅덩이 밖의 일은 아득한 저편의 일인 것처럼.

그런데 서서히 감기는 여경의 시야에, 그 흐린 물웅덩이에, 기다려도 올 수 없는 얼굴이 비친다. 여경은 피식 헛웃음이 났다.

'폐하……'

마지막이라면 가장 행복했던 순간이 보여야 하지 않나. 함께 다니는 동안 그래도 그의 웃는 모습을 많이도 보았는데, 하필 한 번도 본 적이 없는 이런 표정이 보일 수 있을까.

'그래도 한 번쯤은 그런 표정을 보고 싶었습니다.'

그는 파리해진 입술을 파르르 떨고 있었다. 죄책감과 분노로 시뻘겋게 충혈된 눈이 저를 바라보고 흔들리고 있었다. 분노는 저를 향한 것이 아니었기에 가슴이 찌릿 저려 왔다.

'그래요. 그런 표정……. 사여경이 죽었을 때 폐하께서는 웃으셨겠지요? 저로 인해 아파하시는 모습, 그게 그렇게 보고 싶었습니다.'

물에 비친 허상이 흐트러졌다.

어지러움을 느낀 여경은 눈을 감고 무너져 내렸다. 옥죄는 쇠사슬 때문에 빠질 것처럼 늘어졌던 팔이 스르륵 떨어지고 무릎도 풀썩 꺾였다.

'······?'

차가운 땅을 뒹굴게 될 줄 알았는데, 따스하고 편안한 곳으로 풀썩 떨어진 느낌이었다. 마치 누군가의 가슴에 얼굴을 파묻은 듯, 사람의 온기와 체향이 전해지는 것이다.

'내가 정말 죽어 가는 모양이구나.'

아무렴 어떨까. 고통도 두려움도 잊게 해 주는 이 포근함 속에서 오래 머물고 싶었다. 부서지기라도 할 듯 조심스럽게 저를 안아 주는 손길을 뿌리치고 싶지 않았다.

「내가 왔네.」

그의 목소리가 귓가에 웅웅 울리는 듯했다. 여경은 속으로 꿈꾸듯이 중얼거렸다.

'폐하, 제가 바로 사여경이랍니다.'

「그렇더군.」

'죽었어야 했던 사여경입니다.'

「······살아다오.」

'이제 저를 믿으십니까?'

「믿고말고.」

'폐하를······ 속였는데도······?'

「상관없네.」

그녀는 비로소 지친 육신과 두려움을 내려놓을 수 있었다. 비록 이것이 모두 그녀가 꿈꾸는 순간이라 할지라도 상관없었다. 불에 덴 듯 뜨거웠던 상처가 거짓말처럼 사라지고 절로 미소를 지을 만큼 안도했으니.

지난 몇 년간 햇볕을 쐬지 못한 여경의 새하얀 얼굴에서 이제 핏기마저 사라졌다.

이후는 떨리는 입술을 꾹 다물고 그 믿기지 않는 얼굴을 숨죽이고 바라보았다.

"상관없고말고. 살아 주었다는 것만으로도 얼마나 감사한가……."

이후는 그렇게 제 품에 축 늘어진 여경의 귓가에 나직이 읊조렸다. 그녀의 무게가 점점 더 짓눌러 오고 있는데도, 이러다 깃털처럼 가볍게 느껴질까 봐 두렵기만 했다. 이대로 사라져 버리는 게 아닌가, 한 번 죽었던 사람이니 이렇게 허무하게 돌아가 버리는 것은 아닌가…….

'늦어서 미안하네. 더 일찍 그대를 알아보지 못한 것도…….'

애끓는 가슴이 소리 없이 벅차올라 목울대를 넘어오는 것을, 이후는 몇 번이나 삼키며 입술을 깨물었다.

두 번이나 그녀를 잃을 뻔했다. 이미 한 번 그 짙은 상실감과 죄책감을 겪고도 또 같은 실수를 범했다. 사내로서 이 얼마나 부끄럽고 한심한 일일까. 스스로 깨물어 찢어지고 만 입술을 보아도 그녀가 겪었을 고통을 짐작할 수 있었다. 넋이 나간 듯 힘없이 중얼거린 말속엔 그를 향한 원망이 가득했다.

이후는 하루 사이에 수척해진 그녀의 차가운 뺨을 가슴으로 더욱 끌어안았다.

그래도 다행이었다. 더 늦지 않아서 천만다행이었노라, 그녀를 품은 이후는 몇 번이나 가슴을 쓸어내렸다.

약 하루 전.

쾅.

막 잠자리로 들어가던 선무는 문이 부서질 것 같은 소리에 화들짝 놀라 검까지 거머쥐고 일어났다.

"폐하?"

그런데 문 앞에 창백한 얼굴로 서 있는 황제를 보고 또 한 번 가슴이 철렁했다.

"왜, 왜 이러십니까? 무슨 일이 생겼습니까?"

"없다."

"예?"

"사여경이 없단 말이다!"

"폐하! 그게 무슨……. 호, 혹시 꿈이라도 꾸셨습니까!"

선무는 너무 큰일을 당한 황제가 드디어 정신에 이상이 온 것 같아 손이 떨릴 정도로 걱정이 되기 시작했다.

"배 안 어디에도 없다. 대원들도 보지 못했다고 하니 변고가 생긴 게 틀림없다!"

"그러니까, 누가 말입니까? 누가 없어졌단 말입니까?"

"사여경! 그녀가 없어졌다지 않느냐! 찾아야 한다. 분명 뭔가 잘못됐다. 이렇게 사라질 사람이 아니란 말이다. 아니, 여기가 어디라고 사라질 수 있어! 이런 위험한 곳에 혼자 나다닐 만큼 머리가 나쁜 사람은 아니란 말이다!"

이후의 절규가 이어지자 선무는 그의 양팔을 꽉 붙들었다.

"폐하! 아무래도 뭔가, 뭔가……. 머리가 아프신 것 같습니다. 여봐라! 의녀, 의녀를 불러라! 어서!"

"없다지 않아! 그 의녀가, 사여경이 없단 말이다!"

"폐하……?"

황제는 숨을 헐떡이며 흥분하고 있었다. 어느새 모여든 대원들이 어쩔 줄 모르겠다는 듯이 지켜보고 있었고 그 사이를 헤집고 연길재가 나타났다.

"황룡장, 아무래도 폐하께서 의녀의 정체를 알게 되신 듯하오."

"뭐, 뭐라는 것인지? 설마 의녀의 정체가 죽은 폐비란 말씀을 하고 싶은 것이오?"

"전에 제가 추리했던 것, 기억나시오? 나도 설마 폐비일 거라곤 생각 못 했으나, 폐하께서는 그때 이미 알고 계셨던 것 같소. 그렇지 않사옵니까, 폐하."

이후는 선무를 향해 간절한 눈빛을 보냈다.

"월영 군수의 아내……. 그 여인이…… 사여경의 나인이었던 소화였다."

"예?"

그랬다. 사실 이후는 소화와 마주치는 순간 여경의 나인이었던 그녀를 한눈에 알아보았다. 하지만 사여경이 그녀를 살려 주었기에 저 역시 모르는 척해 줄 생각이었다. 의녀가 이렇게 외치지만 않았더라면.

「저는 그런 폐하가 무섭습니다.」

그 순간 의심은 확신이 되어 버린 것이다.

"폐하. 지금 무슨 말씀을 하시는 겁니까? 잘못 보셨겠지요? 그리고 설사 그렇다 한들, 그렇다 해서 의녀가 죽은 폐비라고 말할 수는 없습니다!"

"두 사람이 서로를 알아보았는데도?"

"!"

술렁거림이 세찬 파도처럼 넘실거렸다. 선무는 조심스럽게 물었다.

"화, 확인해 보셨습니까?"

이후는 고개를 저었다.

확인할 자신이 없었다.

만약에 정말로 사여경이라면 저는 어찌해야 한단 말인가?

어떤 얼굴로 저를 보고 있는지, 어떻게 변했는지, 이를 다 감당할 자신이 없었다.

때문에 그녀가 먼저 말해 주길 바랐다. 제게 왜 알아보지 못하냐고 화를 내며 따지길 기다렸는지도 모른다.

아니다. 제가 황제가 되었을 때 당당하게 그녀를 황후로, 사여경으로 데려오고 싶었던 것이다. 이렇게 무너진 모습으로 그녀 앞에 나설 수 없다는 자존심 때문에, 어쩌면 영원히 그녀에게 마음을 전할 수 없게 될지도 모른다.

이후는 다시 다급해졌다.

"……찾아라. 바다에 빠진 게 아니라면 밀락도 안에 있을 것이다. 단 한 척의 배도 밀락도를 빠져나가지 못하게 막아. 어서, 어서 움직여라, 당장!"

황제가 이렇게 이성을 잃은 것은 선무가 알기로 아마도 처음일 것이다. 하지만 몸이 움직이지 않았다. 대체 어쩌란 말인가. 고작 백 명이 조금 넘는 대원들이 이 많은 배와 밀락도 곳곳을 수색할 수 없었다. 자신들이 쫓기는 처지일 때는 더더욱 불가능에 가까운 명이었다.

"……명, 받들 수 없나이다."

"네놈이 지금 내 명을 거역하는 것이냐? 내가 폐주이기에 받들 이유가 없느냐!"

"예. 폐주의 명이기에 더더욱 받들 수 없나이다."

"이보게, 황룡장!"

길재는 이럴 때 황제를 더 자극하는 선무의 발언을 이해할 수 없었다. 위태로운 두 사람을 말리느라 진땀을 빼는데 돌연 선무가 무릎을 꿇었다.

"폐하는 폐주입니다. 폐하 한 몸을 돌보기도 어려운 처지란 말이옵니다. 죽은 사여경이 다시 죽을 위기에 처했다 해도, 그동안 정이 많이 들었던 의녀가 위험에 처했다 해도 어쩔 수 없습니다. 잊으십시오. 부디 잊으셔야 합니다."

"……"

불같이 끓어오르던 이후의 눈빛이 평소와 같이 차갑게 가라앉았다. 하지만 이후는 선무가 원하는 대답을 해 줄 수 없었다.

"선무, 내가 환궁해야 할 두 번째 이유가 바로 너다. 네놈이 내게 인생을 걸었기에 그 귀찮은 길을 가 볼까 했다. 헌데 그보다 더 중한 첫 번째 이유가 생겼다."

모두들 황제의 나직한 목소리에 귀를 기울이고 있었다. 이후는 꿇어앉은 선무의 앞에 다가가 앉아 그와 눈을 맞추었다.

"사여경. 두 번 다시 볼 수 없을 줄 알았던, 돌이킬 수 없을 거라 여겼던 나의 과오. 그녀가 살아 돌아온 것을 알았을 때, 나를 살린 것이 그녀라는 것을 알았을 때, 황제가 되어야겠다는 절박한 이유가 생겨 버렸다. 나는 이런 곳에서 죽지 않는다. 네가 살렸고, 그녀가 살렸다. 그러니 가자. 사여경을 찾아서 함께 환궁하자. 그래도 안 되겠느냐?"

"……."

좀처럼 들을 수 없었던 황제의 진심이 선무를 흔들어 놓았다. 그는 황제를 똑바로 볼 수 없었다. 머리는 안 된다고 하는데 마음이 그를 도와주자고 하니 말이다.

"황룡장…… 어찌 안 되겠소? 해룡…… 아니, 청룡장에게 도움을 요청하면 어떻겠소?"

황제의 언변이 길재까지 감화를 시킨 모양이었다. 선무는 한숨을 폭 쉬고 일어났다.

"내일까지입니다. 그 이상 지체하면 우리가 위험해집니다."

"삼 일."

"이틀. 그 이상은 절대 안 됩니다. 제가 폐하를 묶어서라도 배를 출항시킬 것입니다!"

이제 어찌 다른 배들을 묶어 둘지부터 의논할 때였다.

"저……."

난데없이 대원 한 명이 조심스럽게 끼어들었다.

"무슨 일이냐?"

"실은 말입니다. 저와 이놈이 마지막으로 의녀, 아, 아니……

폐비마마를 보았을 때……."

"보았느냐! 어디서? 어디서 보았느냐!"

이후가 성급하게 그들을 닦달하자 대원들의 얼굴에 난감한 기색이 떠올랐다. 아무래도 저희가 경계를 잘못 섰다는 문책을 받을 것 같아서였다.

"말하거라, 어서!"

"폐하. 실은 저쪽 난간에 기대 계셨는데, 어느 순간 사라지셨습니다. 그것도 뭔가 풍덩 물에 빠지는 소리가 들린 후라……."

"뭐? 물에 빠지는 소리! 그렇다면 지금 그녀가 바다에 빠졌을지도 모른다는 뜻이냐! 어째서 네놈들은 그 직후에 바다를 살피지 않았어!"

"그것이, 바다를 살피고 있는데, 저 옆에 있는 배에서 물건을 떨어트렸다는 소리가 들리지 않겠습니까. 그래서…… 대수롭지 않게 여겼사온데……. 호, 혹시 저 배에서……."

황제는 그들의 말을 더 듣지 않았다.

"선무! 그 배부터 수색해 봐야겠다!"

"예! 그동안 간의대부와 권 총관은 청룡장을 만나 주십시오."

황룡대는 무척 빠르게 움직이기 시작했다. 하지만 이를 지켜보는 이후의 눈에는 그들의 움직임이 그리 빨라 보이지 않았다.

'대체 어디서 무슨 일을 당하고 있는 겐가!'

그로부터 약 한 시진 후, 배를 수색했던 선무는 그 배가 죽은 양무한의 배라는 것을 알아냈고, 일행은 여경이 편덕수에게 끌려간 것이라 결론을 내렸다. 때마침 풍운을 찾아간 길재가 난장판이 된 해룡회에서 허탕만 치고 돌아오자, 이 두 사람을 납치한 이가 양무한의 상관인 조무기일 것이라 추측했다. 만약 그렇다면 조무기가 머물고 있는 곳은 밀락도 최고의 기루인 취화루일 가능성이 높았다.

시간이 얼마 남지 않은 일행은 신속하게 움직여 취화루에 잠입했다.

아니나 다를까 취화루에 잠입한 추산은 그곳에서 조무기에게 붙잡힌 풍운을 만날 수 있었다.

풍운 덕분에 여경이 끌려간 사실과 의심되는 곳을 알아냈지만, 쉽지는 않았다. 아주 오래전, 밀옥도로 불리던 죄수들의 섬이 바로 이 밀락도였다. 아직도 어딘가에는 지하 감옥으로 가는 입구가 있는데, 그 사실을 아는 자가 드물다는 것이다.

그래서 길재는 밀락도의 지도를 구해 감옥으로 쓸 만한 땅을 찾았고, 나머지는 은밀하게 밀옥의 위치를 수소문해, 겨우 이곳을 기습하는 데 성공할 수 있었던 것이다.

"네, 네놈은 그 계집의 남편이라던……! 누, 누구냐! 네놈들은! 내가 누군지 알고 이런 짓을 벌인 게냐!"

피를 뿌리고 바닥을 뒹굴던 편덕수의 외침에 이후는 천천히 고개를 돌렸다.

"!"

편덕수는 이후의 서늘한 눈을 마주하고는 부르르 떨며 얼어붙고 말았다. 얼음처럼 차갑고 베일 듯이 날카로운 시선에 온몸이 난도질당하는 기분이었다.

"편덕수, 들어라."

"대체 네놈은 누구냐! 나, 날 알고도 이런 짓을 벌인단 말이냐! 죽고 싶은 모양이구나!"

그 질문에 대한 대답은 이후가 아닌 추산의 입에서 나왔다. 추산은 편덕수의 목에 칼을 바짝 겨누고 윽박질렀다.

"닥쳐라. 감히 폐하께 너라고 했느냐?"

"폐……하? 서, 설마……! 화, 화, 황제?"

이각이 아닌 황제라면 이후밖에 더 있겠는가. 두려운 눈으로 주변을 둘러보던 편덕수는 빙글빙글 웃고 있는 얼굴과 눈이 마주치고는 소스라치게 놀랐다.

'황룡장!'

예전에 멀리서 딱 한 번 본 것이 다지만, 사람을 깔보는 저 비웃음은 그가 확실했다. 그리고 보니, 모든 것이 맞아떨어지고 있었다. 양무한의 죽음을 이후와 월영 군수에게 덮어씌우려 했더니, 그것이 사실이 되고 만 것이다.

"내가 네놈들이 폐주라 부르는 그 황제가 맞다. 또한 네놈이 상관으로 모시던 양개를 죽인 것도 나이니라. 그 꼴사나운 시체는 잘 묻어 주고 왔느냐?"

"그, 그……. 저, 저는……."

"한 놈은 겁탈에, 그 밑에 놈은 고문이라? 네놈들의 그 쓸모없는 눈부터 도려냈어야 했나? 감히 누구에게 손을 댄단 말인가!"

빈정대던 이후의 목소리가 점점 커지더니 급기야는 감옥 안을 쩌렁쩌렁 울렸다. 찔끔 움츠린 편덕수의 호흡이 거칠어졌다. 제가 편히 죽을 수 없을 걸 예감한 그는 이미 죽어 나자빠진 부하 둘을 부러운 눈으로 흘깃거렸다.

그러자 이후는 어린아이를 달래듯이 부드러운 어조로 말했다.

"그리 두려워할 것 없다. 그저 네가 한 짓과 똑같이 해 줄 것이니. 이 정도쯤이야, 이런 여인도 이겨 냈는데 너라고 견디지 못하겠느냐?"

물론 그 말에 담긴 뜻은 너무나 섬뜩해서 편덕수를 공포와 절망으로 몰아갔다.

"저, 저는…… 이 여인이 누군지도 몰랐나이다. 부디, 요, 용서를……."

"지금은 알겠느냐?"

"예, 예?"

"알 리가 없을 테지만 똑똑히 듣거라. 이 여인은 나도 함부로 할 수 없는 귀한 분이시니, 네놈이 어찌 살기를 바라겠느냐?"

"사, 살려 주십시오. 저는…… 저는, 그저 상관이 시키는 대로 할 수밖에 없었습니다!"

"이 여인이 죽지 않길 빌어야 할 것이다. 그때는 지금처럼 빌지도 못할 테니 말이다. 죽는 것이 얼마나 큰 복인지 그때는 알게 될 터."

"폐하!"

"끌고 가라."

지금 죽일 수는 없었다. 실세인 조무기를 잡고 이각을 끌어내리기 위해 충견이었던 편덕수에게서 알아내야 할 것이 많았다. 그러나 이후는 그를 찢어 죽이지 못한 안타까움을 담아 끌려 나가는 그를 잡아먹을 듯이 노려보았다.

"!"

편덕수의 얼굴에서 핏기가 사라졌다. 이후의 차가운 눈동자에 얼마나 큰 분노가 이글거리는지, 지옥불 속에 떨어진 제 모습이 보이는 듯했다.

옆으로 돌아누운 여경은 이불을 적실 정도로 식은땀을 흘리고 있었다.

몸 안까지 끓어오른 열기가 곧 저를 태울 것만 같았다. 저도 모르게 입술을 벌리고 데워진 숨결을 뱉어 냈다.

"하아……."

「눈 좀 떠 보게!」

귀를 멍멍하게 하는 외침이 여경의 머릿속을 두들기고 있었다. 눈을 뜨라고 자꾸만 재촉하는데 갑자기 혼란스러워졌다.

'많이 듣던 목소리……. 아, 폐하? 난 왜 여기……?'

왜 이렇게 캄캄한 곳에 있는 걸까. 무슨 일이 있었던 것일까. 그 의문에 대한 답들이 한꺼번에 뒤죽박죽 몰려오기 시작했다. 그러다가 끔찍한 채찍질을 떠올렸다.

"하……. 으윽."

"정신 차리게. 눈을 떠야 하네. 사여경!"

"!"

다급한 목소리가 제 이름을 애타게 부르는 것을 똑똑히 들었다. 다시는 불릴 일이 없을 줄 알았던 사여경이란 이름으로.

그 이름을 듣는 순간 여경은 저를 괴롭히는 번잡스런 기억들로부터 벗어날 수 있었다. 하지만 아직 몽롱해서 제게 무슨 일이 일어났는지를 생각할 수 없었다. 다만 그녀는 본능적으로 한 가지 두려움에 사로잡혀 일순 깨어난 것뿐이었다.

'방금…… 폐하께서 나를 사여경이라고 부르신 것인가?'

생생한 꿈일 뿐이라 여기면서도 눈을 뜨기 겁이 났다.

"눈 좀 떠 보게. 정신 좀 차려 보게나. 제발!"

"……"

생각해 보니 그럴 리 없지 않나. 폐하께서 저를 알아보고도 이렇게 간절히 저를 찾을 리가 없었다. 여경은 조심스럽게 천천히 눈을 떴다. 가느다랗게 뜬 실눈에 누군가의 모습이 흐릿하게 보였다. 점점 더 또렷해지는 그 인영은 매우 걱정스럽게, 그러나 반가운 표정으로 저를 보고 있었다.

"정신이 드는가! 나일세! 날 알아보겠는가!"

'폐하…….'

입술을 달싹거렸지만 끙끙 앓는 소리밖에 나오지 않았다. 눈꺼풀이 무거워지고 다시 눈이 감기려던 찰나였다.

찰싹.

가볍게 뺨을 치는 느낌에 설핏 눈을 뜨자, 황제가 저를 무섭게 노려보고 있었다.

"내 말 똑똑히 듣고 정신 바짝 차리게. 자고 싶어도 한 가지는 말해 주고 눈을 감으란 말일세!"

"?"

여경은 그가 제 손을 꼭 붙들고 있음을 알아차렸다. 그렇게까지 하면서 무엇이 이리도 간절한 것일까.

"간단히 처치는 했으나, 간의대부의 말로는 지금 그대의 상처가 매우 심각하다 하네. 어찌해야 하는가? 어찌하면 상처를 치료할 수 있는가? 배 안에 약재가 있다고 하니 말해 주게. 어서. 무엇이 필요한가? 우리가 어찌하면 되는가!"

"……."

안절부절못하는 황제를 멍한 눈으로 바라보던 여경이 보일 듯 말 듯 한 미소를 지었다.

이후는 용케도 그것을 눈치챘다.

"내가 우스운가? 그대가 죽을까 봐 초조해하는 내 꼴이 그리도 재밌으신가?"

여경은 눈만 한 번 깜빡거리는 것으로 대답을 회피했다. 그러자 이후는 조금 화난 목소리로 그녀를 다그쳤다.

"그동안 날 골탕 먹인 것으로 부족했는가 말일세."

"?"

"죽은 척 위장하여 날 기만한 것으로 모자라, 이제 정말 죽을 셈인가? 사여경……. 그대를 버린 내게 이런 식으로 복수하려는 겐가?"

"!"

또다시 정신이 번쩍 들게 하는 그 이름.

여경은 눈을 빤히 들어 이후를 쳐다보았다. 그러고 보니 제 얼굴에 아무것도 씌워진 것이 없는 듯했다.

"예나 지금이나 어찌 그리 답답한가. 내가 소화의 얼굴을 못 알아볼 줄 알았던가?"

조금씩 엉망으로 섞이긴 했으나 머릿속이 정리되고 있었다. 덕분에 펄펄 끓어오르는 이마가 이제 깨질 듯이 아파 왔다.

"으흣……."

그런데 괴로워하는 이마에 차가운 것이 닿았다. 황제가 손수 제 이마에 찬 수건을 얹고 제 얼굴에 맺힌 땀을 닦아 주고 있는 것이다.

이게 꿈이 아니라면 그 끔찍한 고통에서 저를 구해 주었던 목소리도 꿈이 아니었던 것일까. 살아 달라 했던 촉촉한 음성이 제가 만들어 낸 환청이 아니었단 말인가.

"그대가 내게 묻고 싶은 게 많은 것처럼 나도 그대에게 물을 것이 잔뜩 있네. 황위에서 쫓겨나 그대에게 목숨을 구걸한 이 비루한 꼴을 얼마나 비웃었는지, 체통 없이 그대 뒤를 쫓아다닌 나를 얼마나 한심하게 보았는지!"

여경의 눈동자가 다시 빛을 잃어 갔다. 그녀는 힘없이 눈을 내리깔았다.

'나무라지 마십시오. 폐하께서는 저를 나무랄 자격이 없으십니다…….'

사여경을 죽이려 했으면서 의녀에게는 너무나 잘해 준 황제였다. 조금이라도 오래 우쭐한 기분을 느끼고 싶었다. 만약 정체가 드러난다면 지금처럼 실망하거나 분노하는 모습이 눈에 선했으니까.

완전히 눈을 감아 버린 여경 앞에서 이후는 미처 다 잇지 못한 말을 중얼거렸다.

"그리고 얼마나 아팠는지……."

궁에서도, 그 후에도 여리고 선한 그녀의 심신이 감내하기 어려운 고초를 겪어 왔으니 무엇으로 그 세월들을 다독여 줄 수 있겠는가.

그녀가 흉물스러운 쇠사슬에 매달려 고개를 꺾고 늘어진 것을 보았을 때 이후는 제 심장이 갈가리 찢어지는 듯한 격통을 느꼈었다. 이는 여경이 자진했다는 소식을 들었을 때보다 더한 자괴감에 빠지게 만들었다. 차라리 제가 그런 일을 당하는 편이 나았다.

한때는 황후였던 그녀의 수치심과 비참함이 어땠을지, 여인의 부드러운 살결이 흉기나 다름없는 채찍질로 잔인하게 유린되는 고통이 어떠할지, 제가 그것을 대신할 수 없었다는 것이 원통할 뿐이었다. 눈이 뒤집혀 그 자리에서 당장 편덕수를 때려죽이고 싶었으나 가까스로 참아 내지 않았던가.

"아는 것이 많으면 뭘 하는가? 정작 필요할 때 제 몸을 돌보지도 못하는 것을……."

끝내 답을 주지 않고 다시 정신을 놓았으니 이후는 답답한 마음을 누를 길이 없었다. 그녀의 등은 뱀처럼 긴 붉은 상처로 겹치고 겹쳐져 부어오르다 못해 군데군데 찢어져 있었다. 피를 닦아 주고 지혈과 소독을 하는 동안 정신을 잃고도 신음하고 꿈틀거렸으니, 그 고통을 짐작할 만하지 않은가.

그나마 길재가 있어 이 정도라도 처치를 할 수 있었으나 상처를 붙게 하고 어혈을 풀려면 이 정도로 될 일이 아니었다. 습하고 더운 바다 위라 그런지, 상처가 곪을 것처럼 점점 부풀어 오르는 것이 보였다.

이후는 메마르고 찢어진 그녀의 입술을 매만지며 저를 보고 미소 짓던 고운 입술을 떠올렸다.

"조금만 더 참으시게. 금방 아프지 않게 해 줄 것이니."

무언가 결심한 이후가 허리를 숙여 그녀의 입술로 다가갔다. 입맞춤조차 어긋나는 운명을 탓하며, 언젠가 함께 입맞춤을 나누게 되길 빌며, 그렇게 그는 그녀의 입술에 촉촉한 온기를 전해 주었다.

쾅.

거칠게 열리는 문소리에 선실 안에 있던 모두가 화들짝 놀랐다.

"폐하."

이후는 며칠째 제대로 자지 못해 안색이 어두울 뿐 아니라 눈빛이 무척 날카로워져 있었다. 여경이 없어진 날로부터 또, 그녀를 찾고 난 이후에도 한시도 눈을 붙이지 않았으니 멀쩡할 리가 없었다. 선무도 그런 황제를 말리지 못한 것이, 배에 계집이 있는 것도 아닌지라 그녀의 간병을 할 사람은 황제밖에 없었기 때문이다.

"마마께서 잘못되기라도 하셨습니까?"

"방금 잠시 깨어났네."

"그렇군요. 그나마 다행입니다."

"아니, 그렇지가 않네. 다음 포구까지는 사흘이나 더 걸린다지 않았는가. 배를 월곶으로 돌려야겠네."

"폐하!"

"가던 길을 돌아가다니요? 어쩌자고 이러십니까!"

"편덕수의 실토를 잊으셨습니까. 지금 이각이 노리는 자가 월영 군수 정효원과 사희담입니다. 지금쯤 조무기가 편덕수의 실종을 알아차렸을 것이고, 그렇다면 월영군으로 군사를 보낼지도 모르옵니다."

선무도 길재도 펄쩍 뛰고 말렸지만 이후는 꿈쩍도 하지 않았다.

"아니, 조무기는 우리가 월영군으로 갈 거라 생각하지 않을 것이다. 자네들 말대로 우리가 다시 거슬러 올라갈 줄은 모를 테니. 아마도 사희담을 공격하겠지."

"그렇다면 차라리 사희담에게 가십시오. 그편이 더 안전하고 사희담과 힘을 합치기도 쉬울 것입니다."

"너무 멀다. 거기까지 가는 동안 사여경의 상처가 곪기라도 한다면 어찌할 텐가? 가까운 곳에서 치료부터 해야 하네."

황제의 고집을 아는지라 선무는 한숨만 푹푹 내쉬었고 길재는 잠시 고심하다 입을 열었다.

"할 수 없지요. 황군은 군사를 이끌고 산을 넘지 않을 겁니다. 우리는 산을 넘어 더 빠른 길로 사희담에게 당도할 수 있을지도 모릅니다. 다만, 월영군에서 우리가 무사할 수 있을지는 장담하기 어렵지만요."

선무는 이제 포기했다. 의녀라면 모를까, 사여경임이 밝혀진 이상 이제 그녀의 안위 또한 무시할 수 없게 되었다.

"후. 정 군수도 도울 수밖에 없겠지요. 그리합시다. 그리고 우리 중, 의학을 조금이라도 아시는 분은 간의대부밖에 안 계시니, 가는 길에 마마께서 악화되지 않도록 잘 좀 보살펴 주십시오."

"예, 최선을 다해 보겠습니다."

황룡장이 직접 나서서 도와주니 이후는 한결 안도한 얼굴로 말했다.

"고맙다."

"대신 제가 폐하께 지은 죄 하나를 사해 주십시오."

"?"

"전에 마마의 시신을 찾아오라 하셨을 때 말이옵니다. 실은 그 시신이 장화영 쪽에서 엄한 시신을 구해 온 것을 알고도 눈감아 주었습니다."

"……."

"그때는 마마께서 돌아가셨을 거라 확신했기에 그리하였습니다만, 그때 좀 더 조사를 했더라면 마마도 폐하도 이리 맘고생은 안 하셨겠지요."

기다려도 이후가 말이 없자 선무는 헛기침을 하고 조심스럽게 다시 물었다.

"큼! 용서……해 주시는…… 겁니까."

"방금…… 칼부림이 날 뻔한 것을 참았다."

머쓱해하는 선무를 내버려 두고 이후는 장화영을 떠올리며 이를 악물었다.

'장화영, 거기까지만 했어야 했다.'

이후의 배는 뱃머리를 돌려 이틀 전 떠나온 월곶으로 향하고 있었다.

그사이에 이후는 여경이 잘못될까 봐 전전긍긍하며 그녀 곁을 떠나지 않았다. 연신 찬 수건으로 그녀를 닦아 주고 약을 발라 주면서 정성을 쏟았더니 다행히 더 나빠지는 것 같지는 않았다. 열도 조금 내렸고 숨소리도 한결 편안해졌다. 그녀의 입술 사이로 마지막 한 방울의 탕제를 전부 흘려보낸 이후가 대견하다는 듯이 중얼거렸다.

"석이버섯을 그리도 찾아다니더니 제가 먹을 걸 알았나 보군."

여경이 깨어나지 못하는 것이 통증 때문에 심기가 상한 것일 수도 있다며 길재가 석이버섯을 달여 온 것이었다.

"조금 다투긴 했으나, 나는 그날 무척 즐거웠다네. 황제 따위 집어치우고 그대와 산천을 누비며 사는 것도 재밌겠다는 생각이 들었지. 앞으로는 정말로 그럴 일이 없겠군. 우리가 가야 할 곳은 궁이니, 산속에서 비를 맞을 일은 결코 없을 테지."

약을 먹였으니, 이번엔 찬물에 수건을 적셔 그새 또 송골송골 맺힌 땀을 닦아 주었다. 그러면서도 이후는 그답지 않게 쉴 새 없이 혼잣말로 수다를 떨었는데, 길재가 정신을 잃은 환자에게 계속 말을 거는 것이 좋다고 했기 때문이다. 대답 없는 상대에게 질문을 던지는 것도 쉬운 일이 아닐 텐데, 희한하게도 하고 싶은 이야기가 술술 나오고 있었다.

"헌데, 명문가의 규수가 언제 어디서 약초를 그리 배웠는지, 산은 어찌 그리 잘 타는지, 아직도 신기하기만 하네."

한편 이후가 탕제를 먹여 줄 때부터 여경은 그것을 삼키느라 조금씩 깨어나던 중이었다.

"지금 생각해 보니, 그동안 이해 가지 않던 것이 풀리는 듯해. 어린 시절 그대가 허름한 옷을 입고 내 앞에 나타났던 것 말일세. 그때도 산을 타느라 집을 몰래 빠져나왔겠지. 그런 사람이 궁에 들어와 그리도 조신한 척해 왔으니 우습군. 게다가 쌀쌀맞은 의녀 행세까지. 그러니 내가 그대를 한눈에 알아보지 못한 것이 당연하지 않은가. 그러니 나도 좀 억울하다네."

다시 찬물에 수건을 적실 때였다.

"……어찌……."

"!"

잘못 들은 게 아닌가 싶을 만큼 작은 여경의 목소리가 들렸다. 화들짝 놀라 돌아보니 그녀가 서서히 힘겹게 눈을 뜨고 있었다.

"어찌…… 아셨습니까……."

"……깨어나 하는 첫마디가 그것인가?"

"……."

어렵사리 뱉은 메마른 목소리가 대견하고 안쓰러워 머리카락을 넘겨 주자, 여경은 그제야 반쯤 뜬 눈으로 그와 눈을 맞추었다.

"보란 듯이 그림을 그려 놓고선 모르는 척하긴가?"

"그림……?"

"내가 그대를 업고 가는 그림 말일세."

"!"

혼미했던 여경의 뇌리에 서글픈 기억 하나가 떠올랐다. 황제로부터 외롭고 위태로운 누각 그림을 받고 울면서 그려 넣은 장면. 궁을 나온 뒤로 까맣게 잊고 있었던 그 그림. 불길한 예언 같은 그림을 부정하며 제 바람과 옛일을 섞어 그린 것이었다.

그때 그녀는 아무리 해도 사랑받을 수 없을 거란 절망과 제 맘을 몰라주는 황제에 대한 원망으로 많이 지쳐 있을 때였다. 그러니 감히 황제가 하사한 그림에 손을 대지 않았겠나. 헌데 그가 이를 발견하고 또, 기억하고 있을 줄이야……

"그림에도 소질이 있더군."

"기억……하고 계셨습니까?"

"늘 마음에 담고 있었지. 그때 나를 도와준 소녀는 집으로 잘 돌아갔을까, 길을 잃지는 않았을까, 돌아가서 많이 야단맞은 것은 아닌가……."

"알은체도…… 말라면서요……."

"죽인다 했었지."

"……."

"벌써 두 번이나 죽다 산 사람을 내가 또 어찌 죽이겠는가."

이후의 쓸쓸한 농에 여경은 희미하게나마 웃음 짓다가 다시금 정신을 놓았다.

그 모습을 본 이후는 떨리는 손으로 여경의 마른 뺨을 어루만졌다.

아프고 쓰라렸던 어긋난 시간을 생각하자면 괘씸하고 화가 났다. 그러나 이렇게 보이지 않는가. 저보다 더 아프고 서러운 시간을 보냈노라고. 겨우 그 정도 상처에 엄살 부리지 말라고.

아무렴 어떤가. 더한 욕을 듣는다 해도 이제는 상관없었다. 제 눈앞에 이렇게 숨 쉬고 있다는 것만으로도 족하니까.

"꿈도 허상도 아니구나."

이후는 제가 보듬어 주지 못했던, 외면했던 세월을 그렇게 매만져 주었다.

한참 후에 이후를 찾으러 선무가 들어왔으나, 그는 그냥 돌아가야만 했다. 손을 꼭 잡고 깊은 잠에 빠진 두 사람의 얼굴이 너무나 평온해 보였기 때문이다.

한편 밀락도에서 기녀들과 놀아난 조무기는 다음 날 오후 늦게까지 기다려도 오지 않는 편덕수를 데려오라고 사람을 보냈다. 헌데, 지하 감옥에서 돌아온 부하가 전해 온 것은 편덕수의 대답도 아닌, 놀랍게도 이후의 서찰이었다.

[조무기. 긴말 않겠다. 네놈들의 우두머리에게 전하거라. 도적떼들이 황위를 탐한 죄를 물으러 갈 것이니 목을 씻고 기다리라. 내 집에 내 발로 들어가 죄를 묻기 전에, 알아서 내려오는 것이 좋을 것이다.]

서찰을 읽어 내려가던 조무기의 눈은 튀어나올 것처럼 붉거졌고, 온몸은 부들부들 떨리고 있었다.

익숙한 필체. 이것은 분명 이후의 필체였다. 도대체 바로 코앞에서 벌써 몇 번이나 당한 것인가. 이 서찰을 어찌 황제에게 전한단 말인가!

분노와 두려움이 뒤섞인 조무기는 결국 광분하여 서찰을 찢어 발겼다.

"으으아! 이 빌어먹을 놈들!"

"자, 장군!"

"뭘 멍청히 보고 있는 게야! 멀리 가지 못했을 것이다! 당장 잡아들이란 말이다!"

"하, 하오나. 저희가 갔을 때 이미 근처에 개미 새끼 한 마리 보이지 않고 이 서찰만 덩그러니 남겨져 있었습니다."

"그러니 더 빨리 움직이란 말이닷! 더 빨리!"

"장군! 여긴 밀락도입니다. 수십 척의 배가 오고 가는데, 어느 배에 탄 줄 알고, 어디로 쫓아가야 한단 말입니까!"

"이놈이! 죽고 싶으냐! 하라면 하는 게지, 무슨 말이 많아!"

"장군⋯⋯!"

"머저리 같은 놈들! 편덕수가 뭐라 했는지 잊었느냐! 이후가 사희담, 정효원과 손을 잡았을 거라 한 말을 잊었느냔 말이다! 그 직후에 이런 일이 벌어졌으면 그놈들과 한패라는 증좌를 잡은 것인데, 그래도 어디로 가야 할지 모르겠단 소리가 나오느냐!"

"아⋯⋯! 허, 헌데, 사희담이 있는 백운군과 정 군수의 월영군은 정반대 방향이옵니다. 어디로 가야 할지⋯⋯. 군사를 나누어야 합니다. 황제께 일의 시급함을 아뢰어 해적 소탕을 잠시 미루는 것이 어떻겠습니까."

부하의 말은 충분히 일리가 있었으나, 황제에게 이 일을 알렸다간 제 목이 먼저 달아날 게 뻔했다.

"제기랄! 약삭빠른 놈! 그걸 믿고 이리 당당하게 황제에게 알리라고 써 두었구나! 내가 못 올릴 것을 아는 게다! 망할! 으아!"

조무기가 또다시 분개하여 기물을 엎는 것을 보고, 여태 가지 않고 있던 풍운의 머리에 괜찮은 생각이 스쳤다.

"저⋯⋯ 장군."

"뭐야? 네놈은 아직도 거기 있었느냐! 썩 나가지 못해!"

"아⋯⋯. 저, 어쩌다 보니, 저도 듣게 되지 않았겠습니까. 이미 한배를 탄 처지에 이렇게 하는 것은 어떻겠습니까?"

"해적 주제에 좋은 한 수가 있나 보군?"

풍운은 마른 입술에 침을 적셔 가며 은근히 목소리를 낮추었다.

"폐주의 서찰에는 제 발로 입성할 것이라 쓰여 있지 않습니까. 즉, 도성과 가까운 곳에 있을 확률이 높다는 얘기겠지요."

"교란작전일지도 모르지."

"그렇습니다만, 저희 해룡회를 써 보십시오."

"?"

"가능성이 높은 월영군은 장군께서 직접 가시고, 백운군에는 해룡회를 보내 보시란 말입니다. 저희가 정 못 미더우시거든, 저는 볼모 삼아 장군을 따라가겠습니다. 그리고 제 부하들은 장군의 부하가 지휘를 해 주면 어떻겠습니까?"

조무기가 곰곰이 생각해 보니, 그럴듯한 작전이었다. 양쪽의 지휘부 전부 제 사람인 데다가, 제가 해룡회의 수장을 붙잡고 있는데 딴 맘을 품겠는가.

"좋다. 그리하지. 신속히 일을 끝내고 돌아와 해적 소탕에 힘을 합친다면 폐하께서도 공을 인정해 주실 게다!"

"물론입니다. 저희들의 목숨은 이제 장군님께 달렸으니, 최선을 다하겠습니다."

풍운은 비굴하게 허리를 숙이고 조무기의 비위를 맞추었다.

그러나 부하들을 소집하러 간 풍운은 재빠르게 다른 일을 진행시켰다.

"네놈 둘은 각각 빠른 배를 구해 한발 앞질러 가라. 어느 쪽이든 폐주에게 조무기가 오고 있음을 전하면 된다. 그리고 나머지 놈들은 백운군으로 가는 조무기의 부하 장수들을 묶어 두어라."

삐쩍 마른 부하 한 명이 귀찮다는 듯이 물었다.

"하라니까 하긴 하겠는데, 왜 하는 겁니까? 그냥 이각이고 이후고 알아서 싸우게 두고 우린 어디 숨어 버립시다."

"언제까지 숨어 살 작정이냐? 우리 같은 천것들도 갑옷 한 번 입어 보자. 네놈 자식들에게도 더러운 네놈 인생 물려줄 참이냐?"

"……."

"그리고 또, 나는 그 폐주가 맘에 든다."

"사람 속을 어찌 압니까? 한때 잔인하고 차갑기로 소문난 황제 아니었소. 지금이야 우리가 필요하니 잘한다지만, 나중의 일은 모르는 거 아닙니까!"

"그 소문이란 게 잘못된 것인가, 아니며 정말 사람이 바뀐 것인가. 그것참, 희한하지. 내가 볼 때 폐주의 성정은 얼음이 아니라 불이 틀림없거든. 불이란 게 한 번 피어오르면 다 태우기 전에는 잘 꺼지지가 않지."

"뭔 뜬구름 잡는 소립니까?"

"것 참, 못 알아듣네. 여기가 뜨겁다고, 여기가. 바다 사나이들이 그런 걸 못 알아들어?"

풍운은 제 가슴을 팍팍 치며 바다 사나이들의 뜨거운 의리를 다시 한 번 강조했다.

여경은 매우 보드랍고 폭신함을 느끼며 눈을 깜빡거렸다. 눈을 뜰 때마다 풍경이 달라 꿈인지 생시인지 구별 가지 않았다. 그러나 이번만은 좀 달랐다. 공기도, 햇살도, 새 소리도, 모든 것이 선명했다.

'내가…… 또 살았구나.'

그 지옥 같은 곳에서 살아 돌아온 것이 비로소 실감이 나 그 기억을 떨치려는 듯 한 차례 부르르 몸을 떨었다.

"헉! 눈을 뜨셨잖아! 얼른, 얼른 마님을 불러와!"

"마님! 마님! 깨어나셨습니다!"

부산한 외침과 함께 사람들이 몰려와 저를 둘러쌌다. 방 안의 낯선 모습과 저를 신기한 듯 쳐다보는 여인들은 이해하기 힘든 풍경이었다. 황제의 배에는 이리 좋은 침상도 없었고 사내들만 북적였으니 말이다.

"……여긴…… 어디……?"

"이제 정말 괜찮으신가 봅니다. 말도 하시는 것을 보면요! 다들 얼마나 걱정했는지 모릅니다. 특히 우리 마님이…….'

"마마!"

쫑알거리던 시비의 목소리는 방 안을 뛰어 들어온 소화의 외침에 묻혔다.

"소……화?"

"마마! 괜찮으시옵니까? 정말 깨어나신 것입니까!"

그녀가 달려와 덥석 손을 잡고 울먹거리자 주변을 둘러본 여경은 가슴이 철렁했다.

"마마라니……. 그리 부르면…….'

"괜찮습니다. 괜찮고말고요. 이제 저도 마마와 함께하게 되었는 걸요."

"이게 어찌 된 일이냐?"

소화는 눈물을 닦고 이틀 전 이후 일행이 찾아온 이야기를 들려주었다.

"마마께서 괜찮아지시는 대로 다 함께 이곳을 떠나기로 했습니다."

생각 같아서는 사씨 가문이 위태롭다는 말도 하고 싶었으나, 여경을 안심시키기 위해 다들 그것은 함구하기로 했다.

"그랬구나……. 허면 나 때문에 모두가 이리 지체하고 있는 게냐. 이를 어쩌면 좋을까……."

"그런 말씀 마십시오. 이번에야말로 정말 돌아가시는 게 아닌가 걱정했습니다."

"그래. 너도 이렇게 무사하고, 참으로 하늘이 도우시는 것 같구나."

"얼마나 걱정했는지 아십니까, 마마! 흑."

감격에 겨운 두 여인네가 눈물을 흩뿌리며 서로를 얼싸안으며 다독였다.

"참으로 눈물겹군."

분위기를 얼어붙게 만드는 퉁명스러운 목소리가 끼어들자 그녀들은 눈물도 닦지 못하고 고개를 돌렸다.

"폐하……."

"둘 다 어찌 그리 다정하고 살가운지, 보기 좋군."

여경은 뒷짐을 지고 문 앞에 서 있는 황제를 보고 별로 반가운 기색 없이 물었다.

"언제 오셨습니까."

"정 부인보다 내가 한발 더 빨랐다만, 보이지 않은 모양이군."

"예……. 그러셨군요."

대수롭지 않은 여경의 대답과 빈정대는 황제의 말투가 불편해서 소화는 가시방석에 앉은 듯했다. 궁에서 자라 눈치 하나는 빠르지 않은가. 그녀가 보기에 황제는 지금 심사가 배배 꼬여 있었다.

"폐, 폐하. 제가 너무 마음이 급해 달려오느라 미처……."

"폐하는 무슨……. 지금은 폐주니라."

"……."

확실했다. 예전에 황제라면 있을 수 없는, 상상조차 못 할 일이지만, 황제는 투정을 부리고 있었다.

"마마, 폐하께서 잠도 마다하시고 마마를 간병하셨나이다. 얼마나 정성을 쏟으시는지, 제게 마마를 보살필 틈도 주지 않으셨답니다."

이렇게 추켜세워 황제의 서운함을 풀어 주려는데, 이게 웬일일까. 황제 앞에서 쩔쩔매기만 하던 황후가 이렇게 달려졌을 줄이야.

"알고 있다."

"……아, 예에."

알고 있는 것으로 끝이었다. 공치사라도 할 만한데 입을 다물고 마는 것이다.

"저, 저…… 마마, 배고프시지요? 제가 뭔가 좀 내오겠습니다."

이럴 때는 자리를 피하는 게 상책이었다. 두 사람 사이에 무슨 일이 있었던 건진 모르겠지만 황후가 이렇게 퉁명스럽게 황제를 대하다니, 제가 다 무안했다. 그런데 무안하기만 한 것은 아니었다.

'왠지 쌤통이구나.'

황후가 무시당할 때 저도 억울하고 답답하지 않았던가. 체증이 내려간 듯 속이 시원했다.

소화가 나가고 나자 이후는 냉큼 여경의 옆으로 다가와 앉았다.

"아픈 건 어떤가? 못 견딜 정도로 아프면……."

"괜찮습니다."

사실 여경은 수줍어서 말을 아끼고 있었다. 정신을 잃었을 때 기억이 차츰 떠올라 그가 저를 보살펴 준 것이 고맙고 미안했기 때문이다.

"죽다 살아났는데 괜찮을 리가 있는가. 조금이라도 안 좋으면 그 즉시 말해야 하네."

이후를 빤히 쳐다보던 여경은 이를 악물고, 손을 짚고 몸을 일으키기 시작했다.

"아직 일어나면 안 되네!"

이후는 그녀의 어깨를 잡고 다시 눕히려고 했으나, 반쯤 몸을 일으킨 여경은 그의 팔을 잡고 앉았다.

한숨을 쉰 이후는 어쩔 수 없다는 듯이 그녀의 얼굴에 맺힌 땀을 닦아 주었다.

"고집은……."

그러거나 말거나 여경은 힘없고 메마른 목소리로 물었다.

"예서 이리 지체할 시간이 있습니까?"

"아직 어디로 가야 할지 정하지 못했네."

"……."

그런데 여경은 이후의 시선을 피하고는 입술을 오물거렸다.

"뭔가 다른 할 말이 있는 듯한데?"

"……괜……찮으십니까?"

"무엇이?"

어렵사리 꺼낸 질문에 이후는 어리둥절해했다.

"제가…… 사여경인 것이요……."

"……."

"죽었어야 할 제가 살아 있어서……."

"어디서부터 어떻게 대답을 해야 할지 모르겠군."

여경이 무슨 말을 하려는지 알고 있지만 이후는 눈살을 찌푸리며 대답을 망설였다. 그도 그럴 게, 서로 꼬이고 얽힌 사연이 너무 많고 깊어서 어디서부터 매듭을 풀어야 할지 막막했다. 그녀가 눈을 뜨면 맨 처음 무슨 말을 할까 수없이 고민했는데, 막상 닥치고 보니 할 말이 하나도 떠오르지 않는 것이다.

"뭐 하러 목숨을 걸고 저를 구하셨습니까. 괜히 실망만 하셨겠습니다."

"의연한 척 말게. 내가 구하지 않았다면 지금쯤 그자에게 더한 일을 당하고 있을 텐데, 정말로 그리되어도 아무렇지 않을 자신이 있는가? 이럴 때는 그냥 고맙다 한마디만 하면 되는 것을."

"……."

여경은 다시 이후와 시선을 맞추었다. 원망 어린 눈동자가 촉촉해지는 것을 보고 이후는 당황한 듯 말을 바꾸었다.

"아니. 내 말은 그러니까……. 생색을 내려는 게 아니라……."

그러나 여경의 눈에서 기어이 굵은 눈물방울이 떨어졌다.

"하아. 울 힘이 어디 있다고……."

이후가 손을 들어 그 눈물을 닦아 주려 했으나 여경은 고개를 돌려 손길을 피해 버렸다. 무안해진 이후의 손이 허공에서 힘없이 떨어졌다.

"왜…… 화내지 않으십니까? 폐하를 속인 것만으로도 화를 내셔야지요. 그 자리에서 버리고 오셨어야지요."

"화를 낼 겨를도 없었네."

"제 모든 것이 싫다 하지 않으셨습니까? 의녀 행세로 저를 숨기고 폐하의 곁을 맴돌았는데 가증스럽다 욕하셔야지요."

"……으음……. 하아! 이것 참, 내가 했던 말을 이런 식으로 돌려받게 되는군.……."

"제가 폐하의 목숨을 구한 것 때문이라면, 이제 서로에게 남은 빚이 없으니, 애쓰지 마십시오."

"나도 묻고 싶었네. 내게 원한이 많은 그대가 무슨 마음으로 나를 구했는지. 차라리 날 데려가 이각에게 바치지 그랬는가? 말해 보게. 왜 날 살렸는지."

대답하고 싶지 않은 질문이었다. 여경은 고개를 돌려 그를 외면했으나 마지못해 따지듯이 말했다.

"……그러니 제가 미련하고 어리석은 계집이지요. 절 버리신 이유가 황위 때문이라면, 지켜 내길 바랐습니다. 폐하께서 그리 허무하게 황위를 빼앗긴다면 제가 죽어야 할 이유도 없어지는 게 아닙니까."

"그것은 누구의 생각인가? 그대가 죽어야 내가 황위를 지켜 낸다는 생각 말일세."

"그거야…… 폐하의 뜻이……."

이후의 눈빛이 날카롭게 변했다. 뭔가 오해가 있는 듯한데, 어디서 어찌하다 그리된 것인지 이해할 수가 없었다.

"그러고 보니, 남편이 죽이려 해서 겨우 살아나 얼굴을 숨기고 산다 했었지. 그냥 지어낸 말이 아니었던가? 난 분명 그대를 살리겠다 했는데, 어째서 그런 오해를 한 것인가?"

"……저, 저는…… 폐하의 명이라고……."

여경도 무언가 잘못됐음을 깨닫고 눈을 깜빡거렸다.

"내 명? 대체 무슨 명을 말하는 겐가?"

이후는 저도 모르게 목소리가 높아져 여경을 다그치고 있었다.

"죽어…… 죗값을 치르라는…… 황실의 명예를 지키라는……
명…… 말이옵니다."

그는 혼란스러워하는 여경을 뚫어져라 쳐다보며 할 말을 잃고 말았다. 이제야 모든 것이 이해가 됐다. 그리고 너무 화가 나 저도 모르게 주먹을 불끈 쥐었다.

'장화영! 악랄하기 짝이 없는!'

차라리 장화영이 자객을 보내 여경을 죽이려 했다면 이리 화가 나지 않았을 것이다. 정적을 제거하는 일이야 제가 누굴 탓할 처지가 못 되었으니 말이다. 심지어 그녀가 이각에게 안겨 저를 배신한 것을 알았을 때도 저는 그리 화가 나지 않았었다. 그저 그녀가 싸움에 이겼고 저는 졌을 뿐이니.

하지만 그녀는 그보다 더 고약한 짓을 저질렀다. 여경을 죽이기 위해 한 거짓말은 용서할 수가 없었다. 그녀를 죽이면서 그녀의 마음까지 짓이겼고, 그로 인해 자신과 그녀 둘 다 지난 몇 년간 뼈저린 아픔 속에서 살아오지 않았던가!

"아, 아니었……습니까?"

여경의 눈동자는 그녀의 목소리만큼 심하게 떨렸다. 분노로 침묵하는 이후의 모습에서 무언가 심히 어긋났음을, 듣기 두려울 만큼 커다란 오해가 있음을 알아차렸기 때문이다.

이후는 떨고 있는 그녀를 제 품으로 끌어안았다. 그리고 그녀의 귓가에 연신 중얼거렸다.

"살라고…… 보냈었네. 살라고……."

"!"

동요하는 여경의 몸을, 세차게 뛰는 그녀의 심장을 놓치지 않으려는 듯이 여경을 안은 이후의 팔은 더욱 단단해지고 있었다.

"단 한 번도 그대를 죽이겠다는 생각을 해 본 적이 없다."

"마, 말도 안 됩니다. 저는 부, 분명히 그렇게…… 들었습니다. 살기를 바랐던 마음이 부끄러웠습니다. 폐하를 믿었던 제가 바보같아서 그 차가운 물속으로 걸어 들어갔습니다……. 예. 폐하께서 죽으라 하셨습니다. 그래서 그랬습니다. 왜 이제 와서 아니라고 하십니까. 거짓말 마십시오!"

넋이 나간 듯한 여경의 중얼거림에 이후는 심한 죄책감을 느껴야 했다.

"내가 그렇게나 그대에게 심했던가. 그대를 죽이려 하는 것을 믿을 만큼?"

"……예, 그러셨습니다. 저를 귀찮은 벌레 보듯 하셨습니다. 벌레 하나 죽이는 것이 뭐가 어려울까. 그리 생각했습니다."

그녀가 스스로를 이렇게 비하하는 것이 무엇보다 가슴을 저릿하게 만들었다. 그녀의 진심을 외면했었고, 가볍게 여겼던 옛일들이 하나하나 떠올라 그녀가 겪었을 아픔이 고스란히 전해졌기 때문이다.

"내가 그랬었군……. 미안하네. 그대를 믿지 못했던 것도, 살려주겠다 약조해 놓고 지키지 못한 것도 전부 미안하네. 할 말이 그것밖에 없는 것도…… 미안하네."

여경의 메마른 목소리는 흐느낌으로 촉촉해졌고 그녀의 눈물은 그의 가슴을 젖어들게 했다.

"믿을 수가 없습니다. 달라도 너무 달라지시지 않았습니까. 저는 폐하를 못 믿겠습니다. 죽은 제 시신을 찾아내 갈기갈기 찢어 버리지 않으셨습니까. 그런데 어째서 아니라고 하십니까. 무엇이 오해란 말입니까."

"변명하지 않겠네. 내가 그대를 죽인 것이다. 그리 믿으시게. 내가 한 짓들을 생각하면 별반 다르지가 않아. 거짓 명을 전해 듣고 의심 없이 자진한 그대가 어리석은 것이 아니라, 그렇게 믿도록 만든 내가 결국 죄인일세. 그러니 자책하지 말게."

"정말…… 아니었습니까? 누굽니까? 장화영입니까? 승상입니까?"

여경은 그의 가슴을 밀쳐 그의 품에서 벗어났다. 그동안의 끔찍한 고통과 숨어 지낸 세월이 너무나 억울하고 서러웠다. 도대체 왜 저는 그렇게 바보처럼 살았어야 했단 말인가. 제 부모님은 또 무슨 죄로 하나밖에 없는 여식을 잃으셔야 했단 말인가.

"허면, 그 후에는 왜 그러셨습니까? 제 죽음을 제대로 조사도 해 보지 않으시고, 왜 그리 무서운 짓을 하셨느냐 말입니다. 살아 있는지 한 번이라도 찾아 주셨어야 했습니다. 그러지 않으신 것은 폐하께서 제 죽음을 기뻐하셨기 때문이 아닙니까? 마침 시기적절하게 제가 죽어 주어, 그 죽음도 이용할 수 있었을 테지요! 제가 아는 폐하는 그런 무서운 분이십니다. 헌데 지금은 왜 이러십니까? 쓸모도 없는 저를 죽게 내버려 두지 않고 왜 또 살려 내서 이리 잘해 주십니까? 제가 신기해서 이러십니까? 죽었다 살아나더니 다른 사람처럼 약초나 캐고 사는 제가 재밌으십니까?"

이후는 흥분한 여경을 말리지 않았다. 그녀가 쏟아 내는 모진 말들이 하나도 와 닿지 않는 것이 없었다. 사람의 마음을 버리고 누구에게도 정을 주지 않고 황제의 길을 가는 것이 옳다 여겼었다. 거기서부터 잘못되었다. 저는 황제이기 전에 사람이라 이미 그녀에게 정을 느끼고 있었던 것이다. 마음이 가는 것을 억지로 묶어 두려니, 그녀에게 더 고약하게 굴었던 것이다.

"……사여경. 몇 마디 말로 그대의 마음을 풀어 줄 수 없음을 잘 알고 있네. 허나, 한 가지만은 알아주었으면 하네. 난 그대가 죽었다 들었을 때, 그때야 비로소 깨달았다네. 그대를 잃는다는 것이 어떤 기분인지, 후회가 무엇인지. 그러곤 화가 났지. 내게 그런 것을 알게 해 준 그대에게 화가 나서, 그 감정들을 전부 베어 내고 싶었다네. 다시, 예전의 나로 돌아가기 위해……."

여경은 이해할 수도, 믿을 수 없다는 표정이었다.

"알고 있네. 내가 어리석었다는걸. 그래서 이렇게 폐위되지 않았나. 황제가 되어 하고 싶은 일이, 꼭 해야 할 일이 있다는 내 말을 기억하는가?"

"……."

"그대를 위해 황제가 되고 싶네. 그대가 있어야 할 자리로, 내 곁으로 다시 와 줄 수 없겠는가. 그대가 없는 궁으로는 돌아갈 의미가 없네."

이후는 여경의 손을 잡고 진심으로 제 마음을 전했다. 그러나 고백을 들은 여경은 감격은 고사하고 싸늘하게 식어 버린 표정으로 그를 노려보았다.

"언제부터였습니까, 저를 알아보신 것이?!"

"……의심하기 시작한 건 꽤 오래전이네만, 확신한 건 소화를 만났을 때네."

그의 손마저 뿌리친 여경이 더욱 무섭게 다그쳤다.

"알고도 왜 말씀 안 하셨습니까. 왜 속였냐고 화라도 내셨어야지요. 저는 언제 들킬지 몰라 늘 마음을 졸이고 있었는데, 알면서도 어떻게……. 어떻게 그리 태연하게 저를 대할 수 있었습니까? 재밌으셨습니까? 자존심도 없이 폐하의 곁에 머물고 있는 제 모습이 우스우셨습니까?"

위축되고 얼어붙은 여경의 마음은 이후의 진심을 쉽게 받아들이지 못하고 있었다.

"그대가 먼저 밝혀 주길 기다렸네."

"어떻게요? 제가 어떻게 먼저 저를 밝힐 수 있습니까. 폐하의 마음이 그런 줄 제가 어찌 알고요! 사여경을 보듬어 줄 수 있으셨으면 폐하께서 먼저 손을 내미셨어야 했습니다."

"그랬군. 그래. 그런 것 같다. 그도 내 실수일세."

"……비록 천한 여인이었으나 폐하께서 살갑게 대해 주시는

217

것이 좋았습니다. 불안하면서도 설레고, 끝날 걸 알면서도 멈출 수 없었습니다. 도망치려 할 때마다 폐하께서 붙잡아 주시는 걸 또 뿌리치지 못했습니다. 사여경임이 들키면 또 이런 마음마저 부정당할 거라 생각했습니다. 무슨 목적으로 곁에 있었느냐, 가증스럽고 음흉한 계집이라 추궁당할 거라 생각했습니다. 그런 제가 어떻게, 어떻게 먼저 저를 밝힐 수 있냔 말입니다. 폐하께서는 왜…… 한 번도 제 입장을 생각해 보지 않으셨습니까. 왜요. 왜…….″

그를 연모한다며 철없이 궁에 들어왔을 때도, 제가 죽었을 때도, 그리고 저를 밝히지 못했을 때도 한 번만이라도 저를 이해하려 했다면 저희들이 이렇듯 먼 길을 돌아오지 않아도 되었을 것인데……. 이렇듯 지치지 않았을 텐데…….

원망 가득한 여경의 눈동자가 서서히 빛을 잃어 갔다. 시커멓게 똬리를 튼 묵은 감정들을 게워 내고 나니 눈꺼풀을 들어 올릴 힘조차 남아 있지 않았다. 안정을 취해야 할 때 너무 많은 기력을 소진했으니 당연했다. 스르르 앞으로 기우는 여경의 몸을 이후가 받았다.

″왜냐면……. 황제가 아닌 내가 사여경에게 기댈 수는 없었으니까. 그건, 너무 비겁하지 않은가.″

낮게 읊조리는 이후의 말을 알아들은 듯 여경의 감긴 눈에서 눈물 한 줄기가 흘러내렸다.

늦은 밤, 잠이 깨 버린 여경은 어둠 속에서 홀로 눈을 깜빡이고 있기가 지루했다.

'어디 가셨지?'

계속 옆을 지키고 있던 황제가 보이지 않았다. 계속 가라, 가라, 했지만 막상 없으니 허전하긴 했다. 그러다 문득 훼방꾼이 없으니 잘됐다는 생각이 들었다. 황제가 저를 꼼짝도 못 하고 누워 있게만 하니 바람을 쐬려면 지금 나가야 했다.

되도록 몸을 움직이지 않는 것이 좋다는 것은 황제보다 제가 더 잘 아는데 꼭 움직여야 할 때도 꼼짝도 못 하게 하고 있었다. 오늘 낮에만 해도 그 때문에 한바탕 시끄러웠다.

"씻고 싶어서 그럽니다. 이제 움직일 수는 있고, 다리를 못 쓰는 것도 아니니 괜찮습니다."

"글쎄. 가만히 누워 있게. 정 씻고 싶으면 내가 닦아 주지."

손발도 아니고 몸을 씻겠다는데 누가 누굴 닦아 준단 말인가. 기겁한 여경이 몸을 사리며 쏘아붙였다.

"차라리 소화에게 부탁하고 말겠습니다."

"정 부인에게 그런 일을 시키면 안 되지. 이제는 그대의 나인이 아니네. 그러나 나는 그대의 남편이니……."

"폐비의 뜻을 모르십니까. 죽이지는 않았다고 해서 절 폐한 사실이 없어지는 것은 아닙니다."

"그런데 이걸 어쩌나. 새삼 내외하는 그대를 보니, 내가 그동안 실수를 한 모양인데……."

"예?"

"그대가 정신을 잃고 있을 때 이미 내가 여러 번 그대 몸을 닦아 주었는데, 내가 잘못한 것인가?"

여경의 얼굴은 금세 시뻘겋게 달아올랐다.

"왜, 왜 시키지도 않은……!"

'짓'이라고 말할 뻔한 여경은 입술을 깨물고 씩씩거렸다.

"시키지 않은 것이 아니라 시키지 못한 것이겠지. 어쩌겠나. 정신을 잃은 사람한테 양해를 구할 수는 없지 않은가? 그렇다고 그대가 더러워질 때까지 놔둘 수도 없고……."

"어, 어, 어디까지……. 어디까지……."

차마 어디까지 닦아 주었냐고 물을 수 없어 더듬거리는데 황제는 빙긋이 웃으며 약을 올렸다.

"정말 대답을 듣고 싶어서 묻는 겐가? 그게 어디까지냐면……."

"돼, 됐습니다! 하여간 저는 씻어야겠습니다. 너무 덥고 갑갑해서 없던 병도 도질 것 같습니다. 제가 괜찮다는데, 왜 나서서 안 된다고 하십니까. 비켜 주십시오."

"그럼. 내가 같이 들어가겠네."

"……정말, 왜 이러십니까? 제가 그러겠다고 할 것 같습니까?"

"그대야말로 왜 이리 조심성이 없는가. 지금 여기가 황후전 같은 줄 아는가? 사내들이 잔뜩 모여 있는데 어디서 씻겠다고!"

"네? 하……. 부하들을 그리 못 믿으십니까?"

여경은 눈을 가늘게 뜨고 이후를 새침하게 쳐다보았다.

"사내들을 못 믿는 게지."

"왜요? 솔직히 말씀하시지요. 실은 부하들을 못 믿는 게 아니라, 사내가 그리워 안달 난 저를 못 믿는 것이라고요."

"그건 또 무슨 억지를⋯⋯."

"억지라니요? 폐하께서 제게 하신 말씀이신 걸요. 가슴에 새겨 듣고 늘 당부하고 살고 있으니, 걱정하지 마시옵소서."

"내가 언제 그런⋯⋯!"

말을 했었다. 그러고 보니 그런 말을 한 적이 있다. 되는대로 뱉은 말이 또 이렇게 찔러 왔다.

"했었군. 무슨 기억력이 그리 좋은지⋯⋯. 하여간 씻는 건 안 되니 꼼짝도 하지 말고 거기 있게."

그렇게 대치 중에 밖에서 문을 두드리는 소리가 났다.

"마마."

소화가 씻을 물과 수건을 가져온 것이다.

"마침 오는군. 고맙네."

"폐하. 마, 말씀 낮추시옵소서."

"이제는 정 군수의 정실이 되었으니, 그럴 수야 없지."

소화는 얼굴을 붉히고 난처해했다. 황궁의 여인은 모두 황제의 여인이나 다름없는데 덜컥 다른 사내와 혼인을 해 버렸으니 이후 의 말이 전부 곱게 들리지 않았다.

"폐하. 죽으라 하시면 언제든 죽어야 하나, 차라리 마마 곁에 있게 해 주시옵소서. 몸을 더럽혔으니 다시 나인이 될 자격이 없 는 줄 아옵니다. 그래도 죽을 때까지 마마를 모시는 것으로 죄를 씻게 해 주시옵소서."

"아니, 난⋯⋯."

이후가 당황하는 사이 여경이 끼어들었다.

"왜 정 부인에게까지 이러십니까. 소화는 제가 내보냈습니다. 제 나인을 제가 내보냈으니, 차라리 제게 화를 내십시오."

이후는 정말로 억울한 듯 울분을 토했다.

"하! 내가 뭘 어쨌다고. 도대체 그대들은 왜 내가 말만 하면 트집을 잡고 내 말을 곡해하려 드는가!"

"그야 평소 폐하께서……."

그는 여경이 뭐라 더 말하려는 것을 손을 들어 막고 소화를 보며 말했다.

"그건 이리 두고 그만 나가 보게. 정 군수의 아내로 살려거든 이런 허드렛일을 손수 하는 게 아닐세."

"아……. 예. 주, 주의하겠습니다. 그, 그럼 전 이만……."

소화를 쫓아낸 이후는 물이 담긴 대야를 가지고 침상 밑에 앉았다.

"자, 씻겨 줄 테니 발을 이리 주게나."

"싫습니다."

"찬물에 발만 담그고 있어도 꽤 시원하다네. 그러지 말고 어서."

"그건 저도 압니다. 제가 할 테니 나가십시오."

"아직 허리를 잘 못 숙이지 않나. 고집부리지 말고."

"제가 편히 쉬길 바라신다면 폐하께서 안 계시는 편이 더 나을 것입니다."

병간호를 해 주겠다며 하루 종일 붙어 있는 황제가 내심 고맙긴 했지만, 저는 감추고 싶은 것도 보이고 싶지 않은 것도 있었다. 더군다나 아직 그를 온전히 믿지 않고 경계하고 있는데 그는 마치 예전부터 살가웠던 사이처럼 친근하게 구는 것이 얄밉기도 하고 불편했다.

"그럴지도 모르지. 허나, 내가 없는 생활이 익숙해지는 건 참을 수 없네. 내가 있는 것에 익숙해지도록 노력하게."

"아직도 폐하만 생각하십니까?"

"이건 그대를 위한 일이기도 하네."

"……."

"아, 혹시 내가 몸을 닦아 주길 내심 기대했다면……."

"후우……."

결국 그를 이기지 못한 여경이 침상 아래로 발을 내리고 치마를 살포시 끌어 올렸다.

이후는 여경의 버선을 벗겨 냈다. 새하얀 발에 여기저기 크고 작은 흉터가 보였다. 저도 모르게 그것을 쓰다듬었더니 여경이 발가락을 움찔거리며 수줍어하는 것이 느껴졌다.

"산 타는 것을 자신있어하더니 많이도 다쳤군."

여기까지 와서 기어이 피하는 발을 잡아 찬물에 담갔다.

여경은 무안했는지 삐죽거리며 투덜댔다.

"……크게 다친 적 없습니다. 대수롭지 않아 그냥 둔 것이 흉이 남았을 뿐이지요."

"하긴. 돌에 긁힌 생채기쯤 아무것도 아니었을 테지……."

"……."

일순 어두워진 분위기 때문에 차락차락, 발등에 찬물을 끼얹는 소리만 가득했다.

"시원한가?"

한참 만에 침묵을 깬 이후가 여경을 올려다보며 빙긋 웃었다. 여경은 침상 아래 쪼그려 앉아 제 발을 씻어 주는 황제의 모습이 낯설고도 우스워 그만 피식 웃음을 흘리고 말았다.

"내 꼴이 우습긴 하지. 지금은 황제가 아니니 마음껏 즐기게."

그러면서 그가 발을 주무르기 시작하자 여경은 간지러워 어쩔 줄 몰라 했다.

"홋. 으윽!"

"시원한가?"

"간지럽기만 합니다! 그, 그만하십시오!"

"그럼 이건?"

"하윽! 예! 시원합니다. 이제 됐습니다. 정말 시원합니다!"

하지만 이후는 여경이 간지럼을 견디지 못하고 발버둥 치다 그의 얼굴에 물을 잔뜩 튀기고 나서야 그만뒀다.

"것 보십시오. 그만하라지 않았습니까……."

"흠. 간지러움을 많이 타는군."

"아까부터 계속 간지럽다고 말씀드렸습니다만!"

이후는 얼굴을 닦으며 의미심장하게 웃었다.

"여기 말고 또 어디가 간지럼을 많이 타는지, 천천히 알아봐야겠군. 아직 씻을 곳이 많이 남지 않았는가."

"!"

한바탕 난리를 치고 나서야 겨우 그를 쫓아낼 수 있었지만, 사람을 시켜 저를 꼼짝 못 하게 한 것은 변함없었다.

'지금은 아무도 없는 것 같은데…….'

밤이 깊어서 그런지 문 밖을 지키는 사람도 없었다.

"끙……."

아직은 혼자 몸을 일으키는 것이 수월하지 못해 얼굴을 잔뜩 찌푸려야 했으나 막상 일어나니 걷는 것은 문제 될 게 없었다.

문을 열고 나가자 코로 들어오는 밤바람이 상쾌해 찌푸렸던 얼굴이 활짝 펴졌다.

'별이 참 곱기도 하구나.'

쏟아지는 별빛을 보고 나직이 한숨을 쉬던 여경은 제가 별 따위에 감탄하고 있을 때가 아니라고 자책했다.

'나 때문에 모두들 여기에 발을 묶였으니 큰일이다. 어서 나아야 모두 움직일 수 있을 텐데. 이곳에서 이각의 습격을 받기라도 하면…….'

어두운 마음으로 걸어가던 여경은 불이 켜진 전각을 발견하고 고개를 갸웃거렸다. 이 시각에 누가 저리 불을 밝히고 있을까 다가가 보니 도란도란 낯익은 말소리들이 들렸다.

"이제 움직여야 합니다."

"그렇습니다. 마마께서도 깨어나셨으니 더는 지체할 이유가 없습니다."

늦게까지 모여 고심하는 일행의 목소리에 여경은 더욱 미안해하며 발길을 돌려 자리를 벗어나려 할 때였다.

"폐하, 아무리 생각해도 지금은 사희담의 힘이 절실할 때이옵니다."

'!'

여경은 선무가 강한 어조로 아버지인 사희담을 거론하자 흠칫 놀라며 문 앞으로 바짝 다가갔다. 이번엔 정 군수의 목소리가 들렸다.

"사희담은 강직하고 또 충직한 신하이옵니다. 폐하께서 이리 건재하시고 마마까지 함께 계신 것을 아신다면 지난날의 일은 모두 잊고 폐하께 목숨을 바칠 위인이옵니다."

"그럴 테지."

황제가 무언가 망설이는 듯하자, 이번엔 길재가 나섰다.

"폐하께서 지난날 황후마마와 사씨 가문을 위기에 빠트렸다 하나, 지금은 오히려 마마를 구하지 않으셨사옵니까. 정 면목이 없으시다면 제가 마마께 아뢰어 보겠나이다. 마마께서 직접 사희담 어르신께 그간의 일을 아뢰고 청을 한다면 어르신도 크게 기뻐하실 것이옵니다."

"예, 폐하. 정말 다행이지 않습니까. 이렇게 마마께서 살아 계신데 무엇이 문제가 된단 말이옵니까? 한시바삐 사희담에게 마마를 보내시고 그의 세를 얻으시옵소서."

'아버지의 세력!'

여경은 더 이상 엿듣고 있을 수가 없어 떨리는 가슴을 꾸욱 누른 채 돌아섰다.

'그렇구나……. 내가 살아야 했던 이유가, 살리고자 한 이유가 이것이었구나.'

밤새 저의 병간을 도맡아 해 주고 제 맘을 얻겠다고 쩔쩔매던 황제의 정성이 결국 황위를 위한 것이었다니! 여경의 실망과 서운함은 이루 말할 수가 없었다. 그도 그럴 게, 한 번은 사희담의 여식이라 저를 멀리했고, 이제는 사희담의 여식이라 저를 아끼는 꼴이라. 사여경이란 여인은 황위를 위해 쓰고 버려지는 존재일 뿐인 것 같았다.

그녀는 황제의 대답을 듣지 않고 쓸쓸히 걸음을 옮겼다. 그리고 생각하고 생각했다.

'어버지. 못난 여식이 살아서 또 한 번 아버지와 가문을 위태롭게 하고 싶지 않습니다. 한 번은 폐하를 위해 불효를 저질렀으니, 이번엔 제가 폐하를 버려야 할 때인가 봅니다. 황제를 연모하는 어리석은 짓, 이제 더 이상은 안 하렵니다.'

여경은 어쩌면 오기였을지도 모르겠다고 쓸쓸히 웃었다. 누구도 사랑할 수 없는 사내를 제 것으로 만들겠노라, 철없고 순수했던 사랑이 그렇게 집착으로 변질되어 갔음을 깨닫지 못했던 것일까. 허나 다시 생각해 봐도 그때는 어쩔 수가 없었다. 외롭고 갑갑한 궁에서 사랑에라도 의지하지 않으면 살아가는 의미가 없는 듯했으니까.

그러나 이제는 많은 것이 달라졌다.

'잠깐이었지만 남들처럼 사랑을 누려 보지 않았느냐. 이제는 한도, 미련도 없으니, 훌훌 털어 버리고 자유롭게 살자꾸나.'

제게 매달리고 저를 아껴 주고, 저를 위해 위험을 마다하지 않는 그의 모습을 본 것만으로 족했다. 그것들이 오롯이 저를 향한 것이라면 어찌 기쁘지 않겠는가마는, 그것들이 황좌를 위한 위선이라면 예전과 달라질 것은 아무것도 없었다. 원하는 것을 얻은 후에 또다시 제게 등을 돌릴지도 모르니.

설사 지금 황제의 마음이 그렇지 않다 해도 황위에 오르면 그리될 수밖에 없으리라. 저는 이제 오직 황위만을 바라는 황제의 등을 더 이상 바라볼 자신이 없었다.

'의녀였던 제게 보여 준 마음만큼은 순수했다 믿고 싶습니다. 제게는 가장 행복했던 날이었습니다. 해서 저는 차라리 그때로 돌아가려 합니다. 폐하께서는 자신의 길을 가시옵소서. 먼저 도망친 것은 저이니, 이번만큼은 폐하를 원망하지 않겠습니다.'

여경은 돌아보지 않았다. 곧 달빛 아래를 거닐던 그녀의 그림자가 스르륵 어둠 속으로 그 자취를 감추어 버렸다.

14.

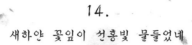

새하얀 꽃잎이 선홍빛 물들었네

여태 잠자코 듣고 있던 이후가 못마땅한 표정으로 무겁게 입을 열었다.

"사희담의 세력? 지금 자네들이 무슨 소리들을 하고 있는지 아는가?"

"폐하! 우리가 왜 모르겠나이까. 허나 지금은 자존심을 내세울 때가 아니옵니다."

선무의 설득에도 그는 싸늘하게 비웃었다.

"자존심이라니? 네놈에겐 아직 내세울 자존심이 남아 있었던 모양이로구나."

"……."

"모두 잘 들으시게. 일이 공교롭게 흘러가 어쩔 수 없이 정 군수를 이 일에 끌어들이긴 했으나 나는 많은 피를 흘릴 생각이 없네. 사희담과 내가 손을 잡는다면 이는 곧 내란일세. 고작 황위를 찾겠다고 백성들을 도탄에 빠지게 한다면 황제가 된 것이 무슨 의미가 있겠는가? 게다가 사희담은 나로 인해 고향으로 돌아가 모든 정사를 잊고 산 사람일세. 그런 자를 내가 필요하다 해서 다시 불러들여 위태로운 길을 가게 할 순 없네! 또한 군신 간에도 지켜야 할 의리와 도리가 있는 법인데, 이미 그것을 저버린 나일세. 나더러 또 같은 짓을 하란 말인가."

"폐하, 그것은……. 황위를 먼저 찾은 뒤에 생각하셔야 하옵니다. 마마께서도 이해하실 것입니다. 애초에 폐하께서 마마를 해할 뜻이 없으셨음을 저도 알고 있지 않사옵니까. 폐하의 진심을 마마께서도 알아주실 것입니다."

"선무, 이제 와 그런 것은 중요하지 않다. 지나간 일이야 어떻든, 지금은 내가 사여경을 살린 마음을 곡해하지 말게나. 이는 내세울 만한 일도 아니며, 이를 이용해 무언가 얻고자 해선 안 되는법. 여인의 치마폭에 숨어 대업을 논하는 것은 자존심을 버린다는 것으로는 설명이 부족한 일이다. 내 사사로운 감정에 이끌려 자네들을 위험하게 만든 것은 미안한 일이네만, 이것만큼은 양보할 수 없네."

"……."

모두들 고개를 푹 숙였다. 그러고 보니 여경이 황후라는 생각만 했지, 그녀가 저희와 함께 목적 없이 떠돌던 의녀였다는 것을 잠시 잊었다. 목숨을 위협한 상대에게 오히려 선행을 베풀었던 의녀를 떠올리자니, 자신들의 이기적이고 비열한 모습이 부끄러워 얼굴을 들 수가 없었다.

여경이 깨어나자 모든 일이 순조롭게 풀리는 것 같아 너무 들떴던 것일까. 머리로만 생각하고 사람의 감정을 헤아리지 못했으니 얼마나 어리석은가 말이다.

이후의 꾸짖음에 비로소 머리가 맑아진 길재가 가장 먼저 입을 열었다.

"하오시면 폐하께오선 둘 다를 얻을 방책이 필요하겠나이다."

"?"

"마마의 마음과 사희담의 세를 모두 얻는 것 말이옵니다. 제가 방책을 생각해 내면 그것은 거절하지 말아 주시옵소서. 황룡장의 말대로 지금 가장 중요한 것은 황위를 찾는 것입니다. 그래야 폐하께서 아끼시는 마마와 사씨 가문을 지킬 수 있을 테니 말입니다."

"……."

그 말만큼은 이후도 반박할 수가 없는 논리였다.

"사희담의 세력을 얻는 것이 아니라 사희담을 지키는 쪽으로 생각을 달리 해 보아야겠습니다."

그 후 좀 더 이야기가 오고 갔으나, 결국 아무 방책도 마련하지 못하고 자리를 파한 뒤 모두들 각자의 처소로 돌아갔다.

이후는 제 처소를 두고 여경이 불편한 데가 없는지 살피러 그녀에게로 향했다.

그런데 문득 사희담과 나누었던 약속이 떠올라 걸음을 멈추었다.

「폐하, 황후마마의 어진 마음만은 저버리지 말아 주시옵소서.」

그의 간곡한 청은 아비 된 마음으로 황제가 아닌 사위에게 제 여식을 부탁한 것이었다. 그러나 자신은 그마저도 냉소로 응하지 않았나.

「그대의 성의를 보아 이번엔 그리하겠소.」

이번엔. 그다음을 장담할 수 없으나 이번만큼은 그리해 주겠다는 말로 평생을 조정을 위해 헌신하고 백성들에게 존경받은 신하를 내쳤다. 그래도 저는 황후에게만큼은 더 이상 나쁜 일을 만들지 않겠노라 내심 다짐하고 있었다. 그리한다면 쫓겨난 승상에 대한 죄책감도 덜 수 있으리라.

하지만 딸의 시신을 찾으러 온 초라한 신하의 모습을 보게 되었다. 성문에 걸린 시신의 목 앞에 주저앉아 비를 흠뻑 맞으며 통곡하던 모습을 잊을 수가 없었다. 차마 제 딸의 이름을 부르지 못하고, 연신 '마마'라고 외치며 땅을 치던 그 모습을 보고 나서야 그의 마지막 말에 숨겨진 진심을 이해할 수 있었다.

'제 딸을 지켜 주십시오.'

오직 그 뜻밖에 없었을 것이다.

얼마나 원통했을까. 얼마나 슬퍼했을까. 하늘이 무너지는 듯한 아비의 심정을 저는 반도 헤아리지 못할 것이다. 허나 조금은 알 것도 같았다. 되돌릴 수 없는 것이 죽음이 아닌가. 두 번 다시 만날 수 없고, 목소리를 들을 수 없고, 만질 수도 없다는 것. 그렇게 되지 않을 수도 있었다는 후회가 얼마나 가슴을 찢어지게 만드는지 말이다.

'그러니 내가 그대를 만날 면목이 없네. 나는 아직 사여경에게 진 빚이 너무 많아. 내가 사여경을 구한 것이 아니라, 그녀가 나를 구했고 또다시 내가 그녀를 이 더러운 황위 싸움에 끌어들인 게 아닌가.'

괜히 저를 만나 이 고생이었다. 그랬는데 죽을지 살지 알 수 없는 길로 그녀와 그녀의 가문을 끌어들일 수 없었다.

'일이 잘못될 것을 대비해 그녀가 살길부터 찾아야겠다.'

아직 사희담에게 사여경의 소식도 전하지 못하고 있었다. 괜히 이것이 순수하게 비춰지지 않을까 봐서였다. 그전에 소화가 알리려 했으나, 그때까지는 정 군수가 아무것도 모르고 있었기에 소화가 몰래 사람을 보낼 수 있는 상황이 아니었다.

'우선 사희담에게 여경을 보내고 함께 몸을 피하라 해야겠다.'

사여경의 안전이 우선이었던 이후는 내일이라도 당장 그녀를 보낼 생각을 하며 다시 걷기 시작했다. 내일 헤어지면 언제 볼 수 있을지, 어쩌면 영원히 볼 수 없을지도 모른다는 생각에 가슴이 저릿하고 걸음이 빨라졌다.

그러나 그녀의 방문을 열었을 때, 이후는 온기가 사라진 방 안의 공기에서 불길함을 느꼈다. 아니나 다를까, 그녀가 누워 있던 빈 침상이 싸늘해져 있었다.

그날 새벽부터 늦은 아침까지, 관청은 이후의 소란으로 발칵 뒤집혔다. 그녀를 찾겠다고 관청의 모든 사람들이 움직였으나 스스로 사라진 사람을 찾기란 쉽지 않았다.

몇 년이나 홀로 산에서 살아온 여경은 늦은 밤이라 할지라도 산이 더 편했다. 몰래 관청을 빠져나간 뒤 곧장 산을 타기 시작했다. 아직 몸이 불편했지만 지팡이에 의지해 틈틈이 산약초를 뜯어 먹으며 험준한 산을 넘어갔다.

동이 트는 것을 본 그녀는 커다란 바위 틈에 몸을 숨기고 잠시 눈을 붙였다. 얼마나 잤을까, 지나가는 사람들의 두런두런 말소리를 듣고 잠에서 깼을 때는 이미 해가 중천에 걸려 있었다.

"그게 사실이래? 폐주가 아직 살아 있다면서?"

"아, 글쎄, 그렇다니까. 폐주께서 숨겨 둔 군사들을 모아 지금의 황제를 치러 간다는 소문이 파다해."

"그럼 내란이잖아. 쯧쯧쯧. 나라 꼴이 말이 아니구만."

"누가 이기든 우리 같은 것들이야 상관 없지 않나. 것보다 누가 이길지 점칠 수가 없다는구먼. 오히려 황제가 질 수도 있다고 생각하는 사람들이 많더라니까."

"그게 무슨! 아무리 숨겨 둔 군사들이 많다 해도 황군의 세력을 어찌 당하나?"

"그런 쪽수 싸움이 문제가 아니라 눈치 싸움이란 거지. 확실한 건 아닌데, 황제께서 아직 옥새를 찾지 못하셔서 대신들이 황제를 인정 못 하는 분위기라지 뭔가."

"아니, 옥새가 없는 황제를 어찌 모시나! 그건 말이 안 되지!"

"그 와중에 대장군이 폐주와 싸워 몇 번이나 졌으니, 대신들 마음이 흔들릴 만하지."

사람들의 말소리가 멀어지자 여경은 바위틈에서 일어났다.

'내란이라니⋯⋯. 역시 도망치길 잘했다. 나 때문에 부모님이 위태로워질 뻔했구나.'

잘했다고 스스로를 다독이면서도 여경은 자꾸 뒤돌아보고 싶은 것을 참아야 했다. 도망치긴 했으나 동고동락해 온 일행들의 안위도 걱정이었고, 이번엔 또 어디서 목적 없는 삶을 보내야 할지 앞이 막막했다. 게다가 부모님을 찾아뵙고 싶으나 지금은 황제 때문에 그럴 수 없음이 안타까웠다.

그래도 여경은 부모님이 계신 백운군 방향으로 가고 있었다. 언제든 찾아뵐 수 있도록 조금이라도 가까운 곳에 있고 싶었기 때문이다.

날이 저물 즈음 터덜터덜 산을 내려오자, 작은 마을이 보였다. 여경은 당장의 거취를 해결해 볼까 하고 오는 길에 조금씩 캐 온 약초들을 가지고 의원의 문을 두드렸다.

"계십니까? 계십니까?"

몇 번이나 부르고 나서 한참 만에야 문이 열렸다.

"뉘시오?"

"저……. 다름이 아니라 제가 약초를 좀 캐 왔는데, 이걸로 하루만 재워 주실 수 없겠습니까?"

인상을 찌푸린 중년의 의원은 여경을 아래위로 훑어보며 툭 쏘아붙였다.

"약초꾼 차림이 아닌데, 어디서 뭐하는 사람인 줄 알고 함부로 의원에 들이겠소? 또, 지금은 병상이 가득 차서 내 드릴 방이 하나도 없소이다. 외지에서 온 분 같은데 병이 옮기 전에 얼른 가시오."

"병이라니요?"

"마을에 괴질이 도는데 의원은 나 한 사람뿐이니, 병이 낫는 속도보다 퍼지는 속도가 더 빠르단 말이오. 바빠 죽겠으니, 그만 가보시오. 내 약초 값은 드리리다."

그 말을 듣고 여경은 반색하며 다급하게 말했다.

"저, 저! 그, 그럼, 제가 손을 좀 거들면 어떻겠습니까? 의원 공부를 좀 했고 병자를 돌본 경험도 많습니다."

"정말……이오?"

"예! 병자를 앞에 두고 어찌 가짜 의원 행세를 하겠습니까? 병자들의 증상은 어떻습니까?"

여경은 의원이 말릴 새도 없이 넉살 좋게 안으로 들어가 팔을 걷어붙였다. 어쨌거나 당분간 묵을 곳이 생긴 것이다.

여경이 묵을 곳을 정한 무렵, 당황하던 이후 일행에게 손님이 찾아왔다.

"지금쯤이면 조무기가 거의 코앞에 다가왔을 것입니다. 관군들을 모으고 방어 태세를 갖춘다면 승산이 있습니다."

풍운은 결정적인 순간에 제가 조무기를 맡을 수 있으니, 이번 기회에 대장군인 조무기를 잡아 이각의 날개 하나를 꺾으시라 부하를 통해 전했다.

"옳은 말입니다. 우리 황룡대는 일당 십이라 할 수 있고, 이곳 월영군의 관군도 훈련이 잘된 군으로 유명하니, 충분히 승산이 있습니다."

선무가 자랑스럽게 가슴을 치고 나섰다. 드디어 그간의 굴욕을 조무기에게 갚아 주리라 이를 갈며. 하지만 어찌 된 일인지 황제는 조용했다.

"폐하의 뜻은 어떠신지요."

길재는 제 의사를 밝히지 않고 황제의 뜻을 먼저 물었다.

"사여경이 어디로 간 것 같으냐?"

"예?"

이후는 긴박한 상황과 상관없는 말을 중얼거려 모두를 황당하게 만들었다.

"폐하……. 어제부터 계속 그 말씀만 하고 계시지 않사옵니까. 마마께서는 납치가 아니라 스스로 나가신 것이라 결론도 났으니, 이제 더 시급한 것부터 신경 쓰시옵소서."

누구보다 초조했던 정 군수가 참다못해 사정하는데 길재가 손을 들어 올려 그의 말을 멈추게 했다.

"혹시 폐하께서는 사희담을 염두에 두고 계신 것입니까?"

이건 또 무슨 소리인가, 모두가 길재와 황제를 번갈아 쳐다보았다.

황제는 자리에서 일어나 뒷짐을 지고 서성거렸다.

"사여경이 그날 밤 우리 얘기를 듣고 오해하여 스스로 사라졌다면, 그녀는 사희담에게 갔거나 적어도 백운군 근처에 있을 확률이 높을 것이다. 그렇다면……."

"사희담을 이용하는 것이 아니라 사희담을 지키자는 저의 방책이 통할 수도 있다는 말씀이시군요."

"여기서 조무기와 붙어 싸운다면 분명 승산은 있으나 우리 쪽의 피해가 없을 수가 없다. 게다가 내란이 시작되는 것을 알린 꼴이니 더 많은 병력들이 우리에게 몰려들 것이다. 지금처럼 소리 소문 없이 도주하는 것은 더더욱 불가능하겠지. 하지만 사희담을 얻는 것이 먼저가 된다면 시간은 더 오래 걸릴지 몰라도 피해는 줄이고 얻는 것은 더욱 많아진다. 그를 따르는 관리와 백성들, 그에 따른 물자 또한 얻겠지."

이후의 말을 듣던 일행은 서로를 마주 보며 열심히 머리를 굴렸다. 그 틈에 길재가 고개를 끄덕이며 동조했다.

"옳으신 말씀입니다. 허나 폐하께서 노리시는 것은 그것들이 아니지요?"

이제야 본심을 눈치챈 선무가 피식 웃으며 허리에 손을 얹었다.

"뭐가 됐든 결과만 좋으면 되는 거 아닙니까? 폐하께서는 황후마마를 얻고 싶으신 거고 우리는 폐하만 얻으면 그만이니. 예, 그리합시다. 조무기는 좀 더 아껴 두죠, 뭐."

그로부터 약 두 시진 후, 상선으로 가득한 월곶에 전선 다섯 척이 들어왔다. 장사치들이 전쟁이라도 난 줄 알고 혼비백산할 정도로, 조무기의 군사들은 중무장을 한 채 흉흉하게 관청으로 쳐들어갔다.

그러나 그들은 포구에서부터 관청에 오기까지 단 한 명의 관군과도 마주치지 못했다. 관청 앞에 전열을 갖출 때만 해도 조무기의 부대는 의기양양했다. 관청에 모여 결사항쟁이라도 하려는가 비웃으며 큰 소리로 이후와 정 군수를 도발했다. 그러나 그들은 텅 빈 관청에 발을 딛고는 이후의 조롱 섞인 서찰을 발견하고 분통을 터뜨려야 했다.

[오느라 수고들이 많았다. 목이 마를 것이니, 마지막으로 술이라도 한 잔 하거라. 다시는 술 맛을 못 볼 테니.]

조무기는 괴성을 지르며 이후가 하사한 술병을 던져 버렸다.

"으으악!"

쨍.

풍운은 깨진 술병을 힐끗 보며 머리를 긁적였다.

'사희담과 합류할 모양이군.'

제 계획과는 달랐지만 그것도 나쁘진 않다는 생각이 들었다. 그러나 여기서는 의심을 사지 않아야 하니, 제가 먼저 나섰다.

"장군, 폐주가 의지할 곳은 사희담밖에 없습니다. 바다와 육지에서 동시에 공격하는 것도 나쁘지 않지요."

"나도 알고 있다! 뭣들 하느냐! 어서 움직이지 않고!"

바다를 달려오느라 이미 지친 조무기의 군사들은 무거운 몸과 초조한 마음을 이끌고 백운군을 향해 산을 오르기 시작했다.

사세는 급박하게 돌아가고 있었다.

이각의 황군 역시 사희담을 잡아들이기 위해 내려오고 있었기 때문에 조용하던 백운군에는 불길함이 감돌고 있었다. 풍운의 부하들과 함께 바다로 쳐들어오고 있는 조무기의 장졸들, 사희담을 구하겠다고 달려오는 이후와 정 군수의 군사들, 그리고 뒤늦게 이후를 쫓아 백운군으로 달려오는 조무기까지. 도성에서 멀리 떨어진 이 시골에 때아닌 폭풍이 다가오고 있는 것이다.

평화롭던 백운군에는 아직 이후와 조무기의 소식은 전해지지 않고 있었다. 하지만 발 빠른 소문 하나가 백운군을 술렁이게 하고 있었다. 사희담이 강경하게 버틸 것을 대비해 이각은 수백의 군사들을 보냈고, 이를 본 백성들의 입을 타고 한발 빠르게 소식이 알려진 것이다.

그러나 백운군 근처 작은 마을엔 사희담의 소식이 조금 늦게 전해졌다. 괴질로 사람들이 죽어 가는 마당에 가난한 백성들이 나랏일에 신경 쓸 여유가 없었기 때문이다.

다행히 괴질은 눈에 띄게 줄어들고 병자들도 나아지고 있긴 했다. 여경이 온 지 불과 이틀이었으나 그녀는 어엿한 의녀로 인정받고 있었다.

"내 의원 생활을 이십 년을 하고도 그 생각을 못 했구만."

전염병이라며 사람들을 격리할 생각만 했던 의원은 입 안이 씁쓸했다. 젊은 의녀가 전염병이 아닌 것을 밝혀 낸 것이 고마우면서도 이렇게 비교가 되니 부끄럽고 한심한 것이다.

의원의 심정을 눈치챈 여경은 웃으면서 그의 마음을 달래 주었다.

"아닙니다. 퍼지는 속도가 전염병과 비슷한 데다가 혼자 이 많은 환자들을 돌보고 계셨으니 차분히 생각을 못 하신 것뿐입니다."

"그, 그렇소. 크흠. 사람들이 그 안 쓰던 우물물을 퍼 쓰는 줄꿈에도 몰랐으니…… 크흠."

여경이 제 편을 들어주자 의원은 체면을 살릴 수 있어서 어깨를 폈다. 조금 뻔뻔하다 싶긴 했지만 실제로 제가 한 말이 사실이기도 했다. 가뭄으로 물이 마르자 사람들이 예전에 폐쇄했던 오래된 우물을 파서 식수로 쓰고 있었던 것이다. 그 물이 병을 일으킨 것을 알아낸 덕에 치료법을 달리했더니 금방 차도가 생겼다.

"저는 약초를 좀 말려야겠습니다."

여경은 시시각각 변하는 의원의 표정에 웃음을 참고 밖으로 나왔다. 해는 뜨거운데, 생각해 보니 마지막으로 큰 비가 내린 지 한 달은 지난 것 같았다. 거의 마르다시피 한 개울가에서 약초를 씻는데, 아낙네들이 물동이를 들고 건너편에 앉았다.

"그나저나 사회담 어르신은 정말 어찌 되는 게야? 소문이 사실인가?"

"!"

아버지의 이름에 깜짝 놀란 여경은 물속에 담근 손을 멈추었다.

"아니. 왜 조용히 살고 계신 어르신을 죽이네, 살리네 하는지 이해가 안 가네. 말이 나왔으니 말인데, 그 어르신이 뭐 하러 폐주를 돕겠어! 폐비마마 때문에 원한이 있으면 있었지, 안 그래?"

"본보기를 삼아 다른 관리들이 꼼짝도 못 하게 하겠다는 거라잖아. 그 어르신을 흠모하는 대신들이 좀 많아야지. 에휴. 그, 너무 잘나신 것도 이럴 때는 독이라지."

여경은 손에서 힘이 빠져 약초가 흘러가는 것도 모르고 믿기지 않는다는 듯이 사람들을 빤히 쳐다봤다.

왜 다들 자기 아버지를 가만히 두지 않는지, 아버지를 위해 여기까지 도망쳐 왔는데, 이게 무슨 날벼락이란 말인가.

뒤늦게 여경과 눈이 마주친 아낙들은 흠칫 놀라며 경계하다가, 자신들이 무슨 실수라도 했나 싶어 조심스럽게 물었다.

"왜, 왜 그리 보십니까?"

"바, 방금 사희담 어르신이라고……. 혹 백운군에 계신 그분의 얘기인가?"

"예, 그, 그렇습니다만……."

"폐하께서 무슨 죄목으로 사희담 어른을 잡아 가신다던가?"

"그거야 당연히 폐주를 돕고 황명을 거역한 죄……. 그러니까 역모라 하더이다."

가슴이 철렁했다. 이는 분명 황제의 억지이지만 역모죄가 입에 오르내리고는 살 길이 없었다.

여경은 자리에서 벌떡 일어나 신은 물론이고 치맛자락이 젖는 것도 개의치 않고 개울을 건넜다.

"참말인가? 그게 사실이란 말인가!"

여경의 기세에 놀란 아낙네들은 뒤로 털썩 주저앉으며 눈을 껌뻑거렸다.

"예. 예……. 뭐, 소문이 그렇습니다만, 하도 본 사람이 많다니……."

"그럼, 사희담 어르신은 지금 어쩌고 계시는가? 황궁에서 잡으러 온다는 소문을 들으셨으니, 당연히 도주하셨겠지? 아닌가!"

그러길 바라는 마음에 윽박질렀으나 그녀는 원하는 대답을 들을 수가 없었다.

"어이구. 그럴 위인이겠습니까? 평소처럼 꽃에 물이나 주고 책이나 읽고 있다던걸요."

"!"

새하얗게 질린 여경은 첨벙거리며 개울을 뛰어 건넜다.

아낙네들은 황당해서 서로 마주 보고는 그녀가 저만치 멀어지고 나서야 얼빠진 소리로 중얼거렸다.

"아니. 근데 저분은 새로 온 의녀라고 하지 않았나?"

"그런 것 같은데……. 왜 사희담 어르신 얘기에 혼비백산하는 건지 모르겠네."

"그런데 지금 저 길은 의원으로 가는 길이 아니지 않아? 저리로 가면 백운군 아니야?"

"그러게……. 참말 무슨 사이인가 모르겠네."

그들이 어리둥절해 있는 사이에 여경은 벌써 보이지도 않을 만

큼 멀어져 있었다. 아직 아픈 몸을 이끌고 정신없이 뛰는데 백운
군이 가깝다 해도 작은 산을 하나 넘어야 하는 곳이었다. 숨이 턱
까지 차오르게 뛰었으나 길은 조금도 가까워지지 않았다. 무릎을
부여잡고 땀을 닦으면서도 여경의 마음은 불안하고 조급하기 짝이
없었다. 황군의 함성이 귓가에 들리는 듯했다.

'어서 가야 해. 내가 살아 계신 것을 알면 아버지 마음도 바뀌
실 게다. 어서 가야 해. 어서.'

그렇게 여경은 스스로 다독여 가며 움직이지 않는 다리를 억지
로 들어 올렸다.

아무리 늦은 밤이라지만, 백운군은 스산할 정도로 정적이 감돌
았다. 백운군에 들어선 여경은 어린 시절의 기억을 더듬어 집을
찾아 헤매고 있었다. 음산한 달빛 아래를 터덜터덜 걷는 초췌한
행색의 여인은 누가 보면 까무러칠 정도로 귀기스러웠으나, 길가
에는 단 한 명의 인영도 보이지 않았다.

'이쯤이었던 것 같은데……'

모퉁이를 도니, 다행히 저 앞에 기억 속에 있던 저택이 보였다.

'아버지, 어머니!'

많이 지쳐 있던 여경이지만 반가운 마음에 한달음에 달려갔다.

부모님을 살리겠다는 마음이 무엇보다 앞섰지만, 보고 싶었던
부모님이 코앞에 있다고 생각하니, 가슴이 벅차올랐다. 어린 시절
아버지 손을 잡고 꽃구경을 나갔던 기억, 어머니께서 직접 지어

주신 새 옷을 입고 즐거워하던 기억, 부모님을 뒤로하고 궁에서 보낸 가마에 오르던 기억. 웃고 울던 수많은 기억들이 여경을 달리게 했다.

마침내 커다란 문 앞에 선 여경은 한참이나 머뭇거리다가 문을 두드렸다.

"!"

그런데 어찌 된 일인지, 쾅 하고 소리가 나야 할 문이 끼익 하고 힘없이 열리는 게 아닌가. 얼떨결에 문 안으로 발을 디뎠는데 아무리 밤이라지만 불이 켜진 곳이 하나도 없었다.

'호, 혹시, 벌써!'

제가 한발 늦어서 벌써 황군이 왔다 간 것일까, 철렁한 가슴을 진정시키며 두리번거렸다.

"아무도 없는가! 여봐라, 아무도 없느냐!"

불길한 예감이 점점 맞아떨어지는 것 같았다. 아무리 불러도 사람은커녕 키우는 짐승 한 마리 보이지 않았다.

'아니야! 그럴리 없어! 아버지!'

여경은 아버지를 부르며 사희담의 방문을 벌컥 열고 안으로 뛰어들었다.

"!"

달빛에 비춰진 빈 침상을 보는 순간 혹시나 하는 기대는 그렇게 무너졌다.

"아버……지……."

그렇하게 차오른 눈물 한 줄기가 뺨을 타고 내려왔고, 여경은 무너지듯이 주저앉아 손을 바닥에 짚고 엎드려 울었다.

"흑. 으으윽."

이럴 줄 알았다면 얼굴이라도 빨리 보여 드릴걸, 살아 있다는 건 알려 드릴걸, 왜 그리 모질고 독하게 굴었을까 후회로 가슴이 미어졌다.

"끅. 흐윽. 흐으윽. 아버지……."

숨이 끊어질 듯 애달픈 여경의 흐느낌이 캄캄한 침묵을 적실 때였다.

"늦게 온 주제에 울기는."

"!"

어디선가 들려온 목소리에 화들짝 놀란 여경은 젖은 눈을 동그랗게 뜨고 고개를 들었다. 침상 뒤쪽 수렴에서부터 누군가가 천천히 걸어 나오고 있었다. 그녀의 눈은 더 커졌고 고인 눈물이 뚝 떨어진 후로 더 이상 눈물이 나오지 않았다. 그 검은 그림자가 은은한 달빛이 비추는 창가 앞에 서자 비로소 얼굴이 보였다.

여경은 빙긋이 웃는 그의 얼굴을 보고 눈도 깜빡이지 못하고 입도 다물 수가 없었다.

"어디서 헤매다 이제 왔는가. 기다리느라 얼마나 마음 졸였는지 아는가?"

"폐, 폐……하?"

"어차피 예서 만날 것을, 같이 왔으면 더 좋았을 텐데. 국구께서 그대가 살아 있다는 말을 당최 믿으려 하지 않으시니……. 그래서 어쩔 수 없이…… 큼. 정중하게 다른 곳으로 모셨다네. 그러니 우리 둘이 함께 인사를 드리는 그림을 보여 드렸다면 좀 좋았을까."

"……."

"크흠. 거, 언제까지 그러고 있을 작정인가?"

이후는 꼼짝도 하지 않고 저만 뚫어져라 바라보고 있는 여경의 시선이 무안해 괜스레 헛기침을 하다가 한 발 한 발 다가왔다. 여경의 눈앞에까지 다가온 그는 그녀 앞에 무릎을 세우고 앉았다.

"내 말을 못 알아들어서 이러고 있는 건 아닐 테지?"

여경은 훌쩍거리며 눈을 깜빡였다. 남아 있던 눈물 찌꺼기가 주룩 흐른 후에야 그의 얼굴이 또렷이 보였다.

"폐하……."

이후는 양손으로 그녀의 뺨을 감싸고 엄지손가락으로 젖은 눈을 닦아 주며 속삭였다.

"울어서 뺨이 차군."

"여긴…… 어떻게……."

"여길 오면 그대를 만날 수 있을 것 같아서."

"거짓말 마십시오. 아버지를 이용하려고 오신 게 아닙니까."

"그거 말인데……. 그 얘기는 이따 다시 하는 게 어떻겠나?"

"?"

"지금은 우리 둘 얘기만 하고 싶어서 말일세. 시간이 별로 없다네."

"……하십시오. 하실 얘기가 무엇인……!"

갑자기 다가온 그의 입술이 그녀의 입술을 지그시 눌렀다. 여경이 뒤로 물러서려는 순간 그의 손이 여경의 머리를 감싸 당겼다. 그녀가 벗어나려 할수록 그는 더 입술을 밀착시키며 말보다 더 강렬한 진한 입맞춤으로 말하고 있었다.

'내게서 도망가지 말라.'

뜨겁게 타오르는 사내의 마음이 여경의 얼어붙은 마음을 녹이고 있었다. 그녀는 그의 옷깃을 꼭 쥐며 또다시 그에게 이용당할까 봐 불안하게 떨고 있었다. 하지만 이는 그에게서 벗어나기 싫은 속내를 드러낸 것과 다름없었다. 뿌리칠 수 없기에 두려운 게 아니겠는가.

서로의 호흡을 나누니 불안한 숨결과 집착의 숨결이 뒤섞여 혼탁해졌다. 여경은 이제 제가 무슨 생각을 하고 있었는지 점점 혼미해져서 스르르 눈을 감았다.

격정적으로 입을 맞추던 이후도 서서히 부드럽게 그녀의 입술을 빨아들이며 아쉽게 떨어졌다.

감겼던 여경의 눈이 속눈썹을 파르르 떨며 눈꺼풀을 들어 올렸다. 이후의 뜨거운 눈동자를 응시하던 여경은 아주 어렵게 입술을 뗐다.

"……하고 싶은 말씀이…… 이게 끝입니까?"

"일단은."

"그럼 더 남아 있단 말씀입니까?"

"남아 있기야 하지만……. 그게 여기서는 좀…… 흠! 꽤 시간도 걸릴 테고 말일세. 아마 그대가 아직…… 들을 준비도 안 됐을 듯해서. 큼."

황제가 말을 주저하며 침상 쪽을 힐끗거리는 것을 본 여경은 그가 무슨 말을 하려는지 눈치채고 벌떡 일어났다.

"전 부모님을 구하러 가야 합니다."

이후도 따라서 일어났다.

"이렇게나 눈치가 없어서야. 지금 여기 아무도 없는 걸 보면 모르겠는가?"

"그러니 어서 구하러 가야지요. 다들 벌써 잡혀…… 혹시, 벌써 아버지를 다른 곳으로 데려가셨습니까?"

"꼭 내가 끌고 간 것처럼 말하는군. 구했다고 하면 믿어 줄 텐가?"

말은 그렇게 했지만 사실 사희담을 끌고 간 것은 맞았다. 죄가 없으니 도주하지 않겠다고 버틴 것은 물론, 여경이 살아 있음을 믿지 않은 것이다. 이후가 사희담에게 그대의 황제가 누구냐고까지 물었으나, 고지식한 사희담은 어찌 되었든 피하는 것은 떳떳치 못하다고 버텨 사람들을 답답하게 만들었다. 그래서 결국 이후는 무력으로 그를 끌고 갈 수밖에 없었던 것이다.

"어, 어디 계십니까?"

"무사하시네. 아무 염려 말게. 말이 나왔으니 말인데, 여기 더 있다가는 곧 들이닥칠 조무기에게 끌려갈 것 같군."

"!"

"일단 여기서 나가지. 황군도 황군이지만 조무기도 이리로 오고 있다네. 그대가 떠난 날 풍운이 소식을 전해 왔는데……."

이후는 여경의 손을 꼭 잡고 나가며 그녀가 다른 질문을 하지 못하도록 그간의 일을 재빨리 설명했다.

얼떨결에 끌려 나가게 된 여경은 뒷문 앞에 서 있는 선무와 추산을 발견하고는 고개를 숙였다. 아무래도 제가 말없이 도망친 건 미안했기 때문이다.

선무는 그런 여경에게 정중하게 허리를 숙여 인사를 올렸다.

"이제 오셨습니까. 사희담 어르신께서 목이 빠져라 기다리셨습니다. 조금만 더 늦으셨으면 어르신 숨이 넘어가셨을 겁니다."

"……미안합니다."

여경이 쑥스럽게 인사하자 추산이 밝은 목소리로 그녀를 다독였다.

"의녀님. 아니! 마마! 모두들 얼마나 기다리고 있는지 모릅니다. 특히 폐하께서는 마마를 찾을 때까지 환궁하지 않을 기세였답니다."

덕분에 여경은 조금 웃음이 났다. 가솔들이 무사하다는 것만으로도 얼마나 다행인지, 지금은 그것만 생각하기로 했다.

백운사는 그 이름처럼 백운군을 대표하는 사찰이라 해도 과언이 아니었다. 백운군의 대소사도 함께 도맡아 할 정도로 큰 사찰이었는데, 사희담의 가솔들이 이곳에 숨어 있다는 것은 백운군 관청과 이 지역의 여러 귀족들로부터 보호받고 있다는 뜻이었다. 이 모두 이후가 건재함이 밝혀졌기에 가능한 일이었다.

그래서 이 깊은 밤, 백운사에는 사희담과 이후 일행 외에도 많은 사람들이 모여 있었다. 그들과 한뜻임을 밝힌 사람들이 앞으로의 일을 의논하기 위해서였다.

그리고 지금은 모두 밖으로 나와 이후를 기다리고 있었다. 특히나 사희담 부부는 한시도 가만히 있지 못하고 초조하게 사찰 입구를 서성였다.

"오고 계십니다!"

망을 보던 누군가가 들뜬 목소리로 외치며 뛰어 들어왔다. 그

소리에 사희담을 비롯하여 모두가 일제히 문 앞으로 달려갔다. 사희담 부부는 저 아래에 산길을 오르고 있는 이후 일행을 발견하고 목을 쭉 뺐다. 어둠 속에서 사람들의 얼굴을 확인하기 위해 요리조리 살피는데, 사 부인의 눈이 믿기지 않는다는 듯이 커졌다. 초췌했으나 꿈에서도 잊을 수 없었던 제 딸 여경의 모습이 아닌가!

"여, 여경…… 아니, 마마! 마마!"

그녀는 누구보다도 먼저 정신없이 산길을 뛰어 내려갔다.

"어머니!"

목소리를 들은 여경 역시 고개를 들었다가 그런 어머니의 모습을 발견하고는 한달음에 달려갔다.

"마마! 마마!"

"어머니!"

두 여인은 서로를 애타게 부르며 달려갔고 산길이 익숙하지 않은 사 부인이 그만 넘어지고 말았다.

"어머니! 어머니, 괜찮으십니까!"

놀란 여경이 그녀의 앞에 앉아 어깨를 붙들자 사 부인은 아픈 줄도 모르고 여경의 얼굴을 감싸쥐며 눈물을 글썽거렸다.

"마마…… 마마, 정말로 마마께서 살아 계셨습니까…… 어, 어떻게…… 어디서…… 여태…… 어디서……"

"어머니…… 보고 싶었습니다. 죽을 만큼 보고 싶었습니다. 어머니."

말을 잇지 못하는 어머니 앞에서 여경도 닭똥 같은 눈물을 뚝뚝 흘렸다.

"그냥 여경이라고 불러 주세요. 얼마나 보고 싶었는지 모릅니다."

"흐으읍. 집으로 오시지 않고요. 언질이라도 주시지 않고요······. 이 어미가 얼마나 원통하고 슬펐는지 아십니까. 죽을 날만 기다렸습니다. 여태 내내······ 죽어지지 않는 것이 원망스러웠습니다."

"어머니······. 흐읍. 흑. 죄송합니다. 어머니. 혹여라도 제가 살아 있는 것이 다른 사람들에게까지 알려질까 봐······. 그럼 두 분에게 또 해가 갈까 겁이 났습니다."

어느새 다가온 사희담이 부둥켜안은 두 사람의 어깨에 손을 얹으며 함께 주저앉았다.

"아버지······."

"마마, 고생 많으셨습니다."

"흑!"

울먹이는 아버지의 목소리에 그간의 설움이 더욱 복받쳐 오른 여경은 큰 울음을 터트리고 말았다.

사희담과 그의 부인은 여경의 손을 꼭 붙들었다.

"마마, 손이······. 귀하신 분의 손이 어쩌다 이리······."

안쓰러움을 느낀 사 부인이 다시 한 번 흐느끼자 사희담은 여경의 머리를 쓰다듬으며 인자한 목소리로 말했다.

"살아 계신 게 어딥니까. 이제 되었습니다. 이리 무탈하시니 되었습니다. 이제 죽어도 여한이 없을 듯합니다."

"아버지, 어머니······. 여경이라고 불러 주십시오. 예전처럼 격 없이, 아버지 어머니의 딸로만 여겨 주십시오. 얼마나 그리웠는지 모릅니다. 두 분의 그늘이 얼마나 그리웠는지······. 죽는단 말씀 마십시오. 저와 함께 오래오래 함께 살아 주십시오."

"여경아……. 그래, 그러자꾸나……."

황제가 옆에 있건 말건 사희담은 여경의 이름을 불러 주었다.

"내 딸, 어디 한번 안아 보자. 여경아."

사 부인이 그녀를 안고 목 놓아 울자, 세 사람을 둘러싼 사람들
도 목이 메어 그들을 달래 줄 수가 없었다. 죽은 줄 알았던 폐비
가 정말로 살아 있었으니, 그 기적 같은 광경만으로도 충분히 가
슴이 뭉클하지 않겠는가.

이후는 그들에게서 고개를 들어 저 먼 산 뒤의 하늘을 바라보았
다.

'때가 되었구나.'

새벽이 멀지 않은 곳에 있었다.

쾅.

이른 새벽. 이후 일행을 바짝 뒤쫓아 온 조무기의 부대는 사희
담의 대문을 힘껏 발로 차고 들어갔다.

"한 놈도 빠트리지 말고 어린애 하나까지도 끌고 나와야 한다!"

"예!"

그렇게 집 담을 에워싸고 위풍당당하게 들어간 조무기와 부하
들은 너무나도 조용한 분위기에 한발 늦었음을 눈치챘다.

"인기척이 없군. 쥐새끼 같은 놈들. 그새 어디로 사라졌단 말이
냐!"

도성으로 올라가면 내려오는 황군을 만날 것이고 바다로 나가
면 해적들과 저의 부하들에게 잡힐 것이다. 여기서 더 내려간다면

산이 없는 평지가 많아 말을 타고 금세 따라잡을 수 있었다. 그렇게 계산한 조무기는 이후와 사희담이 아직 백운군에 남아 있을 가능성이 크다고 여겼다.

"일단은 이곳을 샅샅이 뒤져라. 사람을 찾을 수 없다면 사희담이 이후와 내통한 증좌라도 찾아라. 알겠느냐!"

"예!"

군사들은 우렁찬 대답과 함께 뿔뿔이 흩어져 대저택 곳곳으로 달려 나갔고, 조무기 역시 한 전각으로 다가가며 골똘히 생각에 잠겼다.

이후 일행과 사희담의 가솔들을 모두 수용할 수 있는 곳은 많지 않았다. 그만한 규모의 사람들이 움직였다면 관청이나 큰 사찰밖에 없으리라 여겼다.

'그렇다면 어디로 갔을까?'

이후와의 거리를 거의 좁혔으나 안타깝게도 조무기의 생각은 더 이어지지 못했다.

"큿. 그런데 이게……. 무슨 냄새냐?"

전각에 가까이 가자 불쾌한 냄새가 코를 찔렀다. 인위적이고 상쾌하지 못한 냄새지만 분명 맡아 본 것이었고, 온몸이 쭈뼛거릴 정도로 위험한 냄새이기도 했다. 그러다 불현듯 떠올랐다.

"기름! 기름 냄새가 아니더냐!"

"예?"

"모두 빠져나가라 해라! 어서!"

그 직후였다. 밖에서 병장기가 부딪치는 소리가 들린 것이.

"장군님! 이게 무슨 소리입니까!"

"이런 빌어먹을! 어서 빠져나가라지 않아! 어서!"

하지만 그들은 그조차도 할 수 없었다.

쐐액. 쐐액.

담 밖에서 화살이 날아오는가 싶더니 전각에 화르륵 불이 붙기 시작한 것이다. 어느새 담벼락에 활을 든 병사들이 서서 불화살을 쏘고 있었다. 화들짝 놀란 조무기의 군사들은 우왕좌왕하며 불이 붙은 전각을 빠져나가기 시작했다. 그러나 기름이 붙은 전각은 금세 화마가 삼켰고, 겨우 빠져나간 군사들은 대문 밖에 대기한 황룡대에게 도륙당하고 있었다.

"저 역도들이 관청과 손을 잡았구나! 모두 없애 버려라! 죽여 버리란 말이다!"

조무기의 눈에서 시뻘건 분노가 타올랐으나 군사들은 그의 패기를 따를 수가 없었다.

"으악!"

"컥!"

"으아아악!"

사방에서 숨이 넘어가는 비명 소리가 들려왔다. 벌써 반 이상의 군사들이 죽은 듯했고, 관군이 합세한 이후의 군사는 그 세가 얼마나 될지 가늠할 수가 없었다. 그제야 제가 처한 상황을 깨달은 조무기가 불안한 목소리로 소리쳤다.

"무조건 뚫어라! 뚫어! 대문 밖으로 나가면 살 수 있다! 바다로 나가면 해룡회가 구하러 올 것이다! 어서 뚫어!"

그렇게 그는 부하들의 목숨을 앞세워 대문을 향해 달려 나갔다. 제가 베는 것이 제 부하들인지, 적인지조차 구분할 수 없었다. 정신없이 칼을 휘두르고 말을 달렸다.

'살 수 있다! 살 수 있어! 살아서 저것들에게 꼭 복수하고 말 것이다! 이후! 고선무! 네놈들이 무사할 거라 생각하지 마라!'

이를 빠드득 갈며 말의 앞발로 적을 차 넘어뜨리고 마침내 대문을 통과했다.

"조무기다! 놓치지 마라! 잡아라!"

누군가의 외침과 함께 몇 명이 쫓아왔고 그의 등을 노린 화살이 날아왔다. 그러나 저 하나 잡자고 전부가 쫓아올 수는 없을 것이라 믿고, 부하들의 목숨조차 버린 채 뒤도 돌아보지 않고 달렸다.

쐐액. 퍽.

"큭!"

화살 하나가 어깨에 꽂혔다. 그러나 이 정도로는 죽지 않을 거란 확신이 있었다.

'바다로 가야 한다, 바다로! 바다로 가면 살 수 있다!'

희망을 버리지 않아서일까. 말을 쫓아오지 못한 이후의 부하들과 멀어진 지는 오래였고 눈앞에 바다가 펼쳐졌다. 그리고 반갑게도 익숙한 전선이 포구에 매어져 있었다.

'살았다! 이제 살았어!'

그는 살 수 있다는 반가움에 어째서 그 배가 거기 가만히 묶여 있는지에 대해 생각하지 않았다. 배가 멈춰 있다면 거기에 탄 해적들과 그의 부하들은 벌써 사희담을 잡으러 갔어야 하니 말이다. 그가 이 생각을 할 수 있었던 것은 막 배에 올랐을 때였다.

'어째서 갑판에 한 놈도 보이지 않아?'

누구 하나는 경계라도 서야 하지 않은가. 아니, 해가 떴는데 아무도 일어나지 않았다니 이상할 수밖에 없었다.

"이놈들아! 당장 나오지 못해! 여기서 뭣들 하고 있는 게냐!"

불안한 마음에 더 크게 호통치며 발을 굴렀다. 이쯤 되면 누군가 후다닥 뛰어나와야 했으나 너무 조용했다.

끼익.

그때였다. 저쪽 끝에서 선실 문 하나가 열렸다.

'그렇지! 있긴 있구나!'

누구든 사람만 있다면야 뭐가 문제일까. 반가움에 거침없이 한 걸음 내딛을 때였다.

"!"

심장이 쿵 하고 떨어졌다. 문을 열고 나온 이는 늑장을 부린 제 부하들도 아니었고, 해적 조무래기들도 아니었다.

"네놈 낯짝을 보는 것이 이리 반가울 줄이야. 먼 길 오느라 수고가 많았다."

여유롭게 걸어 나오는 이후의 말과 달리 그 눈빛은 살벌하기 이를 데 없었다. 게다가 그 뒤에는 황룡장 고선무와 납치했던 상주국의 간의대부까지 있었다. 얼른 뒤돌아 도망치려 했지만 어느새 포구에는 해룡회의 해적들이 에워싸고 자신을 비웃고 있었다. 그제야 풍운이 배신했음을 깨닫고 이곳에서 빠져나갈 길이 없음을 인정했다.

"폐, 폐, 폐하······!"

"폐하라니? 네놈의 폐하는 이각이 아니더냐?"

무슨 변명이 더 필요할까. 조무기는 이를 빠득 갈며 흉흉하게 쏘아붙였다.

"흥! 나를 이겼다고 다시 황위를 찾을 것이라 생각지 마십시오! 해월국을 쑥대밭으로 만든다 해도 황군과의 싸움은 쉽지 않을 것입니다!"

이후는 그가 그렇게 금세 체념하고 편히 죽음을 기다리게 하고 싶지 않았다.

"누가 나의 해월국을 그리 만들 수가 있겠느냐? 나는 그저 내 발로 내 집으로 조용히 들어갈 것이다."

"큰소리치지 마십시오! 그게 가능할 거라 생각합니까!"

"물론이다. 나는 해월국의 유일무이한 황제이니. 그리고 네놈은 황제인 내가 가장 아끼는 것에 손을 댔다. 황위보다 더 아끼는 것에 말이다. 그래서 네놈의 그 세 치 혀와 지저분한 눈을 뽑고 손발을 모두 자를 생각이다. 네놈은 그러고도 내 분이 풀리지 않을 때를 걱정해야 할 것이다."

조무기는 두려움에 질려 발악하듯 외쳤다.

"세, 세상에 그런 게 어디 있단 말입니까! 내가 무엇에 손을 댔다고 이러십니까!"

이후는 피식 코웃음을 치며 문을 돌아보았다. 그러자 그 문에서 조심스러운 걸음으로 여경이 모습을 드러냈다.

조무기는 인상을 쓰며 그녀를 기억해 내려고 애썼지만 결국 이후의 입으로 듣게 되었다.

"네놈이 밀락도에서 죽일 뻔한, 나의 황후 사여경 말이다."

"!"

이후는 짧은 순간에 수십 번이나 변하는 조무기의 안색을 흥미로운 눈길로 바라보며 차갑게 비웃었다.

그로부터 몇 시진 후, 백운군을 코앞에 둔 좁은 협곡 위로 뜨거운 태양이 바로 내리쬐었다. 유난히 해가 뜨거운 날이라 눈이 부셔 하늘을 쳐다볼 엄두가 나지 않을 정도였다.

사희담을 잡아들이라는 명으로 마침내 여기까지 온 황군도 마찬가지였다. 협곡을 지나는 황군의 긴 행렬은 그들의 갑옷 덕분에 은색의 뱀처럼 찬란하게 꿈틀댔다. 그러나 그 빛나는 위용은 사실 허울뿐이었다. 더위 속에서 장시간 무장한 장졸들은 너나 할 것 없이 지쳐서 헉헉거리고 있었다. 생각보다 오는 데 시일이 많이 걸린 것도 그래서였다.

행렬의 걸음이 너무나 처진 듯하자 말을 탄 맨 앞의 장수가 힘을 짜내 외쳤다.

"거의 다 왔으니 힘을 내거라!"

장수의 말에 대답할 기운도 없었기에 군사들은 말없이 따를 뿐이었다. 장수는 그 모습이 못마땅해 혀를 차고 돌아섰다.

우르릉.

"?"

어디선가 들린 굉음에 군사들은 일제히 고개를 치켜들었다. 마른하늘에 번개라도 치는 줄 안 것이다.

콰쾅!

"으악!"

또다시 들린 굉음에 군사들의 눈동자가 휘둥그레진 찰나였다.

쾅!

위에서 떨어진 커다란 바위가 서너 명의 군사들을 그대로 짓이겼다. 비명을 지를 시간조차 없는 찰나의 순간이었다.

크르릉. 쿵.

"헉!"

"으악!"

"다들 피해라!"

뒤늦게 소리를 쳤으나 그때는 이미 늦었다. 대열의 앞, 뒤, 중간을 가리지 않고 바위가 떨어지고 있었던 것이다.

"킥!"

"피해라! 어서 피…… 으악!"

군사들은 혼비백산했고 뱀의 머리와 꼬리, 그리고 몸통 곳곳이 끊어졌다.

협곡 위에서 바위를 굴리고 있던 상주국의 권사익은 지옥도가 펼쳐진 아래를 내려다보며 흐뭇하게 웃었다.

'역시 우리 간의대부 나리의 전술은 기가 막히구나!'

사익과 이곳에서 바위를 굴리는 오십여 명의 군사들은 백운군으로 들어가지 않고 이곳에 남겨져 있었다. 오는 길에 주변에 괴질이 돌고 있다는 소식을 들은 길재가 생각해 낸 한 수였다.

사실 백운군에 오는 길은 굳이 험난한 협곡을 지나지 않아도 되는데, 지나는 마을 입구마다 붉은 동아줄을 치고 관군으로 위장한 병사들을 배치했다. 괴질이 돌고 있으니 들어오지 말라는 뜻이었다. 남은 길은 협곡 하나밖에 없고 어쩔 수 없이 이곳을 지나는 황군들은 꼼짝없이 당할 수밖에 없게 된 것이다.

바위가 굴러가는 소리보다 병사들의 신음 소리가 더 크게 들리기 시작했다. 사익은 박도를 손에 들고 동료들에게 신호를 보냈다. 준비한 바위는 이게 끝이었다. 하지만 전의를 잃은 남은 황군은 몰려오는 황룡대의 정예들을 막을 수가 없었다.

백운군 근처의 한 조용한 마을이 들썩였다. 이제 겨우 괴질의 공포에서 벗어난 사람들은 뒤늦게 전해 들은 세간의 소문이 사실이었음을 확인하고 눈이 휘둥그레졌다. 번쩍이는 갑옷을 입은 사람들이 어림잡아 이백은 될 듯했고 그 뒤에 포승줄에 묶인 사람들도 그 절반 이상은 되어 보였다.

"헉! 저분은 사희담 어르신 아니신가!"

누군가가 수레 안에 정좌한 사희담의 얼굴을 알아보았다. 그뿐인가 그 뒤를 따르는 수레에는 사희담의 부인과 그녀의 시비로 보이는 두 여인이 함께 앉아 있었다. 모두들 나무 창살에 갇힌 죄인이 되어 초라한 모습이었다.

"아이고, 이를 어째. 정말로 소문이 사실이었나 보네. 어휴. 저 어지신 분이 무슨 죄가 있다고."

"그러게 말이야. 하나밖에 없는 따님 잃고 실의에 빠져서 시골에서 아무것도 안 하고 계신 분께 역모라니……."

맨앞에서 갑옷을 입고 말을 탄 이후와 선무는 사람들의 웅성거림과 손가락질에 머쓱해졌다.

"이거, 원. 진짜 이각의 군사들이라면 칼이라도 휘두르면서 꺼지라고 하지 않았을까요? 우리도 그래야 하는 거 아닌지……?"

"위장이라곤 하지만 욕 먹는 게 썩 좋지는 않구나."

"폐하는 모르시겠지만 폐하께서도 전 승상이신 사희담을 내치셨을 때 백성들의 원성이 컸답니다. 어디 그뿐입니까. 그래서 전 폐하께서 백성들의 뒷담화 정도는 담대히 넘기시는 통이 크신 분인 줄 알았답니다."

이후는 얄미운 소리를 해 대는 선무를 노려보며 힐끗 뒤를 돌아보았다. 그의 눈은 뒤쪽 수레에 있는 여경에게 향했다.

'고집은……'

바로 오늘 새벽, 눈물의 가족상봉 직후였다. 반가움과 지난날의 회포를 푸는 것은 뒤로 미뤄야 했다. 조무기를 칠 함정은 미리 만들어 놓았으나 그 뒤가 문제였기 때문이다.

"내란을 원치 않는다."

"허나 지금은 그것이 가장 현실적인 방안입니다. 일단 이곳 백운사를 거점으로 삼아 각 지방의 세력들을 불러 모으십시오. 그리하신다면 황군과 맞먹는 권력을 가지실 것입니다. 무엇보다 여기 청룡장 풍운이란 자가 바다를 맡겠다고 하지 않사옵니까."

사람들은 정 군수의 의견에 고개를 끄덕였다. 무엇보다 해볼 만한 싸움이지 않은가.

"그러다가 자칫 두 개의 나라가 될 수도 있네. 그동안 피폐해질 백성들은 또 어떻고. 혼란한 시기에 제삼자가 나타나 나라를 새로 세울 수도 있지. 그때 백성들은 누굴 따를 것 같은가?"

"하오나, 그것은 내전이 장기화되었을 때의 일이 아니옵니까. 사희담과 폐하를 따르는 이들이 많사옵니다. 충분히 승산이 있는데 어찌 안 될 때 일만 생각하신단 말입니까."

"내가 밖에 나와 얻은 가장 큰 교훈이 무엇인지 아는가?"

"예?"

"이놈이나 저놈이나 생각하는 게 다 비슷하더군. 황제가 되면 다 그런진 모르겠지만, 이각이 하는 짓도 나와 별반 다르지가 않아."

"그, 그럴 리가 있겠습니까."

"놈들도 우리와 똑같이 생각하고 있을 테니, 나는 그들이 생각할 수 없는 수가 필요해. 단 한 수로 왕을 잡을 말이 필요하단 말일세."

"무슨 생각해 두신 것이라도 있으신지요?"

여태 가만히 이야기를 듣고 있던 사희담이 침착한 음색으로 물어 왔다. 그러자 이후는 길재에게 다시 물었다.

"내가 내 발로 궁으로 들어갈 방법이 없겠는가?"

정 군수를 비롯한 몇몇 사람들은 고개를 저었다. 그들에게 무혈입성이란 꿈에서나 가능한 불가능한 계획이었다. 그러나 길재는 황제를 비웃지 않았다.

"오늘 아침, 협곡에서 승리한다면 방법이 생길 것도 같습니다. 권 총관을 믿어 보시지요."

그렇게 황군을 격파하고 그 갑옷을 벗겨 갈아입었던 것이다. 한마디로 지금 끌려가는 죄인들 모두 품속에 무기 하나씩을 가지고 있는 관군이었다. 궁의 법도를 잘 아는 황룡대가 황군으로 위장했고, 사희담을 돕는 각 관군과 귀족의 사병들을 사희담의 식솔인 양 끌고 가는 중이었다.

그런데 본래 여경과 소화는 안전한 곳에 숨어 있으라 했으나 어머니를 보살피겠다며 기어이 따라나선 것이다. 위험해서 안 된다 했더니 그녀는 도리어 눈을 매섭게 뜨고 이렇게 반문했다.

「하오면 위험한 곳으로 이 많은 사람들을 데려가 죽게 하려는 것입니까? 승리를 확신한다 하지 않으셨습니까?」

덕분에 이제 이길 수밖에 없었다. 이번에 실패한다면 그것으로 정말 끝이니, 죽을 때 함께한 것으로 만족해야 할지도 몰랐다.

'물론 그런 일은 없을 것이다.'

그때였다. 인파 속에서 누군가가 뛰어나와 여경을 향해 소리쳤다.

"아니, 의녀! 의녀가 아니시오!"

의녀라는 말에 황제뿐만 아니라 여경과 일행의 고개가 일제히 의원에게 향했다.

"의원님?"

목소리만 듣고 긴가민가했던 여경은 그가 가까이 오자 저를 머물게 해 주었던 그 의원임을 알아보았다.

"의녀라면, 그때 그분이신가?"

"맞네. 나도 본 적이 있어. 왜 저기 계신데?"

두 사람을 알아본 구경꾼들의 술렁임이 파도처럼 일어났다.

의원은 여경이 갇힌 창살을 붙들고 따라오며 기가 막혀 했다.

"어쩌다가……. 이 무슨……. 허허. 이것, 참!"

그렇지 않아도 병자들을 내팽개치고 온 것이 찜찜했던 여경은 의원의 얼굴을 보곤 무척 반가워했다.

"눈이 밝으십니다. 어찌 절 보셨습니까?"

"지금 그런 소리가 나오는 게요? 대체 어쩌다 이리됐소? 사희담 어르신이 위험하다는 소리에 사색이 되어 뛰어갔다는 얘기를 들었소만. 설마 이리 함께…… 무슨 사연인지는 모르나 그랬으면 도주를 했어야지. 거기로 돌아가면 어쩌자는 게요! 이리 답답한 사람을 보았나!"

의원은 가슴을 치며 울분을 토했다. 이 와중에도 의녀가 활짝 웃으며 반기는 것이 더 짠하고 안쓰러워 보였다.

"나는 괜찮습니다. 병자들은 좀 어떻습니까? 다들 좋아졌습니까? 위험한 사람은 없고요?"

"지금 그게 문제요? 의녀가 죽을 처지이거늘, 뭐가 괜찮단 말이오!"

"걱정하시는 건 알겠습니다만, 전 정말 괜찮습니다. 아무 일 없을 것이니, 너무 염려 마십시오."

"모두들 걱정하고 있는데 이 소식을 들으면 다들 뭐라 할지……. 하아……."

"제가 그리 걱정되시면 저를 위해 한 가지만 해 주십시오. 그리 어렵지 않은 일이나, 제가 무사히 풀려나는 데 도움이 될 것입니다."

"그게 참말이오? 그런 방법이 있소? 무엇이오? 할 수만 있다면 내 도우리다."

"황군에게 사희담의 가솔들이 모두 압송되고 있다는 소문을 내 주십시오. 되도록 빠르게요."

"그거야……. 일부러 내지 않아도……."

"아니요. 아주 빨라야 합니다. 저희가 도성에 들어가기 전에 퍼져야 하니까요."

"알았소. 그런데, 정말 그리만 하면 살 수 있는 게요?"

"물론입니다. 어서 가 보세요. 군사들이 이상하게 생각할 겁니다."

의원은 군사들의 눈치를 살피며 여경에게 작별 인사를 했다.

그가 떠나고 나자 사 부인이 의아해했다.

"마마, 저자에게 왜 그런 것을 부탁했습니까?"

"혹시 우리가 황군과 조무기의 군사들을 없앤 것이 발각될까 봐서요. 혹 발각된다 해도 그전에 우리 소문이 먼저 돌면 궁에 들어가는 데는 어려움이 없지 않겠습니까."

"아, 그렇군요. 이 어미가 이제 늙어서 머리가 아둔해진 모양입니다. 헌데, 의녀라는 건……. 왜 저자가 마마를 의녀라 부르는지요?"

여경이 입술을 오므리며 말하기 주저하자 소화가 빙긋 웃으며 나섰다.

"마님. 글쎄, 우리 마마께서 저도 치료해 주셨답니다. 그동안 어디서 의술을 배우셨는지, 전 첨에 신의를 만난 줄 알았습니다."

"신의는 무슨……!"

"그래. 그건 아니지. 신의가 아니라 약초꾼이지."

여경이 손사래를 치는데 언제 나타났는지 이후가 그녀의 말을 가로막았다.

"대체 그사이에 또 어디서 의녀라고 사기를 치고 다니셨는가?"

"폐하께는 사기를 친 적이 없습니다."

"허면 방금 그자에게는 사기 친 것이 맞군."

할 말이 없어진 여경은 잠시 침묵하다가 정중하게 고개를 숙이며 말했다.

"폐하, 자리를 지키시옵소서. 보는 눈들이 많사옵니다."

"죄수들이 즐거운 듯이 잡담을 하는 건 괜찮고?"

"……."

"그나저나 난 이 갑옷이 안 어울리는 듯해."

뜬금없는 갑옷 타령에 여경은 그를 위아래로 훑어보았다. 말이 움직일 때마다 은색 투구 위에 붉은실로 엮은 총이 멋들어지게 좌우로 흔들렸고 번쩍이는 견갑은 그의 곧고 넓은 등허리를 돋보이게 해 주고 있었다.

"잘 어울리십니다. 옷 타령이나 하실 때도 아니니 투정 부리지 마십시오."

"마, 마마……."

여경의 퉁한 지적에 화들짝 놀란 사 부인이 조심스럽게 여경을 쿡 찔렀다.

어머니가 눈치를 주자 그제야 제 말투가 너무했음을 알고 여경은 무안해하며 말을 고쳤다.

"그러니까…… 잘 어울리십니다. 아주 잘……."

"고맙군. 체면을 살려 주어서. 부부인께서는 듣기 거북하시겠습니다. 이 사람이 죽다 살아난 이후로는 제게 깊은 원한을 품고 있으니 이해해 주십시오."

"아, 아, 아니옵니다, 폐하. 마마, 어서 그런 게 아니라고 말씀 드리십시오."

"원한이라니요. 그런 것을 가질 주제가 못 됩니다."

"보십시오. 계속 이런 식이랍니다."

"소, 송구하옵니다, 폐하."

사 부인은 더 이상 여경을 나무랄 수도 없어서 대신 허리를 숙여 사죄했다. 그러나 소화는 두 사람의 이런 대화를 처음 겪는 게 아니라서 지켜보는 것이 재밌기만 했다.

"아무튼 말일세. 날도 더운데 이런 걸 걸치고 있자니 여간 거추장스러운 게 아니라네. 나도 그냥 국구처럼 편한 옷으로 수레를 타는 게 좋았을 텐데. 어떨 것 같은가? 죄인의 몰골이 잘 어울릴 듯도 한데?"

"……무엇이든 안 어울리겠습니까."

사실 여경은 어머니 앞이라 더한 말을 해 주고 싶어도 해 줄 수가 없는 게 답답할 뿐이었다.

"그럼 지금이라도 저 안에 들어가야겠다."

"이 안이 그리도 편해 보이십니까? 별게 다 부러우십니다. 그리고 폐하께서 저 수레에 들어가시면 아버지께서 얼마나 불편하시겠습니까."

"아니지. 그 반대겠지."

"?"

"나는 아마 평생 그대의 부모님 앞에서는 죄인이 돼야 할 텐데, 불편한 건 내가 되겠지."

"아버지께선 충신이시라 폐하라면 그저 떠받들 것인데 무슨 그런 말씀을 하시옵니까."

"그대가 그날 보지 못해서 잘 모르는 모양인데, 국구께서 나를 얼마나 못 미더워하셨는지 아는가? 그대가 살아 있다고 아무리 말해도 나를 천하에 둘도 없는 비열한 놈을 보듯 하셨단 말일세."

여경은 정말 그랬냐는 표정으로 어머니를 돌아보았다.

당황한 사 부인은 펄쩍 뛰었으나 크게 아니라고는 말하지 못했다.

"모, 못 미더워한 건 사실이오나, 폐하를 그런 눈으로 보다니요……. 그저 믿기 어려워서……."

"허긴. 부부인께서도 똑같이 생각하고 계셨을 테니."

"아니옵니다, 폐하. 그런 말씀 마시옵소서."

이후는 의기양양한 표정으로 고개를 치켜들며 말했다.

"어쨌거나 내 말이 맞지 않았습니까? 나는 그렇게까지 치사한 거짓말은 하지 않습니다."

"예, 예. 그렇고말고요. 폐하가 아니십니까."

사 부인은 진심으로 황송해하며 황제의 비위를 맞추어 주었고 여경은 그게 또 못마땅했다.

"아무튼, 그 옷은 너무 잘 어울리시니 갈아입는다는 말씀 마시고 돌아가십시오. 또 황룡장이 보면 뭐라 하겠습니다."

"그러게 말일세. 요즘 내가 너무 풀어 줬더니, 기고만장해서는…… 쯧!"

"황룡장이 그간 쌓인 게 많았던 탓이겠지요."

"그럴지도. 아! 할 말이 있는데, 이리 좀 가까이 와 보게."

"예? 그냥 하시지 않고……."

"더 가까이. 귀 좀…… 이리로."

여경은 어머니와 소화의 눈치를 보며 창살로 귀를 가까이 댔다. 이후는 손을 모아 그녀의 귓가에 입을 가져갔고, 그가 속삭이기 시작하자 여경은 어깨를 움찔하며 간지러워했다.

"내가 그대를 새장 속에 넣어 버리고 싶다 했던 말 기억하는가?"

"……기, 기억나지 않사옵니다."

"날 텐데?"

"모르옵니다."

여경은 부끄러운 기억이 떠올랐으나 한사코 부정했다.

"뭐, 하여간 난 결국 성공한 듯하네."

"예?"

"결국 이렇게 새장에 넣지 않았는가?"

"이상한 말씀하시려거든 어서 자리로 가십시오."

"지금 그대가 꼭 새장 속에서 요란하게 구는 작은 새처럼 굴고 있지 않은가. 자꾸 이러니 내가 보듬어 보고 싶을 수밖에."

여경은 화들짝 놀라며 창살에서 획 몸을 돌렸다.

"보는 눈이 많다지 않았습니까. 어서 자리로 가시옵소서."

이후는 알았다고 하며 웃으면서 말을 몰아갔다.

소화는 씩씩거리고 있는 여경에게 웃음을 꾹 참으며 넌지시 물었다.

"마마, 더우십니까? 바람이 솔솔 부는데 유난히 더워 보이십니다."

"아, 그게……. 폐하께서 자꾸 엉뚱한 소리로 열을 채우시지 않느냐."

"어떤 열 말씀이십니까? 혹시 제가 생각하는 열이……."

소화의 의미심장한 눈웃음을 마주한 여경은 어머니마저 저를 뚫어져라 보는 것을 보고 펄쩍 뛰었다.

"글쎄, 그런 게 아니래도!"

이 모든 것을 어리둥절한 표정으로 지켜보던 사 부인이 그제야 긴장을 풀고 작은 웃음을 터트렸다.

"마마, 폐하께서 많이 변하신 듯 보입니다."

그 말을 한참이나 곱씹고 진중하게 생각하던 여경이 고개를 끄덕였다.

"예. 그것은…… 그런 듯합니다."

수레는 마을을 벗어나기 시작했다. 따라오던 구경꾼의 수도 점차 적어져 어느 순간 한 명도 보이지 않게 되었다.

어둠이 짙어졌지만 한시가 급한 일행은 쉬지 않고 달렸다. 그러다 쉬어 가기 좋은 너른 땅이 나오자 그제야 멈춰 잠시 눈을 붙이기로 했다.

번을 서는 이들 외에 거의 대부분이 잠들 무렵이었다. 이후는 여경이 깊이 잠든 것을 확인하고 사희담의 수레로 스윽 들어갔다.

"폐하?"

"쉿."

이후는 여경이 깰까 조심스러운지, 사희담에게 목소리를 낮추라는 손짓을 했다.

"폐하, 주무시지 않고……. 그런데 그 옷은……."

"아. 갑옷이 너무 무겁고 불편해서 가는 동안 나도 여기 있을 생각입니다."

"……."

허름한 죄인의 복을 입은 황제의 모습이라니, 사희담은 할 말이 없어졌다. 황룡장이 왜 요즘 그렇게 황제에게 까칠하게 구는지, 그간의 노고를 알 듯도 했다.

'원래 이런 분이셨던가……. 아니면 성격이 바뀌신 겐가.'

살벌한 궁에서 본인의 모습을 감추고 살아온 건지, 이번 일을 계기로 성품이 변한 것인지 참 알다가도 모를 일이었다.

"실은, 내 국구께 청이 있어 찾아왔습니다."

"청이랄 게 무에 있습니까? 이미 폐하의 뜻을 받들고 있사오니, 하문하시옵소서."

"아니, 그……. 지금 이건 내 청이 아니었습니다. 조무기 때문에 어쩔 수 없이 그대를 끌어들이긴 했으나…… 하여간, 그건 확실히 합시다. 황후가 알면 또 내가 국구를 이용했다 어쨌다 타박할 게 아닙니까."

"……예에."

"내가 부탁하고 싶은 것은 황후에 관한 일입니다."

"황후라면, 혹, 폐비마마를 말씀하시는 것이옵니까?"

"누가 부녀가 아니랄까 봐. 어찌 그리 정확하게 따지시는지. 예, 그 폐비 말입니다. 폐비 때문에 내가 요즘 아주 불안한 상태입니다."

"어찌하여…… 그리 불안하십니까."

"아무래도 내 느낌에는 다시 궁으로 오려 할 것 같지 않습니다. 국구께서는 그게 옳다 보십니까?"

"폐하, 저는 여식이 죽은 줄만 알고 세상을 등지고 살아왔나이다. 저의 여식이 부모의 품에 있고 싶다 한다면 저는 기쁘게 받아들일 생각이옵니다."

이후는 믿었던 사희담에게 이런 말을 듣게 될 줄 몰랐기 때문에 펄쩍 뛰었다.

"그럴 순 없습니다! 이미 저와 혼인을 하였는데, 부모와 함께 살다니요!"

"폐하께서 한 번 버리셨으니 이제 저희가 품게 해 주시옵소서."

"하! 고지식한 국구께서 이리 나올 줄 몰랐습니다."

근엄하게 앉아 있지만 사실 사희담은 입술을 씰룩거리고 싶은 것을 꾹 참고 있었다.

"흠, 폐하. 애초에 이런 경우가 어디 있단 말이옵니까."

"무슨 경우 말입니까? 내가 버린 부인을 다시 데려가면 안 되는 경우가 있습니까?"

"폐하께선 지금 장인에게 딸을 달라 부탁하러 오신 게 아니십니까? 하오면 술이라도 한 잔 가져오셨어야지요."

이후는 눈을 번쩍 뜨고 반색했다.

"술! 아! 내가 그런 경우가 없긴 합니다! 잠시만 기다리십시오."

사희담은 술을 가지러 간 이후를 보며 결국 만면에 웃음을 터트리고 생각했다.

'이럴 때 아니면 언제 황제에게 장인 대접을 받아 보겠는가.'

깊어 가는 밤. 몇 순배의 술로 사희담의 쌓였던 설움이 조금은 씻겨 갔다.

15.

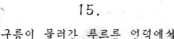

구름이 물러간 푸르른 언덕에서

무척 흐린 날씨였다. 먹구름이 잔뜩 낀 하늘은 비를 뿌려 줄 생각이 전혀 없어 보였다. 그리고 그것은 나무에 기대앉은 황제의 잔뜩 찌푸린 얼굴도 마찬가지였다.

"게워 내면 좀 편해지실 텐데요."

차를 따르는 여경은 황제의 괴로운 표정이 신경 쓰였다. 축 처져 있던 황제는 그녀가 건네는 차를 받으며 중얼거렸다.

"그럴 수는 없지. 내 체면도 체면이지만, 이게 어떤 술인데 게워 낸단 말인가."

사희담에게 여경을 다시 황후로 보내 달라 조르며 밤새 잔을 주고받았으니, 아주 비싸고 귀한 술이었다.

"어떤 술인데 그러십니까?"

"알 것 없네. 읍. 이건 맛이 별로군."

"맛으로 먹는 차가 아닙니다."

여유로운 다도를 즐길 때가 아니었다. 황제의 숙취 때문에 어쩔 수 없이 발이 묶인 상태라 여경은 숙취에 좋다는 헛개나무를 끓여 내왔다.

"하아……. 대체 얼마나 마셨기에 속이 그리 불편하신 겁니까. 적당히 마시지 않으시고. 함께 마셨다는 아버지는 저리도 멀쩡하신데, 혼자서 왜 잘 드시지도 못하는 술을 그리 드셔서는……."

"그러게 말일세. 국구께서는 의외로 술을 잘하시는군."

"무슨 말씀이십니까. 아버지는 폐하보다도 술을 못하실 텐데요."

"……그럴 리가?"

"정말입니다. 어쩌다 술이라도 몇 잔 드시고 오시는 날에는 다음 날 일어나지도 못하셨는걸요."

이후는 미간을 찌푸리며 어젯밤 일을 떠올렸다. 그러고 보니 술을 마시던 사희담의 행동이 좀 묘하긴 했다.

'몰래 다 버리셨군.'

그냥 저를 골탕 먹이고 싶으셨구나 무릎을 탁 쳤다.

"국구께서 나보다 한 수 위군."

"예?"

할 수 없었다. 알았다 해도 어제는 제가 다 마셔야 했던 술이었으니.

"한 잔 더 주게. 이게 숙취에 그렇게 좋다면 오늘 밤을 위해 더 마셔 둬야겠네."

"과하면 독이 되는 법입니다. 술이든, 약이든 말입니다. 그리고…… 폐하의 마음도요."

"?"

"너무 과하십니다. 제게 보여 주시는 정성도, 사람들을 대하는 모습들도, 너무 많이 변하셨습니다. 마치 다른 사람 같으니, 다들 혼란스러워하지 않습니까."

"그러고 보니 그대는 내 차가운 성정을 연모하였나 보군. 바뀐 모습을 싫어하는 걸 보면."

"……싫지 않습니다."

숙취를 잊을 만큼 반가운 대답이었다.

"싫지 않으면 좋다는 말 아닌가? 대체 뭐가 문제란 말인가?"

"싫진 않으나 낯설고, 진정성이 보이지 않습니다. 또 언제 원래 대로 돌아가실지 모르니까요. 황위에 오르시면 때론 비정하고 매몰차야 할 때가 오겠지요. 그러면 저는 그때마다 마음을 졸여야 합니까. 아니면 폐하가 가고자 하는 길에 또 저번처럼 제가 걸림 돌이 되는 날도 있겠지요. 그런 가슴 아픈 짓 이제 지긋지긋합니다. 다시 견뎌 낼 자신이 없습니다."

"그렇군."

여경은 이 무거운 공기를 습하고 더운 날씨 탓으로 돌렸다.

"다 마시셨으면 이제 시작해 보겠습니다."

이후는 여경이 들고 있는 고리를 보고 눈살을 찌푸렸다.

"이렇게까지 해야 하는지……."

"폐하께서 궁으로 가시겠다고 대책 없이 조르셨으니 따르시지 요."

이후가 조무기 역을 맡으려면 한 가지 꼭 해 주어야 할 게 있었 다. 바로 조무기가 뚫은 귀가 문제였다. 이후는 천민들처럼 귀에 고리를 건다는 게 영 마뜩지 않았지만 길재와 선무의 성화에 어쩔 수가 없었다. 그나마도 여경이 잘 소독해서 뚫어 주겠다 하는 바람에 허락한 것이다.

여경은 준비해 둔 약을 손에 묻혀 이후의 귓불을 세게 문질렀다.

"아프십니까?"

"묘하군."

"네?"

"아픈지 좋은 건지 모르겠네."

"폐하. 저는 지금 폐하의 몸에 상처를 내야 하옵니다. 집중해도 떨리는 판에 농이 나오십니까."

"그대가 떨 이유가 있는가? 내게 쌓인 감정이 많을 테니 이것으로 풀면 될 것을."

"송구하옵니다만 폐하. 저의 해묵은 감정들은 이깟 고리 하나로 풀 수가 없사옵니다."

"그럼 이리하지. 그대 마음이 풀릴 때까지 내 이 고리를 빼지 않겠네."

"……그러다간 영원히 귀의 구멍이 막히지 않을 겁니다."

"그럼 영원히 이리 살면 되네. 그대가 해 준 고리니 그대를 주인 삼아 살면 되겠군."

"그런 무서운 말씀하지 마십시오."

"윽!"

여경은 이후의 말이 끝나기 무섭게 손에 힘을 꽉 주어 귀에 구멍을 뚫고 고리를 걸었다.

"염증이 생길 수 있으니 당분간 술은 절대 입에도 담지 마시옵소서."

다시 약물로 귀를 닦아 내고 태연히 정리를 하는데, 이후가 아픈 귀를 매만지며 중얼거렸다.

"아이가 있었으면 좋았을 것을."

"!"

다기를 정리하던 여경이 움찔 놀라 멈췄다.

"좀 더 유혹해 보지 그랬었나? 나도 사내인지라 몇 번은 아슬아슬, 선을 넘을 뻔했는데."

황후 시절 그에게 받은 굴욕들이 떠올랐다. 수치스러움을 참고 그에게 안기고자 노력했던 일들과 번번이 실패하며 받은 상처들. 그 아픈 기억을 끄집어내는 황제가 원망스럽다.

"생각하니 아쉽군. 우리에게 아이가 있었다면 장화영을 부르진 않았을 텐데 말일세."

여경은 자리에서 일어서며 굳은 얼굴로 말했다.

"저도 한때 그런 마음으로 폐하께 매달렸지요. 허나, 그건 이제 후회하지 않습니다."

"어째선가? 장화영이 오지 않았다면 그대는 이런 고초를 겪지는 않았을 것인데."

"대신 더 비참했을 것입니다. 원치 않은 후계자를 낳은 죄로 말이지요. 그건 더 끔찍합니다. 폐하와 제가 평생 오해와 미움 속에서 살았을 테니 말입니다. 적어도 이렇게 나와서 폐하의 여러 모습을 알게 된 것이 저는 좋았습니다. 저를 아껴 주셔서 설레었습니다. 그러나 저는 거기까지입니다. 이것만으로 충분히 만족하니

277

까요."

"아니, 만족 못 할 걸세. 내가 말했던 것 같은데. 새장 속의 새는 새장을 벗어나면 오래 살지 못한다고."

"저는 폐하의 새가 아닙니다. 폐하께선 제 작고 초라한 움막이 비참해 보였을 테지만 그곳에서 저는 숨을 쉴 수 있었습니다. 황궁이라는 화려한 새장보다 그곳이 더 살기 좋았습니다."

이후도 자리에서 일어났다. 그리고 떠나려는 그녀의 어깨를 돌려세우고는 이렇게 말했다.

"내가 말한 새장은 황궁이 아닐세. 솔직해지는 게 어떤가? 단 하루라도 내 생각을 하지 않은 적이 있는지. 앞으로는 또 그리 살 수 있는지."

"……."

그는 여경의 대답을 기다리지 않고 먼저 자리를 떠났다. 들을 필요도 없이 확실해서가 아니었다. 사실은 그녀의 대답을 듣기가 두려웠기 때문이다. 한 번 떠난 마음은 돌아오기 힘든 법인데, 그녀가 이미 제게서 마음이 떠났을지도 모른다는 생각이 들어 자신감이 없어졌다. 황궁의 갑갑하고 엄격한 울타리 속으로 저 하나만 믿고 다시 들어가려면 얼마나 저를 더 사랑해야 하는가.

"폐하, 좀 괜찮아지셨습니까?"

휘적휘적 걸어오는 황제를 가장 먼저 반긴 것은 선무였다.

"그만 보채거라. 괜찮지 않아도 갈 것이다."

"그럼 이제 갑옷을 입으시옵소서."

"……."

이후는 갑옷을 보기만 할 뿐 받으려 하지 않았다.

"왜 그러십니까?"

"넣어 두거라. 난 한숨 자야겠다."

그러면서 다시 사희담의 수레로 향하자 선무는 끓어오르는 가슴을 치며 외쳤다.

"아예 새 수레를 하나 만들어 드릴 테니 마마와 한 수레를 타시지 그러십니까!"

체통을 벗어 던지고 죄인의 초라한 몰골을 보이다니 황제의 위엄은 도대체 어디로 갔단 말인가. 갑옷과 말 타기를 힘들다 할 사람이 아니거늘, 사희담의 수레에 오르는 뻔한 수작을 눈치채지 못할 선무가 아니었다.

"그래 주면 나야 고맙지."

뒤도 돌아보지 않고 하는 대답에 선무는 더욱 약이 올랐다.

'조무기한테나 가 봐야겠다.'

화풀이할 곳은 거기밖에 없었기 때문이다.

사희담은 수레에 오르는 황제를 전날보다 편안한 웃음으로 맞았다.

"좀 괜찮아지셨사옵니까?"

"장인께서 술이 이렇게 센 줄 몰랐습니다. 오늘 밤에 한 잔 더 하시겠습니까?"

이후는 제가 속은 것을 알고도 너스레를 떨었다.

"폐하께서는 두렵지 않으시옵니까?"

"무엇이요?"

"지금은 황후를 택하는 일보다 황위를 찾으시는 것이 더 시급하니 말이옵니다. 일이 잘못될까 두려워하시기는커녕, 즐기고 계

279

신 듯하옵니다."

"예. 즐겁습니다. 고단하지만 즐거웠던 긴 나들이를 다녀오는 기분입니다. 집으로 돌아가는 길에 시원섭섭한 아쉬움이 남을 뿐이지요. 지금 내가 두려워하는 것은 황후밖에 없답니다."

사희담은 제 자리를 찾을 것이라 믿어 의심치 않는 황제의 자만을 비웃거나 한심하다 여기지 않았다. 황제는 예전과 달리 부드럽고 인간미가 흘렀으나 실은 그 속이 더 냉정하고 단단해져 있었다.

"더 무서운 분이 되셨습니다."

이제 황제는 사람을 다루는 법을 알게 되었다. 때론 유하게 때론 강하게, 그리고 더 과감하게 밀어붙이고, 넓게 멀리 보는 안목을 갖게 된 것이다.

사희담의 말에 이후는 그를 물끄러미 보다가 고개를 돌렸다. 그러고는 입가에 미소를 띠며 부끄러운 듯 말했다.

"아마도 지켜야 할 것이 생겼기 때문이 아니겠습니까."

"!"

그 말을 들은 사희담은 머릿속이 환하게 밝아지는 기분이 들었다.

'내가 그걸 몰랐구나!'

황제가 여경에게 매달리는 것이 그저 여경의 진심을 깨달았고, 그간의 미안함 때문이라고만 생각했다. 막연히 황제가 여경에게 호감이 있을 거란 건 느끼고 있었지만 그것이 이토록 간절한 것인 줄은 미처 생각하지 못했던 것이다.

"제가 늙긴 했나 봅니다. 젊은 사람들의 마음을 이렇게 몰랐습니다."

황위보다 더 간절하게 지키고 싶고, 살아가는 이유이자 전부인 것. 그것이 제 딸에 대한 연모라니 감격스러웠다.

"무슨 말씀이십니까. 애처가로 소문이 자자하시더이다. 제게도 비결을 알려 주시지요."

두 사람이 화기애애하게 농을 주고받을 때였다.

"폐하."

선무가 창살에 바짝 다가와 은밀한 목소리로 이후를 불렀다.

"무슨 일이냐?"

"조무기가 마마를 뵙길 간절히 청하고 있사옵니다."

"조무기가? 그놈이 왜?"

"제게는 말할 수 없다며 마마를 불러 달라 하고 있사온데, 어찌해야 할지……."

"황후가 그놈을 봐서 뭐하겠느냐. 내버려 둬라. 그냥 개수작일 것이다."

"그러려고 했사온데, 후회할 것이라고 큰소리를 치니……."

"그러면 황후에게 무슨 말을 하려 했는지, 입을 열게 해라. 그러면 간단한 게 아니냐?"

그러자 듣고 있던 사희담이 끼어들었다.

"폐하, 그러지 말고 마마께 만나 보도록 하시옵소서."

"보나마나 그놈이 황후를 이용해 수작을 부리려는 것입니다."

"폐하께서 마마를 황후로 생각하신다면 이리하시면 아니되옵니다. 마마께서 듣고 판단하시도록 해 주시옵소서."

"……"

이후는 진중하게 더 고심한 후에 사희담의 말이 옳다 여겼다.

"가자. 황후와 함께 가 보는 게 좋겠다."

잠시 후, 이후는 여경을 데리고 조무기에게 갔다. 조무기는 꽁꽁 묶여 맨발에 족쇄까지 차고 끌려오고 있었기 때문에 온몸이 피투성이였다. 한 나라의 대장군이 하루아침에 이런 모습으로 전락했으니 갑옷과 함께 자존심과 긍지도 내려놓은 듯했다.

"사, 살려 주십시오. 살려 주십시오, 폐하. 살려 주십시오, 마마!"

그들을 보자마자 넙죽 엎드려 갈라진 목청이 찢어져라 외쳤다.

이후는 눈살을 찌푸리다가 힐끗 여경을 바라보았다. 마음 약한 그녀가 이 모습을 보고 분명 흔들렸을 것이라 생각했기 때문이다. 그런데 여경은 무심하고 차가운 눈길로 조무기를 내려다보고 있었다.

"날 보자 한 연유가 네 목숨을 구걸하기 위한 것이냐?"

그 목소리 또한 표정만큼이나 차가웠다.

조무기도 놀랐는지 어깨를 흠칫 떨다가 천천히 고개를 들었다.

"!"

겁에 질려 있던 그의 눈빛이 여경을 마주하는 순간 다시금 비열함으로 물들더니, 씨익 웃기까지 했다.

"네놈이 실성을 하여 날 보자 한 모양이구나. 미안하지만 나는 정신병은 치료하지 못한다."

이후가 호통치기 전에 여경이 먼저 날카롭게 빈정거렸다. 하지만 조무기는 죽기로 마음먹었는지, 정말로 실성한 것인지, 끅끅 소리 내어 웃기까지 했다.

"네 이놈!"

선무가 칼을 빼 들고 호통하자, 그제야 조무기는 웃음을 뚝 멈췄다.

"숙정이란 계집이 끝까지 입을 열지 않더이다."

"!"

"숙정? 그게 누구냐?"

고개를 갸웃하는 이후와 달리 여경은 조금 전처럼 평정심을 유지할 수가 없었다.

"숙정? 숙정이라 했느냐! 그 아이가 지금 어디 있느냐!"

저를 살려 주었고 또 사 년이란 세월을 그 아이에게 의지해서 살지 않았는가. 그랬는데 저로 인해 위험에 처한 것을 알고도 여태 외면해야만 했었다. 그 가엾은 이름이 조무기의 더러운 입으로 불리자 여경은 다급하고 불안했다.

"크크크."

"어디 있냐고 묻지 않아!"

"알려 주면 날 살려 줄 수 있소?"

"네 이놈! 대역죄를 짓고 어찌 살기 바라느냐! 나를 이용해 살길 바라지 마라! 네놈이 원하는 대로는 되지 않을 것이니라!"

이후는 여경이 조무기에게 휘둘리지 않고 따끔하게 호통치는 것을 듣고 흐뭇해했다.

"그러면 나도 말해 줄 수 없소. 하기야 그 계집이 가엾긴 하나 천한 년이 어찌 되든 상관없겠지요."

"뭐라!"

여경이 흥분해서 파르르 떠는데 이후가 그녀의 어깨에 손을 얹었다.

그를 돌아본 여경은 근심 가득한 눈동자로 힘주어 말했다.

"폐하……. 숙정은 저를 살려 주었던 아이입니다. 그 아이 덕에 제가 이렇게 살 수 있었습니다."

"……."

이후가 말이 없자 조무기가 빈정거리며 끼어들었다.

"아! 폐하께서도 그 아이를 보신 적이 있으십니다. 기억하실지 모르겠습니다만 제가 폐하를 처음 뵌 그 주루에서 말이옵니다. 폐하께서 그 계집에게 저의 은자를 적선하셨지요. 인연이란 게 참 재밌지 않사옵니까?"

이후는 몇 년 전 조무기에게서 구한 계집아이가 생각났다. 여경이 떠올라 묘한 연민이 느껴졌던 아이였다. 그런데 그 아이가 여경을 구했다니, 조무기의 말대로 알 수 없는 인연에 탄복하고 있었다.

"조무기, 네놈이 저지른 죄는 이런다고 해서 용서받을 수 없다. 오히려 그 죄가 더 무거워질 뿐이다. 이각을 만나기도 전에 여기서 죽고 싶으냐?"

"그게 제가 바라던 바입니다! 살려 주실 수 없거든, 여기서 죽여 주십시오!"

"!"

"내 어찌 이런 몰골로 나의 황제를 뵐 수 있겠소! 그러니 더는 날 욕보이지 말고 여기서 죽여 달란 말입니다! 어서!"

여경은 발악하는 조무기를 노려보며 입술을 깨물었다. 그러자 이후는 눈살을 찌푸리며 여경의 입술에 손가락을 가져갔다.

"!"

"이러니 입술이 남아나질 않지."

"……."

살짝 벌어진 입술이 무언가 말하고 싶은 듯 보였다.

"그대가 원하는 대로 하시게."

오물거리던 입술에서 작은 목소리가 새어 나왔다.

"……아 주실 것입니까."

"?"

"꼭 찾아 주실 수 있으십니까?"

"……꼭, 반드시 찾아 주겠네."

여경은 힘 있는 황제의 목소리에 안도했다. 그래서 조무기를 싸늘하게 돌아보며 말했다.

"나는 네놈이 정당한 죗값을 치르길 바란다. 사사로운 나의 인연 때문에 너를 용서할 마음도 너의 더러운 협상에 응할 마음도 없다. 두 번 다시는 이런 일로 나를 부르지 말라!"

돌아서는 여경의 등을 향해 조무기는 큰 소리로 발악하고 저주했다.

"후회할 것이오! 나를 이리 대한 것을 후회할 것이오! 궁에 가면 너희들 뜻대로 될 것 같으냐! 다 죽을 것이다! 황제가 네놈들을 다 죽일 것이란 말이다!"

이후는 여경을 뒤쫓기 전에 선무에게 한마디 당부했다.

"시끄러우니 재갈이라도 채워 놓거라."

그러고서는 여경의 앞으로 달려가더니 뒷걸음치며 그녀와 마주 보고 걸었다.

"잘하셨네."

"딱히 칭찬 듣고자 한 말이 아닙니다."

"알고 있네."

"폐하를 위해서 한 말도 아닙니다."

"그럼 황후의 본분을 다하고자 한 말인가?"

여경은 걸음을 우뚝 멈췄다.

"저는 황후가 아니옵니다."

"곧 될 걸세."

"……그래서 폐하를 한번 믿어 볼까 합니다."

"!"

"숙정을 찾아 주겠다는 약조를 지키십시오. 저와 했던 약조들을 어기셨으니, 이것으로 제게 믿음을 주시옵소서."

"지금 그 말은……."

이후가 뭐라 말하려 했으나 여경은 재빨리 그의 말을 잘랐다.

"하찮은 계집과 한 약속이라 궁에 돌아가면 잊으시겠지요."

"이보게!"

"그러니 꼭 찾아 주십시오. 폐하를 믿는 것, 이번이 마지막입니다. 그 아이를 찾아 주시기 전에는…… 궁으로…… 들어가지 않을 것입니다."

이후는 청천벽력 같은 소리를 들은 것처럼 그 자리에 굳어 버렸다. 여경이 자신을 지나쳐 가는 것을 보고도 움직이지 않았으니 말이다.

"폐하, 왜 그러고 서 계십니까?"

조무기에게 재갈을 채우고 한발 늦게 움직인 선무가, 그의 표정을 보고는 무슨 큰일이라도 난 줄 알고 놀라서 물었다.

"……."

"폐하?"

그 뒤로도 몇 번이나 불렀으나 이후는 움직이지 않고 있다가 돌연 눈을 빛내고는 제 손을 탁 쳤다.

"결국, 오겠단 소리가 아닌가!"

"예?"

이후는 숙정이를 찾지 못하면 황후가 되지 않겠다는 의미를 숙정이만 찾으면 황후가 되겠다는 뜻으로 좋게 해석했다. 여경의 마음이 그에게 기울어져 있음을 알린 것과 다름없다고 생각한 것이다. 죽어도 안 오겠다고 버텨서 저를 난감하게 했는데 실은 그녀의 마음도 풀어지고 있었던 모양이라고.

"결국 그런 소리가 아니더냐!"

"무슨 말씀이신지……."

"그럼 빠를수록 좋겠구나. 선무, 조무기 놈의 입을 찢어도 좋으니 무슨 짓을 해서라도 숙정이란 아이가 어디 있는지 알아내거라. 조무기가 입을 열지 않으면 낱낱이 조사해서 찾아내거라. 최대한 빨리, 무슨 짓이든 하란 말이다. 알겠느냐?"

"예. 그리 명을 내리셨으니 최대한 빨리 알아보겠나이다. 뭣 때문에 이리 신이 나셨는진 모르겠습니다만 말입니다."

"선무."

"예?"

"이제 거의 다 왔구나."

"그럴 리가요. 반의반도 못 왔을 텐데요."

"마음이 궁에 있으니 거의 다 온 것이나 다름없다."

목숨을 부지하느라 도주하기만 급급했고 다시 궁으로 돌아갈 거란 희망이 사실상 없었다. 선무가 뜬구름 잡듯이 궁으로 가자고 했을 때 그의 간절함을 외면하기만 했었다. 다시 돌아간다 해도 과연 제가 가진 것이 무엇일까? 늘 곁에 있던 선무밖에 없는 게 아닌가. 그렇다면 황제가 되어 무얼 가졌었단 말인가. 그런 허무한 생각만 가득했었다.

그런데 이제 궁에서도 함께해 줄 여경을 얻었다. 세상에 두려울 게 없고 다 가진 것 같아 지금이 바로 황제가 된 기분이니, 궁이 가깝게만 느껴지는 것이다.

"갑옷을 가져와라."

이후는 그렇게 싫다 했던 갑옷을 다시 입고 늠름하게 말을 달렸다.

끼이익. 철썩. 석양이 지는 붉은 바다 위로 한 척의 범선이 유난히 심하게 삐그덕거리는 소리를 내며 달리고 있었다. 그 배에는 이후 일행과 별도로 행동하게 된 풍운이 타고 있었다. 그는 오래된 집이나 다름없는 낡은 범선을 쓰다듬었다. 정은 들었다만 배를 버려야 할 때가 온 것 같았다.

'이번 폭풍을 끝으로 작별이로구나.'

무거운 비를 머금은 구름이 때를 기다리며 무게를 견디고 있었다. 신경질적으로 가뜩이나 낡은 배를 두드리는 파도 또한 심상치 않았다.

'서둘러야겠군.'

핏빛을 띤 구름이 으르렁거리는 소리가 풍운에게는 들리는 듯했다. 머지않아 큰 폭풍이 몰아칠 것이다.

밤이 가까워지자 하늘은 점점 검붉은색으로 물들어 갔다.

바다에서 한참 떨어진 육지에서 말 위에 앉은 이후도 그 하늘을 보고 있었다.

"벌써 어두워졌군."

그러나 이후는 근심하는 투가 아니었다. 오늘 밤은 잘 곳을 걱정하지 않아도 되기 때문이다. 잠시 후, 마을로 이어진 대로를 따라가니 관청에서 마중을 나와 있었다. 이곳에서 하루 묵고 가겠다고 미리 연통해 두었더니, 마치 황제를 직접 맞이하듯이 대규모의 관군이 정렬해 있었다.

"매장포에 오신 것을 환영합니다. 황군을 맞이하다니 우리 군에 크나큰 복입니다. 내려오실 때는 들러 주시지 않아 얼마나 서운했는지 모른답니다."

매장포의 군수는 얍삽하게 생긴 그대로 아첨질을 잘했다. 그래도 의심을 살 수 없었기에 선무가 나서서 잘 설명했다.

"폐하께서는 이번 행차로 역도를 잡아들이는 것뿐만 아니라 관청의 민심 또한 두루 살피라 했소이다. 오는 길에 여러 관청을 돌았으나 모두 폐하의 황군을 맞이하는 데 소홀함이 없는 것이 하나같이 충신들이었소."

한마디로 잘 대접하지 않으면 역도로 몰겠다는 협박이었다. 황군이 내려오는 길에 들렀던 관청에 다시 들어갔다가는 정체를 들킬 테니, 부러 그런 곳을 피해 길을 다르게 잡았다. 그러나 선무는 이왕 이리된 거 대접이나 잘 받아 보자는 심산으로 거만하게 나불거린 것이다.

이후는 청산유수 같은 선무의 말을 들으며 혀를 내둘렀다.

'저놈은 간신이 되려면 얼마든지 될 놈이로구나.'

이후의 감탄처럼 매장포 군수는 선무에게 속아 허리를 굽실거리며 그의 장단에 놀아났다.

"폐하의 고견이 참으로 놀랍지 뭡니까. 자, 모두들 큰일을 하시느라 노고가 많습니다. 어서 저를 따르시지요."

이를 지켜보던 정 군수는 같은 군수의 체면이 떨어지는 것 같아 제가 다 얼굴이 화끈거렸다.

어쨌거나 곧 수백의 인원이 횃불을 밝힌 매장포의 관청에 들었다. 그중 백여 명은 죄수의 신분으로 옥에 갇혔으니 옥사가 미어터질 지경이었다.

"이놈들은 어째서 이리 험한 꼴이랍니까."

군수는 끌려가는 죄수들 중 조무기와 편덕수가 재갈까지 하고 있는 것을 보고 물었다.

"저놈들은 이후와 연계된 자들인데 입을 열지 않고 저항이 심해 손을 좀 보았지요."

이 역시 선무가 퉁명스럽게 뱉은 말이었는데 듣고 있던 이후는 괜히 찜찜해졌다.

'이놈이 내 이름을 함부로 부르고 싶었던 모양이군.'

선무는 찔리는 게 있긴 한지 가늘어진 이후의 눈초리를 바로 보지 못했다.

"허허! 참으로 흉악한 놈들일세! 여봐라, 이것들은 따로 가두고 잘 감시하거라. 알겠느냐!"

군수는 조무기에게 눈을 부라리며 부하들에게 따로 단속을 시켰다. 조무기와 편덕수는 안광을 형형하게 빛내며 큰 소리로 웅얼거리고 몸부림쳤으나 매장포 군수는 그들이 무슨 말을 하려는지 조금도 알아들을 수가 없었다.

이를 무척 흡족하게 바라보던 이후의 눈에 불꽃이 튀었다. 관군들이 여경을 거칠게 끌고 가는 것을 보았기 때문이다.

"거기! 잠깐 멈추어라!"

"예?"

여경의 팔을 붙잡은 관군이 어리둥절해하고 군수까지 무슨 일이냐고 물었다. 여경은 이후를 쏘아보며 눈빛으로 그를 말렸다.

'가만히 계십시오. 괜히 이러다 의심받습니다.'

이후는 그것을 못 본 척하고는 군수의 귓가에 입을 바짝 대고 무어라 소곤대기 시작했다. 무슨 소리를 들은 것인지 군수가 입가를 씰룩거리며 고개를 끄덕였다.

"제가 준비한 매장포 최고의 기녀들이 장군을 모시지 못해 아쉬워하겠습니다."

"오는 길에 기녀들이라면 지겹게 안아 보았소."

"그렇겠습니다. 허면 일단 준비가 될 동안만이라도 안으로 드시지요. 힘을 쓰시려거든 허기부터 채워야 하지 않겠습니까. 하하하하하!"

여경은 두 사람이 무슨 대화를 나누었는지 눈치채고 한숨을 푹 쉬었다.

'제정신이십니까!'

차마 말은 못 하고 눈을 부릅뜨는데 황제는 들으란 듯이 말했다.

"아. 죄인 사희담과 그의 부인에 대해서는 전 승상으로서의 예우를 해 주게. 죄수를 너무 험히 다루지 말라는 폐하의 명이 있으셨네."

죄인을 감싸고도는 이후의 태도 때문에 일행들은 정체를 들킬까 조마조마했다. 그러나 어리석은 군수는 전혀 눈치채지 못하고 그저 아첨하기 바빴다.

"폐하의 아량이 이리도 넓으시다니, 해월국의 복입니다. 오늘 제가 좋은 술을 준비해 두었으니 어서 안으로 드시지요. 뭣들 하고 있느냐. 저 아이를 데려다가 깨끗이 씻겨서 장군을 모시는 데 소홀함이 없도록 해라."

그렇게 안으로 끌려 들어간 일행은 푸짐하게 차려진 요리로 배를 채우고 향긋한 술로 더위를 식혔다.

찰랑.

"흐음……."

잔뜩 취한 이후는 따뜻하면서도 기분 좋은 노곤함을 느끼고 콧소리를 냈다. 졸았었는지 몽롱하게 눈을 뜨니 낯선 곳이었다. 뿌연 수증기가 눈앞에 아른거리고 찰랑거리는 물소리가 들렸다. 가만 보니, 제가 아무것도 입지 않고 욕조에 들어가 있었다. 선무에게 부축 받아 방으로 들어온 것까지는 기억이 나는데 지금 상황과는 잘 연결이 되지 않았다.

"!"

이후는 목에 부드러운 사람의 손길이 닿는 것을 느끼고 화들짝 놀라 첨벙거리며 뒤를 돌아보았다.

"그, 그대가 왜?"

물수건을 든 여경은 이후 때문에 젖어 버린 얼굴을 손으로 문질렀다.

"대체 여기서 뭘 하고 있는가?"

"뭘 하고 있겠습니까? 폐하를 씻겨 드리고 있지 않습니까."

그녀의 목소리는 곱지 않았고 그래서 이후는 더 황당했다.

"그러니까 왜 시키지도 않은 짓을……?"

"시켜서 하는 일입니다."

"누가? 혹시 선무가?"

"황룡장은 그냥 폐하를 이 방으로 던져 놓고 가셨고, 저는 오늘 밤 폐하의 시중을 들라는 군수의 명을 받았습니다. 잊으셨습니까? 폐하께서 저를 직접 지명하지 않으셨는지요?"

서리가 내릴 듯한 여경의 목소리에 이후는 펄쩍 뛰며 억울해했다.

"그건 그대를 편히 쉬게 해 주려고 방으로 부른 것이지 별다른 뜻은 없었네."

"폐하께서 무슨 뜻이 있었는지 없었는지는 모르오나, 제가 이 방에 불려 왔을 때 이미 폐하께서는 욕조에 계셨습니다."

"아니 난 전혀 기억이……."

"팔 이리 주십시오."

"글쎄, 이러지 않아도……."

"왜 그러십니까? 조금 전까지는 무척 편안해하시던걸요."

"내……가 무슨 헛소리를 하던가?"

이후는 많이 당황하고 있었다. 여경에게 잘 보여야 할 판국에 그녀를 종 부리듯이 했다니, 대체 얼마나 취했단 말인가. 사실 술을 많이 마실 생각은 없었다. 헌데 군수가 어찌나 말이 많은지, 그 소리가 듣기 싫어 선무와 함께 주거니 받거니 하다 어느 순간 머릿속이 깜깜해지고 만 것이다.

"헛소리는 아니셨습니다. 씻겨 드렸더니 시원하다 하시면서 여기저기를 더 잘하라 요구하셨지요."

"그럴 리가……."

"그러셨습니다."

"헛소리를 하는 주사는 없을텐데……."

"어서 팔을 주십시오."

"됐으니 이제 그만하게. 술도 깼으니 내가 알아서 하겠네, 그 화난 표정이나 좀 어찌해 보게나."

"화나지 않았습니다. 감히 누구의 명이라고 불만을 품겠습니까. 최선을 다해 시중을 들겠습니다."

여경은 사실 그렇게 기분 나쁘지 않았다. 그저 황당했을 뿐이다. 사람들에게 끌려가 억지로 씻기고 곱게 단장까지 하고 왔더니 욕조에 그가 앉아 있었다. 저를 끌고 온 사내가 물수건을 쥐여 주고는 시중을 들라 했다. 그도 여기까지는 생각하지 않았을 거라 생각하니 물수건을 들고 멍하니 서 있다가 웃음이 났다.

지저분한 옥사에서 제대로 먹지도 못하고 잘까 봐 저를 배려해 준 것임을 왜 모를까. 한방에서 자고 싶다는 엉큼한 생각보다 그게 먼저였을 것이다. 그런데 목욕시중까지 제가 하게 될 줄 몰랐으리라.

'어찌 이리 미움받을 일만 벌이십니까.'

그러다가 잠든 그의 모습을 보니 그동안의 서운함과 원망보다 고마운 마음이 앞섰다.

사여경을 죽이려 한 적이 없다는 그의 말이 이제는 진심으로 들렸다. 제가 위험해질 때마다 만사를 제쳐두고 달려와 주었다. 사여경임을 알게 된 후에도 마음이 변치 않으셨다. 제 진짜 모습을 의심하지 않고 똑바로 봐 준 것이다.

그래서 아버지 역시 승상이 아니라 장인으로 구해 주셨다. 비록 아버지께서 폐하를 돕는 길을 택하셨지만 그것은 순수하게 아버지의 뜻이었음을 여경도 잘 알고 있었다.

「아버지, 더 이상 이런 일에 휘말리지 마십시오. 이제 우리 세 식구, 서로에게 의지하면서 행복하게 살 수 있습니다.」

「마마, 숨어 지내는 것은 행복한 것이 아닙니다. 」

가슴을 뜨끔하게 만드는 아버지의 꾸중이었다. 제가 숨어 지내는 동안 누구 하나 행복한 사람이 없지 않았나.

일찍 그의 앞에 나타났다면 서로에게 이토록 깊은 상처를 남기지는 않았을 것이다. 저를 잃고 위악을 떨며 스스로를 절벽 끝으로 몰아간 황제도 저 못지않게 아팠으리라. 그래도 그는 제가 살아 준 것만으로 고마워하지 않았던가.

그래서 말로 전할 수 없었던 미안함과 고마움을 대신해 그를 정성껏 씻겨 주고 있었다. 그가 갑자기 깨어나 정색하는 바람에 저도 짐짓 화난 척 그를 골려 주고 있는 것뿐이었다.

"후환이 두려우니 그만두시게."

"언제부터 저 같은 걸 겁내셨다고요. 누가 들으면 진짜인 줄 알겠습니다."

여경이 입을 삐죽거리자 이후도 이제 그녀가 저를 곤란하게 만드는 중임을 눈치챘다.

"흠……. 뭐 그렇다면야, 이왕 시중을 들어 주겠다니 고맙게 받지. 헌데, 어디까지 씻었나?"

이후의 눈이 자신의 몸 아래를 향하자 여경은 얼굴을 붉히고 얼버무렸다.

"예? 어, 어디까지라니요……. 거의 다, 다 씻었습니다."

"그런가? 이거 참, 기억을 못 하니. 그럼 처음부터 다시 해 주게."

"그래야 할 이유는 없다고 봅니다."

"시중드는 사람이 참 말이 많군."

여경은 못 들은 척하고 수건을 물에 적셔 그의 팔을 닦아 주기 시작했다. 그런데 갑자기 조용해진 데다가 그가 저를 뚫어져라 쳐다보며 흐뭇해하니 민망해서 고개를 들 수 없게 되었다.

"이왕 시중드는 거……. 제대로 하시게."

"예?……. 헉!"

긴장하고 있던 여경은 황제가 손을 낚아채자 화들짝 놀랐다.

"뭘 그리 놀라시는가?"

"가, 갑자기 그러시니……."

여경은 제 손이 그의 탄탄한 가슴에 닿자 어쩔 줄 몰라 하며 주먹을 꽉 쥐었다. 슬그머니 손을 빼려 해 보지만 그가 꽉 잡고 놓아주지 않았다. 그러면서 심지어 그녀의 손에 쥐고 있던 물수건을 빼앗아 버렸다.

"왜 이러십니까!"

"나는 오늘 무척 고단했네. 그 갑옷이 얼마나 무거웠는지 아는가?"

"그, 그래서요?"

"그래서라니? 시중드는 사람이 그런 것도 모른대서야?"

"모릅니다!"

"그럼, 내가 가르쳐 주겠네."

"!"

이후는 그녀의 나머지 손마저 낚아채고 양손 모두 제 가슴에 얹었다. 그러고는 그녀의 손바닥으로 물에 젖은 제 몸을 천천히 쓰다듬었다.

"이, 이런 법이……."

"그대가 최선을 다한다 했으니, 말한 바를 지키시게."

여경은 그런 말을 한 것을 후회하면서 고개를 돌렸다. 그러나 손바닥에 느껴지는 그의 탄력 있는 가슴은 보지 않는다고 해서 모를 수가 없었다.

가뜩이나 더운 김에 젖어 있다가 긴장을 해서인지 땀으로 촉촉해져 갔다. 숨죽이며 그가 하는 대로 이끌려 가슴을 지나 배로 내려갔다. 보드라운 제 살결과 너무나 다른 근육들이 만져졌다. 여경은 긴장으로 침을 꿀꺽 삼켰다.

'여기서 더 내려가면……. 아, 안 돼!'

여경은 온 힘을 다해 손을 뿌리치며 일어났다.

그러나 이후는 그럴 줄 알았다는 듯이 그녀를 당겼다.

"악!"

그 바람에 여경의 몸이 기울었다. 이후는 재빨리 쓰러지는 그녀의 몸을 받았다.

풍덩.

"!"

넘어졌지만 아픈 데는 없었다. 대신 여경은 그보다 더한 난감한 상황에 빠졌다.

그에게 안겨서 한 욕조 속에 들어가 있다니, 상상조차 못 할 일이었다.

"폐, 폐하!"

그는 당황해서 안절부절못하는 여경의 팔을 제 목에 둘렀다. 그리고 잔잔한 미소를 머금은 채 그녀의 전부를 낱낱이 바라보았다.

촉촉해진 이마, 떨리는 속눈썹, 마주치지 못하는 불안한 눈동자, 콧잔등에 맺힌 땀, 잘근거리는 선홍빛 입술. 그리고 길고 하얀 목덜미. 물에 젖은 동그란 가슴…….

그의 시선이 제 몸 구석구석에 닿을 때마다 여경은 꿈틀대며 수줍어했고, 가슴을 움츠리며 허리를 비틀었다.

"보지 마십시오!"

"그런 걸 앙탈이라고 하지."

골이 난 여경은 입술을 깨물며 황제에게 찌릿한 시선을 보냈다. 그러다 갑자기 그의 입술을 지긋한 눈빛으로 바라보더니, 제 입술을 서서히 다가가기 시작했다. 두 입술이 닿을 듯 말 듯 아슬아슬한 거리에서 그녀의 입술이 열렸다.

"그럼…… 이건 뭐라 합니까?"

"그건…… 도발이라고 하지."

이후는 눈앞에 열린 탐스러운 그녀의 입술을 삼키고자 했다. 그러나 막 입술이 닿는 순간 여경은 보란 듯이 뒤로 물러섰다.

"예. 도발이 맞습니다."

의기양양해하는 그녀를 보며 이후는 당했다는 표정을 숨길 수 없었다.

"하!"

그리고 여경은 욕조 밖으로 나가 이후에게 수건을 건네주었다.

"이제 그만 나오십시오."

그래서 이후는 괘씸하다는 듯이 수건을 받아 들고 그녀 앞에서 보란 듯이 벌떡 일어났다.

"!"

"새삼 내외하는 게 우습군."

그러면서 뒤돌아선 여경에게 갑자기 수건을 둘렀다.

"악."

여경이 짧은 비명을 내질렀지만. 이후는 아랑곳 않고 그녀의 젖은 몸을 수건으로 감싸 안았다.

"아직, 몸을 조심해야 할 때가 아닌가."

"……."

마치 아기처럼 그에게 안겨 있던 여경의 뺨은 조금 전보다 더 붉어져 있었다.

"뭐 좀 먹긴 했는가?"

그녀는 대답 대신 고개를 저었다.

"저런, 배고프겠군."

"……허기져서 죽을 것 같습니다."

"허면 술상을 좀 봐 오라 해야겠네."

"이왕이면 고기도 달라 해 주십시오."

"오리고기?"

여경은 눈을 동그랗게 뜨고 뭔가 알아챈 표정을 지었다.

"설마, 제가 오리고기를 좋아한다는 걸 알고 계셨습니까?"

"지난번에 하도 맛있게 먹는 걸 보고 그러려니 했네."

"제가요? 그럴 리가요!"

"걸신이라도 들린 것 같았는데, 내가 잘못 본 겐가?"

결국 여경은 '풉' 하고 튀어나오는 웃음을 입술을 꾹 다물고
참았다.

"그대는 나에 대해 다 안다고 생각하겠지만, 그대가 모르는 게
하나 있네."

"그게 무엇입니까?"

"내가 그대에 대해서 얼마나 많이 알고 있는지 그대는 모르지."

"?"

이후는 어리둥절해하는 여경을 보며 의미심장한 미소를 지었다.

여경이 궁에 들어온 지 얼마 되지 않았을 때였다. 산책 중이던
이후가 전각을 돌아 나가려는데 두 사람이 실랑이를 벌이는 소리
가 들렸다.

"마마, 오늘 하루 종일 아무것도 안 드셨습니다. 어서 들어가십
시오."

"싫다. 폐하는 오늘도 안 오시고. 매일 나 혼자 먹는 것도 지긋
지긋하다. 내가 궁에 먹으러 온 것도 아닌데, 하는 일 없이 하루
세 번 끼니나 챙기고 있지 않느냐."

아직 어렸던 여경은 황제 때문에 내내 우울해서 소화만 괴롭히고 있었다.

"그렇다고 굶으시면 마마만 손해 보시는 겁니다."

"그래도 내가 쓰러지면 폐하께서 보러 오시지 않을까?"

"어휴. 마마. 마마께서는 쓰러지실 때까지 굶지도 못하십니다. 배고픈 게 얼마나 참기 힘든지 아십니까? 괜히 몸만 축내시옵니다. 그만하시고 자, 들어가십시오. 오늘은 마마께서 젤 좋아하시는 오리고기가 있답니다."

"오리?"

"예. 그러니까 어서요."

오리라는 말에 못 이기는 척 소화를 따라나서는 모습을 보고 이후는 저도 모르게 피식 웃음을 흘렸다. 그 바람에 나량이 흠칫 놀라 어깨를 떨자 금세 웃음을 갈무리해야 했다.

제 앞에서 잔뜩 얼어 있던 어린 황후의 본모습이 이런 것일까. 이후는 점점 멀어지는 여경의 목소리를 계속 엿들었다.

"저기…… 폐하께서는 어떤 걸 좋아하실까? 폐하께서도 오리고기 좋아하실까?"

"폐하께서는 별로 가리고 좋아하는 음식이 없는 걸로 압니다. 보양식으로 종종 오리를 드시는 것 같긴 했습니다만."

"그래? 그럼 같이 저녁을 하자고 폐하를 초대하는 건 어떨까?"

"그, 글쎄요. 그러지 않으시는 게……."

곧 목소리가 아주 들리지 않게 되었을 때 이후는 가던 길을 가지 않고 돌아섰다.

"폐하, 황룡장께 가지 않으시옵니까?"

"갑자기 피곤해졌다."

"그래도 수라를 거르시면 아니 되옵니다."

"오늘 내가 오리를 먹게 될지 보자꾸나."

"예?"

하지만 그날, 결국 황후전으로부터 저녁 초대는 없었다.

그날 소화가 여경을 말리지 않았더라면 함께 저녁을 했을지도 모른다 생각하니, 소화가 괘씸해졌다.

이후는 그런 속마음을 감추고 의아해하는 여경에게 능청스럽게 말해 주었다.

"무슨 음식을 좋아하는지, 뭘 싫어하는지, 또 잠버릇은 무엇인지 등등. 그리고 나를 얼마나 사랑하는지."

여경은 기가 막혔다. 그렇게도 연모하는 마음을 알아 달라 했을 때 가증스럽다 하시더니, 알고 있었단다. 울컥 치밀어 오르는 감정을 억누르고 힘들게 한마디 쏘아붙였다.

"전…… 잠버릇 같은 거 없습니다."

이후는 엉뚱하게 말을 돌리는 여경을 보며 피식 웃었지만 그녀에게 맞춰 주었다.

"잠버릇은 원래 옆 사람이 아는 것이지 본인은 모른다네."

"저와 함께 잔 것이 몇 번이라고 아는 척하십니까."

"그럼 오늘 밤에 확인해 보면 되겠군."

"……오늘 절 이리로 부르신 건 저를 위해서가 아니신 게 확실한 듯합니다."

잠시 후 두 사람은 마주 보고 앉아 술과 고기를 나눠 먹었다.

몹시 배가 고팠던 데다가 제대로 된 음식은 오랜만이라 여경은 커다랗게 뺨을 부풀려 다람쥐처럼 열심히 오물거리고 있었다. 이후는 그런 여경이 귀엽기도 하고 흐뭇하기도 해서 웃음을 터트렸고 그 때문에 창피해진 여경이 사레가 걸리고 말았다.

"콜록."

"저런. 여기 물."

이후는 마치 기다렸다는 듯이 물 대신 제 잔에 든 술을 먹게 했다. 아무것도 모르고 꿀꺽꿀꺽 삼킨 후에야 여경은 입 안에 퍼지는 술 맛을 느끼고 켁켁거렸다.

"콜록! 폐하!"

"아니 왜? 아, 혹시 이게 술이었나?"

여경은 이후가 시치미 뚝 떼고 술잔을 가져가 냄새를 맡자 약이 올랐다.

"폐하! 알고 그런 것이지요?"

"어허. 글쎄. 왜 내가 하는 말은 무조건 못 믿는가. 당황해서 물인 줄 알고 먹인 것이지!"

아무래도 거짓말 같았다.

"전 술을 잘 못한단 말이옵니다!"

이후는 발끈하는 여경이 마냥 귀엽기만 했다. 은근하게 달아오른 붉은 뺨과 기침을 하느라 눈물이 그렁그렁 맺힌 커다란 눈, 훌쩍거리는 오똑한 코와 씰룩거리는 입술.

"곱기도 하지."

여경은 난데없는 감탄의 뜻을 알아들을 수 없어 무엇을 보고 곱다 하시는 것인지, 주변을 둘러보았다.

"예?"

"그대 말일세. 오늘따라 참 고와 보이는군."

이럴 때는 어떻게 반응해야 좋을지, 이후의 솔직함을 감당하기에는 여경은 꽤나 무뚝뚝한 편이었다.

"……아직 술이 덜 깨신 듯합니다."

"예전에도 이리 고왔던가?"

"……어릴 때니 훨씬 더 곱지 않았겠습니까."

퉁명스러운 말투였으나 말을 뱉고 보니 여간 뻔뻔한 게 아니었다.

"그런 말을 얼굴색 하나 안 변하고 잘도 하는군."

여경은 화끈거리는 얼굴을 손으로 부채질해 가며 중얼거렸다.

"사실 제가 어디 미운 얼굴은 아니지요. 폐하께서 장화영과 비교하시지만 않는다면 말입니다."

"장화영? 세간의 칭송이 자자한 장화영의 미모와 그대를 어찌 비교하겠는가?"

황제가 은근히 저를 약 올리고 있음을 아는데도 여경은 장화영의 칭찬은 듣기 싫어서 발끈했다.

"그러니 말입니다. 그러니 폐하 눈에 제가 보였겠습니까? 장화영의 말만 들으시고 제 말은 들으려 하지도 않으셨지요."

지금 이후에게는 여경의 질투조차도 어여뻐 보여 싱긋 웃었다.

"장화영이 사람들이 칭송하는 최고의 미인이라 해도 내게는 그대밖에 보이지 않았다네. 그대가 고운지 아닌지도 생각할 겨를이 없었는데 누구와 비교를 할 수 있었겠는가."

"궤변이십니다……."

"두 번 다시 장화영 따위와 스스로를 비교하지 말게나."

"……."

진지한 이후의 눈을 마주 보던 여경의 눈빛이 갑자기 흐리멍덩해졌다.

"설마…… 지금 취한 겐가?"

"음…… 폐하께선 거짓말을 하고 계십니다……."

그뿐인가. 목소리도 웅얼거리고 있었다.

"벌써? 하!"

"……으음……."

눈을 깜빡거리던 여경의 고개가 푹 꺾였다.

"!"

이후는 기가 막혔다.

"이건 잘 못하는 정도가 아니라 그냥 못하는 게지."

사실 그동안 심신이 고단했던 여경은 더운물로 씻고, 마음 편히 이후와 노닥거린 것만으로도 취한 기분이었다. 그러니 독한 술을 감당할 수가 없어서 더 빨리 취하고 말았다.

마침내 여경은 끈 떨어진 인형처럼 픽 쓰러졌고 이후는 재빨리 그녀를 안고 일어섰다. 그러고는 침상으로 데려가 그녀를 눕히며 중얼거렸다.

"하나 더 알게 됐군. 술에 취하면 업어 가도 모른다는 걸."

등불을 끄고 저도 옆에 나란히 누웠다. 어둠 속에서 손을 더듬어 그녀의 손을 잡았다. 괜히 가슴이 두근거렸다. 보고 싶고, 만지고 싶고, 안고 싶은 사내의 욕정이 술기운을 빌어 더 불타오르고 있었다.

'하아! 벌써 이런 고문이 몇 번째인가! 하루빨리 황위를 찾고 말 테다!'

남의 속도 모르고 매번 이렇게 쌔근쌔근 잘도 자는 여경이 원망스럽기만 했다.

해월국을 뒤덮은 먹구름이 아직은 도성까지 몰려오지 않았다.

하지만 백성들은 곧 큰 폭우가 올 것을 예감했다. 해마다 폭풍은 해월국이 앓아 온 큰 몸살이었기에 방비를 하느라 모두가 분주했다.

그러나 아직도 자리를 잡지 못한 조정은 백성들의 근심은 여전히 뒷전이었다.

뜨겁게 내리쬐는 뙤약볕 아래에서 궁의 내인들과 갑옷으로 무장한 황군은 숨이 턱턱 막혀 왔다. 그늘 한 점 없는 곳에서 벌써 두 시진째 서 있었다. 정신이 혼미해지는 가운데 호방한 웃음소리와 교태 섞인 여인의 목소리가 들렸다. 지친 사람들은 소리 나는 쪽을 향해 원망스러운 눈길을 던졌다.

너르고 깊은 푸른 연못이 햇빛에 반짝이고 그 주위엔 수양버들이 빙 둘러 하늘거리고 있었다. 웃음소리는 그 연못 중앙의 누각에서 흘러나오고 있었다. 물 위에 지어진 아름다운 누각은 맑은 연못에 거울처럼 비쳐 마치 커다란 한 척의 배가 떠 있는 듯했다.

한 폭의 그림 같은 풍광이었으나 이를 지켜보는 사람들의 마음은 썩 좋지 않았다. 정사가 멈춘 지 벌써 몇 개월째이거늘, 황제의 관심사는 오로지 이후와 옥새뿐이었다. 늘 술에 취해 패악을 부리던 황제가 오늘은 술에 취해 웃고 있는 것밖에 다른 것이 없으니, 자리를 함께한 대신들마저도 근심 어린 표정이었다.

"하하하하!"

"폐하, 그리도 좋으십니까?"

"좋고말고! 아들을 얻게 되니 천하를 얻은 기분이로구나!"

태의가 뱃속의 아이가 황자임이 확실하다고 고하자 이각은 크게 기뻐하며 장화영을 위해 잔치를 열어 주었다.

장화영 또한 황후가 된 후로 오늘처럼 뿌듯하긴 처음이라 한껏 요염한 자태로 이각에게 달라붙어 술을 따랐다.

"요즘 일이 점점 잘 풀리는 것 같지 않사옵니까? 황군이 무사히 사희담을 끌고 온다니, 이후가 황군의 세력에 눌려 손도 쓰지 못한 것이 아니겠는지요."

이각은 그녀의 배를 쓰다듬으며 흐뭇해했다.

"이놈이 복덩어리구나. 네가 태어나 태자가 된다면 황실과 이 나라가 더욱 굳건해질 것이다. 이제야 모든 것이 바로잡히는 듯해. 모든 것이."

"그렇사옵니다, 폐하. 그깟 옥새가 무슨 소용이랍니까. 우리에겐 이리 든든한 아드님이 계시지 않사옵니까."

"옥새…… 옥새라."

이각의 표정이 다시 어두워지자 당황한 장화영은 냉큼 그의 손을 잡아 술잔을 쥐여 주었다.

"폐하, 옥새는 잊으소서. 폐하께서 새로운 옥새를 만들면 그만이 아니옵니까. 우리 해월국을 새롭게 이끌어 주실 대황제가 되실 텐데요."

"그래, 그래. 황후의 말이 옳아! 여봐라! 당장 새주(璽主:옥새를 관장하는 자)를 불러오너라. 내 오늘 새로이 아주 훌륭한 옥새를 만들도록 명할 것이니라!"

두 사람이 크게 기뻐하는 것을 보고 대신들은 고개를 숙이며 침묵했다. 상황 시절부터 정해진 해월국의 옥새를 바꾸자는 것이 무슨 뜻인지나 알고 이러는 것일까, 한심하기만 했다. 옥새를 그리쉬이 바꿀 수 있다면 그것이 다른 인장과 무엇이 다르겠는가. 나라를 바꾸자는 것도 아니고 옥새를 새로 만들자는 발상을 어찌 떠올릴 수 있단 말인가.

'이대로는 안 된다. 이렇게는…… 위험해.'

대신들의 눈치를 살피던 승상 장예모마저 위기감을 느끼고 있었다. 지금의 황제는 황위에 대한 집착이 너무 강해서 아무것도 살피지 못하는 듯했다. 이대로는 이후보다 더 빨리 황위를 내려놓게 될 것 같았다.

'불길하구나. 대신들과 군의 동태를 더욱 추밀히 살펴야겠다.'

어디선가 역모의 바람이 부는 듯, 끈적끈적하고 찝찝한 공기가 느껴졌으나 그것은 그냥 저의 노파심으로 끝나길 바랐다.

"폐하, 이제 도성이 지척이옵니다."

인적 드문 좁고 야트막한 산길에 접어들자 일행은 한시름 놓을 수 있었다. 아름드리 숲이 만들어 준 그늘과 찬바람도 고마웠으나 무엇보다 사람들의 손가락질이 없는 것이 마음 편했다.

오는 길 내내 마을만 지나면 손가락질과 욕설이 튀어나왔다. 심지어 누가 던진 것인지 알 수 없는 돌에 추산이 맞기까지 했다. 이각과 황군을 향한 돌팔매질임을 알면서도 울컥하는 데다가 하도 억울해서 황군이 아니라고 소리치고 싶을 정도였다.

물론 관청을 지날 때마다 융숭한 대접을 받을 수 있는 것은 좋았다. 그럴 때는 마치 피접이라도 나온 것처럼 여유를 부리곤 했다. 저희들이 이렇게 좋은 대접을 받고 다닌 것을 안다면 이각의 표정이 어떨지 생각할수록 통쾌했다.

"왜 웃으시는지는 모르겠사오나, 지금 그럴 때가 아니옵니다."

"또 무슨 잔소리가 하고 싶으냐?"

"여기서부터는 관청에 들어갈 수 없을 것 같습니다. 조무기의 얼굴을 아는 자가 있을지도 모릅니다."

"그렇겠군. 그럼 평소처럼 노숙을 하면 될 일 아니냐."

"하늘 좀 보십시오. 저희가 아무래도 폭풍우를 몰고 온 것 같습니다."

선무가 손가락으로 이후의 뒤편 하늘을 가리켰다. 정말이지 저 먼 바다와 산 뒤쪽에 새까맣고 두터운 구름이 빠른 속도로 움직이는 것이 보였다. 어딘가에서 천둥소리도 들리는 것이 보통 비구름이 아니었다.

"제법 큰 폭풍 같군······."

"젠장. 불길하게······. 하필 도성을 앞에 두고 폭풍우가 몰아칠 게 뭐랍니까."

"왜 우리가 불길한 것이냐? 도성을 휩쓸고 갈 폭풍이 곧 우리가 될 수 있다는 생각을 못 하느냐?"

"예?"

"죄를 지은 이각과 장화영이 천둥소리에 놀라 벌벌 떨고 있다면 모를까, 우리가 겁낼 이유가 없다."

"황궁의 지붕이 날아갈 일은 없지만 우리는 어디서 폭풍을 피한단 말입니까. 관청에 들어갈 수도 없고 이 많은 인원이 객잔에 들어갔다가는 관청에서 찾아올 텐데 말입니다!"

"흠……."

"저, 폐하. 혹시 여기는 제가 살던 곳 근처가 아니옵니까?"

수레에 앉은 여경은 아까부터 낯익은 지형지물이 보여 두리번거리다가 이제야 끼어들었다.

"아마 반나절쯤 더 가면 그대가 살던 곳이 나올 걸세."

"저……. 그 근처 빈민촌 말입니다. 거긴 해마다 폭우가 몰아쳐도 별다른 피해가 없었습니다. 숲에 둘러싸여 그런 것인지, 바람이 다른 곳에 비해 약한 데다가 빗물도 금방 빠져서 홍수도 없었지요."

"마마, 하지만 우리 모두 거기에서 묵을 수는 없습니다. 이유는 객잔에서 묵을 수 없는 것과 마찬가지지요."

"아……. 제가 생각이 짧았습니다."

"아니옵니다. 정 안 되면 그곳에서 천막이라도 치고 버텨 보는 수밖에요."

모두가 예상치 못한 난관에 부딪쳐 고심하고 있었다. 그런데 하늘과 도성 쪽을 번갈아 보던 이후가 갑자기 소름이 돋을 만큼 무시무시한 얼굴로 씨익 웃었다.

"왜, 왜 그러십니까?"

"우리가 폭풍을 몰고 왔다? 우리가 폭풍이 된다……?"

"폐하?"

선무는 황제의 머릿속에 또 얼토당토않은 무모한 생각이 있을 것 같아 불길함이 스멀거렸다.

"그래, 그러면 좋겠다. 어차피 머무를 곳이 없다면 이대로 전속력을 다해 달린다. 궁문이 열리기만 하면 멈추지도, 뒤도 돌아보지도 않고 들어간다."

"폐하! 무모합니다. 위험합니다. 그렇게 기운을 소진해서 궁에서는 또 어찌 싸울 수 있겠습니까!"

"싸우지 않는다. 내가 내 집에 들어가는데 싸울 이유가 없지. 폭우에 가려지면 우리 얼굴도 보이지 않을 테니 문을 통과하기도 쉬울 것이다. 무엇보다 폭풍우가 칠 때라면 허를 찌르기도 좋다."

"말이 없는 병사들이 태반입니다. 전속력으로 달리는 것은 무리입니다. 그건 어찌하실 셈이십니까."

"일단은 도성 근처까지 둘이서 한 말을 타고 달린다. 더 이상 사람들의 눈을 속일 필요도 없고 어차피 폭풍 속에 나다니는 사람도 별로 없을 것이다. 수레에 탈 수 있는 사람은 수레에 타고……."

이후는 말을 멈추고 힐끗 여경을 쳐다보았다.

"그리고 부부인을 비롯한 여인들은 두고 간다."

"……."

무거운 침묵이 감돌았다. 그동안 눈속임을 위해 여인들도 데리고 다녔지만 이제 그럴 필요가 없다. 괜히 위험한 곳으로 함께 갈 이유가 없지 않은가. 그리고 그것은 드디어 결전의 때가 왔다는 뜻이기에 여태 노닥거리기만 했던 일행들은 저도 모르게 손에 힘을 주며 비장한 결의를 다지고 있었다.

"……어디까지 함께 갈 수 있습니까?"

여경의 조그만 목소리가 침묵을 깼다.

이후는 말없이 수레로 다가가 잠금 쇠를 풀고 문을 열었다.

여경이 조심스럽게 문을 열고 나오자 이후가 그녀의 손을 잡아 부축해 주었다. 이번만큼은 여경도 그의 손을 뿌리치지 않았다.

"마지막인 것처럼 애틋하게 이럴 필요 없네."

말과 달리 이후는 그녀의 손을 놓치지 않으려는 듯 꼭 잡고 있었다.

"마지막이 맞습니다. 저 같은 것이 다시 황제가 되신 폐하를 뵐 일이 또 있겠사옵니까."

"하……. 그동안 쌓은 정이 있는데 너무하지 않은가?"

"그런 정이 있었습니까? 저는 잘……. 아무튼 그동안 감사했습니다. 그리고 제 아버지를…… 부탁합니다."

"내 정식으로 황후를 다시 불러들일 테니 두고 보게나."

"협박으로는 안 될 것입니다. 아시다시피 저는 이미 여러 번 죽다 살아서 두려울 게 없답니다."

"이럴 때는 빈말이라도 무사히 살아만 돌아오시면 무엇이든 하겠다 해 줄 수 없는가?"

"폐하가 얼마나 무서운 분이신데 그런 빈말이 필요하답니까. 폐하께는 적이 없습니다. 적이란 두려워해야 할 상대가 아닙니까. 폐하를 적으로 둔 자들이 두려움에 떨고 있으니 가서 그들의 죄를 물으시면 그만인 것을요."

"아, 적이 그런 의미였나. 그럼 내 적은 그대인가 보군."

이후의 농에 여경은 웃고 말았다.

"예. 저는 늘 폐하의 적이었습니다. 폐하께서 싫다 하시면 매달리고 폐하께서 매달리시면 싫다 하니, 처음부터 쭉 폐하의 적이었지요. 그리고 그건 저도 마찬가지입니다. 저도 폐하가 두려우니까요."

마침내 이후는 그녀의 손을 놓았다.

"그렇군. 진짜 적이 여기 있으니 내 집에 들어앉은 해충들을 치우고 다시 찾아오지."

두 사람이 메마른 인사를 건네자 사 부인도 소화도 수레에서 내려왔다.

황제는 미련 없이 등을 돌렸고 차츰차츰 빠른 속도로 말을 몰아갔다. 미소로 사내들을 떠나보내던 세 여인은 마지막 한 사람의 등을 보고 나서야 근심 어린 표정을 지을 수 있었다.

'부디…… 무사하셔야 합니다.'

그 바람은 참으로 억지스러웠다. 사실 이 지루한 싸움이 이것으로 끝이었다. 더 이상 도주할 일도 쫓을 일도 없을 것이다. 궁에 들어가면 다시 빠져나올 수는 없으니, 그곳이 무덤이 되거나 집이 될 일밖에 없지 않겠는가. 그래서 실패하더라도 부디 무사히만 돌아와 달라는 것은 있을 수가 없는 일이었다.

후두둑. 비가 떨어지기 시작했다. 곧 '쏴아' 하는 빗줄기가 쏟아져 그녀들의 몸을 때렸지만 누구 하나 먼저 움직이는 사람이 없었다.

'폭풍이 지나가고 구름이 걷히면 마음 놓고 한 번쯤은 마주 보고 활짝 웃어 보고 싶습니다.'

여경의 목소리가 이후의 귓전을 때리는 듯했다.

그는 마치 폭풍과 겨루기라도 하듯이 말을 달려갔다. 강한 비바람이 얼굴을 때려 눈을 뜨기조차 쉽지 않았지만 그는 정신 나간 사람마냥 미소까지 띤 채 쉬지 않고 달려갔다. 시간이 지날수록 땅에는 물이 고여 갔고 마을로 들어서도 누구 하나 나다니는 사람을 만날 수가 없었다.

천둥과 비바람 소리에 말발굽 소리가 묻힐 만큼 폭풍은 거대한 울림으로 해월국을 덮었다.

"성문입니다."

밤새 한숨도 자지 않고 달렸더니 새벽이 되자 첫 번째 관문인 도성의 성벽이 나타났다. 여기서부터는 다시 병사와 죄수들로 나뉘어야 했다.

"가자."

성문에 다가가자 군사들이 나타났다. 그들은 투구 아래 그늘지고 빗물에 젖은 장수의 얼굴을 확인하기보다 황제가 내린 명패만 보고 문을 열어 주었다. 무엇보다 조무기처럼 한쪽 귀에 고리를 매단 장수가 또 있겠는가.

"고생 많으셨습니다."

군관이 군례를 올리는 것과 동시에 궁에 소식을 알리는 신호탄이 쏘아져 나갔다. 이후는 별다른 대답 없이 문을 지나갔다. 이렇게 긴 시간 나들이를 하고 올 줄 몰랐기에 낯익은 도성 곳곳이 반가웠다. 감격으로 벅차오른 탓인지 그가 모는 말이 나는 듯 달려나가 뒤를 따르는 군사들의 사기 또한 높았다.

마침내 궁으로 이어진 길고 너른 관도가 나타나자 잠시 멈춰 섰다. 주칠을 한 궁문이 번들거리는 것을 보니 가슴이 격하게 뛰어 숨이 찰 지경이었다.

"폐하!"

선무 역시 울컥한 듯했다.

"가자. 이각의 썩은 표정을 한시바삐 보고 싶구나."

다시 힘차게 달렸다. 미리 연통을 받은 문지기는 이후의 손에 든 황제의 명패를 보고는 의심 없이 문을 열었다.

우르릉~ 쾅.

문이 열리는 것과 동시에 커다란 천둥이 쳤다. 혹시나 하고 장수의 얼굴을 확인하려던 장졸은 번쩍거리는 빛에 놀라 기회를 놓쳤다. 이후는 벌써 저만치 앞서 나가 있었고, 수레에 갇힌 사희담의 초췌한 얼굴이 그의 앞을 지나갔다.

'쯧쯧……. 말년에 이 무슨…….'

군관은 존경받고 근엄했고 인자했던 승상의 모습을 기억하고 있었기에 그가 겪을 고초가 안쓰럽기만 했다.

그들이 모두 들어가자 궁문은 쿵 하고 무거운 소리를 내며 굳게 닫혔다. 거센 빗줄기가 문을 세차게 두드렸으나 주칠을 한 문은 끄떡도 하지 않았고 마치 붉은 핏물이 흘러내리는 것처럼 보일 뿐이었다.

여경이 황제 일행과 헤어진 지 삼 일이 지났다. 나무를 송두리

째 뽑아 놓을 만큼 강한 비바람에 늘 피해가 없던 빈민촌의 집들
도 반쯤 주저앉았다. 다행히 천막이나 다름없는 집들인 데다 재산
이랄 것도 없다 보니 큰 피해도 없었다.

숙정이 살던 집은 그 와중에도 멀쩡했다. 숙정의 어머니가 자주
아파 아버지가 살아생전에 집을 튼튼히 지은 덕이었다. 슬프게도
숙정은 조무기에게 끌려가 생사를 알 수 없었고, 숙정의 어머니는
그날 이후로 시름시름 앓다가 죽어 버렸다. 빈집은 그렇게 하염없
이 주인이 돌아오길 기다린 듯했다.

"어머니, 약초를 좀 캐러 가야겠습니다."

여경은 그곳에서 부상자들과 지병이 악화된 자들을 치료하고
있었다. 사 부인과 소화도 여경을 도우며 애써 불길한 생각을 떨
쳐 내고 있는 중이었다.

"마, 아니. 어딜 가려고? 비가 그친 지 얼마 되지 않았다. 땅이
많이 미끄러울 것인데……."

"괜찮습니다. 이곳은 제가 잘 아는 길이라 조심히 다녀오겠습니
다."

"저도 같이 가겠습니다."

"아니다. 어머니 혼자 적적하시지 않겠느냐."

두 사람은 여경을 보내면 영원히 못 보게 될까 봐 전전긍긍했
다. 죽었다 살아온 것이 아직도 믿기지 않았기 때문에 이게 꿈이
면 깨게 될까 봐, 혹은 또다시 잃게 될까 봐 불안한 것이다. 그들
의 마음을 읽은 여경이 안심하라는 듯이 웃어 보였다.

"여기까지 와서 무슨 나쁜 일이 또 일어나겠습니까. 여태 고생
만 했으니, 좋은 일만 남았을 겁니다."

그렇게 말해 두고 나가려는데 이번엔 다리를 심하게 다친 사내가 그녀의 치맛자락을 붙잡았다. 이 마을에서 가장 큰 부상을 입었는데 아마도 한쪽 다리를 잃을 듯싶었다.

"의, 의녀님!"

"무슨 일인가?"

여경은 기분 나빠 하지도 놀라지도 않고 부드럽게 물었다.

"저, 정말로 예전에 그…… 죽립을 쓰고 다니셨던 그 의녀님이 맞으신지요?"

"그렇다고 하지 않았는가. 내가 의녀도 아닌데 함부로 치료를 할까 봐 겁이 나 그러시는가?"

"그것이…… 아니라……. 그게…… 그러니까……."

한참을 머뭇거리던 사내는 곧 울상이 되었다. 그러다가 곧 얼굴을 일그러트리고 닭똥 같은 눈물을 뚝뚝 흘렸다.

"?"

"제가, 제가 죽일 놈입니다요! 흐엉!"

"무슨……?"

"제가 그…… 장수에게 흑……. 제가 고했습니다요. 숙정이 의녀님의 집을 안다고 그렇게 말했습니다. 저는…… 저는 숙정이 그리될 줄은 몰랐습니다요. 의녀님께도 죽을죄를 지었는데 숙정이 그 계집마저도……."

"숙정이 어찌 되었는지 아는가!"

여경은 그의 잘못보다 그것이 더 다급했다.

"의녀님이 이리 살아 계신 것을 보니 한결 마음이 가볍습니다. 제 다리가 이렇게 된 것이 모두 제가 은혜도 모르고 입을 놀린 죄가 아니겠습니까. 다만 한 가지 숙정을 구할 길이 없어 그것이 답답할 뿐입니다."

"어찌 되었냐는데도!"

"끝까지 말하지 않고 버티다가 결국 어미의 목숨이 경각에 달리자 할 수 없이 말을 했는데, 글쎄, 그놈이 숙정을 끌고 가 버렸지 뭡니까요."

"왜? 말을 했는데 어째서!"

"그러니 말입니다. 사실 저지를 때는 저도 다급한 마음에 그랬지만 숙정이 끌려가고 어미가 앓는 것을 보니 죄책감을 견딜 수 없어서 이리저리 수소문을 해 보았습니다. 그런데 그 계집이 기녀로 팔려갔다지 않습니까."

"뭐? 어디로? 어느 기루로?"

"그것까지는 알아낼 수가 없었습니다."

여경은 가엾은 숙정을 생각하니 가슴이 미어지고 손이 덜덜 떨려 왔다. 그러자 여태 이야기를 듣고 있던 사 부인이 그녀의 손을 잡아 주었다.

"여경아, 네 잘못이 아니다."

"……어머니."

"사람의 일을 누가 알겠느냐? 네가 원해서 이리된 것이 아니질 않느냐."

"아닙니다, 어머니. 사람의 일은 사람이 만드는 것입니다. 앞을 내다보고 제 일에 책임을 지며 살아야 하는 것입니다. 그래서…… 그래서 저는 아프고 미안합니다."

"네 말이 맞다. 허나 지금은 그들이 벌을 받길 기다리자꾸나.

결국 그 아이를 그렇게 만든 자들은 그놈들이 아니냐. 곧 좋은 소식이 당도할 게다."

"그렇겠지요? 다 잘되겠지요?"

"그렇고말고. 좀 전에 너도 그리 말하지 않았느냐."

도성의 일이 어찌 되었는지 아직 확실히 전해지지는 않고 있었다. 하지만 궁에서 폐주와 황제의 충돌이 일어났다는 것 정도는 알려졌다. 그 외에는 잡다한 소문이 난무해서 황제의 정식 공표가 있기 전까지는 어떤 것도 믿을 수가 없었다. 황제가 누구인지조차도.

마음이 답답해진 여경은 언덕을 올랐다. 아직 촉촉이 젖은 풀잎이 치맛자락을 흠뻑 적셔 놓았지만 아무것도 느끼지 못했다. 폭풍으로 거의 쓰러져 버린 저의 움막조차도 그녀의 눈에는 들어오지 않았다. 마침내 바다를 향한 언덕 끝에 서서 바다 건너편을 바라보았다. 예전에 만운사를 향하던 황제의 행렬을 찾을 때처럼 애타는 마음을 숨기지 못한 것이다.

'왜 안 오십니까. 소식이라도 주시지 않고, 왜 이리 걱정을 시키십니까.'

세찬 바람이 풀잎을 쓸어 맺혀 있던 빗방울이 일제히 날아올랐다. 그러나 여경은 마치 파도를 맞고 선 바위처럼 움직이지 않았다.

사락. 사락. 바람과는 다른 풀을 헤치는 소리가 들렸다. 인기척을 느끼고 서서히 돌아보았다. 너무 오래 있었을까. 소화가 걱정이 되어 찾으러 온 줄 알았다.

"!"

그렇게 무심코 돌아본 여경의 눈이 휘둥그레졌다.

꿈일까, 허상일까. 황금색 용포가 바람에 너울거려 진짜 용이 푸른 바다를 노니는 듯했다.

"뭘 그리 멍청한 눈으로 보고만 있는가?"

의기양양한 목소리까지 영락없는 그였다.

"폐하……."

모기만 한 목소리로 불러 보는데 그는 피식 웃으며 성큼성큼 다가와 어느새 여경의 눈앞에 서 있었다.

"왜 여기서 이러고 있는가?"

"……정말 폐하가 맞으시옵니까? 정말…… 귀신이 아니라요?"

"하! 귀신? 날 그리 떠나보낼 때는 언제고 걱정은 된 모양일세. 자, 내 뒤를 좀 보게나."

그의 어깨 뒤편을 두리번거리는데 내관과 나인, 황룡대까지 길게 늘어서 있었다.

"모, 모두들……."

"의기양양하게 요란 떨며 그대를 맞이하러 갔더니, 막상 그대가 없어서 꼴이 우습게 되지 않았는가. 극적인 만남을 기대했건만……."

이후는 심통을 부리며 투덜거렸지만 여경은 그 모습을 보고도 웃을 수 없을 만큼 머릿속이 텅 비어 버린 느낌이었다.

"그럼…… 그 말씀은……."

"이 옷을 입은 것을 보면 모르겠는가?"

"폐하!"

"모두 무사하다네. 그대의 부친도."

마침내 원하는 말을 들을 수 있게 된 여경은 이게 꿈이라면 깨고 싶지 않을 만큼 기뻤으나, 꼭 거짓말 같은 황제의 등장을 믿을 수가 없었다.

"정말 폐하가 맞으시지요? 귀신도 꿈도 허상도 아니지요?"

"내 진짜 적을 맞이하러 왔는데 시시하군."

그제야 여경은 눈물을 주르르 흘리며 벅찬 기쁨을 만끽할 수 있었다.

"겨, 경하드리옵니다, 폐하!"

그녀는 다리에 힘이 풀린 것을 감추느라 그 자리에 풀썩 주저앉아 고개를 조아렸다. 그러나 이를 그냥 두고 볼 이후도 아니었다. 그 역시 여경과 마주 앉아 용포가 젖는 것도 거리끼지 않았다.

"그대가 많이 걱정한 것 같아 사실 기분이 좋다면 화낼 텐가."

"걱정……할 수밖에요. 아버지께서 함께 가셨는데 어찌 걱정을 안 하겠사옵니까."

"호오. 그 핑계를 대다니 솔직하지 못하군."

여경은 그와 농담을 나눌 만큼 아직 가슴이 진정되지 않았다. 걱정되는 것도 듣고 싶은 이야기도 잔뜩 있었기 때문이다.

"그보다…… 이각은 어찌 되었습니까."

"죽었네."

"!"

가슴이 철렁했다. 죄를 물어 벌을 내리는 것이 마땅한 절차이거늘, 도적떼들처럼 궁으로 몰려가 황제를 죽이는 것은 옳지 않았다.

"그런 눈으로 보지 말게. 아무리 황위를 놓고 싸웠다 해도 반쪽은 같은 피가 흐르는 형제일세. 내 손으로 죽이는 짓은 하지 않았네. 형제의 피를 손에 묻히는 것은 두고두고 내게 오점이 된다는 것을 잘 알고 있네."

"그럼 자진한 것입니까?"

"장화영이 죽였다네."

"예? 그럼 장화영은요?"

"이각을 찌르기 전에 스스로 독을 먹었네."

"어, 어떻게……!"

여경은 제 입을 틀어막을 정도로 놀랐다. 이각을 죽였으면 무릎 꿇고 땅에 머리를 박고서라도 사는 것이 장화영에게는 어울린다고 생각했다. 간사한 입을 놀려 이각에게 겁탈을 당했노라, 매달린다 해도 이상할 게 없었다. 헌데 스스로 뱃속의 아이까지 죽이다니 소름 끼치는 최후가 아닌가.

"나와 같은 생각을 하는 듯하군. 나 역시 소스라치게 놀랐으나 장화영이 죽기 전에 독기를 품고 말하기를……."

이후는 그녀의 마지막을 잊을 수 없었지만 싱긋 웃으며 말을 흐렸다.

"뭐라 했사옵니까? 저주라도 한 것입니까?"

여경이 불안해하며 그를 다그치자, 이후는 손을 뻗어 그녀의 얼굴을 가슴으로 끌어안았다. 머리카락 깊숙이 파고든 손가락으로 안심하라는 듯이 그녀를 쓰다듬었다.

"오늘은 우리만 생각하고 싶네. 나와 그대만."

"……잘된 것이지요?"

"물론."

"정말 다 끝난 것이지요?"

"전부."

"그럼 됐습니다. 그것만 알면…… 됩니다."

여경은 눈을 꼭 감고 이후의 가슴으로 파고들었다. 그의 두근거리는 가슴의 고동 소리가 그녀에게 지금 이 순간이 꿈이 아니라고 속삭이는 듯했다.

"그동안 고생 많았네."

"……."

목이 메인 여경은 아무 말도 하지 않았다. 그 틈에 촉촉한 것이 여경의 입술에 닿았다. 그것이 물에 젖은 풀 잎사귀일 거라고 그렇게 그녀는 풀잎을 머금으며 편안한 미소를 지었다.

16.

수줍은 메꽃이 바람에 웃는다

짙은 봄내에도 해월국은 예년처럼 들뜬 분위기가 아니었다. 길었던 해전도 끝나 어느 때보다 평화롭고, 꽃놀이를 나온 연인들도 예전처럼 화기애애했다. 그러나 비싼 선물을 주고받으며 허세를 부린다거나 밤늦도록 기루에서 웃음소리가 흘러나오거나 하지는 않았다.

지난겨울 관리들과 귀족들에게 불어닥친 한파로 사치와 향락은 현저히 줄어들었다. 황제의 서릿발 같은 엄명을 받고도 목숨을 담보로 풍악을 울리는 간 큰 이가 있겠는가.

사실 더 거슬러 올라가, 그해 가을 해월국은 단풍보다 더 붉게 물들었다. 이각과 작당한 일당들, 또는 승상 장예모와 연루된 문무대신들이 피의 숙청을 당했기 때문이다.

역도들은 저항할 기력조차 남지 않았다. 치열한 결사항전이라도 해 보았다면 죽는 순간 억울하지는 않았으리라. 너무나 완벽한 패배 앞에 의지를 상실해 버리고 만 것이다. 바로 그 폭풍우가 몰아치는 날, 이미 그들의 패배는 정해져 있었다.

그날 궁에서는 하루 종일 치열한 신경전이 펼쳐졌다.

폭풍우와 함께 귀신처럼 들이닥친 이후의 작전은 적의 심장을 바로 찔러 들어간 결정적인 한 수였다. 그리고 그는 황군이 도열한 대전으로 가지 않고 황후전을 먼저 장악했다.

황후전은 황후를 지키던 군사들의 피로 엉망이었다. 누구도 예상 못 한 무모한 계획이었기에 황군이 전열을 갖추었을 때는 이미 이후의 손아귀에 장화영이 붙잡힌 후였다.

"이후, 네 이놈! 네놈이 제정신인 게냐? 아무래도 살 길이 없으니, 함께 죽자고 마음먹은 게냐! 여기가 어디라고 그깟 놈들을 데리고 쳐들어온 게냐!"

이각은 황군의 중앙에서 군사들에게 둘러싸여 큰 소리로 이후를 위협했다.

이후는 황후전의 전각에서 계단 아래를 내려다보며 여유롭게 말을 건넸다.

"형님, 오랜만입니다. 그날 만운사에서 나누지 못한 회포를 풀러 왔습니다."

이후를 올려다봐야 하는 이각은 이후가 저를 내려다보며 여유를 보이자, 초조해졌다.

"당장 황후를 놓아주지 못할까!"

"폐하! 폐하! 이잇! 폐주! 미치지 않고서야 이럴 수는 없소! 이제라도 깨달았다면 어서 무릎을 꿇고 투항하는 것이 폐주를 위해 좋을 겝니다!"

장화영이 울부짖듯 외치자, 이후가 거칠게 그녀를 끌어다 제 발 앞에 무릎을 꿇렸다.

"이거 놓으십시오!"

퍽.

"아악!"

온몸으로 저항하던 장화영은 선무가 다가와 검집째로 그녀의 등을 후려치자 결국 무릎을 꿇고 말았다.

"이놈들이 감히 황후에게 무슨 짓이냐!"

이각이 다시 소리쳤지만 이번에도 이후는 눈 하나 깜짝하지 않았다.

"황후? 이 더러운 계집을 황후라 불렀습니까?"

"!"

이후는 발끝으로 장화영을 툭 치며 이각을 향해 물었다.

수많은 군사들 앞에서 모욕당한 장화영의 눈은 시뻘건 독기가 가득했다. 이각 역시 더러운 계집을 황후로 품었다는 모욕을 들은 것이니, 참을 수가 없었다.

"그래도 형제라 네놈을 곱게 벌할 생각이었으나, 가만두지 않겠다!"

"간음을 한 계집을 더럽다고 한 것이 잘못되었습니까?"

"닥치지 못할까! 네놈의 죄가 명백한데 누구더러 간음이라 하는 게냐!"

"아. 그러고 보니, 재밌는 소문을 듣긴 했습니다. 폐주 이후는 역모를 일으켜 형제들을 시해한 후, 태자 이각의 여인이었던 장화영을 강제로 취하였다. 하하하."

"웃어? 네가 결백하다 한들, 그 죄를 씻을 수 있을까? 백성들은 승자만을 기억하는 법이다. 오늘 네가 여기서 살아 나갈 수 있을 법 싶으냐!"

"폐주! 지금이라도 나를 풀어 주고 엎드려 비세요! 얼마나 많은 피를 보아야 후회할 생각입니까!"

이후는 초조해 보이는 그들을 보는 순간 알았다. 이 싸움이 확실한 저의 승리로 끝날 것이란 걸.

"폐주라. 두 사람의 입으로 그 말을 들으니, 조금 우습군요. 나를 폐했다면 형님께서 황제가 되셨다는 말씀입니까? 과연 누가 형님을 황제로 생각하는지 궁금하군요. 내 둘러보니 아무것도 모르는 어리석은 백성들마저 누구를 황제로 여겨야 할지 모르더이다."

"뭐, 뭣이 어째! 네놈이 숨긴 옥새를 찾지 못했다고 나를 비웃는 게냐!"

"아, 옥새. 아직도 못 찾으셨습니까? 별로 숨기려고 한 것도 아닙니다만. 그것을 못 찾으셨다는 것이 형님이 황제가 될 수 없다는 것을 스스로 보이신 것입니다."

"네 이놈! 네놈이 작정하고 숨긴 것을 모르는 줄 아느냐!"

"형님. 스승님의 가르침을 잊으신 모양입니다. 황제가 되거든 매일 밤 잠들기 전에 상황 폐하께서 남기신 황제의 서를 읽고 교만한 마음을 다스리라 했던 것 말입니다."

"흥! 지금 그 얘기가 왜 나오는 게냐! 내가 교만하여 네놈의 간계에 속았다는 게냐!"

"예. 단 한 번이라도 그 책을 꺼내 읽었다면 옥새를 찾으셨을 테니 말입니다. 그 책을 보관한 함에 옥새를 넣어 두었지요."

"!"

이각은 제가 완전히 이후에게서 놀아났음을 알아차렸다. 황제라면 한 번은 열어 보았어야 하지 않냐며 저를 조롱하고 있었다.

"네놈이 기어이……. 기어이!"

이후는 잔뜩 흥분한 이각을 내버려 두고 장화영을 쳐다보았다.

"장화영. 내 최근에 깨달은 것이 있다."

"……."

"나의 황후 사여경이 간음을 했다는 추문을 들었을 때 말이다. 그때는 네 더러운 간계인 줄 알면서도 추문에 화가 났다. 헌데 말이다. 네가 내 형님과 간음을 했다는 것을 알게 되었을 때는, 사실인 줄 알면서도 네게 화가 나지 않더구나. 그러니 너는 내게 용서를 구할 필요가 없다."

"!"

"그냥 네가 선택한 부군과 함께 역모의 죄로 참수되는 것으로 끝내 주마."

자존심 강한 장화영은 이후의 경멸 어린 협박에 결국 독기를 폭발시키고 말았다.

"그게…… 마음대로 될 것 같습니까! 억지 부리지 마십시오! 이곳은 궁입니다. 지금 이곳의 주인은 당신이 아니란 말입니다. 폐주!"

"그것은 어디 두고 보자."

이후는 순식간에 얼굴을 싸늘하게 굳히고 이각의 군사들을 향해 호통쳤다.

"모두 무기를 버리고 투항하라! 그렇지 않으면 네놈들이 모시는 이 간사한 계집의 목부터 베어 주마."

"!"

놀란 장화영은 자신의 편에 간절한 눈빛을 보냈다.

'폐하, 살려 주십시오.'

그런데 이때, 이각은 그녀의 눈빛을 받아 놓고도 피식 웃었다.

"이후야, 어찌 그리 순진해졌느냐? 설마 계집의 목숨을 걸고 나를 잡으려 했느냐?"

"!"

이후는 큰 충격을 받은 장화영을 보고 똑같이 피식 웃어 주었다.

"그 계집 뱃속에 든 형님의 핏줄까지 걸었습니다만?"

"크크크. 나다니는 동안 아둔해졌구나. 네가 잘 알지 않느냐? 아이는 또 얼마든지 태어난다는 것을."

"폐, 폐하……."

장화영은 믿을 수 없다는 듯이 경악했다. 이후가 저를 돌아보지 않았기에 이각을 선택했다. 헌데, 그 이각마저도 결국 저를 이용한 것이었다. 이렇게 쓰레기처럼 버려질 거라 한 번도 상상해 본 적이 없었다.

"폐하! 이러실 순 없습니다! 폐하의, 폐하의 아기입니다!"

"그렇다. 나의 아기다. 그러니 나를 위해 두 사람이 죽어 줘야겠다."

"!"

이각은 더 이상 볼 것도 없다는 듯이 팔을 치켜 올렸다.

"뭣들 하느냐! 어서 저 역적들을 처단하라!"

이각의 군사들이 활을 쳐들었다.

장화영은 제게 쏘아질지도 모를 화살들을 바라보며 두려움에 몸을 사렸다.

"보아라, 나의 황군이다. 한때는 너의 군사였던 황룡대가 이제는 나를 황제로 받들고 있다. 내가 가진 힘이 그깟 옥새 하나보다 더 큰 황제의 증명이 아니고 무엇이겠느냐?"

"……."

이후는 그 말에 대답해 줄 가치를 느끼지 못했고 대신에 선무가 나섰다.

"몇몇 놈들의 면상은 낯이 익구나. 후환이 두렵지 않으면 무기를 버리는 것이 좋을 게다. 설마 내가 고작 삼백의 군사로 황제를 모시고 들어왔다 믿느냐?"

군사들에겐 황제보다 더 가까이에 있는 선무야말로 귀신같은 존재였다. 두려움과 존경의 대상이었던 선무를 다시 보자 사실상 황룡대 대원의 절반 이상이 전의를 상실한 상태였다. 게다가 저토록 여유로운 모습을 보니, 여기 어딘가에 그가 숨겨 놓은 함정이 있을 거란 생각이 들기 시작했다.

"네 이놈들! 어째서 멍청하게 서 있느냐! 당장 폐주를 치지 않고! 당장 쳐라!"

분위기가 이상해지자, 이각은 펄쩍 뛰며 불호령을 내려 군사들을 독려했다.

선무는 추산에게 눈짓을 했다. 그러자 추산은 수레에서 반쯤 죽어 가는 조무기와 편덕수를 끌어다가 빗물이 고인 곳으로 던져 놓았다. 빗물이 피로 물드는 광경을 연출하기 위해서였다.

"대, 대장군께서!"

"허억!"

이각의 심복들이 끌려 나오자, 이각의 경악은 말할 것도 없지만 황군은 크게 술렁거렸다.

"이놈들을 붙잡은 데는 나의 청룡대가 큰 활약을 했지. 지금 그들이 어디 있을 것 같으냐?"

청룡대라는 들어 본 적도 없는 군대가 거론되자 함정에 대한 두려움은 더욱 거세졌다.

이후는 그때를 놓치지 않았다.

"네놈들의 황제가 누구인지 지금 선택해야 할 것이다!"

"!"

쏴아아. 누구 하나 반박하거나 나서는 이 없이 비를 맞고 섰다.

"이놈들……."

이각은 군사들이 말 몇 마디에 놀아나는 꼴을 보고는 이를 악물고 으르렁거렸다. 최강의 군대를 키웠다고 생각했는데 열 배나 많은 군사들의 겁먹은 표정을 보니 기가 막힐 노릇이 아니겠는가.

이번엔 정효원이 나섰다.

"듣거라. 나는 월영 군수 정효원이다! 내가 데려온 관군과 사병들만이 나와 뜻을 함께한다 생각지 말라! 월영군의 백성들이 나와 함께하고 있다! 백성이 따르지 않는 황제를 황제라 여길 것이냐!"

월영 군수뿐만이 아니었다. 만운사에서부터 사희담을 따라온 군수들이 앞다투어 나서서 병사들에게 황제의 명을 따라 무기를 버리라고 설득하기 시작했다. 거기에 사희담이라는 걸출한 인물이 나오자, 압도당한 군사들은 눈을 데굴데굴 굴리며 서로의 눈치만 보고 있었다.

거기에 이후는 조용한 말로 모두의 마음을 흔들어 놓았다.

"투항하는 자들은 이각의 충견만 아니라면 죄를 면해 줄 것이다. 이각의 충견이라 하더라도 마음을 돌린다면 벌의 경중을 따져 죄를 감해 줄 수는 있다. 허나 끝까지 충견으로서 그 의리를 다하고자 한다면 나는 그 기개를 칭찬하고 죽여 줄 것이다."

웃으면서 살벌하게 죽여 준다 하니 황룡대 중 이후를 오래 보아 온 자들은 몸을 떠는 것이 눈에 보일 정도였다.

본래 이후의 황군이었던 군사들과 간접적으로 가담했던 자들이 하나둘, 거짓말처럼 무기를 버리기 시작했다.

"으으아! 이 역적놈들아! 황명을 뭘로 아는 게야! 내가 바로 황제다! 어서 황명을 받들지 못할까!"

이후는 그렇게 보고 싶어 하던 이각의 일그러진 얼굴을 볼 수 있었다. 광기에 번뜩이는 분노와 경악, 그리고 두려움.

그때 그것들을 찢어발기듯 누군가가 소리쳤다.

"네 이놈들! 어서 무기를 잡지 못할까! 폐주는 당장 무기를 버리고 투항하라!"

이각의 내관 탁우였다.

이후는 그를 반가워했다.

"내가 할 말을 네놈이 대신 하는구나."

"이, 잇! 그러고도 네놈이 무사할 것 같으냐!"

"네놈이 무사하지 못할 것은 알겠구나. 혀를 뽑아야 다시는 입을 함부로 나불거리지 않을 놈이로구나."

"이 쓸모없고 한심한 것들! 어서 폐하를 보호하지 않고 뭣들 하는 게냐! 보면 모르겠느냐! 이놈의 허장성세에 말려들고 있지 않아!"

그가 고래고래 고함을 치자 이후가 스윽 선무를 쳐다보았다.

그리고 선무는 빨랐다.

쌔액!

그가 던진 박도가 어마어마한 속도로 허공을 뱅글뱅글 돌며 날아갔다.

퍽.

"끄억!"

툭.

찰나의 순간, 단말마의 비명과 함께 그의 목이 떨어져 나갔다. 순식간에 일어난 일이었다.

멀리서 던진 박도에 무시무시한 힘이 실린 것을 모두의 눈으로 보았다. 믿을 수 없지만 믿을 수밖에 없는 괴력. 좌중은 쥐 죽은 듯이 침묵했고, 세찬 빗방울 소리조차 들리지 않는 사람들처럼 서 있었다. 그 속을 뚫고 이후의 목소리가 파고들었다.

"허세인지 아닌지는 두고 봐야 알겠지요. 제가 형님에게 기습을 당해 허무하게 황위를 빼앗겼다 해서 모든 것을 잃었다고 여기진 마십시오. 약해 빠진 놈이라 저를 우습게 보지는 말라는 뜻입니다."

평생을 함께해 온 내관의 목이 떨어져 나가자 이각은 눈을 크게 부릅뜨고 부들부들 떨었다.

"네놈이…… 네놈이 감히! 얕은 수가 한 번 성공했다고 네놈이 기고만장하구나! 오냐. 날 죽여라! 죽여 보거라! 네놈 목숨은 온전할 수 있는지 어디 두고 보자꾸나!"

연이은 충격을 받아들일 수 없었던 이각은 이성을 잃고 연신 사람의 소리라 할 수 없는 괴성을 질렀다.

"어서 무기를 들어! 어서! 네놈들 모두 목이 떨어져 봐야 내 명을 들을 것이냐!"

"으악!"

결국 그는 자신의 곁에 있던 부하에게 칼을 휘두르는 우를 범하고야 말았다.

"무기를 들라 했다!"

"컥!"

"어서!"

"아악!"

마구잡이로 휘두르는 것 같았지만 이각의 검은 현란하게 움직여 군사들을 베어 나갔다. 놀란 군사들은 이각의 검을 피해 물러났고 그가 시뻘건 눈으로 좌우를 살필 때는 그의 주변에 아무도 남아 있지 않았다. 마치 동그란 그물 가운데 홀로 서 있는 것처럼.

그에게는 지금 이 순간이, 궁에서 도망치던 십여 년 전보다 더 끔찍하고 절망적이었다. 조무기도, 편덕수도, 탁우도, 제 곁에는 아무도 없었다. 그리고 저를 불쌍한 눈으로 바라보는 저 멀리 장화영까지.

"이이야아! 이후! 혼자 죽지 않겠다!"

판단력과 이성을 잃은 이각은 저를 막는 군사들을 차례차례 베며 이후에게 달려왔다.

'있을 수 없는 일이다. 있을 수 없어! 이후, 저놈 따위한테 질 수 없다! 저놈만 죽이면 된다! 저놈만 죽이면 내가 다시 황제가 될 수 있다. 그럼 여기 있는 놈들을 죄다 찢어 죽이리라!'

쉬운 일이었다. 이대로 가로막는 것들을 죽여 버리고, 멍청하게 서 있는 이후를 베어 넘어트리기만 하면 되는 것이다.

이후는 미쳐 날뛰는 이각을 비웃지도 않았다.

'이제 끝입니다. 곱게 죽어 주시지요.'

제 손으로 혈육을 참수하는 일이 없기를, 차라리 이 자리에서 싸우다 죽는 편이 이각에게도 덜 굴욕적인 죽음이었다.

그러나 이각이 처한 현실은 이보다 더 가혹했다.

"이후! 죽어라! 죽어!"

이각이 이후에게 다가오기 직전에 갑자기 여태 숨죽이고 있던 장화영이 이각에게 달려가 안겼다.

아니, 안겼다고 생각했다.

"컥! 하아……끅! 끄으윽……. 컥!"

"!"

아무도 예상하지 못한 일이 또 한 번 벌어진 것이다.

이후조차 놀란 얼굴로 고통으로 입을 벌린 이각과 그에게 단검을 찔러 넣은 장화영을 번갈아 보고 있었다. 그녀는 이후를 찔렀을 때보다 더 깊고 정확하게 칼을 꽂아 넣으며 입술을 씰룩거렸다. 웃는 것인지, 우는 것인지 복잡한 미소였다.

"장화영⋯⋯."

"끅⋯⋯."

그 알 수 없는 미소가 고통으로 일그러졌다. 장화영의 붉은 입술에서 한 줄기 핏물이 흘러나오고 있었다. 그녀는 슬픔과 안타까움을 금치 못하며 자신의 배를 꽉 움켜쥐었다. 이각이 무릎이 꺾이며 쓰러지자 그녀 역시 무릎을 꺾고 주저앉았다.

이후는 쓰러지는 그녀의 팔을 잡고 고개를 들게 했다. 저로서는 지금 그녀의 선택을 이해할 수가 없었기 때문이다. 이각을 죽였으니 살려 달라고 빌며 이각의 마수에서 놀아났다고 억울함을 호소하는 것이 그녀다운 결말이 아닌가.

"으윽. 뭐, 뭡니⋯⋯까. 그 표정은⋯⋯. 내가 빌기를 바란⋯⋯으⋯⋯ 모양이군요."

"⋯⋯."

"이길⋯⋯ 수 없다는 걸⋯⋯ 알았으니, 추하게 죽고 싶지⋯⋯ 않았을 뿐입니다. 나는⋯⋯ 황후니까요."

"살길이 있었을 텐데?"

"아뇨⋯⋯. 없습니다."

장화영은 이후에게만 들릴 만큼 매우 작은 목소리로 웃으며 말했다.

"나는⋯⋯ 그저 황후가 될 욕심에 당신을 배신한 게⋯⋯ 아니니까요."

이후는 장화영이 그녀의 배를 쓰다듬는 것을 보았다.

"너의 아들을 황제로 만들고 싶었다는 것 말이냐?"

그녀는 대답은 않고 피식 비웃었다. 그러다가 그녀는 바닥에서

부들부들 떨고 있는 이각에게로 애틋한 눈길을 보냈다.

장화영에게 이런 면모가 있었던가!

이후는 그녀의 눈빛이 사랑에 빠진 여인의 그것임을 알 수 있었다. 그러니 제 손으로 사랑하는 사람을 죽이고 살 수 없다는 뜻이었다. 짧은 순간이지만 그녀에게 연민이 들려던 찰나였다. 장화영이 기분 나쁘게 웃기 시작했다.

"왜 웃느냐?"

"큭. 그래도……. 한 가지……는 내가 이겼군요. 큭큭. 당신의 사여경이 어찌 죽었는지 알려 드릴까요? 그 멍청한 계집은 당신이 죽으라 했다는 말을 믿고…… 억울하게…… 원통하게…… 물속으로 들어갔답니다. 참으로 미련하지 않습니까? 큭큭큭."

피를 토하며 발악하듯 힘주어 말하는 장화영을 보고 이후는 고개를 저었다. 역시 그 사악한 본성만큼은 그대로였다. 마지막까지 반성은커녕 여경을 죽인 일을 잘했다고 생각하다니. 역시나 그냥 죽게 내버려 둘 수 없었다.

이후는 싸늘하게 식어 버린 연민 대신 경멸을 담아 그녀에게 속삭였다.

"알고 있다. 어제까지도 나와 함께 있었으니까."

"?"

"사여경 말이다. 죽어서 다시 만났다. 네가 나를 죽여 준 덕분에 말이다."

"그, 그게 무슨!"

"죽어 가던 나를 살려 준 이가 바로 사여경이었다. 참으로 우스운 인연이 아니더냐?"

"마, 말도 안 돼! 사여경이 어떻게!"

"함께 오지 못한 것이 안타깝구나. 네년의 죽어 가는 모습을 보여 줘야 그녀의 마음이 풀릴 것인데."

이후는 믿을 수 없어하는 장화영의 팔과 고개를 뿌리치며 일어섰다.

"아, 아니야. 그, 그럴 리가 없어. 부, 부, 분명히…… 죽었는데, 분명히……. 싫어. 안 돼! 내, 내가 사여경에게 질 수는 없다! 네놈들이 행복한 꼴은 보고 싶지 않아. 그, 그럴 수는 없어!"

이미 온몸에 독이 퍼진 장화영은 더 이상 고통도 느끼지 못하는 지경에 온 것인지 악에 받친 목소리를 고래고래 질러 댔다. 그러면서 잘 움직이지 않는 몸으로 억지로 기어가 이미 차갑게 굳어 있는 이각에게로 갔다.

"일어나 보시옵소서. 이렇게는 너무 억울합니다. 일어나 보시옵소서! 이자들을 죽여 주십시오. 이자들에게 뭐라 호통이라도 쳐 주십시오. 제발……. 제발! 끄으윽……!"

장화영은 자신이 죽여 놓고도 실성한 사람처럼 그의 몸을 흔들었다.

가련하고 불쌍해 보일 만도 한데, 이후는 그녀를 편히 보내 주고 싶지 않았다.

서걱.

"꺄아아악!"

손목이 잘려 나간 장화영은 찢어질 듯한 비명을 지르며 그야말로 온몸을 펄떡거렸다. 비록 죽어 가는 순간이지만, 이각을 만지고 싶어도 만질 수 없게 되었다.

"너무 억울해는 말거라. 지금 너의 그 심정을 나는 지난 사 년 간 느꼈으니까."

고통에 몸부림치는 장화영의 귀에 이후의 그 말이 들렸는지는 알 수 없었다.

선무는 피가 뚝뚝 떨어지는 검을 장화영의 머리 위로 번쩍 들어 올렸다.

쐐액. 툭.

떨어져 나간 목이 데굴데굴 굴렀다. 벌어진 입과 목에서 줄줄 검은 피가 흘러나왔다. 온몸이 푸드득 경련을 일으키다가 마침내 실 끊어진 인형처럼 질긴 명이 끊어졌다. 잘려 나간 장화영의 손 이 이각의 시신을 향해 뻗어 있을 뿐 둘은 함께 있지 못했다.

비참하고 한 서린 죽음을 목격한 장내의 사람들은 이후가 입을 열기 전에 누구 하나 소리를 내지 않았다.

"끝이군."

이후는 고개를 들어 하늘을 바라보았다. 굵은 빗줄기가 얼굴을 씻어 주자 눈을 감았다. 그의 머리에서부터 고난의 흔적들이 씻겨 가고 발밑을 흐르는 핏물도 서서히 옅어졌다.

그는 그렇게 다시 황제가 되어 눈을 떴다. 위엄 있는 얼굴과 용 의 기품이 아래에 도열한 황군들의 눈에도 보였다.

"와, 와아!"

"와아아아아아!"

누군가가 시작한 함성이 무거운 빗줄기마저 흩어 놓을 듯 커다 란 진동으로 퍼져 나갔다.

그리고 길어질 것 같던 폭풍이 순식간에 걷혔다.

궁의 소식이 알려진 것은 이후의 행차부터였다. 여경을 놀래게 해 줄 생각으로 정식으로 공표하지 않고 자신의 건재함을 행차로 알린 것이다. 그렇게 여경을 지붕 없는 가마에 태워 백성들에게 황제와 황후가 다시 돌아왔음을 보여 주었다.

하지만, 그다음부터는 이후의 뜻대로 순조롭지 않았다. 어쩌면 해월국을 공포에 질리게 한 황제의 엄벌백계와 관리들의 단속은 그에 따른 화풀이였을지도 몰랐다.

이후의 귀에 걸린 은색 고리가 마치 주인의 불편한 심기를 보여 주듯 날카롭게 빛났다.

도성으로 돌아오면 모든 것이 잘될 줄 알았거늘, 정작 제게 가장 중요한 일을 해내지 못했기 때문이다.

이각의 무리들을 발본색원하여 역적의 뿌리를 뽑고 선무의 가문을 복권시켰다. 승상도 제 자리로 찾아왔으며 그전에 자신이 역적으로 내몬 승상을 따르는 신하들 역시 다시 불러들였다. 그들을 회유하고 제 사람을 만들었고 폐비 사여경에게 씌워진 간음의 죄역시 간악한 장화영과 장예모의 짓임을 밝혀 냈다. 연길재와 권사익은 사자로서 정식으로 입궁하여 상주국과 해월국 간의 화친을 맺은 후 돌아갔다.

문제는, 모든 일이 다 제자리에 올 줄 알았거늘, 사여경이 고집을 부리며 황후의 자리를 물리고 있는 것이다.

그러다가 오늘 아침에야 반가운 소식을 듣고 자리를 박차고 일어났다.

"폐하, 너무 이른 시각이옵니다. 나중에 가시는 것이 어떠신지요?"

옥새 때문에 살아도 죽은 척해야 했던 나량은 이후의 입궁 소식을 듣자마자 자리를 박차고 일어나 지금은 아주 건강했다. 그가 죽은 척할 수 있었던 것은 태의 중에 그와 친분이 있는 자가 있었기 때문인데, 사실 이후가 하루만 늦었어도 들키고 말았을 것이다.

그런 나량의 정중한 만류에도 이후는 고집을 부렸다.

"밤까지 기다릴 수가 없다! 평복을 준비하라."

그러면서 성큼성큼 먼저 나가 버리시니 나량은 절로 한숨이 나왔다.

황제의 잦은 출궁은 이제 새삼스러울 것도 없다지만, 정말 이래도 되는 것일까.

하지만 선무는 심드렁한 표정으로 나량의 어깨를 툭 치며 말했다.

"솔직히 예전보다 모시기가 더 어려울 걸세."

나량이 격하게 고개를 끄덕였다. 도대체 밖에서 무슨 일을 어찌 겪으셨는지, 몇 달 사이에 다른 사람이 되어 돌아오신 황제 때문에 여러 사람이 힘들어하고 있었다.

"그래도 겪어 보면 재미가 있을 걸세."

포기하면 편해진다는 말을 절감한 선무는 이제 어디로 튈지 모르는 황제를 즐겁게 모시는 경지에 올라 있었다.

"재미라니요? 자꾸 저리 나가시면 위험합니다. 아무리 황룡장께서 잘 지켜 주신다 해도 언제 어디서 무슨 일을 당할지 모르는 일입니다. 한 번 크게 당하지 않았습니까."

"걱정 말게. 아마 오늘이 마지막일 테니."

변덕스런 봄 날씨가 또 오전 내내 비를 뿌리더니, 반나절도 못
가 햇님이 고개를 내밀었다. 풀잎마다 단비를 매달고 산야가 색색
으로 물들어 더없이 싱그러운 날이었다.

이틀이나 땅을 적시고 간 봄비가 꽃나무에 젖을 물린 덕에 살이
오른 꽃잎은 더 이상 활짝 필 수 없을 만큼 만개했고 여린 잎사귀
들은 짙은 초록으로 무성해졌다. 구름 걷힌 하늘로 짝을 이룬 새
들이 요란하게 날갯짓하고, 땅 위의 연인들은 또 그것을 빗대 사
랑을 노래했다.

그야말로 절정의 봄이었다. 나루터에서 들녘에서 시전에서 어디
서나 기분 좋은 바람이 불었다.

그 바람을 타고 지빠귀 한 쌍이 사씨 집안의 담을 타고 날아들
었다.

창가에 앉은 사여경은 한 쌍의 사이좋은 지빠귀가 나무 위로 둥
지를 트는 것을 바라보고 있었다.

'다정도 하지.'

부러운 듯이 그 모습을 보던 여경은 오늘 아침 어머니가 지어
주신 옷을 들고 한숨을 쉬었다.

'이 옷을 언제 입어 본단 말인가.'

그리고 잠시 후, 집에 손님이 찾아왔다.

사희담은 손님이 반가웠으나 어색한 표정을 지을 수밖에 없었
다.

"폐하, 또 오셨사옵니까."

"왜요? 승상께선 내가 온 것이 영 마땅치 않으신 모양입니다."

이후는 독한 술을 그렇게 마셔 주었는데도 여경을 궁으로 보내 주지 않은 장인을 더 이상 국구라 부르지도 않았다.

그 속을 잘 알고 있는 사희담은 웃음을 참으며 황제를 달래 주었다.

"그럴 리가 있겠사옵니까. 폐하를 예까지 걸음하게 만든 여식의 불찰이 민망하여 그런 것을 왜 몰라주시나이까."

"알 리가 있겠습니까. 패악을 부린 남편의 손에 죽다 살아난 여식을 집 안에만 꽁꽁 숨겨 두고 있는 뜻이라면 잘 압니다만."

"폐하, 숨겨 놓기요. 무슨 그런 서운한 말씀을 하시는지요. 마마께서는 화원에서 기다리고 있으니 어서 드시지요."

"날…… 기다리고 있단 말입니까?"

그런 말은 어찌 그리 놓치지 않는지 그새 기분이 바뀐 황제가 귀엽다는 생각을 하며 사희담은 자책했다. 황제를 그리 보다니 아주 무엄하지 않은가.

"예. 실은 이것은 비밀입니다만, 마마께서 황제가 언제 오실까 손꼽아 기다리는 눈치였습니다."

여경은 지친 심신을 추스르며 부모님과 편안하게 살고 싶다며 황후 자리를 마다하고 있었다. 처음엔 오기로 그러는 줄 알았던 이후도 열 달이 지나가니 조바심이 났다. 그가 보기에는 여경이 지금 너무나 평화롭고 행복하게 사는 것 같았기 때문이다. 저는 전혀 그렇지 못한데, 여경이 정말 돌아오지 않으면 큰 낭패가 아닌가.

"정말 그렇습니까?"

"그렇고말고요. 마마께서도 폐하를 많이 연모하고 계십니다. 그것은 예나 지금이나 한결같지요. 다만 궁에 들어갈 생각을 하니 여러 가지가 근심스럽고 이 못난 부모와 헤어지기 싫어하는 것뿐이옵니다. 허니, 잘 달래 주시옵소서."

그 말을 듣고 자신감이 충만해진 이후는 씩씩한 걸음으로 여경이 가꾸는 화원으로 향했다.

말이 화원이지, 이름 모를 풀들이 새파랗게 덮은 밭이나 다름없었다.

사실 그는 여경을 만나러 올 때마다 약초를 키우고 있어서 늘 그녀의 흙 묻은 손만 보는 것도 불만이었다. 손이라도 잡아 볼라치면 더러워서 안 된다며 빼니 말이다.

"심신을 추스른다는 사람이 매일 이리 뙤약볕에서 몸을 혹사시키는 것이 말이 된다 생각하는가?"

"폐하."

여경은 인기척도 느끼지 못하고 열중하다가 황제의 목소리를 듣고서야 풀밭에서 나왔다.

이후는 곱고 환한 여인의 자태에 일순 눈이 부셨다. 그래도 집에서 이리 지내는 것이 좋기는 한지, 적당히 살이 오른 뺨과 고와진 피부 때문에 여경은 나날이 젊어지는 것 같았다.

"왜 또 오셨습니까."

"하여간 부녀가 말하는 것까지 닮아서……."

"너무 자주 오시니 그래도 되나 걱정되어 드리는 말이지요."

"그리 걱정되면 그만 버티시고 궁으로 오시는 게 어떨까 싶소만?"

"글쎄. 저는 황후의 그릇이 아니래도요. 사람을 좋아하는 것과 황제를 좋아하는 것은 다르다는 걸 뼈저리게 느낀 저랍니다. 황후 자리는 저같이 겁 많고 속 좁고, 흙이나 만지는 게 좋은 계집에게 는 어울리지 않사옵니다."

"그 이야기는 입이 아프도록 했으니 그만두지. 만약 그대 말대 로 황후에 어울리는 여인을 찾다가는 나 혼자 늙어 죽고 말 걸세. 차라리 내가 황제 노릇을 더 잘할 테니, 그대는 궁에서 아무 생각 없이 약초나 기르며 노닥거리는 것은 어떻겠나? 여기보단 궁의 화 원이 더 넓다네. 원한다면 내 어머니의 화원을 그대에게 줄 테니 다 갈아엎고 약초를 기르시게."

여경은 하다하다 무책임한 소리까지 서슴지 않으시는 황제를 어이없어했다.

"지금보다 더 좋은 황제가 되시겠다고요? 사람들이 폐하를 무 척 지혜롭고 용감한 황제라며 칭송이 자자하던걸요."

이후는 비꼬는 듯한 여경의 말에 헛기침을 하며 무안해했다.

"크흠. 뭔가 들은 모양이군."

여경은 눈을 가늘게 뜨고 또박또박 들은 것을 말하기 시작했 다.

"폐하께서 참으로 현명하신 분이라, 이각과 장화영의 반란을 미 리 눈치채셨다지요. 해서 저를 살리고 장화영을 함정에 빠트리고 자 절 폐하고 승상을 내쫓으셨다니, 참으로 대단하시옵니다."

"거 참……. 민망하게 할 텐가. 백성들이 멋대로 떠드는 말일 뿐일세."

"저는 왜 그렇게 들리지 않을까요."

여경이 의심의 눈초리를 거두지 않자, 이후는 가볍게 주먹을 쥐고 헛기침을 했다.

"그게, 정말 나는 아니래도. 이게 다 그대의 부친께서 하신 일이란 말일세."

"아버지께서요?"

"그렇대도! 내 아무리 뻔뻔해도 그런 말을 지어낼 만큼 낯짝이 두껍진 않다네."

"그러니까……. 결국 지어낸 말은 맞지 않습니까. 폐하께서 용인하신 것이지요?"

"어허. 꼭 그리 파고들어야 속이 시원하신가? 이게 다 해월국을 하루빨리 평화롭고 부강하게 만들자는 승상의 뜻……."

"예. 아버지께서 하시는 일이시니 틀리진 않을 것이옵니다."

이런 식이었다. 늘 저를 못 미더워하고 승상만 따르니 이제 질투가 날 지경이었다.

'반드시 두 사람을 떼어 놓고 말리라.'

그렇지 않아도 오늘은 반드시 그녀를 설득해 궁으로 데려갈 생각이었다.

"그러는 그대는 백성들을 어루만지는 마음 따뜻한 황후로 소문이 자자하더군. 왜 아니겠는가. 황후라는 여인이 신분을 숨기고 몇 년이나 병자들을 돌보아 왔으니 공이 클 만하지. 그런데 말일세. 사람들이 그대를 황후라고 부르던데, 여기가 황후전인가?"

소문은 빈민촌에서 시작되었다. 여경이 약초를 캐러 간다며 나간 사이에 황제가 가마까지 준비해 여경을 데리러 왔기 때문이다.

까무러치게 놀란 사람들은 자신들의 의녀가 황후인 것을 무척이나 자랑스러워했다.

그날부터 백성들이 여경을 황후라고 떠받드는 판국이었으니, 이후는 그녀가 백성들의 뜻을 저버리고 사가에 틀어박혀 있음을 나무랐다. 이후 나름으로는 벼르고 있던 한 수였다.

그러나 여경은 끄떡도 하지 않았다.

"잘못된 소문을 퍼트렸으니 그자들을 벌하시옵소서. 그 당시 황후는 장화영이 아니었습니까?"

"그만 고집부리고 이제 황후전으로 들어오는 것이 어떻겠나? 승상께서 왜 굳이 그런 민망한 소문을 냈는지 모르겠는가? 그대를 하루빨리 황후로 맞이하지 않으면 백성들이 역도로 변할 기세란 말일세."

"폐하의 마음도 알았고 오해도 풀렸습니다. 허나, 저는 여기가 마음이 편합니다. 궁에 계신 폐하는 이제 해월국의 황제이시고, 저만의 부군이 되어 주지는 못할 게 아닙니까. 그러길 바라는 제가 어리석은 계집이지요. 다시 궁으로 들어가 마음앓이를 하게 될까, 폐하의 길을 방해할까, 두렵습니다."

"그런 일은 없네."

"왜 없겠습니까. 언젠가 또 폐하께서 원치 않더라도 후궁을 들여야 할 때가 올 테지요. 그러면 저보다 훨씬 어리고 어여쁜 여인들을 저는 질투하지 않을 자신이 없사옵니다. 또 폐하의 마음을 지킬 자신도요."

그녀의 목소리가 잦아들어 가는 것이 이후의 가슴을 쿡쿡 찔렀다. 그는 여경의 손을 잡아 주고 싶었다. 하지만 그녀는 이번에도 손끝이 닿는 순간 소스라치게 놀라며 손을 숨겼다.

"더럽습니다."

그러나 이번에는 이후가 고집을 부려 기어이 등 뒤로 돌린 손을 꼭 잡았다.

"진짜 더러운 건, 흙이 아닐세. 이 흙 묻은 손이 내 시커먼 속보다 몇 배는 깨끗할 걸세. 안 그런가?"

"폐하……."

"나를 못 믿는 것은 이해하네. 허나, 그렇다고 평생 이리 살 텐가? 일어나지 않은 일을 두려워하며 이렇게 흙과 함께 지내는 것으로 만족할 수 있는가?"

"저와 한 약조를 잊으셨습니까. 저는 폐하께서 약조를 지켜 주실 때까지만이라도 부모님과 함께 살고 싶습니다. 언제까지 이렇게 살게 될지는 폐하께 달려 있으니 자꾸 저를 설득하려 하지 마시옵소서."

"그럼 다행일세. 나야말로 그대가 그 약조를 잊었으면 어찌하나 걱정했네."

"어찌 잊겠습니까. 폐하를 믿고 조무기와의 거래를 뿌리쳤는데……."

이제 와서 목이 잘린 조무기에게 물을 수도 없는 노릇이니, 숙정을 찾는 일은 황제에게 달려 있었다. 그러나 황제에게는 산재한 많은 정무가 있으니 크게 기대하지 않고 있었다. 그에게 숙정의 일은 아주 사소한 일일 뿐일 테니 말이다.

"나랑!"

"예, 폐하."

저만치 떨어져 있던 나량이 냉큼 대답했다.

"데려오너라."

"예.

어디론가 쏜살같이 뛰어나간 나량이 젊은 여인을 데려왔다. 어리둥절하고 조금 겁먹은 표정으로 들어온 여인은 여경을 발견하고는 소스라치게 놀라 눈이 휘둥그레졌다. 그것은 여경도 마찬가지였다.

"의녀님!"

"수, 숙정아!"

놀랍게도 생사를 알 길 없던 숙정이 살아 돌아온 것이다.

헤어진 지 딱 일 년쯤 되었을까. 그동안 마음고생이 얼마나 심했는지 숙정은 몰라보게 어른스럽게 변해 있었다. 그녀는 한달음에 달려와 여경의 손을 잡고 발을 동동 굴렀다.

"의녀님! 정말 의녀님이시죠!"

"하! 네가 무사하다니, 정말 다행이다. 다행이야!"

"의녀님이야말로……. 저 때문에 돌아가신 줄 알고……. 은혜도 모르는 년이라고 얼마나 자책했는지 모릅니다. 저를 많이 원망하셨지요?"

"무슨 소리냐. 나 때문에 어머니를 잃고, 네가…… 네가 그런 수모를 당했는데, 내가 더 미안하지."

짧지만 기녀로 살아야 했던 숙정은 죄진 사람처럼 고개를 푹 숙였다.

"아닙니다. 저같이 쓸모없는 천것이야 어찌 되든 무슨 상관있습니까. 의녀님 같은 분이 무사하셔야지요."

"그런 말이 어디 있느냐. 어찌 살든 살아 있으니 되었다. 그러면 된 거야."

진심이었다. 여경이 가장 걱정했던 것은 그녀가 삶을 비관하고 스스로 목숨을 끊으면 어쩌나 하는 것이었다. 다행히 숙정은 낙천적이고 강한 성격이었다.

"그것보다……. 의녀님, 어찌 된 것입니까. 왜…… 폐하께서 저를 의녀님께……."

"아무 얘기도 듣지 못했느냐?"

"예. 폐하께서는 의녀님께 직접 들으라고만……."

이후는 제 눈치를 살피는 숙정을 못 본 척하고 뒷짐을 졌다. 여경은 그 모습이 얄미워 눈을 한 번 흘기고는 난감한 듯 말을 꺼냈다.

"그게 말이다……."

그러자 숙정은 한껏 목소리를 낮추어 소곤거렸다.

"혹시, 호, 혹시 말입니다. 믿을 수는 없지만, 그게 말이 안 되는 것 같긴 한데 말입니다. 저도 들은 소문이 있어서 긴가민가하거든요. 그전에 말씀하신……. 그러니까, 의녀님을 죽이려 했다는 포악하고 못된 부군이……."

차마 입에 담을 수 없는 분이 아닌가. 숙정은 망설이는 대신 힐끗 황제 쪽을 향해 눈짓했다.

"그래. 그렇게 되었단다. 결국 이리 붙잡히고 말았구나."

"허억! 그, 그럼……. 의, 의녀님이…… 정말 마, 마, 마마……란 말입니까?"

여경은 농담을 하면서 숙정의 겁에 질린 얼굴을 재밌어했는데,

이후까지 거들고 나섰다.

"내가 귀가 무척 밝은 편인데. 특히 내 욕하는 건 잘 듣지."

"헉! 폐, 폐하!"

이제 숙정은 아예 새파랗게 질려 사색이 되어 있었다. 그녀가 감당하기에는 무겁고 두려운 이야기들이었다.

"뭐, 사실이니 벌할 수는 없겠군. 허나, 내가 진심으로 황후를 죽이려 했다는 소문이 난다면 네가 퍼트린 짓이라 여길 것이니 단단히 각오해 두는 게 좋을 게다. 이미 그 일은 장화영의 간계로 판명이 난 일이다."

"예, 예! 무, 물론입니다. 입을 닫고 살겠습니다!"

숙정이 납죽 엎드려 비는 것을 보고 여경은 이후를 쏘아보며 나무랐다.

"왜 겁을 주십니까. 장난이라도 폐하께서 하시면 정말인 것 같아 무섭단 말입니다."

"내 진심을 알아줄 이는 이러니저러니 해도 선무밖에 없군."

이후는 입맛을 다시며 안타까워했다. 언제쯤이면 사람들이 제 우스갯소리를 알아들을 수 있을까.

"그러고 보니 왜 함께 오지 않으셨습니까."

"가마를 지키고 있네."

"무슨 가마를……! 설마……."

"어쨌거나 나는 약조를 지켰으니, 이제 그대를 데려가야겠네."

"뭐가 그리 급하십니까?"

"열 달을 기다렸는데 이게 급하다 하면 할 말이 없군. 내가 도를 닦길 바라는 건지. 후우!"

황제가 진심으로 서운하고 짜증나는 것을 억누르고 있음이 느껴졌다. 여경은 제가 너무했나 뜨끔해서 숙정을 돌아보며 잠시 자리를 피해 달라고 부탁했다.

둘만 있게 되자 여경은 손수건을 꺼내 제 손을 깨끗이 닦고 이후의 손도 닦아 주었다.

"불안하게 또 왜 이러는가."

여경이 잘해 주면 오히려 경계심이 들 정도였다.

"꼭 한 번 해 드리고 싶은 게 있었습니다."

"손을 닦아 주는 게 그리 해 주고 싶었나?"

"설마요."

"그럼?"

"제 손으로 따뜻한 저녁 식사를 지어 드리고 싶습니다."

"그건……."

움막에서 식사 때마다 고문을 당했던 기억이 생생했던지라 썩 반갑지 않은 제안이었다.

"실은 그때 폐하와 함께 지내면서 무척 즐거웠습니다. 폐하께서 나으시면 따뜻한 밥에다가 향긋한 봄나물 뜯어서 반찬 해 드려야지, 그랬었답니다."

"……."

"궁에서는…… 해 드릴 수 없으니까요."

"지금 그 말은…… 마지막으로 밥을 해 줄 테니 놓아 달란 뜻인가?"

여경은 황제의 잔뜩 굳은 표정을 보며 부드러운 미소를 지었다.

"폐하께서 아직 폐하가 아니실 때 저는 폐하와 함께 오순도순 사는 꿈을 꾸곤 했답니다. 늘 함께 밥을 먹고, 봄이 되면 함께 꽃구경도 가고, 아이들도 많이 낳아서 시끌벅적한 집을 만들고 싶었지요. 그런데 좋은 집은 고사하고 더러운 움막에 폐하를 모셔 놓고 보니, 또 그런 욕심이 생기는 게 아니겠습니까. 잘하면 이렇게 평생 살게 될지도 모르겠다는 생각을 한 것도 같습니다. 궁으로 돌아가지 않고 그 움막에서 평범한 부부처럼 말입니다. 도무지 황후의 풍모라고는 없는 어리석은 계집이지요?"

"그래서…… 이제 황제가 된 나는 그대와 같은 꿈을 꿀 수 없다는 겐가?"

이후의 손을 만지작거리던 여경이 그의 손을 제 양손에 포개었다.

"이제 와서 제가 누구와 같은 꿈을 꿀 수 있겠습니까. 어차피 저는 폐하와 혼례를 올린 몸인데, 폐하께서 쫓아내지만 않으시면 궁이 제집인 것을요."

"!"

"그러니 밥을 해 드리겠습니다. 한 번쯤은 제 소원을 이루어 보아도 좋지 않겠습니까?"

이후는 입을 벌리고 황당해했다. 사람을 잔뜩 긴장시켜 놓고서는 이렇게 맹랑한 소리를 해 대니 말이다.

"싫으십니까?"

"그럼 어차피 갈 생각이었다는 얘긴가? 여태 내 애를 태우면서 안 가겠다고 한 것은 대체 뭐였는가?"

"아직도 모르시겠습니까?"

"?"

"제가 폐하를 벌준 것입니다."

"벌?"

"생각 같아서는 제가 애태웠던 한 사 년이란 세월만큼 폐하의 마음을 졸이게 하고 싶지만, 폐하께서 숙정을 너무 빨리 찾으시는 바람에 여기까지만 하겠습니다."

물론 그건 농이었다. 사 년이라니, 그건 여경에게도 힘든 일이었다.

"하! 이런…… 발칙한!"

"감히 폐하를 벌하였다고 화내시는 것입니까?"

"아주 발칙하고 지혜롭다 칭찬하는 걸세!"

잘못한 게 아주 많은 이후는 당해 놓고도 맘껏 화를 내지 못했고, 산전수전 겪으며 여우가 되어 버린 여경은 분해하는 그의 마음을 살살 달래었다.

"폐하, 너무 억울해하실 것 없습니다. 벌주는 사람도 괴롭긴 마찬가지였으니까요."

"정말 괴로웠는가?"

"조금."

"조금?"

"폐하께서 오시지 않는 날은 화가 날 정도로요."

"하아! 그럼 매일 올 것을!"

"황룡장이 엄청 화냈을 겁니다."

"안 그래도 그 녀석을 풍운과 바꿔 볼까 고민 중일세. 청룡장이 되면 뱃멀미로 고생하면서 꽤나 후회할 듯한데……."

"대신에 청룡장이 폐하의 비위를 맞추느라 멀미를 할 텐데요?"

"그것도 그렇군."

두 사람은 도란도란 이야기를 나누며 화원을 벗어났다.

부모님을 만나 궁으로 가겠다 했더니 사 부인은 눈물까지 흘리면서 다행스러워했다.

"마마, 이제는 꼭 행복하셔야 합니다."

"어머니, 멀리 가는 사람처럼 말씀하지 마세요. 자주 놀러 와 주셔야 합니다."

듣고 있던 이후가 헛기침을 하며 너스레를 떨었다.

"흠! 너무 자주 오시는 것은 좀 곤란합니다. 제가 끼어들 틈이 없지 않습니까."

"예. 폐하께서 바쁘실 때만 마마를 찾아뵙겠습니다."

궁에 들어가기 전 원족(소풍) 삼아 들를 곳이 있다 이야기를 했더니 사희담이 가마를 준비해 주었다. 그리고 어머니와 함께 들어갔던 여경은 언제나 입어 볼까 했던 그 옷을 입고 나타났다. 화장까지 한 데다 사 부인이 은실로 정성껏 수놓은 연분홍빛 치마를 입으니 이렇게 아름다울 수가 없었다.

"이리도 어여쁠 수 있나! 꽃이 따로 없네!"

이후의 지나친 감탄이 꼭 놀리는 것만 같아서 여경은 입을 삐죽거렸다.

"그래도 조금 소박한 감이 없지 않군."

그러면서 그는 언제 준비했는지 화려한 나비 모양의 떨잠을 여경의 머리에 꽂아 주었다.

"이것 보게. 정말로 꽃이 되지 않았나."

"놀리지 마십시오."

"진심일세."

이후는 여경이 가마에 오르는 것을 도와주었다. 사씨 부부는 서로의 손을 잡고 그 모습을 무척이나 흐뭇하고 감격스럽게 바라보았다.

"어머니, 아버지. 그동안 심려 끼쳐 드려 죄송합니다."

"마마, 심려라니요. 이리 떠나보내는 것이 아쉬울 따름입니다."

"장인어른, 그런 말씀 하시면 아니 된다지 않았습니까!"

"하하. 마마, 폐하께서 마마를 이리 겁을 내시니 아비로서 어깨에 힘이 들어갑니다. 이러다가 제가 거만해질까 걱정이니, 부디 폐하를 잘 부탁합니다."

"예, 아버지. 그리고 어머니. 숙정을 잘 부탁합니다."

"마마의 생명의 은인을 어찌 함부로 대하겠습니까. 염려 놓으십시오."

사씨 집안사람 모두가 여경을 떠나보내는 것을 아쉬워하면서도 축복해 주었다. 마침내 긴 작별 인사를 끝내고 가마가 천천히 움직이기 시작했다.

"그대가 해 주는 밥을 먹으려면 쌀이 필요하겠군."

"정말 제 소원을 들어주시겠습니까?"

"안 그랬다간 두고두고 원망을 들을 것 같으니 어쩌겠는가? 대신 나도 하고 싶은 게 있으니, 소원을 들어주게."

"무엇입니까?"

"전에 내가 장터를 구경하자 했더니 그럴 때냐며 야단을 쳤던

걸 기억하는가?"

"예."

"진심으로 서운했네. 내가 얼마나 설레는 마음으로 장터를 나왔
는지 아는가?"

"훗. 알겠습니다. 그런 소원이라면 제가 들어 드릴 수 있습니
다."

두 사람은 가마마저도 멈추게 하고 걸어서 장터로 갔다.

아침에 황룡장에게 조언을 들은 나량은 황제가 먼 길을 돌아가
려는 것은 물론 장터구경까지 가겠다는 걸 말리지 않았다. 어쨌거
나 이제 이런 기행도 마지막이 될 것이고 황제의 고집을 말릴 수
도 없으니 말이다.

나량이 속이 터지는 줄도 모르고 이후는 신이 났다. 아이처럼
장터 곳곳을 누비며 여경과 당과를 나눠 먹기도 했다.

"우리가 도망 다니면서도 꽤 여유를 부렸다고 생각했는데 이제
보니 아니었네."

"왜 그리 생각하십니까?"

"다니면서 이런 주전부리 하나 맛보질 못했으니, 참 안타깝지
않은가? 다시 그때로 돌아가고 싶을 지경이네."

"저는 가끔 폐하의 머릿속이 무척 궁금합니다. 어찌 그리 남다
른 생각을 하실 수 있는지요? 저는 다시 돌아가라면 싫습니다. 언
제 어떻게 될지 몰라 간이 떨리는 생활을 또 한 번 어찌하겠습니
까."

"호오. 하나도 겁먹지 않은 것처럼 보였는데, 그리 무서웠던
가?"

"그럼요. 제가 제일 겁낸 건 다름 아닌 폐하였습니다. 정체를 들킬까 봐 얼마나 무서웠는데요."

"그래도 이제 그런 이야기들을 웃으면서 할 수 있다는 것이 감회가 새롭군. 그런 일이 없었다면 우리가 이렇게 손을 잡고 걸을 수 있었겠는가."

가슴이 뭉클해진 두 사람이 손을 더욱 꼭 힘주어 잡았다. 서로를 놓치지 말자는 무언의 약조였다.

"참. 그런데, 제가 어머니와 옷을 갈아입으러 들어간 사이에 아버지와 무슨 이야기를 나누셨습니까?"

"그건 왜 묻는가?"

"아무 말도 않고 앉아 계시진 않았을 것 아닙니까? 궁금해서 여쭙는 것입니다."

"나랏일을 의논했을 뿐일세."

"그런 분위기가 아닌 것 같았는데……."

"뭐가 그리 궁금한가?"

"뭐랄까. 아버지께서 조금 화가 나신 것 같아 보여서 말입니다. 좀처럼 화를 잘 안 내시는 분이라……."

"예리하군. 그렇지 않아도 욕을 좀 먹었네."

"예? 아버지께서 폐하께요? 뭐라고요?"

"빌어먹을 놈!"

"!"

적절한 때에 들려온 욕설이었다. 이후와 여경은 깜짝 놀라 주변을 두리번거렸다.

"빌어먹을 놈!"

똑같은 소리가 또 한 번 들리고 나서야 두 사람은 소리의 주인을 찾아내고 크게 웃을 수 있었다.

욕을 뱉은 것은 사람이 아니라 다름 아닌 새장에 든 구관조였다. 소리를 들은 사람들이 금세 구름같이 몰려와 두 사람은 인파에 밀려 이제 구관조의 깃털 하나도 볼 수 없게 되었다.

"참 고약한 말을 배운 구관조로군."

자신들도 구관조를 기르고 있는지라 그때 일이 떠올라 멋쩍어졌다. 도망 다니는 처지에 별짓을 다 했구나, 선무가 화를 낼 만도 했구나, 싶어 웃음이 났다.

"새는…… 잘 있사옵니까?"

"그대 방에서 혼자 외롭게 지내고 있다네."

"짝을 찾아 주어야 할 텐데요."

"아, 그럼 저 새를 사면 되겠군."

"누가 산 것 같은데요."

"그럼 양개가 했던 것처럼 두 배를 쳐 준다 해 보겠네."

얼굴이 화끈거리는 짓을 황제가 하겠다니, 여경은 손을 번쩍 드는 그의 옷자락을 붙잡고 다급하게 말렸다.

"시, 싫습니다! 욕하는 새를 황궁에 어찌 들입니까!"

"좋지 않은가? 내게 불만이 있을 때마다 슬쩍 새를 가져다 놓으면 대신 욕을 해 줄 수 있을 텐데."

"정말이지……. 무슨 생각이신지 궁금할 뿐입니다."

피식 웃던 이후는 등 뒤에서 따끔한 살기를 느꼈다.

"하아. 그릇이나 사러 가야겠네. 선무가 이를 갈고 있는 모양일세."

정확한 판단이었다. 그러나 서둘러 장소를 옮겨 그릇을 사면서도 두 사람은 한참이나 실랑이를 하며 선무의 애를 태웠다. 그뿐인가. 생선을 고르면서도, 쌀을 사면서도, 소금을 사면서도 멈추지 않는 애정행각에 선무의 인내심은 바닥이 나고 있었다.

'이 사람들이 진짜! 신혼 행세도 정도껏 해야지! 아, 나도 장가나 가든지 해야지. 도저히 못 봐 주겠군!'

따뜻한 눈길로 황제 부부를 지켜보던 나량은 아침과 다른 선무의 태도에 고개를 갸웃했다.

바닷가 언덕 위에는 멀리서 오는 적을 감시하는 초소가 있었다.

얼마 전, 이후가 명하여 세웠으나 아직 근무하는 이가 없었다. 병사들이 먹고 잘 수 있도록 오두막까지 지었는데, 오늘은 두 사람의 소꿉장난 장소로 사용하기로 했다.

생각 같아서는 함께 살던 움막을 다시 찾아가고 싶었지만 멀기도 먼 데다, 작년에 강한 폭풍으로 움막이 쓰러져 버렸기 때문이다.

"마음에 드는가?"

"예, 아주 깔끔하고 아담합니다."

"새집이니 당연하지."

이를 본 선무가 결국 참지 못하고 한마디 했다.

"아예 여기에 신혼살림을 장만하지 그러셨습니까."

"녀석, 질투는."

"질투라니요!"

"시끄러우니, 다들 저 아래에서 기다리거라."

"저는 폐하의 호위입니다. 자꾸 가라 하시면 곤란하옵니다."

선무가 절대 물러서지 않을 기세라 이후는 그를 불러 귓속말을 했다.

"가는 게 좋을 게다. 황후가 모두에게 먹인다며 쌀을 잔뜩 사온 것을 보지 못했느냐?"

"!"

황후의 지독한 음식 솜씨에 대해서 들은 적이 있는 선무는 군말 없이 일행과 함께 언덕을 내려갔다.

"뭐라 하셨기에 황룡장이 저리 순순히 물러나는지요?"

"요즘 들어 부쩍 질투가 많아진 듯해서 좋은 여인과 짝을 맺어 주겠다고 했네."

"잘하셨습니다. 그렇지 않아도 황룡장이 늘 혼자인 것이 마음에 걸렸습니다."

"자, 그럼 이제 난 뭘 하면 되는가?"

"뭘 하긴요. 가만히 앉아 계십시오. 제가 얼른 밥을 짓겠습니다. 마침 저녁때라 시장하시지요?"

이후는 할 수만 있다면 여경의 걷어붙인 소매를 다시 내려 주고 싶었으나 기쁜 듯이 웃으며 그냥 하는 대로 내버려 두었다.

"왜 따라오십니까? 그냥 있으시래두요."

"나 혼자 심심하게 뭘 하고 있겠나?"

사실 그녀가 식재료로 무슨 짓을 하는지 감시할 필요도 있었다.

"그럼……. 물을 좀 길러 주실 수 있사옵니까?"

"황제에게 물을 떠 달라……. 해야지. 황후가 밥을 짓는데, 황제가 가만히 있을 수 없지."

그렇게 저도 팔을 걷고 물동이를 들었다.

물을 뜨러 가는 길에 하얗게 질린 나량이 쫓아왔으나 선무가 얄밉게도 나량을 붙잡았다.

"이보게. 한참 즐거우신 폐하를 방해해서야 되겠는가."

결국 체면을 구기고 물을 떠 오니, 여경은 평상에 앉아 나물을 다듬고 있었다.

"물을 떠 왔네."

"잘하셨습니다. 그럼 이번엔 아궁이에 불을 좀 지펴 주십시오."

"내가?"

"예. 저는 나물을 다듬어야 하니까요. 왜요? 못 하시겠는지요?"

"아무것도 하지 말라 할 땐 언제고……."

"폐하께서 도와주시니 진짜 부부가 된 느낌입니다. 그런데 저만 그리 생각하는 것이옵니까?"

어쩔 수 없이 아궁이 앞에 앉았는데 불을 피워 본 적이 없는 이후는 부싯돌을 들고 멀뚱멀뚱 바라만 보았다. 결국 여경의 눈치를 보며 빠져나가 나량에게 가서 불 피우는 법을 배우고 돌아왔다. 선무가 무척 한심한 눈길을 던지는 것을 외면하면서.

그런데도 온몸에 그을음을 묻히고 한참 만에야 불을 피우는 데 성공했다.

"됐다! 됐어!"

제 손으로 불을 피워 냈다는 것이 신기하기도 하고 뿌듯해서 저도 모르게 큰 소리를 내며 좋아했다.

여경이 와서 보니, 옷과 얼굴까지 그을음이 잔뜩 묻어 있었다.

"풉."

"왜? 뭐가 잘못됐는가?"

"아닙니다. 제 눈에는 괜찮습니다만 나랑이 보면 저한테 화낼 것 같습니다."

한참을 배를 잡고 웃던 여경은 이후가 떠 온 물을 수건에 적셔 얼굴을 닦아 주었다.

"그래도 처음인데 잘하십니다. 저는 정말 진땀을 뺐거든요."

"불 피우는 일이 이리 힘들 줄 몰랐네. 백성으로 사는 것은 생각보다 고달프겠군."

"벌써 싫증이 나셨습니까."

여경이 서운한 듯 묻자 이후는 절대 그렇지 않다, 새로운 경험이었다, 변명을 했다.

"그럼 이번엔 쌀도 씻어 보시렵니까?"

"이제 보니 허드렛일을 시키는 데 재미가 들린 게 아닌가."

여경은 입을 막고 웃으며 부정하지 않았다.

잠시 후 바쁘게 움직인 두 사람은 생선도 굽고 나물도 볶고 밥이 되기만을 기다리며 언덕을 거닐었다.

"아, 참! 아까 아버지께서 뭐라 하셨는지 말씀 안 해 주셨습니다."

"아. 그거 말인가?"

이후는 실실 웃기만 하고 좀처럼 말해 주지 않았다.

"왜 그러십니까? 뭐라 하셨는데요?"

"크흠. 오늘 예서 자고 갈 것인지 물으시기에 그리하겠다, 했네."

"그런데요? 이렇게 궁을 비워 놓고 노는 건 황제의 도리가 아니라 야단하셨습니까?"

"그런 것은 아니고……. 아무리 마음이 급해도 오늘 밤 황제의 체통을 잊지 말라 하셨네."

"예?"

"나는 오늘 하루 황제가 아니니 체통을 따지지 않겠다고 했다가 야단을 맞았지."

"?"

오늘 여기서 자는 것과 황제의 체통이 무슨 상관이 있을까 여경은 눈을 깜빡였다.

"나는 그대의 소원을 한시바삐 들어주어야 하니, 체통 따위 생각할 겨를이 없다네."

"제 소원이라면 지금 이렇게 다 들어주셨는걸요?"

"하나가 남았네."

"?"

"아이."

"!"

그제야 아버지가 염려하신 게 무엇인지 깨달았다. 합궁을 하려거든 궁에서 정식으로 하라는 말씀이셨다. 여경의 얼굴이 새빨개졌는데 이후는 천연덕스럽게 말을 이었다.

"여기 언덕에 꽃이 한창 피었으니, 꽃구경은 이만하면 되었고, 여길 뛰어놀 아이들만 있으면 그대 소원이 전부 이뤄지는 게 아니겠나."

"폐하! 놀리지 마십시오."

"말 나온 김에 설명을 하자면 첫 아이가 태어나면 백성들에게 큰 잔치를 베풀어 황실의 안녕을 알리고 그동안 맺힌 게 많았던 백성들을 위로했으면 하네."

여경은 고개를 끄덕이며 감탄했다.

"그것은 좋은 생각인 듯합니다. 그동안 우리와 함께 고생했던 분들도 초대하시옵소서."

"그렇군. 해적들과 씨름하느라 노고가 많은 청룡장도 오라 해야 겠네. 정 군수 부부도 부르고, 어디 보자 또 누가 있더라……?"

"간의대부도 초대해야 하지 않을까요?"

"그렇군! 그들은 상주국에서 예까지 오려면 꽤 시간이 걸릴 테니, 미리 불러와야겠네."

"아이가 언제 태어날 줄 알고 미리 초대한단 말이옵니까?"

"그걸 왜 모른단 말인가? 앞으로 열 달이면 태어날 걸세."

이제야 아이를 낳는 의미를 다시 상기한 여경이 뺨을 붉히며 이후를 외면했다.

"그리하시옵소서. 폐하 혼자 될지는 모르겠습니다만."

이후는 여경의 뒤를 쫓아오며 계속 약을 올렸다. 그렇게 한참을 투덜거리는데 고소한 밥 냄새가 퍼졌다.

"냄새는 그럴듯한데, 먹을 수 있는 겐가?"

"제가 독이라도 넣었을까 봐요?"

"그게 아니라……. 맛이……."

"장담할 수는 없지만 드실 수는 있을 겁니다."

"뭐, 다행히 평범한 듯하네."

"예? 아! 설마, 폐하. 제가 예전에 드린 검은 죽을 생각하고 계셨습니까?"

"미안하지만 그렇다네."

"그건 그냥 폐하께서 빨리 기력을 찾으시라고 제가 약으로 만든 죽이었습니다."

"맛도 색깔도 그냥 독이었네."

황제가 몸서리를 치며 그 맛을 떠올리자 여경은 우스갯소리 말라며 핀잔을 주었다.

"우스갯소리라니, 진심으로 그리 생각했대도?"

그러나 그녀는 끝까지 우스갯소리로 알아들었다.

허울이 없어진 두 사람은 어느새 팔짱까지 끼고 봄꽃이 만발한 언덕 위를 걸었다. 하늘에도 붉은 꽃이 피고, 바다 저편에서는 어선들이 바삐 포구로 들어오고 있었고 마을 곳곳에서 밥 짓는 연기가 피어오르고 있었다.

"평화롭군."

"폐하의 공이십니다."

"인정하긴 싫지만, 승상의 말대로 꼭 군대가 강해야 황권이 강한 것은 아니란 걸 이제야 느끼고 있다네."

"평생 깨닫지 못하는 황제도 많답니다. 이각이 황제였다면 해월국의 백성들이 모두 죽어도 전쟁을 멈추지 않았을 겁니다."

"나도 그럴 뻔했다는 게 소름 끼치는군."

"저는 폐하께서 이렇게 변하신 게 정말 꿈만 같습니다. 평생 나혼자 외롭게 살던 분이 저와 이렇게 언덕을 걷게 될 줄 어찌 알았겠습니까."

"이것도 그대의 소원 중 하나가 아니던가."

이후는 품 속에서 무언가 꺼내 여경에게 건넸다.

색이 바랜 흰 천 조각을 받아 본 여경은 갑자기 울 것 같은 표정이 되었다. 그 천 조각에 낯익은 그림이 있었다. 제가 황제의 그림에 그려 넣은, 황제에게 업혀 오르막길을 오르는 자신의 모습이었다. 불가능할 거라 생각하고 울면서 그렸던 이 그림을 보니 옛 생각이 나서 감정이 복받쳐 올랐다.

"실은 내가 홧김에 이걸 찢어 놓고 그날 얼마나 후회했는지 모른다네. 밤새 나인들을 닦달하여 이것이라도 찾을 수 있었다네."

여경은 옅은 미소를 지으며 고개를 숙였다. 황제가 변했다는 것도 저를 아끼신다는 것도 알고 있었지만 그 깊이와 진심이 전해졌다. 연모한다는 말 한 번 해 준 적이 없지만 그 마음에서 허우적거릴 만큼 정신 차릴 수 없이 행복했다.

어색하게 마주 보고 웃던 두 사람은 누가 먼저랄 것도 없이 서로의 입술로 다가갔다. 탐스러운 열매를 깨물듯이, 달콤한 과즙을 핥듯이, 사랑을 나누는 입맞춤은 풋풋하고 향기로웠다.

짓궂은 바람이 여경의 치맛자락을 날리고 머리카락을 헝클어 놓았다.

설핏 눈을 뜬 두 사람은 아쉽게 서로의 입술을 놓아주었다.

"아직도 나와 밥을 해 먹는 게 중요한가?"

"……"

"아니면 나와 잠자리에 드는 것이 더 다급한가?"

여경은 멋쩍은 듯 그의 귀에 걸린 동그란 고리에 손가락을 넣었다.

"……아직…… 시장하지 않습니다."

환하게 웃던 이후는 여경에게 등을 보이며 앉았다. 여경은 사양

하지 않고 그에게 업혔다.

바람이 일고 간 언덕에는 수줍은 메꽃들이 눈을 감는 듯 꽃망울을 움츠렸고, 두 사람의 맑은 웃음소리가 푸른 바다 저편으로 실려 갔다.

곧 바다에 어둠이 내렸고 쏟아질 듯 수많은 별들이 하늘을 밝혔다. 그리고 움막의 호롱불은 동이 트기 직전까지 고고하게 언덕을 밝혔다.

사족

두 사람은 한낮이 되어서야 겨우 눈을 뜰 수가 있었다. 그나마 깨어난 것도 준마와 화려한 봉여(鳳興:황후가 타는 가마)가 움막 밖에서 내내 두 사람을 기다렸기 때문이었다.

한 이불을 덮고 격식 없이 사랑을 나누었던 두 사람은 어차피 아무것도 입고 있지 않았다. 그래서 궁에서 가져온 용포와 황후복을 사이좋게 서로에게 입혀 주며 몇 번이나 웃음을 터트렸다.

"폐하, 드디어 그 흉측한 것을 빼셨사옵니다!"

나량은 이후의 귀에 걸려 있던 고리가 없어진 것을 보고 반색했다.

"주인께서 거두어 가셨다."

"예?"

"그런 게 있다."

여경은 입술을 깨물고 웃음을 참았으나 설핏 붉어지는 뺨은 어쩌지 못했다.

그 모습을 눈치챈 나량은 아찔함을 느꼈다.

'허허. 황제의 주인이 되신다니…… 이 일을 어쩔꼬…….'

때마침 선무가 나량의 어깨에 손을 얹고 지나가자 저 혼자 고개를 끄덕거렸다.

'황후께서 어지시니 무슨 일이 있겠느냐. 좋게 생각하자.'

게다가 황제께서 외척에 휘둘리실 분도 아니지 않은가. 나량이 남몰래 고심하는 동안 행렬은 숲길을 지나 마을로 들어섰다.

황궁으로 향한 길로 봉여가 들어서자 사람들은 너도 나도 모여들어 크게 절을 했다. 해월국에는 아직 정식 황후가 없었으니, 봉여에 탄 이가 폐비 사여경임을 모를 이가 없었다.

가마 밖을 바라보던 여경의 눈동자에 옛 일이 지나갔다. 간음의 죄를 입고 쫓겨나던 날, 그 쓸쓸한 새벽의 기운은 지금도 몸서리치게 어두웠다. 그녀의 눈동자 저편에 저의 그 초라한 모습이 비치고 서로의 눈동자가 마주쳤다.

'그래. 다 지나간 일이다. 그리고 지나갈 일이지.'

그렇게 과거의 저에게 위로를 건넸다. 차가운 물속에서 괴로워하고 고열과 두려움에 시달리며 원망으로 가슴이 곪아 가던 저에게. 가슴 시린 오해의 세월을 어떻게 보냈는지 긴 악몽을 꾸다 이제야 깨어난 것처럼 얼떨떨한 기분이었다.

"어딜 그리 보시는가?"

어느새 눈앞을 아른거리던 자신의 모습이 사라지고 지금은 검은 말에 올라탄 황제의 모습이 나타났다.

"왜 이리로 오십니까. 백성들이 다들 보고 있사옵니다."

"무슨 상관인가? 그보다 어딜 보고 있었기에 내가 오는 것도 몰랐는가?"

"지나온 길을 다시 거슬러 가니 기분이 묘해서 말입니다."

"흠……. 좋은 것을 본 건 아닌 모양이군."

"그렇지 않사옵니다. 저는 요즘 장화영에게 고마운 생각이 드는 걸요."

"어째서?"

"제가 이런저런 일을 겪지 않았다면 폐하께서 지금처럼 저를 귀히 여겨 주지 않으실 테니까요. 그래서 기회를 만들어 준 그녀에게 고마운 마음이 입니다."

"나는 그렇지 않네. 장화영을 불러 그대에게 죄를 지은 것은 나이고, 그대를 죽게 한 것도 나일세. 애초에 그대는 늘 한결같이 말해 왔는데 그 말을 믿지 못한 나의 잘못일 뿐. 장화영 따위에게 고마움을 느끼지 말게나."

여경은 살짝 눈을 흘기며 핀잔을 주었다.

"폐하의 잘못을 깨닫게 해 주지 않았사온지요?"

"장화영이 아니었어도 나는 머지않아 그대를 바로 보고 연모하게 되었을 텐데도?"

"제 눈에 폐하는 제가 혀를 깨물고 폐하 앞에서 죽는다 해도 거들떠도 안 볼 만큼 차가우셨습니다."

"알고 보면 나란 놈, 사실 별거 아니었네. 내 속으로 그대 때문에 가슴이 철렁한 일이 한두 번이 아니었던 것을."

"그러셨습니까. 그걸 몰랐다니 또 억울한 생각이 듭니다."

두 사람이 나란히 가며 도란도란 웃음이 떠나지 않자, 힐끗힐끗 쳐다보던 백성들의 얼굴에도 흐뭇한 웃음이 걸렸다. 마침내 황제 부부가 함께하게 된 것이 제 일처럼 기쁜 모양이었다. 누구보다 백성들의 마음을 잘 아는 황후가 저희들의 황후라니 고된 삶에 희망이 깃든 기분이었던 것이다.

마침내 봉여가 궁문을 지났다. 안주인을 맞이한 궁의 분위기는 잔치가 아니어도 흥겨웠다. 특히 옛 여경의 나인들은 그녀가 오기만을 손꼽아 기다린 터라 눈물까지 흘리며 황후를 환대했다.

아주 오랜만에 황후전을 밟은 여경 역시 복받쳐 오르는 감격에 이후의 용포를 흠뻑 적셔 놓았다.

"그대로인 듯……합니다."

"족자그림만 빼놓고 말일세."

여경에게 상처만 준 그림 대신 새 그림 족자가 걸려 있었다. 메꽃이 반발하던 바다 위 언덕은 황후전에 걸어 두기에는 소박한 풍경이었으나 따뜻하고 아름다운 그림임에는 틀림없었다.

"어느 화공의 솜씨이옵니까?"

"연길재의 선물이라는군."

"아! 재주가 많은 분이라더니, 참으로 그렇습니다."

"탐나는 자지. 상주국의 황제는 덕이 모자란 자인데 무슨 운으로 저리 사람을 불러 모으는지 모르겠군."

"그리 말씀하시면 황룡장과 청룡장이 서운타 할 것이옵니다."

"내 사람들이 모자라다는 얘기는 아니었네. 내게는 그대의 부친인 사희담도 있지 않은가."

"그리 생각해 주시니 황송할 따름입니다."

궁에 들어와서인지 여경이 너무 예를 갖추어 황제로 대해 주는 것이 이후는 또 서운했다. 머쓱해진 그는 대뜸 밖을 보고 소리쳤다.

"아 참. 밖에 있느냐!"

"예, 폐하."

이후의 외침에 나량이 구관조가 든 새장을 가지고 들어왔다.

"내 손으로 직접 돌보고 있었다네."

황제가 뿌듯하게 가슴을 내밀자 여경이 짐짓 편잔을 주었다.

"설마요……. 밥은 황룡장에게 주라 하셨겠지요."

"어찌 알았는가."

"폐하께서 귀한 충신들을 어찌 쓰시는지 제가 왜 모르겠습니까."

잠시 농을 주고받던 이후가 웃음을 그치고 품에서 무언가를 꺼냈다.

"손을 줘 보게."

"?"

여경이 손을 내밀자 이후는 색이 고운 가락지를 그녀의 손가락에 끼워 주었다.

"이 손으로 무얼 해도 좋네. 약초를 길러도 좋고 그보다 더한 일을 하겠다 해도 말리지 않겠네. 그래도 한 가지는 잊어선 안 되네. 이 손은 그대 한 사람의 손이 아니라 나의 황후의 손이라는 것을."

"……."

가락지를 매만지며 목이 멨던 여경은 겨우 울음을 삼키고 애써 웃으며 말했다.

"이걸 끼고…… 약초를 어찌 기릅니까."

이후는 웃으면서 저도 똑같은 가락지를 하고 있는 것을 보여 주었다.

그리고 그녀의 볼을 감싸고 그녀의 이마에 입을 맞추었다.

여경은 뜨거운 그의 눈빛이 무엇을 원하는지 알아차렸다.

"아직 이른 시각입니다."

"나랑!"

"예. 폐하."

"백 보 안에 개미 새끼 한 마리 얼씬 못 하게 하라!"

오랜만에 살 떨리는 엄한 명에도 나량만 굽실거릴 뿐 여경은 웃기만 했다.

이후는 그녀를 안고 포근한 침상에 눕혔다.

초야를 보냈고 그 후로도 몇 번 밤을 보낸 부부였다. 그리고 지난밤에 이미 서로를 격렬하게 탐했던 두 사람은 무엇이 그러 부끄러운지 지금이 초야인 듯 어쩔 줄 몰라 했다.

그가 먼저 옷을 벗어 버리자 여경은 바위처럼 단단한 가슴과 태산과 같은 그림자 아래에서 눈 둘 곳을 찾지 못해 방황했다.

이후는 당황하는 여경의 옷고름을 풀었다. 탐스러운 젖가슴이 기다렸다는 듯이 출렁거리며 그를 유혹하자, 그것은 저의 뜻이 아니라는 듯 여경은 눈을 감았다. 몇 겹이나 겹쳐 입은 치마 속에서 곱지만은 않은 늘씬한 다리가 드러났다. 긁힌 흉터가 자신이 없는 것인지, 아니면 숨김없이 내보인 나신이 부끄러운지, 그녀는 다리를 꼬며 수줍어했다.

이후는 그녀의 다리를 떼어 놓고 다리 사이로 들어가 그녀의 등

허리로 손을 집어넣고 껴안듯이 쓰다듬었다. 울퉁불퉁한 흉터가 아직도 만져졌다.

"이 빚을 어찌 다 갚아야 할까."

안쓰러운 탄식에 여경이 아무렇지 않게 웃어보였다.

"저만 바라보십시오. 폐하의 따뜻한 눈길은 오직 저에게만 머물러야 합니다. 저는 질투 많은 계집이니 제게 폐하를 온전히 주십시오. 그럼 제게 갚아야 할 빚은 없사옵니다."

"그것은 의리 아닌가. 나한테 바라는 게 고작 그런 의리에 따른 맹세라면 나는 해 줄 수가 없네."

"……."

"다시는 놓지 않을 것이다. 두 번이나 가슴이 무너지고는 살 수가 없을 테니까."

"……."

"잊지 마시게. 나는 그대가 생각하는 것보다 훨씬 더, 더 많은 것을 그대에게 걸었네."

이후는 여경의 떨리는 눈꺼풀을 보다 세차게 뛰고 있는 그녀의 가슴으로 눈을 돌렸다. 봉긋한 두 개의 가슴 위에 앵두같이 매달린 붉은 열매가 그의 눈빛만으로도 영글어 갔다. 사랑받고 있다는 믿음이 그녀를 뜨겁게 달아오르게 만든 것이다. 그는 매우 소중하게 그 조그만 열매를 입에 물고 아끼듯이 천천히 빨기 시작했다.

"흡!"

저도 모르게 들뜬 신음을 흘린 여경이 허리를 어깨를 움츠렸다. 이후는 그녀의 가슴에서만 머물지 않고, 목, 어깨, 배꼽 등등 그녀의 곳곳을 쓰다듬고 입을 맞추었다. 어느 곳 하나 어여쁘지 않은 곳이 없다는 듯이.

그의 입맞춤은 마침내 파르르 떨고 있는 아랫배에 머물렀다. 다리를 모을 수도 없어 잔뜩 긴장한 여경은 이불을 부여잡고 고개를 젖히고 있었다. 이후는 좀 더 아래의 작은 숲으로 손을 뻗었다.

그녀의 몸이 어젯밤을 기억하고 있어서일까. 벌써부터 그의 손끝에 숲을 적시는 이슬이 만져졌다.

이를 느낀 여경은 붉어진 얼굴로 말했다.

"으, 음탕하다 여기지 마십시오. 저를 이리 만드신 건 폐하이십니다. 이제야 비로소 폐하의 사랑을 받는다니, 이 몸이 주책없이 구는 게 아닙니까."

여경의 볼멘소리를 들은 이후가 빙긋이 웃었다.

"그건 나도 마찬가지일세. 체통을 지키느라 간신히 참고 있네만, 차라리 짐승이고 싶을 만큼 마음이 다급하다네."

그러면서 그의 손가락이 그녀의 그곳을 꾸욱 눌렀다.

"흐읍!"

그의 애무가 점점 더 깊고 강렬해졌다. 여경은 참을 수 없이 그가 간절했다. 마음 가득 들어온 그를 몸속에도 가득 채우고 싶었다. 그녀는 팔을 벌려 이후의 목을 끌어안았다.

"하아……. 어서요. 이제 저는 애태우는 건 딱 질색입니다."

"그 긴 시간을 우리가 어찌 참아 왔을지 나도 알 수가 없네."

마음이 통하니 몸도 거칠 것이 없었다.

두 사람은 어느새 서로 꽉 맞물려 떨어졌다가 다시 살이 부딪치길 반복했다. 애태우는 건 싫다 했으면서 함께 달려가는 내내 안달 난 몸은 즐거운 비명을 질러댔다. 한 몸이 된 두 사람의 깊은 곳에서 같은 맹세가 울려 퍼졌다.

변하지도 흔들리지도 않겠노라고.

피이. 피이.

휘파람 같은 새 소리가 여경의 단잠을 깨웠다. 사실 햇살이 눈부셔 잠이 깨려던 참이었으나 구관조는 더 빨리 일어나라고 성화였다.

"폐하……."

아직 눈을 뜨지 못한 여경은 잠긴 목소리로 황제를 깨웠다. 너무 늦은 게 아니냐며, 하얀 팔을 뻗어 흔들어 깨우려는데 헛손질만 했다. 눈을 떠 보니 제 손은 차갑게 식어 버린 빈자리를 더듬고 있을 뿐이었다.

'깨우지 않으시고…….'

하지만 마음과 달리 눈이 또 스르르 감겼다. 아무리 자도 잠이 부족한 것은 폐하의 탓이라며 이불 속으로 들어갔다.

"내 사랑 사여경."

"!"

이불 밖으로 고개를 내민 여경이 두리번거리는데 아무도 없었다.

"내 사랑 사여경."

"!"

다시 소리 나는 쪽으로 돌아보니 새장 속에서 구관조가 저를 빤히 보고 있었다.

"설마, 너니?"

"내 사랑 사여경."

"픕!"

웃지 않을 수가 없었다. 이 말을 가르치려고 수백수천 번씩 반복했을 황제의 모습이 떠오르니 말이다.

"바보 같지 않으시냐? 차라리 내 앞에서 한 번만 하시면 될 것을 말이다."

"내 사랑 사여경."

여경은 행복했다. 홀로 있어도 함께 있어도, 계절이 어찌 변하는지 잊을 만큼, 감사하고 소중한 하루를 살고 있었다.

천천히 일어나 앉은 여경이 제 배에 손을 얹고 중얼거렸다.

"아가야. 선물을 받았으니, 나도 이제 네 소식을 알려 드려야겠구나."

다가올 겨울, 두 사람을 메꽃 만발한 언덕으로 데려다 줄 그 따뜻한 아이를.

여경은 하얀 종이 위에 먹을 떨어트렸다. 붓끝에서 바위가 생기고 바람에 부드럽게 눕는 풀밭이 펼쳐졌다. 연분홍 메꽃이 그 풀밭에 하나둘 피어나 언덕을 오르는 남녀 한 쌍을 반겼다.

동그랗게 부풀어 오른 여경의 배를 이후의 손이 감싸 안았다.

여경은 붓을 잠시 멈추고 고개를 뒤로 돌렸다.

뒤에서 여경을 안은 이후가 그녀의 입술에 입을 맞추었다. 일상
이 된 입맞춤은 이제 인사처럼, 먹고 자는 것처럼, 늘 함께하는 자
연스러운 모습이었다.

여경의 미소를 보던 이후가 싱긋 웃으며 붓을 함께 잡았다.

그림 위로 작은 글귀가 나비처럼 날아와 앉았다.

바람이 일으킨 먹구름 아래에
갈 곳 없는 꽃대는 피할 곳 없어라.

폭우에 짓이기고 폭풍에 스러져서
고개 숙인 꽃잎은 제 빛을 잃었네.

구름 한 점 찾지 않는 외로운 한낮에
꽃을 꺾는 님의 손길 애타게 그리워라.

어디선가 불어온 짓궂은 바람에
연분홍 치맛자락 하늘하늘 날리네.

변덕스런 빗줄기에 멍이 든 가슴을
따뜻한 빗방울이 몰래 입을 맞추네.

봄볕에 춤추는 간지러운 풀잎에
움츠린 꽃망울 웃음을 터트리고

꽃대를 흔드는 바람의 속삭임에
새하얀 꽃잎이 천홍빛 물들었네.

구름이 물러간 푸르른 언덕에서
수줍은 메꽃이 바람에 웃는다.

〈終〉

작가 후기

  메꽃이 출간된다고 생각하고 보니, 벌써 10월 달입니다.

  깜짝 놀랄 만큼 시간이 빨리 흘러가서 가슴이 섬뜩해졌습니다.
메꽃 연재하는 동안 봄이 다 지나갔고, 연재 끝내고 신나게 여름
휴가 보내 보니, 이제 추석도 지난 일이 되어 버렸네요.

  소목으로 시작한 꽃 삼부작이 메꽃으로 끝나면서 제가 로맨스
소설을 쓴 지도 삼 년이 지나가고 있습니다. 농담 반 진담 반으로
메꽃만 끝내면 로설은 그만두자 했었는데, 프로필에 출간 예정작
까지 쓴 걸 보면 그만둘 마음이 없나 봅니다.

  꽃 삼부작은 제 욕심이었습니다. 외전에 나오는 길재가 이 작품
들의 진짜 주인공인지도 모르겠습니다. 저 대신 상주국, 구하국,
해월국을 누비고 다녔으니까요.

  사실 꽃 삼부작으로 제가 쓰고 싶었던 이야기는 어쩌면 로맨스
라는 장르와는 좀 거리가 있는 이야기일지도 모르겠습니다. 사랑
하는 남녀가 사랑을 이루기까지, 많은 다른 사람들과 인연이 얽히

고, 그들의 삶도 변화시키는 그런 이야기를 쓰고 싶었습니다. 그래서 소목에는 등장인물도 많고 그들의 이야기를 다 하고 싶어서 여정도 길게 썼습니다. 그 때문에 지루하다는 평가가 있었지만요.

소목은 산, 모란은 강, 메꽃은 바다를 주요 배경으로, 주로 여주들이 힘들다는 공통점이 있습니다. 한 시대에 삼국의 황제들이 어떻게 사랑을 이루는지, 어떻게 좋은 황제가 되는지, 그 서로 다른 과정들을 흥미롭게 읽어 주신다면 더 바랄 게 없을 것 같습니다.

이렇게 작가 후기를 쓰고 있으니 조심스러우면서도 무척 홀가분합니다.

겨울 방학(기니까) 숙제를 미뤄 뒀다가 전날 다 끝낸 기분이네요.

마지막으로 읽어 주신 분들께 고마움 전합니다.

그리고 고생 많이 한 우리 쥬쥬님, 항상 저를 욕으로 응원해 주는 동갑내기 작가들, 그리고 〈그녀의 서재〉 작가님들과 회원님들도 늘 감사하게 생각합니다.

그럼 말 나온 김에, 〈그녀의 서재〉, 언제나 열려 있는 우리 홈페이지를 홍보하며(10월에 리뉴얼이 끝나면 공개 홈페이지로 전환됩니다.) 이 글을 끝마치겠습니다.

이 글 읽으시는 모든 분들께 행운과 행복이 함께하기를 바랍니다.

1판 1쇄 찍음 2014년 9월 30일
1판 1쇄 펴냄 2014년 10월 7일

지은이 | 류도하
펴낸이 | 정　필
펴낸곳 | 도서출판 뿔미디어

편집장 | 이재권
기획 · 편집 | 주종숙

출판등록 | 2002년 9월 11일 (제1081-1-132호)
주소 | 경기도 부천시 원미구 상동로 117번길 49(상동) 503호
전화 | 032)651-6513 / 팩스 032)651-6094
E-mail | scarlets2012@hanmail.net
블로그 | http://blog.naver.com/dahyangs
홈페이지 | http://bbulmedia.com

값 9,000원

ISBN 979-11-315-3647-6 04810
ISBN 979-11-315-3645-2 04810(세트)

도서출판 뿔미디어 홈페이지 OPEN!!

안녕하세요.
지금껏 저희 뿔미디어를 응원해 주신
독자님들의 성원에 힘입어
이번에 새롭게 홈페이지를 오픈하였습니다.

저희 뿔미디어는 홈페이지에서 독자님들께서
보다 빠른 출간 소식과 미리보기 등
알찬 내용을 제공하기 위해 많은 노력을 기울였습니다.
또한 독자님들에게 도서 할인, 이벤트 등
다양한 혜택을 제공하고자 합니다.

저희 뿔미디어 홈페이지 오픈을 계기로
한층 더 독자님들과 가까워질 수 있는 기회가 되었으면 합니다

보다 많은 관심과 사랑 부탁드리며,
앞으로도 더 좋은 컨텐츠 제공에 힘쓰도록 하겠습니다.

감사합니다.

-도서출판 뿔미디어 올림-

 www.bbulmedia.com